L'AMBRE ET LE MASQUE

DU MÊME AUTEUR

Le Petit Bâtard, L'Écir, 2008

La saga des Teissier
Les Diamants noirs, De Borée, 2013
Un parfum d'amour éternel, De Borée, 2015

Le Mas de la Sarrasine, De Borée, 2012
Les Sentes buissonnières, De Borée, 2013
Le Moulin du prieuré, De Borée, 2014
L'Étoffe des jours, De Borée, 2014

Le Miroir d'Amélie, Presses de la Cité, 2015
Le Choix de Diane, Presses de la Cité, 2016
Les Souffleurs de rêves, Presses de la Cité, 2017
Les Chemins de promesse, Presses de la Cité, 2018
Le Rêve de Toinet, Presses de la Cité, 2019
Les Dames de La Glycine, Presses de la Cité, 2020
De soie et de cendres, Presses de la Cité, 2020
Les Couleurs du destin, Presses de la Cité, 2021
Le Puits Sans-Nom, Presses de la Cité, 2022
Isolde ou le Secret des fleurs, Presses de la Cité, 2022
Luna, l'enfant des roselières, Presses de la Cité, 2023
La Tresse d'or, Presses de la Cité, 2024
À l'ombre de la capitelle, Presses de la Cité, 2024
La Dame de soie, Presses de la Cité, 2025

Mireille Pluchard

L'AMBRE ET LE MASQUE

Roman

TERRES DE FRANCE Les Presses de la Cité

92, avenue de France – 75013 Paris
ISBN 978-2-258-20810-0
Dépôt légal : août 2025

Il y a toujours mille soleils à l'envers des nuages.
Proverbe hindou

En somme, trois choses demeurent :
la foi, l'espérance et l'amour,
mais la plus grande d'entre elles, c'est l'amour.
Corinthiens 1,13

Les personnages principaux

Charles-Honoré Cazost, maître gantier-parfumeur
Gabriel-Benjamin Cazost, son frère cadet, alias Jason. Il prendra le pseudonyme d'Oudard et le surnom de Bas-Rouges.
Eugénie Dorandieu, mercière, épouse de Charles-Honoré Cazost
Charlotte Cazost-Dorandieu, leur fille †
Gersende Cazost-Dorandieu, leur fille
Constant Cazost-Dorandieu, leur fils

Jean-Antoine Borrelly, notaire à Nîmes
Jean-François Borrelly, son fils et futur successeur

Belmonte, mégissier nîmois
Antoine, son fils et ami de Constant Cazost-Dorandieu

Mathurin Larivière, propriétaire du domaine de la Frigoule, en Vivarais
Rosalba Larivière, son épouse

Mathieu Larivière, leur fils
Lyson Larivière, leur fille
Angélie Larivière, leur fille

Léon Janvier, jardinier à Nîmes, puis paysan en Vivarais. Il empruntera le nom de Pigère, puis de Lachamp.

PREMIÈRE PARTIE

L'ambre

1

Quand les certitudes s'effondrent

Anéantie !

Terrassée par la brutalité de cette mort que rien ne laissait présager, ébranlée par la notion d'irréversibilité dont elle prenait conscience ! Irritée par tous ces gens qui, au nom de l'amitié, du voisinage, assuraient prendre part à son immense peine. Comme si cela était possible !

Où donc était passée la gracieuse Gersende, tout juste sortie de l'adolescence, comme le dénonçaient les fossettes de son adorable visage ? Le voilà devenu tout pâle et d'un rien exaspéré ! Jusqu'à cette lumière caressante de ce beau jour d'automne balayant la façade de pierre, s'infiltrant entre les interstices des persiennes et s'invitant en intruse dans les pièces obscurcies au nom des implacables traditions mortuaires.

— Va-t'en ! lui intima-t-elle en plissant les yeux.

D'ordinaire, Gersende aimait les fins de jour en cette arrière-saison, quand une brise parfumée traversait d'ouest en est la ville de Nîmes et la saupoudrait de fragrances dérobées ici et là, et tout particulièrement dans les magnifiques jardins de la Fontaine.

Mais, en ce triste jour, les narines exercées de la jeune fille demeuraient indifférentes à ces odeurs sucrées ; ses yeux secs ne s'accommodaient plus de la gaieté dorée des couleurs automnales. Insensible à tout, elle était uniquement centrée sur son chagrin, au point d'en oublier celui de sa mère et de son jeune frère. Tout comme elle restait sourde aux paroles d'empathie que distillaient les amis, les voisins, les délégués des corporations, tout un monde compassé qui défilait depuis la veille et dont les mots aimables, sincères ou simplement polis tombaient, vides de résonance.

— Quelle confiance il avait en vos talents, mademoiselle Gersende ! Et quels espoirs nourrissait-il pour votre frère ! Il savait qu'avec ses enfants se poursuivrait son œuvre, que jamais il ne serait déçu.

— Une immense perte ! Oui, vraiment. Pour vous sa famille et pour nous ses amis !

— Le meilleur d'entre nous ! Il a su élever notre noble et beau métier de gantier-parfumeur à son zénith ! Dieu veuille que son fils se montre un digne successeur. Par chance, il a été à bonne école, et dès son plus jeune âge.

Manière on ne peut plus directe de lui rappeler qu'elle, Gersende Cazost-Dorandieu, se trouvait exclue de cet héritage. Abeille de l'ombre, travaillant à la notoriété de son frère, c'est tout ce qu'on lui concéderait, quand bien même on lui reconnaîtrait ce don : « La fille du gantier-parfumeur de la rue des Barquettes ? C'est une “parfumière” de grand talent ! Son frère est un chanceux de pouvoir compter sur sa collaboration ! »

Pour le moment, tous ces mots en forme de compliments, d'encouragements lui paraissaient dérisoires, parfois à la limite de l'indécence. Demain, plus tard, un jour peut-être, ils lui seraient, paraissait-il, réconfort, c'est ce que sa mère lui avait soufflé à l'oreille, la voyant si désemparée, révoltée par cette mort brutale autant qu'injuste. Mais tout en elle refusait de croire que le soleil brillerait à nouveau.

Les visites se poursuivaient, un défilé qui semblait ne jamais finir auquel cependant un homme, une famille, faisait défaut. Celle de Belmonte, le peaussier, le fournisseur et l'ami de toujours de Charles-Honoré, qui lui avait confié la formation de base de son fils et qui, de plus, était son voisin de maset. Une absence remarquée et dont la raison se chuchota le lendemain : Antoine, son fils, était entre la vie et la mort, atteint brutalement d'un mal qui laissait perplexe la faculté. Mais ni Gersende ni sa mère ne perçurent cette nouvelle, plongées dans leur chagrin intime.

Soudain, le regard perdu de la jeune fille qui se portait sur tout et sur tous sans rien voir fut interpellé par le visage figé de sa mère, ses yeux arrondis braqués sur une silhouette s'encadrant dans la porte. On aurait dit que la veuve fixait un revenant.

« Il doit s'agir d'une vieille connaissance de mon père ! »

Et, à seulement évoquer ce mot de père, la peine revint, plus douloureuse encore.

« Oh, je voudrais tant que la terre qui va le recevoir m'engloutisse avec lui ! Je lui dirai alors combien je l'admirais et combien je l'aimais. »

Soudain, Gersende s'inquiéta du visage bouleversé de sa mère, de ses yeux vissés sur l'inconnu. Sa sensibilité naturelle exacerbée par le chagrin, elle ressentit l'instant de panique qui s'emparait d'Eugénie et le réflexe de fuite qu'elle maîtrisait à grand-peine. Elle fit un pas vers sa mère, mais Eugénie, qui s'était reprise, s'avançait vers le visiteur inconnu.

Alors qu'il s'inclinait respectueusement devant elle, d'une voix blanche et basse elle lui souffla :

— Comment avez-vous su, Benjamin ? Car vous êtes Benjamin, n'est-ce pas ? Il s'est écoulé tant d'années…

— Vous… vous n'avez pas changé, Eugénie.

La voix du visiteur se voulait chaude et caressante, pourtant la veuve se souvenait parfaitement des accents violents qu'elle pouvait prendre et ne s'en laissa pas conter.

— Vous ne m'avez pas répondu, Benjamin. Comment avez-vous su pour mon époux ?

— J'ai toujours été renseigné sur la vie de Charles, la vôtre, celle de votre famille. Rien ne m'a échappé de l'ascension des Cazost-Dorandieu, ricana-t-il, revenant à sa véritable nature.

— Par quel truchement ? jeta-t-elle comme un soufflet.

— Que vous importe ? Menez-moi auprès de mon frère pour un dernier adieu.

Le ton, déjà délesté de son obligeance, se voulait impératif. Eugénie frissonna. Aucun doute, c'était bien Gabriel-Benjamin Cazost, le frère cadet de son défunt époux. Spontanément, elle l'avait appelé Benjamin, comme elle avait entendu le faire... bien des années auparavant.

Cela lui déplut car il ajouta sèchement :

— Appelez-moi Gabriel, je vous prie, et oubliez ce prénom honni, propre à me reléguer dès ma naissance au rang de frère puîné, celui qui vivrait à jamais en retrait de l'aîné. C'était on ne peut plus flagrant, n'est-ce pas, l'un glorifié du prénom d'Honoré et l'autre rabaissé à celui de Benjamin ?

Ainsi, ni les années écoulées ni le deuil n'avaient gommé le sentiment d'injustice qu'il pouvait résumer ainsi : être second revenait à être mal né, à être mal aimé ! Eugénie se dirigea vers la chambre mortuaire et Gabriel-Benjamin lui emboîta le pas.

Gersende avait suivi de loin, non la conversation qui ne parvenait pas jusqu'à elle, mais les différentes attitudes de sa mère. Après un réflexe d'effroi mêlé d'incrédulité qu'Eugénie avait surmonté, sa fille l'avait vue retrouver son sang-froid et parlementer avec insistance, et puis, dans une attitude de capitulation, conduire l'inconnu auprès du défunt. Une énigme qui prenait le pas, un instant, sur son immense peine et qui la décida à s'inviter à son tour dans la chambre. Elle dut se faire violence car c'était chaque fois avec appréhension qu'elle franchissait le pas de la porte. La triste réalité lui sautait au visage, le corps sans vie de son père l'attestait.

Aérienne, sa fine silhouette toute drapée de noir glissa sans bruit sur le parquet encaustiqué et vint se placer à côté de sa mère, tel un paravent au mal qu'elle soupçonnait qu'on lui voulût faire. Elle ne reçut d'elle qu'un regard réprobateur, un regard qui disait : « Que viens-tu faire là ? Ta place est dans la salle à recevoir nos visiteurs. Va, ma fille ! »

Les mots n'eurent pas le temps de sortir de sa bouche.

— Quelle merveilleuse apparition ! Vous me présentez, Eugénie ?

Modulée, un brin mondaine assurément, la voix caméléon de Gabriel-Benjamin avait pris les devants. Eugénie ne put se dérober :

— Ma fille…

L'homme se raidit, son front se plissa comme en profonde réflexion et, de sa bouche qui esquissait un rictus indéfinissable, il articula un prénom en forme de question :

— Charlotte ?

La veuve étouffa un sanglot et rectifia :

— Gersende ! Charlotte n'a pas passé sa première année, hélas. Mais comment saviez-vous, Benj... euh... Gabriel ?

Sitôt prononcée, elle jugea sa question inutile. Son beau-frère ne lui avait-il pas fait comprendre qu'il n'ignorait rien de la famille malgré les vingt et un ans durant lesquels il ne leur avait jamais donné signe de vie ? Pour autant, une faille s'était glissée dans le rapport qui lui avait été fait : il semblait ignorer la mort de la petite Charlotte.

Négligeant de répondre, voire feignant de l'ignorer, Gabriel faisait des ronds de jambe avant de devenir sarcastique :

— Gersende... un prénom charmant, quelque peu... aristocratique. Il vous va à ravir, mon enfant.

Gersende arqua un sourcil soupçonneux. L'homme usait d'une familiarité déplaisante qui appelait l'explication que Gabriel se fit un plaisir de livrer :

— Je suis votre oncle, charmante demoiselle. Eh oui, un oncle dont vous n'avez jamais entendu parler, je suppose ! Celui dont on nie l'existence, paraît-il, à qui il n'est jamais bon de faire référence. Voyez-vous, ma nièce, l'exil que je me suis imposé correspondait au désir profond de mon entourage de me voir disparaître. Mais pouvais-je laisser partir mon frère sans un adieu et sa famille sans mon soutien ? Dans mes bras, belle enfant, que je vous baise au front !

La réaction de Gersende fut spontanée : elle fit un pas en arrière, se rapprochant ainsi de sa mère qui, à l'inverse, en avait fait un vers sa fille dans un élan protecteur. Jamais la fusion de leurs âmes n'avait été si intensément accordée à leur gestuelle.

— Ni elle ni moi n'avons besoin de votre compassion, Gabriel. Le chagrin est une souffrance intime qui, hélas, ne se partage pas. Nous vous laissons vous recueillir auprès de mon pauvre Charles. Viens avec moi, ma petite fille.

— Petite ! Est-ce à dire que vous n'avez pas vu grandir votre fille, Eugénie ? se gaussa Gabriel.

— Un aveuglement commun à tous les parents, je suppose ? Seize ans déjà et il me semble encore la voir s'accrocher à mes jupes pour faire ses premiers pas.

La scène attendrissante évoquée par Eugénie picota le cœur de Gersende qui se retint de rectifier. N'était-ce pas plutôt au jupon de la Bertille, sa nourrice ?

Néanmoins, toutes deux retournèrent à leurs visiteurs qui, en leur absence, entouraient Constant, lui assuraient dans quelle grande considération ils tenaient son père et le félicitaient au passage du bel héritage qui lui revenait de droit. Pensez donc, héritier de L'Origanterie, un atelier de gantier-parfumeur qui avait le vent en poupe ! De quoi griser un gamin de quatorze ans qui tendait vers ce but depuis son plus jeune âge, bien qu'il n'ait jamais pris la mesure de ce que cela impliquerait.

Or, justement, en cet instant, cette mesure le frappait de plein fouet et, loin de le ravir, l'accablait.

— Père avait encore tant de choses à m'apprendre ! déplorait-il à ceux qui, surtout par flatterie, lui assuraient qu'il avait été à la meilleure des écoles.

À l'opposé de ces flatteurs, le personnel de L'Origanterie, trieur, coupeurs, couturiers, apprentis, s'empressait de faire allégeance avec loyauté.

— Vous pourrez compter sur mon assistance indéfectible, lui certifiait Lafaurie, affecté au triage des peaux.

— Votre père et moi, nous vous avons formé à la coupe, vous y excellez, mais vous aurez mon soutien, en toutes circonstances, monsieur Constant.

Propos que reprenait à son tour et avec émotion monsieur Maindret, que Charles-Honoré Cazost avait élevé récemment au grade de maître couturier. Son émotion n'était pas feinte, en témoignaient ses difficultés d'élocution :

— Monsieur Charles… votre père, je ne peux pas imaginer… non, pour moi, il sera toujours là… et moi pour vous, monsieur Constant.

Tant d'émotion avait raison du gamin qui retenait tant bien que mal ses larmes et sanglots, mais arrivait au bord de l'étouffement. Eugénie revint à temps dans la salle pour deviner son malaise et le poussa dans la cuisine où Francette, la servante, aidée de Nine, la jeune apprentie vendeuse de la mercerie, ne cessaient de préparer puis de servir des boissons diverses aux visiteurs, selon le souhait de sa patronne.

— Donne-moi ce plateau, Francette, et occupe-toi de Constant. Fais-lui respirer un peu de vinaigre, puis boire un verre d'eau fraîche et surtout donne-lui de l'air, ouvre la fenêtre, je ne sais... Regarde comme il est pâle !

Plus prompte que Francette, Nine bassinait déjà le front du jeune Constant. Elle avait pour le fils de la maison le regard de Chimène, amoureuse en secret mais sans le moindre espoir.

Rassurée de cette prise en charge instantanée, Eugénie posa un baiser furtif dans les cheveux de son fils.

— Je reviens dans une minute, Constant. Ne t'inquiète pas.

Un trouble mêlé d'une sorte de pressentiment remplaçait le chagrin sur le visage chamboulé de Gersende. En revenant dans la salle, Eugénie s'en étonna à peine ; cet oncle sorti du néant avait de quoi ébranler la raisonneuse qu'était sa fille. Si elle n'avait pas percé in extenso le tréfonds de son être, du moins pensait-elle savoir interpréter les expressions qui trahissaient son trouble.

Eugénie réprima un soupir de soulagement lorsqu'elle vit un élégant jeune homme s'approcher de sa fille, elle ne s'offusqua point que ses mains gantées de cuir emprisonnent celle de Gersende. Elle avait reconnu le fils de maître Borrelly, leur notaire. Elle eut même un tressautement de plaisir dans la poitrine, au souvenir récent de ce jour mémorable où son défunt époux lui avait confié, sous le secret, le projet de mariage élaboré à l'insu des deux jeunes gens. Sa fille épouser un notaire ? Elle avait dû se pincer pour être sûre de ne pas rêver.

— Mais co… comment ? avait-elle bredouillé pour une fois à court de mots. Maître Borrelly y consent ?

— La dot de cinq mille livres que j'ai prévu d'accorder à Gersende est une valeur sûre. Du moins surpasse-t-elle, d'un point de vue purement matériel, les grâces et les atouts dont notre fille ne manque certes pas ! Il en est ainsi dans ce monde, ma chère.

Un scrupule habitait encore Eugénie, que le maître gantier avait balayé d'une évidence :

— Voyez-vous quelque défaut à ce jeune homme qui rebuterait Gersende ? Si vous le voulez bien, donnons du temps au temps. Je sais par expérience que notre fille ne se laisse pas apprivoiser aisément.

En effet, avec une personnalité hors de son temps, faite de volonté, d'intransigeance autant que de générosité et de courage, n'était-ce pas la braquer que de lui imposer un époux conforme aux visées paternelles ? Charles-Honoré en était convaincu, aussi préféra-t-il opter pour que l'accord implicite avec maître Borrelly père restât secret. Rien ne pressait !

À ce souvenir, Eugénie se dit que le temps, justement, devait presser son époux, le funeste destin qui se manifestait aujourd'hui en était la preuve et elle eut une pensée reconnaissante pour la sagesse de sa décision. Au moins le sort de leur fille était-il en partie réglé bien que quelques années d'études à la faculté de droit de Montpellier attendent encore le jeune Jean-François Borrelly.

Eugénie s'approcha du jeune couple.

— C'est très aimable à vous de venir prêter une épaule consolatrice à votre… notre Gersende, monsieur…

Gersende brisa net les simagrées maternelles :

— Monsieur Borrelly m'informe qu'il a croisé ce matin même, dans l'étude de son père, celui que vous m'avez présenté comme mon oncle. N'est-ce pas un fait troublant ?

— Est-ce bien la même personne que voici ? demanda Eugénie Cazost-Dorandieu en désignant du menton Gabriel qui sortait de la chambre mortuaire.

— Celui-là même, madame. Mon père pourra vous le confirmer, il viendra vous présenter ses condoléances dès qu'il aura fermé l'étude.

Le reste de la journée s'écoula dans une sorte de brume des sensations. Tout ce que détestait Gersende. Le pire vint lorsque sa mère lui annonça avoir convié leur oncle à souper.

— Je ne pouvais faire autrement, il révèle à tout un chacun notre parenté. Par correction, je suis obligée de…

— Il n'a donc pas de logis pour s'imposer à nous au pire des moments ? Je déteste qu'on me force la main, pas vous ?

La veuve ne fut pas surprise par la réaction de sa fille, Gersende n'aimait rien tant que les situations claires, détestait les non-dits, les compromis glauques, abhorrait au-delà de tout qu'on la contraigne. Et là, il faut bien le dire, toutes les conditions étaient réunies pour la déstabiliser, le chagrin en sus !

Pour autant, tout se déroula dans le respect de celui qui dormait, dans la pièce à côté, de son dernier sommeil. On avait même écourté le temps du repas qui réunissait quelques proches pour laisser plus de place à la veillée funèbre. Dans la chambre aux volets fermés, aux rideaux tirés, aux miroirs voilés, éclairée a giorno par une forêt de cierges, Francette avait disposé plusieurs chaises et un prie-Dieu autour du lit. Le prêtre arriva, suivi de trois religieuses, et les prières, psaumes et oraisons s'enchaînèrent, déroulant un son continu et monocorde propice à l'endormissement. Le premier à y succomber fut Constant ; d'un hochement de tête approbateur, Eugénie l'engagea à regagner sa chambre.

— Un garçon fragile, mon neveu ! déplora Gabriel Cazost avec une moue dédaigneuse.

Le ton, qui se voulait aussi faussement empathique, ne faisait pas illusion, le sarcasme sous-jacent valut à l'oncle un regard assassin de Gersende, suivi d'une non moins acerbe réflexion :

— Seriez-vous plus apte, le connaissant à peine, à juger mieux que nous, ses proches, de la vaillance de mon frère ?

— C'est simplement que de mémoire, ma nièce, les Cazost n'ont jamais été des mauviettes…

— Ni des fantômes réapparaissant au gré du vent !

La repartie de sa fille affola Eugénie, la fit bondir de sa chaise, se jeter à genoux sur le prie-Dieu et entonner un psaume pour détourner le cours dangereux que prenait la conversation. L'incident était clos, chacun s'appliqua à répéter la litanie.

À l'heure charnière où le jour laissait la place au suivant, le prêtre et les religieuses se retirèrent. Tous ceux qui étaient restés pour veiller le défunt en firent autant, Gabriel Cazost y compris, à qui l'on ne demanda pas s'il avait, à Nîmes, un logis. Impatiente de questionner sa mère, Gersende excéda Eugénie.

— Je vous l'ai dit, c'est votre oncle ! À ce titre, il a le droit d'assister aux obsèques de son frère !

Le vouvoiement, comme une fin de non-recevoir, avait mis de la distance entre elles alors qu'un même chagrin les avait rapprochées, presque soudées. Pour autant, Gersende ne se contentait pas de la réponse maternelle.

— Demain, soit, mais après ? Doit-on subir une présence qui, comme moi, vous chagrine, vous ne pouvez le nier ?

Non, Eugénie ne le pouvait pas. Les interrogations sur ce retour inattendu occupaient chacune de ses pensées. Un court aparté avec maître Borrelly père lui avait confirmé non seulement l'intrusion du frère de son époux à son étude, mais surtout l'échange on ne peut moins cordial qu'ils avaient eu.

— Je dois vous entretenir de ses prétentions… lui avait confié le notaire.

— Des prétentions ! s'était offusquée Eugénie.

— Oui, chère madame, il nous faudra jouer finement, le cuistre est au fait des lois.

Alors, en attendant, Eugénie marchait sur des œufs avec ce beau-frère qui soulevait en elle d'incompréhensibles frissons de terreur. Aussi ne cessa-t-elle de prêcher la patience à sa fille :

— Votre père mérite des obsèques paisibles comme son cœur l'était. La haine n'a pas sa place dans la maison d'un mort, au risque de maléfices sur toute sa famille.

Superstitions ! pensa Gersende, bien qu'une petite voix, pleine de sagesse, lui soufflât que sa mère agissait avec raison.

— C'est un malfaisant, le diable incarné ! s'insurgea Eugénie dans l'étude de maître Borrelly.

Convoquée par le notaire moins d'une semaine après les obsèques de son époux, la veuve Cazost rejoignait sa fille dans son jugement au sujet de Gabriel-Benjamin.

— Surtout un homme familier de la loi, qui connaît ses droits et prétend endosser le rôle de tuteur de vos enfants.

— Est-ce... est-ce possible ? bredouilla-t-elle, suffoquant presque à cette prétention.

— Possible, et surtout légal ! Si vous pouvez en totale conformité avec la corporation poursuivre l'exploitation de L'Origanterie, en aucun cas il ne vous est permis de former un apprenti. Or c'est encore le statut de votre fils, n'est-ce pas ?

— Mais... mais comment fait-on dans ce cas-là ?

— Toujours selon les statuts de la corporation, dans l'hypothèse d'une famille dépourvue de membre masculin en capacité d'enseigner l'artisanat concerné, les instances de ladite corporation nomment quatre maîtres gantiers et autant de jurés qui pallient cette situation jusqu'à la majorité de l'héritier. Or votre beau-frère est en mesure et même revendique de prendre en main les destinées de L'Origanterie, comme l'y autorisent sa formation, qui fut la même que celle de feu son frère, et une attestation qu'il m'a fournie d'un tour de France dans le compagnonnage...

— Un faux ! J'en mettrais ma main à couper !

— Vous pensez bien, chère madame et amie, que m'assurer de son authenticité fut mon premier soin.

La mimique de maître Borrelly levait le doute.

Eugénie Cazost-Dorandieu, entrée dans le bureau notarial de maître Borrelly en veuve éplorée, mais bien déterminée à poursuivre l'œuvre de son époux jusqu'à ce que son fils soit en âge de prendre la relève, allait en ressortir en femme bafouée, dépossédée de ses droits les plus légitimes et cependant forte d'une solution d'attente mise au point avec le notaire.

Ce dernier avait souvent reçu les espoirs du maître gantier-parfumeur, ses projets pour ses enfants – la future union de Gersende et de son fils en était un à ne pas négliger –, sa veuve se devait de poursuivre cette ligne.

— Gagner du temps importe le plus, le bonhomme se lassera, croyez-moi, madame Cazost-Dorandieu. Une formation de trois années en dehors de votre atelier confirmera votre fils…

— Il n'y a pas obligation, maître, à ce que le fils d'un maître gantier satisfasse à cette formalité. Un privilège dont mon époux faisait état, je m'en souviens ! Il y va de la pérennité de nos maisons, disait-il.

— Il se peut, madame, il se peut. Néanmoins, monsieur Cazost m'avait parlé d'un projet auquel il n'était pas réfractaire. Il pensait à son maître de métier quand il était lui-même aspirant et envisageait de lui confier Constant, bien que maître Fragonard, dans son grand âge, se soit mis en retrait du métier et coule ses vieux jours dans sa ville natale, la ville du parfum. Je vous engage à organiser au plus vite le départ de vos enfants pour Grasse.

— Gersende… elle aussi… Oui, c'est mieux pour Constant qu'elle soit avec lui. Mais à quel titre ?

Le désarroi d'Eugénie était palpable. Borrelly la réconforta d'une phrase :

— Grasse, la ville des parfums ! Songez au cadeau que vous lui faites ! Si de plus on lui trouve… Oh, je vais arranger cela avec monsieur Fragonard. Préparez seulement vos enfants au voyage, chère madame.

Deux mois après cette décision, dans la froide lumière matinale des premiers jours de janvier 1780, Eugénie regardait disparaître la corbeille d'osier destinée aux bagages, arrimée à l'arrière de la turgotine à six places qui emmenait Gersende et Constant. Ce départ, imposé sans une explication qui la satisfasse, l'arrachement à des lieux, à des gens qu'elle aimait, n'était pas sans amener chez la jeune fille la réminiscence d'une situation déjà vécue.

Loin de les repousser, elle se laissa envahir, durant tout le voyage, par l'évocation des années passées.

Lui revenaient, en bouffées d'angoisse, les sensations qu'enfant elle avait connues, les affres de la séparation, la douloureuse impression d'être arrachée à un environnement qu'elle imaginait… immuable.

2

Les enfants du maset

Quitter ce vaste coin de campagne qu'était le domaine de Vacquerolles avait été, pour elle plus que pour Constant, un arrache-cœur.

Le cadre n'avait pourtant rien d'exceptionnel : la garrigue nîmoise à perte de vue, sauvage, caillouteuse, nonchalamment mamelonnée, envahie de chênes kermès, de cades et de chardons, de thym, d'arbousier et de romarin. Rien qui ne flatte, en effet, l'œil du peintre ou la verve du poète !

Mais surtout un espace infini de liberté et, pour surprenant que cela puisse paraître, de sécurité, une grande bouffée d'air pur, l'impression d'étreindre le monde. C'était tout cela, le Vacquerolles de sa petite enfance !

— Hou hou ! Gersende ! Tu ne me trouveras pas !

Quel naïf, ce Constant ! Comme si elle ne l'avait pas vu se tapir derrière un bout de muret en pierres sèches ! Elle s'irritait parfois du temps que prenait son frère à grandir. Comme s'il se complaisait dans ce besoin d'être rassuré, materné, surveillé, à moins que ce ne soit par calcul, un petit chantage propre à monopoliser l'attention de sa sœur lorsque celle-ci se détournait un peu de lui pour jouer avec les grands.

Les enfants qui s'appropriaient ce terrain de jeu illimité qu'offrait la garrigue nîmoise profitaient des moments où, occupée à sa lessive ou à toute autre besogne, Bertille laissait à sa nichée la bride sur le cou, confiant tacitement aux aînés la responsabilité des plus jeunes.

Bertille Montbellet avait été recommandée au couple Cazost-Dorandieu, en recherche d'une nourrice pour leur enfant à naître. Une démarche à laquelle Eugénie, la future maman, avait eu beaucoup de mal à se résoudre. Confier son bébé à une étrangère, n'était-ce pas se priver des plaisirs de la maternité après avoir subi les douleurs de l'enfantement ? Eugénie l'avait tant désiré, ce nouvel enfant, et cependant il suscitait chez elle un frisson de panique ! Revivre un même drame la terrorisait en même temps qu'une séparation lui apparaissait comme la pire des frustrations. Des sentiments si contradictoires qu'elle n'exprimait pas ouvertement, mais que son époux, Charles-Honoré, percevait dans son hésitation.

— Il faut être raisonnable et en convenir, ma chère Eugénie, une séparation temporaire vaut mieux que la perte que nous avons vécue. C'est donner une chance de vie à cet enfant. Un cadeau que nous lui faisons.

Charles-Honoré parlait d'or. Charlotte, leur premier enfant, sujet de tous leurs soins et de tout leur amour, était morte au berceau. Les époux n'avaient trouvé d'autre cause à cette perte que l'insalubrité du quartier des Bourgades dans lequel ils vivaient et où Charles-Honoré exerçait son art de gantier-parfumeur dans une petite échoppe d'une rue dépourvue de soleil. Il y régnait humidité et puanteur, causées par les activités nombreuses de la ville, celles des moulins à huile et des tanneries dont les eaux usées se mêlaient à l'écoulement permanent des résidus de manufactures situées en amont. De plus, le droit d'égorger un porc à même les ruelles, d'y étriper une poule ou de vider un lapin, toute une tripaille pourrissant au soleil, cela avait de quoi renforcer surabondamment la pestilence des lieux. Le taux de mortalité infantile, qui y était impressionnant au regard de celui des campagnes, dénonçait à lui seul un état des lieux auquel les consuls de la ville n'étaient pas insensibles.

— Quartier après quartier, faubourg après faubourg, ruelle après ruelle, nous assainirons la ville, c'est notre volonté !

Mais Dieu que c'était long à venir !

En accompagnant le petit cercueil au cimetière des Carmes, les deux époux, sans se concerter, avaient formulé le même vœu : celui d'accueillir les enfants que Dieu voudrait bien leur donner ailleurs qu'en ce quartier.

Pour cela, ils se dépensèrent sans compter des années durant, Charles-Honoré augmentant au fil des ans la capacité de l'atelier familial, Eugénie tenant à l'autre bout de la ville la mercerie que sa mère, âgée et malade des poumons, lui avait cédée. Et voilà qu'un enfant s'annonçait avant la finalisation de leur ambitieux projet : installer conjointement en plein cœur de la ville l'atelier de ganterie et la boutique de mercière.

C'est alors qu'Eugénie glana incidemment une précieuse information auprès d'une cliente.

— La femme Montbellet, qui habite au domaine de Vacquerolles ! Vous ne trouverez pas meilleure nourrice, je sais de quoi je parle.

Et la maman de pousser fièrement devant elle son gamin.

— Encore faudrait-il qu'elle ait un enfant à naître ou un tout récent nourrisson, avança Eugénie.

— Montbellet, son pâtre de mari, ce bougre, il lui en fait un tous les ans pour la Saint-Michel à son retour d'estive, alors le lait, ce n'est pas ce qui manque à la Bertille.

— C'est dit, je vous y mènerai dimanche ! promit l'artisan, venu à la rescousse de son épouse dont il sentait les réticences tomber l'une après l'autre.

Le domaine de Vacquerolles appartenait depuis plusieurs générations à l'un de ces soyeux nîmois dont on disait qu'ils tenaient le haut du pavé. Les grandes familles de huguenots étaient majoritaires dans cette corporation protégée par Louis XV. Loin de réitérer les erreurs du Roi-Soleil, son illustre arrière-grand-père, dont la fin du règne avait péché par de nombreuses zones sombres, le monarque du siècle des Lumières posait un regard éclairé sur les faiseurs de richesses du pays et leur consentait une certaine latitude de culte pour autant qu'elle s'exerçât dans la discrétion. Ce qui faisait de Nîmes une ville majoritairement protestante qui arborait l'opulence de ses ateliers de soie sur le cours Saint-Véran, et celle de ses maisons de ville avec péristyle qui se miraient dans le cours d'eau canalisé près des jardins de la Fontaine.

Et comme si cela ne suffisait pas à asseoir leur prestige, la possession de ce qu'on appellerait de nos jours une résidence secondaire achevait de le faire. De même que les grandes fortunes marseillaises s'offraient un cabanon dans les calanques, celles d'Arles des bastidons tapis dans les Alpilles et celles d'Avignon des pavillons viticoles dans le riche Comtat Venaissin, les manufacturiers nîmois avaient leurs petites folies : les masets qui, plantés çà et là dans la campagne nîmoise, formaient autour de la cité antique une pittoresque couronne de toits rouges, tels des clous vermillon ponctuant le paysage.

Posséder un maset, à cette époque-là, c'était opposer une diversion aux harassants travaux des ateliers ou manufactures, aux exigences d'une clientèle toujours plus difficile. Mais surtout le maset posait ostensiblement les bases d'une profession lucrative bien que le masetier, son possesseur, se défendît de suffisance, préférant y trouver un délassement aux préoccupations absorbantes de la vie citadine.

Le masetier de Vacquerolles, taffetassier de son état, comme on nommait les manufacturiers de la soie, en avait fait construire trois au fil des ans, un pour son pâtre, un pour son rachalan, l'ouvrier agricole dont l'épouse avait pour tâche l'entretien du troisième : une bâtisse pleine de charme !

Le domaine s'était enrichi d'une oliveraie et d'une vigne que l'ouvrier agricole arrosait de sa sueur et sur lesquelles il veillait jalousement. Elles étaient sa fierté qu'en homme de peu il avait pu tirer d'un sol de rien.

Une sourde animosité régnait entre lui et le pâtre, les débordements de sa nichée – de la graine de va-nu-pieds, avait décrété le rachalan – et plus encore de son troupeau, quand il le ramenait des hauts plateaux cévenols, en étaient la cause.

— Surtout, ne t'avise pas, Montbellet, de laisser tes bêtes saccager la récolte ! menaçait-il.

— Les moutons du maître sont ici chez eux comme ta vigne ! Entoure-la d'un mur, un vrai, plutôt que ces murets ridicules qui se franchissent aisément, répliquait l'autre.

Quelques joutes verbales suivies de bourrades, leur hostilité n'allait pas plus loin, surtout pas jusqu'aux oreilles du maître qui n'entendait pas jouer les arbitres. Pas plus qu'à celles de leurs épouses respectives qui s'achoppaient sur un autre sujet : les gosses que pondait chaque année la Bertille au nez et à la barbe de la femme du rachalan, un grand échalas décharné, bréhaigne et saumâtre.

— Parole, Bertille, tu couves des bessons ! On met plus de temps à tourner autour de toi qu'autour des arènes de Nîmes.

— Comme dit mon homme, enserrer les arènes c'est autrement plus plaisant qu'escalader la tour Magne !

Un échange de réflexions goguenardes en guise de compliments avec, en plus, la gouaille méridionale !

C'est pourtant cette gouaille, sa bonne bouille au sourire un peu édenté et les joues rondes de sa progéniture qui arrêtèrent la décision du couple Cazost-Dorandieu : Bertille serait la nourrice de leur futur bébé.

La probité de Bertille n'était pas à démontrer, elle donnait le sein sans compter à ses petits pensionnaires, du moins ce fut le cas pour la petite Gersende. Quand la nourrissonne était saturée de son lait, elle offrait ses tétons à la succion avide de Denis, son fils qui s'échinait jusqu'à leur tarissement.

Le couple nîmois venait un dimanche sur deux passer une heure avec leur fille, s'assurait que tout allait bien et payait consciencieusement sa quinzaine à la nounou. Pas un jour ils ne regrettèrent leur décision ni leur choix, leur fillette était un bébé joliment potelé dont la frimousse s'illuminait de ces sourires d'enfant. La couche qu'elle partageait avec son frère de lait, une solide bercelonnette douillettement fournie, était propre, chemises, lainages et emmaillotages aussi. Un an plus tard – Dieu que le temps filait ! – les heureux parents virent trottiner leur fille que la nounou présentait en disant :

— Va ! Va, ma droulette ! Va te faire câliner par ta maman.

L'enfant obéissait, brimant ses réticences d'aller vers cette inconnue, puis souriait d'aise, la dame avait la peau si douce, elle sentait si bon, ses bras étaient si tendres ! Elle s'en échappait cependant, désireuse de faire partager cet instant à son frère de lait qu'elle poussait à son tour vers la jolie dame en disant :

— À toi, Denis ! À toi !

— Avec ces deux-là, faut jamais faire les choses à moitié ! commentait la nourrice.

Eugénie se contentait de passer sa main dans les bouclettes de Denis avant de le renvoyer dans les jupons de la Bertille et de s'emparer à nouveau de sa fille dont l'impatience faisait rire la nounou et chiffonnait la maman qui déplorait :

— Cette enfant ne tient pas en place !

Bertille s'était prévalue de ce double allaitement et de la manne qui en découlait pour tenir son pâtre d'époux à bonne distance afin de ne pas voir, par mésaventure, son lait tarir. Il arriva pourtant qu'un jour plus une goutte ne vînt malgré l'insistance acharnée des petits. Une nouvelle grossesse s'annonçait. Quatre mois s'écoulèrent durant lesquels elle mit en place sans brusquerie l'ablactation des deux marmots, leur préparant de roboratives bouillies de pain trempé dans le lait tiède des brebis et des compotes de pommes cuites finement écrasées. Mais sa foncière intégrité la taraudait tant qu'elle avoua tout à trac aux parents de Gersende :

— Il faut vous dire, mes bons monsieur et dame, oui, il faut vous dire que du lait, j'en ai plus ! Alors je peux plus la garder votre fifille, c'est dommage, je l'aime bien.

— De... depuis quand ? bredouilla Eugénie en cherchant du regard un signe de dénutrition chez sa fille.

Bertille, qui n'était point sotte, perçut son inquiétude.

— Oh, ne pensez pas surtout qu'elle ne mange plus depuis que je suis grosse, ah çà non !

— Mais c'est... c'est inespéré, Bertille ! jeta Eugénie, rassurée et en même temps enthousiaste. Enfin... je veux dire que moi aussi j'attends un enfant. Vous pourriez, peut-être, comme pour Gersende...

— Eh bé ça alors ! rigola Bertille en se frappant les cuisses. Si ça se trouve, vous me demandez que je le nourrisse, et moi qui demande pas mieux !

— C'est donc que vous êtes d'accord, madame Montbellet ? insista Charles-Honoré.

— Si je suis d'accord ? La bonne blague ! On crache pas sur les sous que rapporte mon lait.

La réflexion naïve, touchante de sincérité, invita le gantier à poursuivre :

— Ce serait possible de vous laisser également Gersende en pension ? En vous payant en conséquence, bien sûr ! Vous savez que nos commerces respectifs, à mon épouse et à moi, ne nous laissent que peu de temps pour nous occuper d'enfants en bas âge. Et puis nous pensons que c'est mieux que frère et sœur grandissent ensemble, n'est-ce pas ?

— Ma foi, mon bon monsieur, je n'en sais pas grand-chose de vos affaires, sinon qu'elles doivent vous rapporter. Deux enfants en pension, ça coûte… d'autant que la petite a un bon appétit, ce sera plus cher…

— Ne vous tracassez pas, ma bonne Bertille, vous recevrez votre dû à la quinzaine, comme d'habitude, et pour les deux !

Un soir d'automne 1765, un coche vint jusqu'à Vacquerolles pour chercher Bertille, le petit Constant venait de naître. Arrivée en ville, la brave femme n'avait pas les yeux assez grands pour embrasser les larges allées arborées de jeunes micocouliers qui s'étaient frayé, à grand renfort de démolitions, des passages profilés, aérés et qui se bordaient de constructions nouvelles, élancées et cossues. Jusqu'à cette boutique à la devanture élégante qu'elle dut traverser pour accéder au premier étage, dans la chambre où Eugénie Cazost-Dorandieu, la nouvelle accouchée, allait devoir vivre encore une douloureuse séparation.

Pauvre de moi, je suis chez des rupins ! songea Bertille, réalisant combien elle était en décalage avec ces gens qui lui confiaient leurs enfants.

Cette pensée aurait pu être dévalorisante mais, dans le cœur simple de Bertille, elle fut fierté : toute pauvresse qu'elle était, c'est donc qu'elle inspirait confiance, que son lait était bon et son cœur généreux. Compatissante, l'esprit dénué de malice, elle plaignit cette mère qui, les larmes aux yeux, posait ses lèvres sur le crâne lisse du bébé tandis que le père pressait la matrone qui s'affairait à préparer un baluchon de sa layette :

— Dépêchons ! Dépêchons, madame Ligori ! La nuit va bientôt tomber et la fraîcheur aussi.

— Couvrez bien mon bébé, mon petit prince, madame Ligori, pria de son lit la mère exténuée et secouée de sanglots. Et vous, Bertille, donnez-lui du bon lait !

Tout fut réglé en trois minutes, le bébé enroulé dans une chaude couverture et déposé dans les bras de sa nourrice, la portière du coche refermée, les premiers tours de roue crissant sur le pavé de la rue. Bien calée au dur dossier du siège, seule avec le bébé dans cet habitacle ordinaire, Bertille retrouva tout naturellement son humble et cependant vitale fonction, elle extirpa de sa chemise un sein gonflé, pinça doucement le nez du nourrisson qui, d'instinct, ouvrit la bouche dans laquelle elle engouffra le bout de son tétin. Tous deux ne firent qu'un tout le temps que dura le trajet.

Deux bébés de plus dans cette nichée pas ordinaire auraient pu passer inaperçus. La petite Gersende fut cependant immédiatement attirée par celui qu'on lui présenta comme son petit frère. Une parenté, de prime abord, qui n'avait rien de nouveau pour la fillette. N'étaient-ils pas tous frères et sœurs, ces enfants du maset ?

Bien sûr, comme dans toute fratrie, il y avait des petits clans. Par âge ou par affinité, au contraire par différence et complémentarité. Gersende et Denis étaient inséparables, leur fausse gémellité n'y était pas pour rien, mais là s'arrêtait leur similitude : elle était hardie alors qu'il paraissait pusillanime, bavarde comme une pie alors qu'il n'ânonnait que quelques mots, de plus on aurait dit que la fillette avait mission de protéger l'enfant de sa nourrice. Cela fut flagrant aux premiers pas des deux bambins. Vigoureuse et solide sur ses deux jambes, Gersende se faisait un devoir d'aider Denis à se relever quand il tombait, pataud, sur son séant ; elle essuyait maladroitement ses larmes lorsqu'il s'écorchait les genoux, tout en le consolant :

— Faut pas chougner, Denis !

Une véritable petite mère dont l'intérêt fut, du jour au lendemain, accaparé par ce nouveau venu au maset qui partageait la bercelonnette d'un autre bébé plus chougneur encore que Denis. En fait, un si gros bébé que Bertille ne parvenait pas à rassasier. Et pourtant, elle y prenait peine.

Sa philosophie, qui évoluait au gré des circonstances, se bornait à un constat :

— Un enfant qui pleure, c'est qu'il a faim. Un enfant qui dort, c'est qu'il est repu, disait-elle.

Du haut de ses deux ans, Gersende n'était pas sensible aux notions philosophiques de la nounou et obéissait à une sorte d'instinct quand, lasse de voir Casimir, le gros poupard, au sein, elle allait sournoisement réveiller Constant, le chatouillait jusqu'à ce qu'il geigne et, s'il ne le faisait pas, tirait un pan de jupon de la nounou jusqu'à la bercelonnette et gazouillait :

— Constant aussi il a faim !

Bertille ne se formalisait pas de cette façon qu'avait la drôlesse de la rappeler à l'ordre et pressait Constant contre son sein tout en s'adressant au petit bout de femme qui lui souriait, satisfaite :

— Eh, mais tu veilles au grain, mâtine ! Je risque pas de l'oublier ce petit dormeur.

La vigilance de Gersende assortie de la bonne volonté de Bertille permit au petit Constant de passer sans encombre le temps de l'allaitement. Quand vint celui du sevrage, la nounou s'attendait à ce que les deux enfants du maître gantier-parfumeur lui soient retirés. Il n'en fut rien et c'est à peine si elle s'en étonna, tant la vie coulait tranquille sur cette femme de bon sens et d'humeur paisible. Tout au plus apprécia-t-elle que la pension de Constant ait été revue à la hausse.

Deux longues années furent nécessaires à Constant pour s'imposer dans cette troupe hétéroclite que formaient enfants et petits pensionnaires du maset de Bertille. S'imposer, d'ailleurs, est exagéré. Trouver sinon sa place, du moins une place relevait d'un exploit qui avait nécessité les encouragements de Gersende, une vigilance de grande sœur jamais prise en défaut.

Deux ans au cours desquels Denis fut persécuté par un sentiment inexplicable et qui pourtant avait un nom : jalousie. Sa sœur de lait, sa sœur tout court, son amie, son inséparable, donnait toute son attention à ce petit morveux, se détournait pour lui de leurs jeux complices. D'aucuns, plus belliqueux, auraient fait valoir haut et fort leurs prérogatives. Lui, non. Il souffrait en silence, boudait son écuelle et s'enfonçait dans la solitude.

Et soudain, le ciel de Denis s'éclaira aussi brutalement qu'il s'était assombri, le soleil à nouveau illuminait sa vie. Il avait suffi, pour cela, que Constant tienne tête à Casimir, son frère de lait, en lui refusant sa tartine.

— Tu as eu la tienne, celle-là elle est à moi ! s'était-il écrié en voyant le dodu lorgner sa tranche de pain dégoulinante de miel.

L'autre, pas méchant pour deux sous, n'avait su que grogner mollement sa déconvenue. Bon prince à son tour, Constant s'était fendu d'une explication :

— Tu sais, il faut que je grandisse et sois fort, moi aussi, pour travailler avec mon papa.

Charles-Honoré l'avait-il trouvé chétif et le lui avait-il fait remarquer ? Avait-il évoqué avec son tout-petit, son héritier, la lignée dont tout père rêvait, le travail de gantier qui serait le sien, plus tard ?

Ou bien était-ce dans les aspirations profondes de Constant, un enfant précoce ?

Toujours est-il que pour Gersende qui n'avait rien perdu de la scène, ce fut une révélation et un soulagement : son jeune frère n'était pas la mauviette qu'elle subodorait. Elle pouvait donc relâcher sa surveillance et retourner à ses escapades dans la garrigue. Elle alla débaucher Denis qui boudait dans un coin.

— Tu viens ? Les grands ont pris un gros garenne au collet et nous, on va chercher du fenouil sauvage. La Bertille sera contente.

Nous ! Elle avait bien dit nous, sous-entendu nous deux ! Le cœur illuminé, il mit ses pas dans les siens.

La belle enfance qu'ils vécurent alors ! Insouciante et gaie. Sans réelles contraintes que de paraître à table où Bertille s'assurait que tous étaient bien là. Pas en les comptant, elle n'aurait su le faire, mais à la seule vue d'une place vide.

— L'en manque un ! Ou une !

Et tous de s'égailler comme une volée de moineaux à la recherche de l'absent !

Si ce n'était pas à table que Bertille battait le rappel de sa troupe, cela avait lieu le soir au coucher. Chambre des filles puis chambre des garçons, la seule concession qu'elle faisait à la distinction des sexes alors que dans le grand baquet à lessive elle baignait ensemble fillette et garçonnet, les deux premiers qui lui tombaient sous la main. Un espace vide sur une paillasse où ils se serraient à quatre ou cinq amenait la suspicion de Bertille et lui faisait pointer un doigt accusateur sur l'emplacement vacant.

— Qui ? grondait-elle, avare de paroles.

— C'est Jeannot, la mère ! Pour le punir, vous l'avez envoyé dans la bergerie, s'empressait-on de lui rafraîchir la mémoire.

— J'ai bien fait, il m'avait assez échauffé les oreilles !

Au fil du temps, l'impatience gagnait Eugénie Cazost-Dorandieu de voir ses enfants intégrer leur foyer. Faire de sa fillette une petite demoiselle, policée, accomplie, et non cette demi-sauvageonne qu'elle voyait grandir trop vite, lui tenait particulièrement à cœur. D'abord parce qu'il en était ainsi que les mères façonnent leurs filles, et parce qu'elle savait par avance que son époux aurait la mainmise sur Constant afin qu'il devienne son digne successeur.

Si elle avait fait le deuil de ses enfants au berceau, si elle gardait enfouie la tendresse dont elle aurait aimé entourer leurs premiers mots, leurs premiers pas, leurs premiers bobos, du moins s'arrogeait-elle le devoir et le plaisir de guider Gersende vers l'adolescence.

En attendant, la fillette poussait telle une fleur des champs. Chaque printemps la voyait s'épanouir heureuse, de cette gaieté naturelle des enfants qui, comme les oiseaux du ciel, n'ont pas souci du lendemain. Une grâce innée, sans calcul ni affectation, qu'elle possédait de sa mère, la démarquait de la pseudo-fratrie, comme sa prometteuse joliesse faisait le bonheur des jours de Denis et, la nuit, peuplait ses rêves d'enfant.

L'heure arriva pourtant, sans tambour ni trompette. Sans que les enfants, surtout, y soient préparés ni que Bertille en fût, au préalable, avisée. Constant avait sept ans et Gersende neuf.

— C'est pas pour dire, monsieur, madame, mais je ne m'attendais pas à ça. Pas si vite en tout cas, s'étonna la nourrice.

Charles-Honoré Cazost se fendit d'une brève explication :

— Je faillirais à mon devoir si je négligeais la formation de mon fils. Constant est à l'âge où l'on entre en apprentissage !

Eugénie, plus loquace, expliqua à son tour :

— Dieu n'a pas refusé aux filles l'intelligence, pourquoi nous, parents, les priverions-nous de l'instruction ? Les dames ursulines se font une joie d'accueillir notre petite Gersende.

La mercière rêvait depuis si longtemps de voir sa fille se mêler aux enfants de familles bourgeoises, accompagnés le plus souvent d'une gouvernante, qui passaient devant sa boutique pour assister aux leçons des religieuses ! Tant de sacrifices ! Tant de travail ! Elle avait bien mérité cette reconnaissance ! Demander à Gersende ce qu'elle en pensait ? Quelle idée absurde !

Pas plus que ne se posait la question de savoir si Constant apprécierait de manier la main de fer, la pince à gant ou la demoiselle, outils spécifiques du maître gantier. Par chance, le gamin se trouvait en bonnes dispositions pour aborder son apprentissage. Il n'avait pas, comme sa sœur, développé des liens affectifs au milieu de cette marmaille. Il tenait, c'est curieux à dire pour un enfant de son âge, oui, il tenait pour temps perdu celui qu'il passait à la campagne, à Vacquerolles, loin de l'atelier paternel.

Une attitude à l'opposé de celle de Gersende qui, résignée, quittait le cadre des neuf premières années de sa vie. Elle croisa le regard bouleversé d'incompréhension de Denis et détourna le sien, tout ennoyé de larmes.

3

La nouvelle Nemausus

Quel enthousiasme portait Charles-Honoré Cazost en ramenant ses enfants au sein du foyer ! Pour eux, il se voulait le chantre de sa ville et, à travers les commentaires qu'il en faisait, nul doute qu'il l'aimait, qu'il était fier de son passé et plus encore de ce qu'elle était devenue.

Nullement rassasié des nombreuses explications que fournissait son père depuis qu'ils avaient franchi les portes de la ville, en l'occurrence celle de la Bouquerie, Constant se repaissait de l'univers nouveau qui défilait devant ses yeux.

— Et là, qu'est-ce, monsieur... euh... père ?

— Un canal qui ceint la ville dans sa partie nord avec, de part et d'autre, deux promenades particulièrement prisées par les Nîmois, le Grand Cours et le Petit Cours. L'eau, c'est ce qui, de tout temps, avait fait le plus défaut à Nîmes. Aujourd'hui, des fontaines coulent dans tous les quartiers.

— Je n'avais jamais vu autant d'eau ! Des petites mares, parfois, après de grosses pluies qui faisaient le bonheur des moutons du père Montbellet, mais jamais comme ça. Il est beau, ce canal, père !

Tout ce dont son frère se réjouissait semblait laisser Gersende indifférente. Les jardins, le canal, les allées qui défilaient à la portière de leur coche n'offraient que des perspectives limitées et comparables, dans son raisonnement d'enfant arquée sur ses positions, aux murs d'une prison. Elle, qui avait eu pour horizon l'inaccessible ligne bleue des Cévennes, tenait pour étroitesse et obstacle au regard les faubourgs arborés, les parcs ombragés et les murailles rectilignes qui canalisaient l'eau. Rien de tout cela ne supportait, à ses yeux, la comparaison avec la garrigue et ses élégants murets de pierre.

Rencognée dans le fond du coche comme pour se faire oublier, sa mine boudeuse accusait tout ce ressenti et chiffonnait Eugénie qui tentait en vain de l'apprivoiser.

— Tu ne dis rien, Gersende. Ça ne te plaît pas d'être avec nous ou bien est-ce la ville qui te rebute ? Elle est belle pourtant ! Si tu l'avais connue il y a seulement quinze ans !

— Quinze ans ? C'est peu dire, ma chère ! Je ne pense pas me tromper en disant que tout a débuté en...

On pouvait dire, sans exagérer, que le vaste programme de réhabilitation, de réaménagement et d'embellissement de Nîmes avait titillé les instances dirigeantes de la ville dès 1740. Or, s'il y avait eu consensus sur une entreprise de rénovation estimée indispensable, restait à concilier les adeptes du passé culturel et ceux de l'utilité publique.

— Une ville qui n'a aucune considération pour sa glorieuse histoire se prive d'un avenir rayonnant, prônaient doctement les premiers.

Tandis que les seconds visaient à plus d'humanité :

— Que valent les vieilles pierres, fussent-elles historiques, au regard de logements décents pour nos concitoyens, de rues où l'on respire autre chose que des miasmes vecteurs de maladies ?

Les deux postulats se défendaient. Or, au sein même de ces oppositions, la dissension creusait des fossés. D'un côté ceux qui s'appuyaient sur le passé romain de la ville et n'en démordaient pas, et ceux qui, gagnés par l'influence du siècle des Lumières, ne juraient que par le classicisme de la Grèce antique. Dans l'autre camp, si la majorité défendait bec et ongles le commerce et l'artisanat, seuls pourvoyeurs à leurs yeux de richesse et de renommée, la minorité restante faisait entendre ses propos moralisateurs :

— Salubrité est synonyme de santé. Une population en bonne santé est une population laborieuse et le travail engendre la sécurité. Les trois S : salubrité, santé, sécurité !

Il faut bien avouer que ces fameux trois S faisaient grandement défaut à Nîmes en cette première moitié du XVIIIe siècle. Et cela ne datait pas d'hier !

À l'origine, la population d'autochtones regroupés en bourgade dépendait de la Gaule narbonnaise lorsque la tribu des Volques Arécomiques s'en empara et la baptisa Nemoz en hommage au dieu éponyme de l'Eau à qui fut érigé un sanctuaire près de sa source.

Peu belliqueux ou bien habités de sagesse, ces Volques se rangèrent sans tergiverser sous la protection des Romains. Il faut dire que la victoire incontestée de Jules César sur les Arvernes, fougueux mais désordonnés, les avait incités à la prudence. En devenant romaine, Nemoz vit son nom latinisé en Nemausus, adopta les lois en vigueur à Rome, la langue, les coutumes. Ainsi naquit une de ces agglomérations ouvertes, lieu de concentration de richesses et d'exercice du pouvoir.

Au fil des siècles se développèrent en proche périphérie de la cité des espaces agricoles fertiles et peuplés, idéalement localisés le long d'axes de communication importants, cernés de constructions témoins d'un certain art de vivre latin.

La tour Magne, tourelle maîtresse des fortifications de sept kilomètres, la Maison carrée, temple dédié aux petits-fils de l'empereur Auguste et implanté au cœur du forum, les arènes à la fois symboles de puissance, de majesté et de récréation restaient, elles, immuables, comme sacrées et donc vénérées.

En réponse aux grands domaines agricoles extra-muros, artisanat et commerce devinrent florissants au point de semer les ferments d'une renommée qui allait traverser les siècles.

Les néo-Gallo-Romains cessèrent de s'inquiéter de la démolition de leurs cabanes de terre crue à toiture en torchis et qui ne tenaient debout que par de valeureux étais de bois, quand s'élevèrent à leur place des villas de pierres blanches arrachées à la masse calcaire des carrières de Barutel. Forums. Atriums. Bains romains. Plus que de s'en accommoder, il leur fut aisé de se glisser dans cette nouvelle façon de vivre le temps que dura l'hégémonie romaine et même de prendre leur part de fierté, celle d'avoir fait de Nemausus une cité prospère.

— Mais tout passe, tout lasse, tout casse. C'est en entrant dans le domaine du roi de France, sous le règne de Jean le Bon, que Nemausus devint

Nîmes. On était en 1357. Plus de quatre siècles en arrière, vous vous rendez compte, mes enfants ? Et tout cela par la volonté d'un homme, le dauphin de France, futur Charles V qui sera dit le Sage.

Le débit de parole de Charles-Honoré Cazost, après s'être emballé, marquait comme un fléchissement de la voix. Eugénie, qui dissimulait ses bâillements d'ennui derrière une main finement gantée et parfumée, en profita pour s'immiscer dans la faille :

— Ne craignez-vous pas, monsieur mon époux, de rebuter ces chers petits ?

Ce disant, elle les regardait à la dérobée et fut étonnée. Non seulement Constant était toujours suspendu au récit de son père, mais Gersende à son tour s'était laissé prendre aux paroles paternelles.

— Je ne pensais pas que cela vous plairait à ce point. N'avez-vous pas plutôt hâte de découvrir notre univers ? J'entends le vôtre désormais. L'atelier de votre père accolé à ma boutique de mercerie qui s'appelle Au Bouton de nacre...

— Vous brûlez les étapes, ma chère ! la coupa son époux. Nos enfants ne sauraient apprécier de vivre dans ce siècle s'ils ne connaissent pas ceux qui l'ont précédé. Nos efforts, nos sacrifices n'ont de valeur que par comparaison.

— Ils sont jeunes et pourraient se lasser comme...

— Comme vous-même l'êtes ? ironisa Charles-Honoré.

Leur échange fut interrompu par Constant qui ne perdait pas le fil de l'histoire.

— Pourquoi l'a-t-on appelé Sage, ce roi Charles qui a tout démoli, tout cassé ?

Le père eut un sourire satisfait.

— Naïve, ta réflexion, mon garçon, et cependant frappée au coin du bon sens ! Et toi, ma fille, tu ne dis rien, je t'ennuie ?

— Oh non, mons… non, père ! Continuez, s'il vous plaît.

— Vous voyez, Eugénie, ma méthode fait ses preuves. Nous allons faire de ces petits sauvageons deux jeunes Nîmois fiers de la ville qui les a vus naître.

Eugénie se résigna à écouter la suite qu'elle connaissait par cœur ; son époux ne se lassait jamais de parler de sa ville. À l'entendre, on avait l'impression qu'il prenait sa part à sa résurrection.

Survolant la longue léthargie de la cité, entre somnolence et obstination, il se focalisa sur le sursaut de Nîmes.

— Ce siècle se trouvait bien entamé lorsque les consuls nîmois se réveillèrent ! s'emballa Charles-Honoré.

L'élan qu'il donna à sa phrase fit tressauter son auditoire. N'y prenant pas garde, il poursuivit avec dynamisme :

— Par ordonnance, ils exigeaient que les gargouilles, les déversoirs en façade et les constructions en saillie soient démolis sous peine d'amende de vingt-cinq livres. En un mois, les rues s'en trouvèrent élargies, les passants préservés de chutes d'eau intempestives. Et ce n'était que le début !

En effet, on vit la cité, ceinte de larges fossés et de hautes murailles, prendre un souffle énorme et les faire en partie exploser, des faubourgs si longtemps abandonnés à leur destin de dépotoirs devenir des quais arborés servant de promenades.

Dans le besoin urgent de donner de l'air aux places et aux rues, les logements vétustes vivaient leurs derniers jours, le temps que s'élèvent en périphérie des maisons de pierres dures, couvertes de tuiles rouges ; s'invitaient, au-dessus de leurs portes et de leurs fenêtres, la pierre de taille pour les plus cossues, des tasseaux de bois pour les plus modestes, mais toujours d'agréable facture. Partout les rues se pavaient de pierres plates spathiques, une rigole courant en leur milieu assurait le drainage de tout ce qui, naguère, les rendait impraticables. Un vrai bonheur pour le chaland d'arpenter sans le moindre désagrément la rue des Orfèvres, celle des Broquiers ou celle des Barquettes. Et même si des points noirs demeuraient encore dans certains faubourgs, comme ceux des Bourgades et des Esclafidous, on inaugurait à tout-va !

Charles-Honoré stoppa net son envolée lyrique pour donner une précision :

— Nous arrivons sur la place de l'Horloge. Regardez bien, mes enfants, cette tour érigée en 1755. Elle a beaucoup d'importance pour les Nîmois venus en foule assister à son inauguration, et plus encore pour votre mère et moi.

— La première fois que je vis votre père, c'était sur cette place, intervint Eugénie. Comme tout le monde, les yeux scrutant le ciel, nous nous pressions pour assister à un mémorable feu d'artifice.

— Un feu ? Dans le ciel ? s'étonna Constant en se tournant vers sa mère.

— Un feu d'artifice ! Tu auras l'occasion d'en voir. Ici, tout est sujet à la fête et la fête passe par la pyrotechnie. Fusées, feux de Bengale et pétards à gogo.

— Vous n'avez pas eu peur ?

Gersende à son tour entrait dans la conversation et portait son attention sur sa mère. Rosissant aux souvenirs qui affluaient, Eugénie se rengorgea :

— J'étais chaperonnée. Mes parents veillaient sur leur enfant unique. Mon père, par sa seule stature, faisait barrage à toute approche d'un prétendant. Pensez donc, j'avais juste quinze ans.

— Il n'empêche, ma mie, mes yeux ce soir-là ont été éblouis et le feu d'artifice n'en était pas la cause.

De roses qu'elles étaient, les pommettes d'Eugénie virèrent au rouge pivoine, érubescence de plaisir que Gersende, finaude, perçut. Son regard allait des yeux brillants de son père au visage enflammé de sa mère sur lequel ils se posaient et cela lui causa un curieux embarras. Elle n'avait jamais noté rien de tel entre les époux Montbellet pour qui les bourrades et grognements pouvaient marquer indifféremment la satisfaction ou l'agacement. Elle se trouvait soudain devant un autre modèle de couple qui, pour être tout en subtilité, la mettait mal à l'aise. Elle voulut changer de sujet mais son père poursuivait :

— Je ne saurai jamais dans quel embarras se trouvait votre colporteur de père, ma chère Eugénie. Pour obtenir votre main, je dus lanterner plus de trois ans, et puis soudain sa capitulation, je m'étonne encore de sa précipitation à nous voir mariés.

Eugénie avait ramené son fichu de satin sur son visage décomposé et baissait la tête. Quelle mouche piquait la mercière ? Gersende réprima un haussement d'épaules : Dieu, que sa mère était maniérée !

— Vous nous avez parlé de jardins, père, de parvis...

— Mais oui ! Les jardins de la Fontaine, les places qui se sont agrandies et reçoivent deux marchés hebdomadaires, sans parler des trois grandes foires annuelles...

Surpris de l'arrêt du coche de louage, Charles-Honoré remarqua tout platement :

— Eh bien, je crois que nous sommes arrivés.

Ils étaient en effet dans la rue des Barquettes, devant un immeuble qui fit lever la tête aux enfants. Il s'élevait sur trois étages, à l'image de tous ceux qui bordaient ce côté de la rue, l'autre s'ouvrant en partie sur la place de l'Horloge. Au rez-de-chaussée, une enfilade de boutiques, fermées à cette heure tardive, laissait deviner l'activité commerciale qui s'était développée dans ce quartier : une imprimerie et une fabrique de navettes entouraient le double commerce-atelier des époux Cazost-Dorandieu : mercerie et ganterie.

Le reste de la rue se faufilait jusqu'à la place aux Herbes et se déclinait en plusieurs marchands de fruits et de légumes qui, une fois leurs volets rabattus, vendaient leur marchandise à même la chaussée ; cette portion était d'ailleurs communément appelée rue de la Fruiterie.

Négligeant la main que lui tendait son père, Constant sauta sur le trottoir. Gersende, à sa suite, en fit de même et se trouva penaude d'être gourmandée par Eugénie.

— Enfin, Gersende, ce ne sont point façons de demoiselle !

— Ta mère a raison, fillette.

Prenant à la taille son épouse, Charles-Honoré lui dit en la déposant :

— Je ne doute pas, ma chère, qu'entre vos mains cette enfant devienne une petite demoiselle accomplie.

Flattée du compliment, Eugénie baissa modestement les yeux tout en fouillant dans son aumônière pour en ressortir une clé qu'elle introduisit dans la porte du Bouton de nacre.

L'accès à l'appartement se faisait par la mercerie au moyen d'un escalier à vis, moins encombrant qu'un quart tournant, vu la hauteur sous plafond de la boutique.

De toute évidence, madame Cazost-Dorandieu ne souhaitait pas qu'on s'attarde au rez-de-chaussée, elle avait commencé à gravir les marches de bois, suivie en file indienne des enfants. Fermant la marche, son époux commentait :

— Demain, vous découvrirez nos lieux de travail qui, en réalité, n'en font qu'un. Ils sont si complémentaires !

Tout en haut, une statue semblait faire barrage. C'est du moins l'impression qu'en eurent les enfants. Il s'agissait en fait d'une toute jeune femme, vingt ans à peine, bien que son visage terne en affichât un peu plus, employée comme bonne à tout faire du ménage Cazost-Dorandieu. Francette Tardarioux était « l'œuvre » d'Eugénie.

— Francette, c'est une perle ! racontait la mercière à ses clientes. Je ne m'en séparerais pour rien au monde.

— Un galant pourrait vous l'enlever, elle est en âge !

— Après tout ce qu'il m'a fallu de patience pour lui inculquer comment tenir une maison ? Ah, j'espère bien que non ! Vêtue de loques et dénutrie, elle mendiait, la main sous le porche de Saint-Castor. Un désir irrépressible – on appelle cela la charité chrétienne, m'a assuré monseigneur l'évêque – me prit de converser avec elle. Les mots, parfois, sont plus bénéfiques qu'une piécette.

Eugénie Cazost-Dorandieu détournait sans rougir sa sagesse de commerçante économe en une qualité fondamentale. Il faut cependant reconnaître que, ce jour-là, elle avait été bien inspirée en portant intérêt à cette petite mendigote, elle avait fait d'une pierre deux coups : en sauvant une gamine de la rue, elle s'attachait une employée fidèle.

Scrupuleuse quant à la propreté, elle lui avait imposé un passage obligatoire aux bains publics de la ville. Ses hardes jetées au feu, Francette avait enfilé des vêtements que lui tendait cette bonne fée et sans hésiter l'avait suivie jusqu'à la rue des Barquettes. Là, passablement ébahie, elle s'était vue installée devant une écuelle de soupe et du pain sans compter. Après, il fallut passer à confesse. Ses parents ? Elle n'en avait plus souvenance, placée dès son tendre âge chez des éleveurs de porcs de Russan, un village à moins de quatre lieues de Nîmes. Elle pleura à chaudes larmes en évoquant les privations, la maltraitance et le harcèlement qu'elle avait subis de la part de ses employeurs. Peur et dégoût l'avaient poussée à s'enfuir, se fondre dans la lie de Nîmes où elle dut mendier et coucher sous les porches.

Prise sous l'aile d'une Eugénie ouverte à une forme de générosité très personnelle, Francette était entrée dans le moule formaté par sa patronne dont, mentalement, elle baisait les mains chaque jour, pour laquelle elle aurait pu se faire hacher menu et qu'elle servait sans jamais se plaindre. En retour, Eugénie Cazost-Dorandieu se targuait de ne point loger sa bonne sous les combles où l'on reléguait le petit personnel.

— Francette possède sa chambre à notre étage, certes elle est toute petite, mais cela lui suffit.

Pardi ! Elle y était si peu, dans sa chambrette aveugle coincée entre la cuisine – un autre de ses domaines – et l'échelle de meunier qui conduisait à l'étage supérieur aménagé en réserves, indispensables aux deux boutiques ! Levée avant leur ouverture, elle faisait le nettoyage méticuleux de l'atelier du gantier et celui de la mercerie, allait au marché, s'occupait du ménage, cuisinait, courait au lavoir public le long du quai de la Fontaine, étendait dans une cour intérieure le linge qu'il faudrait, plus tard, repasser avec soin.

— Vise toujours la perfection, c'est ainsi qu'on progresse ! recommandait l'exigeante patronne après lui avoir fait, par trois fois, recommencer l'apprêt d'un jabot de dentelle.

Chambre de marquise ou soupente de Cendrillon, peu importait à Francette pourvu que son corps recru se repose. Son pensum ? Cet escalier en colimaçon qu'elle empruntait vingt fois par jour, quand ce n'était pas l'échelle de meunier, madame Eugénie la sollicitant pour un oui, pour un non.

« Francette, descends un carton de bisettes de la réserve. Fais vite, ma cliente est pressée ! »

« Est-ce possible que j'oublie mes ciseaux ? Francette, peux-tu regarder s'ils sont sur le bahut et me les descendre ? »

Mais de quoi se serait plainte une pauvre fille comme elle, traitée depuis l'enfance comme une moins-que-rien ? Si le travail était le maître mot chez les Cazost-Dorandieu, le bien manger aussi, et la propreté, une obsession !

— Nos doigts manipulent à longueur de journée des matières nobles et fragiles !

C'était le credo de madame et de monsieur. Monsieur dont la pauvre enfant avait redouté, les premiers temps, qu'il se comportât en grossier personnage. Mais très vite elle lui avait donné sa confiance, aucune violence ni physique ni verbale ne s'exerçait en cette maison et cela faisait oublier à Francette tous les escaliers à vis du monde.

C'est justement en haut de cet escalier que se tenait celle que les enfants avaient prise pour une statue. Sur la table, quatre couverts étaient dressés qu'Eugénie approuva d'un hochement de tête satisfait.

— J'ai tenu le repas au chaud comme madame m'a dit.

L'intonation, presque enfantine, ne correspondait pas à son visage ni à sa silhouette qui, quoique juvénile, accusait les stigmates d'une enfance et d'une adolescence humiliées. Observatrice, Gersende s'en était fait la remarque et d'emblée lui accorda un capital sympathie.

— Tu as mangé, Francette ? Alors tu peux disposer !

La jeune servante n'attendait que ce mot de sa patronne pour se défiler, mais Eugénie se ravisa.

— Attends ! Je te présente Gersende et Constant, nos enfants. Demain matin, tu veilleras à ce qu'ils fassent leur toilette et tu leur serviras leur petit déjeuner. Mes petits, elle c'est Francette, vous serez polis et gentils avec elle.

Gersende se demanda quel besoin avait leur mère de faire de telles recommandations. Certes, bien que vêtus d'habits apportés par leurs parents, ils avaient l'air de sauvageons avec leurs cheveux mal disciplinés, et elle-même, du haut de ses neuf ans, ressentait ce décalage devant cette table recouverte d'une nappe fleurie, ces assiettes sans ébréchure, ces verres délicats, mais de là à redouter qu'ils fussent des méchants… Leur mère se méfiait-elle d'eux ?

Par une porte qu'on devinait à peine, Francette s'éclipsa, laissant les Cazost-Dorandieu souper en silence, les petits attentifs à ne pas tacher la nappe ou faire tomber leur verre, les parents savourant la réalisation de leur rêve.

La journée avait été riche en émotions, changements, voyages et découvertes ; l'heure du coucher fut appréciée de tous. Eugénie était d'une fébrilité joyeuse en faisant découvrir à sa fille la chambre meublée et décorée par ses soins.

— Voici ta chambre, Gersende. J'espère qu'elle te plaît ? J'ai tant rêvé, enfant, d'en posséder une semblable.

L'exclamation de ravissement escomptée n'eut pas lieu.

— Je… je vais dormir là ? Toute seule ? demanda Gersende, mi-boudeuse, mi-effrayée.

— Oh, ma mignonne ! Tu voudrais que, pour cette première nuit, ta maman dorme avec toi ?

— Non… Je voudrais… je voudrais bien dormir avec Francette… enfin… qu'elle vienne dormir avec moi.

— Avec… Mais tu n'y penses pas ! Et pour quelle raison ?

— Le lit. Il est beaucoup trop grand pour une seule personne, et puis je risque d'avoir froid… ou peur…

— Peur de quoi ? Notre chambre est voisine. Ton frère ne fait pas autant de simagrées, lui ! Allez, dors bien, ma fille.

Effectivement, il avait suffi que Charles-Honoré lui désigne à son tour sa chambre plus sobrement fournie par choix du gantier-parfumeur – un homme s'amollit dans les falbalas, prônait-il – pour que le visage de Constant s'illumine de plaisir.

— Pour moi ? Tout seul ?

Il ne pensait pas qu'un tel bonheur soit possible. Sans hésitation, il enfila la longue chemise étalée sur le lit haut et se glissa avec volupté dans les draps.

Les parents, ce soir-là, avaient-ils été sensibles aux caractères de leurs enfants qui s'ébauchaient ? Constant confirmait son tempérament de solitaire, son besoin d'indépendance et de sérénité proche de la méditation alors que se dessinait le côté convivial de Gersende, sa propension à aller vers son prochain, à se sentir entourée, aimée, comprise.

Eugénie et Charles-Honoré avaient encore du chemin à parcourir pour connaître leurs enfants.

Francette avait toujours eu le sommeil léger, elle frissonnait au moindre bruissement, et là, elle n'avait pas rêvé, la clenche de sa porte avait été actionnée ! Elle se raidit sur sa couche, assaillie de trop mauvais souvenirs. Une nausée s'empara de son être quand elle réalisa l'impensable, monsieur Charles était comme les autres ! Pourtant, il avait bien caché son jeu durant toutes ces années, le fourbe !

Or ce fut un petit corps léger, tout frémissant et doux, qui se glissa contre elle, cherchant la chaleur et la sécurité.

Mademoiselle Gersende ! On aurait plutôt dit un chaton apeuré qui, au bout de quelques secondes, se mit à ronronner.

D'un coup, d'un seul, Francette se réconcilia avec le monde entier !

4

On sait mieux où l'on va quand on sait d'où l'on vient...

L'idée avait mûri dans la tête et dans le cœur d'Eugénie, et avait aussi fait l'objet d'une discussion préalable avec son époux.

— Comment faire comprendre à nos enfants que seule leur santé a motivé le long éloignement dans lequel nous les avons tenus, sinon en leur faisant visiter les lieux où nous sommes nés et avons vécu avant leur naissance ?

— Auront-ils assez d'imagination pour se projeter en ces temps et ces lieux encore oubliés du renouveau de Nîmes ?

Eugénie, avec l'aval de son mari, voulait donner à Gersende et Constant la raison parlante de leur long séjour chez leur nourrice, aussi avait-elle prévu de leur consacrer toute la matinée. Pour cela, elle avait débauché Espirite.

Ce n'était pas la première fois que cette femme de confiance, la quarantaine bien posée, empeseuse-repasseuse chez le maître gantier-parfumeur, était sollicitée à la boutique du Bouton de nacre. Elle en connaissait la profusion de marchandises, possédait la patience nécessaire face à une clientèle exigeante. Mieux, elle savait compter, de tête uniquement, et rendre la monnaie sans se tromper.

— Scrupuleuse jusqu'au bout des ongles ! disait d'elle madame Cazost-Dorandieu.

Un travail délicat que le sien qui consistait à extraire, par macération, l'amidon de la farine ! La pâte qui se déposait au fond du fût demandait encore à sécher sur des claies, être tamisée dans des cribles de fer, puis tassée dans des sacs de toile. Et avec ça, toujours tirée à quatre épingles, une exigence il est vrai dans son métier d'amidonnière-poudreuse en rapport direct avec le corps humain, car n'était-ce pas tout bonnement se poudrer le visage que de s'empeser ou de s'amidonner ?

Eugénie requérait l'aide d'Espirite une fois par mois quand elle se rendait à l'hospice pour y jouer les dames patronnesses, comme c'était le rôle des classes aisées dont elle ne rougissait pas de faire partie. Charles-Honoré se montrait alors un époux compréhensif... quoiqu'un peu caustique :

— Vous allez faire vos bonnes œuvres, ma chère ? Dieu vous en tiendra compte !

Le moment était venu. Eugénie avait entendu les pas menus sur le plancher au-dessus de sa tête, les bruits discrets du petit déjeuner, ceux des ablutions, quelques petits cris à peine réprimés quand Francette, sur ses recommandations, avait tenté de mettre de l'ordre dans la chevelure des enfants.

Une véritable corvée pour venir à bout de celle de Gersende, si longue qu'elle couvrait ses reins une fois démêlée, plus aisée en ce qui concernait celle de Constant.

— Coupe et taille à ton aise, Francette, il suffit aux garçons que les cheveux frôlent leurs épaules. Ensuite, tu les attacheras sur la nuque et poseras cet élégant catogan.

— Et pour mademoiselle Gersende ?

— J'ai cru deviner qu'elle avait de belles boucles, un peu trop même ! Il faut les discipliner en une natte ou deux.

En effet, cela n'avait pas été mince affaire ! Mais bien utile pour échanger quelques mots lorsque Constant s'éclipsa.

— Tu ne diras rien, Francette, pour cette nuit ?

— N… non… mademoiselle Gersende. Mais votre maman ne souhaite certainement pas que vous désertiez votre si jolie chambre. Elle se faisait une telle joie en la préparant.

Cette dernière phrase n'eut pas l'air d'émouvoir Gersende, sinon pour proposer, toujours à mi-voix :

— Si tu préfères venir dormir avec moi, je veux bien. Pourvu qu'on soit ensemble !

— Non ! Oh non ! Revenez, si vous voulez, mais sans bruit surtout, que vos parents n'en sachent rien !

Les enfants, enfin prêts, attendaient en silence, en haut de l'escalier. Venue d'en bas, la voix d'Eugénie se fit entendre :

— Francette ! Tu peux descendre avec les enfants. Apporte-moi mon mantelet, je te prie, il fait frais ce matin !

— Oh qu'ils sont beaux ! se permit Espirite, déjà aux commandes du Bouton de nacre.

— N'est-ce pas ! se rengorgea fièrement Eugénie.

Encore quelques recommandations à Francette puis à Espirite et les voilà en route pour une immersion dans le passé. Celui de Nîmes avait été magistralement narré la veille par son époux, celui de la famille lui revenait de droit !

Au bout de la rue – celle rebaptisée de la Fruiterie –, il leur fallut traverser la place aux Herbes sur laquelle se pressait une majorité de femmes, ménagères ou servantes de grandes maisons, qui faisaient leur marché.

— Restez tout près de moi, mes enfants. On peut facilement se trouver séparés par la foule, bousculés et perdus dans des ruelles qui vous sont encore inconnues.

Alors que cette recommandation ne causait aucun émoi chez Gersende, Constant se rapprocha instinctivement de sa mère et cela eut l'air de plaire à Eugénie.

Chemin faisant, elle expliquait à sa façon les rues, les places, les quartiers qu'ils foulaient, introduisant à chaque fois une anecdote personnelle. Ainsi, passant devant l'église Saint-Castor, elle crut bon d'expliquer :

— C'est sur les marches de cette cathédrale qu'il me fut donné de porter secours à notre chère Francette ! La pauvre petite, sans famille ni logis… en était réduite à mendier pour manger. Maintenant, elle est un peu de notre famille dont elle partage le travail et les joies. Une belle histoire, n'est-ce pas ?

— C'était une fillette ? interrogea Gersende.

— Plus tout à fait, elle allait sur ses quinze ans. Elle en aura bientôt vingt !

Le tout petit intérêt que souleva l'histoire de Francette déçut un peu la mère qui poursuivit néanmoins :

— Nous allons maintenant emprunter le Grand Cours. Tu te souviens, Constant, du canal qui t'a si grandement impressionné hier, par sa profondeur ? Eh bien, nous allons le longer, puis le franchir en traversant le pont du Fort.

— Un fort ! Vous voulez dire une forteresse ? s'exclama Constant, soudain captivé.

— Pour une forteresse, c'en est une ! Mais nous n'irons pas jusque-là. Sitôt après le pont, nous serons dans le faubourg des Bourgades, là où les Cazost, la famille de votre père, exerçaient l'artisanat de gantier-parfumeur.

Constant gardait les yeux fixés sur les murailles du fort, bâti en surplomb de la ville, dont il distinguait l'imposante superficie, tout en suivant à distance sa mère et sa sœur qui pénétraient dans ce qu'Eugénie définit comme un cloaque. Gersende comprit à l'instant à quoi servaient les deux anneaux de fer fixés au bas du jupon de sa mère qui produisaient sur le sol un léger cliquetis. D'un geste que madame Cazost-Dorandieu n'avait pas oublié tant il avait été son quotidien, elle avait prestement glissé un index dans chacun d'eux afin d'éviter que ses jupes ne traînent dans la boue.

Jetant un regard aux chaussures neuves que leur avait fait enfiler Francette, la fillette crut avoir la bonne réaction en disant à son frère :

— Constant, fais comme moi, enlève tes galoches, sinon tu vas les crotter !

— Ne faites surtout pas cette bêtise ! les arrêta tout net leur mère. Vous pourriez vous blesser les pieds avec des bris de verre, vous enfoncer un clou rouillé, être mordus par un rat et que sais-je encore !

Comme pour lui donner raison s'échappa d'une cave un de ces rats d'égout dont la corpulence les laissa pantois. Pataugeant, mais toujours dans les pas de leur mère, ils longèrent ce faubourg qui n'était que bruit, crasse et pestilence. Enfin, Eugénie stoppa sa marche devant un atelier à l'enseigne de la Tannerie du Gévaudan. De l'intérieur obscur, une voix bourrue se fit entendre :

— Eh, la patronne, c'est pas le mois !

— Ne vous inquiétez pas, Garrel, je ne viens pas pour le loyer. Je visite… ou plutôt, je fais visiter.

L'homme n'en dit pas plus et resta dans l'ombre tandis qu'Eugénie expliquait à ses enfants :

— C'est ici que votre père, et son père avant lui, et même son aïeul, si je me souviens bien, ont exercé leur métier de gantier, auquel s'est ajouté au fil des générations celui de parfumeur.

— Monsieur Caz… enfin… notre père travaillait ici ? bêla Constant.

— Il y est né, te dis-je ! Nous y avons vécu les six premières années de notre mariage et… commença Eugénie.

Puis, se ravisant, elle interpella à nouveau l'homme dérobé :

— Garrel ! Votre femme est là-haut ? Pouvons-nous monter ?

— Pardi, où voulez-vous qu'elle soit ? Si c'est pour voir des gosses qui braillent, vous serez pas déçue, grommela l'invisible.

Eugénie poussa une porte au bas vermoulu, une volée d'escalier en bois creusé d'usure en son milieu leur permit d'atteindre une grande pièce guère plus éclairée que l'atelier, au fort relent d'humidité.

— Vous venez pour le mois ? Mon homme a pas payé ?

La voix désolée venait d'une alcôve où une femme, le dos calé contre un gros oreiller, allaitait un nouveau-né.

— Non ! Non, ne vous tracassez pas, madame Garrel !

— Ah, c'est pour le bébé ! Que vous êtes bonne, madame Cazost-Dorandieu, vous et toutes ces dames de charité !

Eugénie se sentit sotte d'avoir oublié l'enfant à naître des Garrel et se rattrapa en promettant :

— Mais je ne savais pas que votre enfant était né ! Demain, je vous enverrai Francette qui vous apportera une layette et quelques provisions. Une fille ? Un garçon ?

— Un petit gars enfin, après ces deux droulettes !

Du menton, la femme désignait la fenêtre devant laquelle jouaient deux gamines avant de demander abruptement :

— Vous n'êtes pas là pour lui, alors ? Qui sont ces enfants ?

— Les miens, ma brave dame ! Ils sont beaux, n'est-ce pas ?

Déjà Eugénie prenait goût à ces sortes de compliments qui la comblaient d'aise. Elle en fut pour ses frais.

— Les enfants sont tous beaux dans les beaux quartiers, marmonna la femme entre ses dents.

Pour le moins dépitée, Eugénie revint à la véritable raison de sa présence :

— On sait mieux où on va, dit mon époux, quand on sait d'où l'on vient. J'avoue que c'est un peu ténébreux, formulé ainsi. Je voulais que nos enfants voient où nous avons vécu, c'est d'ailleurs dans cette pièce, à l'endroit même où vous êtes, que j'ai donné le jour à ma fille Gersende.

Puis, se tournant vers sa fille :

— Tu es née ici, fillette !

Gersende restait coite. En vingt-quatre heures, il lui semblait avoir vécu trois vies. Une enfance à la campagne, une nuit dans un appartement bourgeois et se trouver dans le taudis qui l'avait vue naître était une expérience pas banale. Pourtant, elle accusait le coup, plus curieuse que réticente.

— Vous avez dû partir pour laisser la place à monsieur et madame Garrel ? demanda-t-elle innocemment.

— L'atelier devenait trop petit pour ton père ! répondit Eugénie, embarrassée devant sa locataire.

Puis elle s'empressa d'ajouter :

— Nous n'allons pas vous déranger plus longtemps, madame Garrel. C'est promis, je ne vous oublie pas et dès demain je vous envoie Francette !

Le trio reprit sa route en silence. Constant n'avait que le fort en tête et Gersende semblait cogiter.

— Je pourrai revenir avec Francette ? demanda-t-elle.

— Pour quoi faire, grands dieux ?

— Je ne sais pas, avoua la fillette tout bas.

Cette demande tarabusta Eugénie un long moment avant qu'elle ne prenne une décision. Pour n'être pas prévue au programme, elle la jugea pourtant indispensable. À pas pressés, ils traversèrent le quartier des Calquières où s'alignaient de nombreux ateliers de teinture. Ni mieux ni pire que celui des Bourgades, il s'étirait jusqu'à la porte des Carmes, devant la grille d'un lieu qui aiguisa la curiosité de Constant.

— Quel est donc cet enclos ? Je n'en ai jamais vu de tels, il y a des moutons qui viennent y paître ?

Tout en franchissant la grille et les entraînant à sa suite, Eugénie tentait d'expliquer à quoi servait ce lieu et, devant la mine fermée des enfants, commençait à regretter son impulsion. Néanmoins, ils étaient là, autant aller jusqu'au bout. Sans hésiter, elle contourna des concessions de pierre pour arriver à un carré planté de dizaines de croix.

— Le carré des enfants ! précisa-t-elle, un sanglot dans la voix. Chaque croix se réfère à un enfant que Dieu a rappelé à lui. Celle-ci, là, c'est celle de Charlotte, notre premier enfant.

— Pourquoi il l'a rappelée à lui ? murmura Constant.

— Elle est tellement mieux avec lui ! soupira sa mère. Tu as vu ce logis, cette rue, ce manque d'air et de lumière, c'est ce qui l'a tuée, notre petite Charlotte. Elle avait seulement dix mois. Une si courte vie !

Elle s'était accroupie pour parler à son fils, attentive à capter son regard. Gardant la même position, elle se tourna ensuite vers sa fille.

— C'est pourquoi lorsque tu es née, ma petite Gersende, nous avons craint très fort pour toi, de peur que tu tombes malade et nous sois enlevée comme Charlotte. Alors, malgré la tristesse de nous séparer de toi, nous t'avons confiée à la Bertille, pour que tu vives au bon air, deviennes la belle enfant que tu es.

Eugénie s'efforçait de retenir ses larmes, elle n'avait pas l'intention de faire pleurer ses enfants. Eux, silencieux, intégraient à l'aune de leur âge ce qui leur était révélé. Quand leur mère se releva, Gersende la première glissa sa menotte dans celle d'Eugénie et la mère sourit : elles étaient sur le chemin de la rencontre. Elle ne regretta pas de leur avoir fait partager le remords de sa vie : n'avoir pas su protéger sa petite Charlotte.

Un autre devoir de mémoire tenait à cœur à madame Cazost-Dorandieu : la maison de ses parents, ou plutôt ce qu'il en restait, où elle-même avait vécu jusqu'à son mariage. Et la voilà trottant le long d'une rue étroite, sinueuse, où le soleil avait beaucoup de peine à s'introduire.

— C'est la rue de l'Aspic, la plus commerçante ! dit-elle, avant d'ajouter, portant un mouchoir parfumé à son nez : Dommage que de la lavande elle n'ait que le nom ! Ah, ça y est, nous y sommes !

Eugénie s'était arrêtée dans la portion la plus étrécie de cette rue, devant une maison en angle dont la façade accusait de beaux restes alors que la toiture dénonçait l'abandon.

— C'est ici que j'ai grandi, ma mère tenait une mercerie dans cette partie de rue qu'on appelle Malestrenne.

Alors que les enfants avançaient dans cette ruelle, elle les retint d'une voix altérée :

— Non, non, n'y allez pas !

Puis elle se reprit et poursuivit d'un ton plus posé :

— Dès que je fus en âge et en capacité de tenir la boutique, ma mère m'en laissa les rênes.

— Votre père… avança prudemment Gersende.

— Mercier lui aussi, mais mercier-colporteur. Il était beau à voir, tu sais, un homme de grande force et de belle stature, bardé de pied en cap de produits rares et donc précieux. L'habit, qu'il portait comme une armure, était fait sur mesure et de telle manière que des poches, des étagères, des tiroirs, oui, oui, des tiroirs et aussi des sachets, des flacons y trouvaient une place. Lorsqu'il l'avait garni, avant un grand départ qui le tenait éloigné pour un mois, parfois plus, deux aimables voisins venaient pour le harnacher. Il en était ainsi à toutes les étapes de sa tournée, nous disait-il, deux aides lui étaient nécessaires.

— Nous pourrons voir un jour votre père ?

— Il n'est plus, mon petit. C'était, si je me souviens bien, l'année de ta naissance. Bien qu'alerté d'un hiver précoce en pays vivarois d'où il était issu, la destination privilégiée de ses tournées, il partit en dépit de nos efforts à votre père et moi pour le retenir. « Que penseraient mes fidèles clients si je me défilais ? » nous a-t-il objecté. Il n'est pas revenu. La neige, le gel ont eu raison de son courage et de sa résistance. Ma mère l'a suivi de peu dans la mort.

Un raccourci de la famille Dorandieu s'était imposé pour permettre aux enfants de la raccorder à la famille Cazost, les deux dont ils étaient issus, et surtout de se faire une idée de leur élévation sociale. Pas sûr qu'ils estimèrent le chemin parcouru !

Le petit tour de reconnaissance s'achevait, Eugénie et ses enfants arrivaient en vue du Bouton de nacre.

— Comme ça sent bon dans ce quartier ! fit remarquer Gersende dont la sensibilité olfactive avait été mise à rude épreuve.

— Comment en serait-il autrement, fillette, quand y sont installés un parfumeur-gantier, des marchands de fruits et une fabrique de navettes ?

Constant fronça le nez.

— Des navettes ? Vous voulez dire des petits navets ?

— Quel naïf, cet enfant ! Mais non, voyons ! Des petits craquelins parfumés à la fleur d'oranger en forme de navette, cet instrument qu'utilisent les filatures de soie. On les appelle aussi barquettes, d'où le nom de la rue. Si tu es sage, tu en auras pour ton dessert.

Encore une promesse assujettie à la sagesse ! La Bertille aurait-elle suggéré qu'ils étaient polissons ? En tout cas, réflexion maladroite, une constante chez Eugénie et qui lui valut un regard oblique de sa fille. Il n'en fallait pas plus pour que Gersende, retrouvant son instinct protecteur à l'égard de son jeune frère, se rebiffe. À quelle sorte de chantage se livrait Eugénie ? Le moment de grâce, entre elles, était passé !

— Eh bien, mais vous en avez mis du temps !

L'accueil de Charles-Honoré était un peu frisquet au point que les enfants redoutèrent une semonce.

Il n'en fut rien, la remarque s'adressait à son épouse qui fit profil bas.

— Ces enfants doivent avoir faim, vous aussi peut-être. Montez donc vous restaurer et venez vite remplacer Espirite qui a pris du retard sur son travail.

— Vous ne partagez pas notre repas, mon ami ?

— Je n'en ai pas le temps ! répondit-il sèchement.

Après avoir fait patte de velours face à l'irritation de son époux, Eugénie retrouva ses prérogatives en se tournant alors vers les enfants et lorgnant leurs galoches crottées. Elle pointa son index en direction d'un passage étroit au bout duquel la lumière du jour s'insinuait et leur dit :

— Quittez vos chaussures et déposez-les dans le patio, Francette se chargera de les nettoyer.

Constant ne se fit pas prier, ses pieds manquaient d'habitude et souffraient d'être emprisonnés ; Gersende, elle, demanda :

— Elles sont à Francette ces galoches ?

— Mais non, voyons, elles sont à toi. Tu ne te souviens pas que j'ai pris vos pointures la dernière fois que nous sommes venus vous voir chez la Bertille ?

Négligeant de répondre à cette question, Gersende annonça :

— Si elles m'appartiennent, c'est à moi de les entretenir et non à Francette. Je m'occuperai aussi de celles de Constant.

Quelle mouche piquait sa fille ? s'étonna Eugénie. Quelle gamine refuserait qu'on lui ôte des mains un travail ingrat et ne s'offusquerait pas qu'il soit le lot de subalternes ? Aucune, à sa connaissance ! Mon Dieu, que de lacunes comportait l'éducation de cette enfant ! L'externat des dames de Nevers allait fort heureusement remédier à cela.

Une pensée en appelant une autre, celle de la première journée d'immersion chez ces religieuses de la communauté des Ursulines s'afficha devant ses yeux. C'était le surlendemain et elle aurait mauvaise grâce de solliciter à nouveau Espirite. Elle se résigna à cette évidence : Tant pis ! Les ruelles de Nîmes n'ont plus de secret pour Francette, c'est elle qui l'accompagnera.

Eugénie fit en sorte que l'on ne traînât pas à table pour libérer au plus tôt Espirite. Elle pria sa servante :

— Dîne donc avec nous, Francette, ce sera plus simple pour t'expliquer ce que tu auras à faire.

Il arrivait que toutes deux prennent le repas de midi ensemble, Charles-Honoré se trouvant devant l'urgence d'un travail à rendre. Cela avait été l'occasion, pour Eugénie, d'inculquer quelques manières à la jeune fille. Ces tête-à-tête, qui restaient l'exception, ne réjouissaient pas forcément Francette, d'abord parce qu'elle se savait observée, jugée et surtout parce qu'ils étaient le vestibule d'une corvée, d'une charge supplémentaire dont sa patronne allait l'investir. Avait-elle pour autant le choix de dire non ? Madame Cazost-Dorandieu y mettait tellement de formes, parfois des flatteries. Cela ne manqua pas.

— Francette, tu sais combien je t'apprécie. J'ai deux grands services à te demander que je ne peux confier qu'à toi.

— Si ce n'est pas pressé. J'ai une lessive qui sèche et...

— Si, c'est pressé justement. Et je viendrai avec toi !

Deux regards, l'un surpris, l'autre courroucé, se braquèrent simultanément sur Gersende qui, avec aplomb, s'était invitée dans la conversation. Nullement gênée d'être un objet de curiosité, la fillette insistait :

— Vous me l'avez promis, mada... mère ! Vous vous souvenez, au moins, que vous avez dit oui ?

Quelle insolence ! Elle employait le même ton que sa mère, et ce sans sourciller. Eugénie ne voulait pas perdre la face.

— Je n'ai pas dit non ! Nuance, jeune fille ! Quel besoin as-tu de retourner dans cet endroit malsain ?

— Parce que c'est là où je suis née, c'est vous qui me l'avez dit ! répliqua Gersende du tac au tac.

Puis, désignant une corbeille de fruits posée sur la desserte, elle demanda, redevenue docile :

— Je pourrai prendre deux pommes pour les fillettes ?

Eugénie balançait entre deux attitudes : féliciter sa fille pour sa générosité spontanée et rabattre un peu le caquet de cette enfant à la réplique facile. Elle s'en tira d'une pirouette :

— Cette petite me ressemble, elle s'émeut facilement. Ne t'attarde pas dans le faubourg des Bourgades et garde du temps pour passer chez Marie-Rose, ma couturière. Elle m'a fait savoir que l'uniforme était prêt. Qu'elle fasse un dernier essayage, les enfants grandissent si vite !

Le repas fut rapidement expédié, un bouillon de poule parsemé d'yeux luisants qui faisaient saliver, versé dans des écuelles aussi grandes que des soupières, sur des tranches de pain pour lesquelles Constant avait relâché toute surveillance. La volaille qui avait contribué à l'onctuosité du potage serait servie le soir au souper. Ainsi procédait-on chez les Cazost-Dorandieu, une relative frugalité à midi et un souper plus plantureux qui s'assortissait d'un blanc-manger, d'une soupe de fruits à la belle saison ou de la traditionnelle pompe à l'huile les dimanches et jours de fête.

Eugénie descendit à la mercerie afin de libérer Espirite. Dans le même temps, elle entendit les pas du maître gantier qui venait chercher son fils.

— Prêt, mon garçon ?

L'avarice des mots quand il s'agissait de son travail ! L'enfant leva vers lui son visage où s'exprimait un peu d'appréhension, mais il répondit :

— Prêt, père !

Le père et le fils partis, Francette se tourna vers Gersende qui, la mine de conspiratrice, furetait ici et là.

— Vous êtes prête, mademoiselle Gersende ? Il faut nous presser avec tout ce que nous avons à faire !

— J'arrive, Francette ! J'arrive !

Et les voilà en route vers les quartiers nord de la ville.

5

L'atelier du maître gantier-parfumeur

— Nous voici dans le saint des saints, mon fils !

L'orgueil, mais non la suffisance, s'exprimait dans cette phrase et gagnait le visage du maître gantier : un regard qui brillait de mille satisfactions, un sourire qui disait toute la gourmandise d'un homme comblé par son métier comme d'autres le sont après un délicieux repas. Ses dents, bien que d'une implantation un peu anarchique et souvent mises à l'épreuve pour tester le cuir à travailler, affichaient une robustesse peu commune, celle du maître qui s'était plus d'une fois colleté à l'adversité mais qui avait toujours fait face, serrant les mâchoires comme on serre un étau. Si ses rides de front horizontales répondaient aux glabelles, griffures du temps et de la concentration, point n'était besoin de chercher celles qui s'invitent autour des yeux et accompagnent le sourire, Charles-Honoré Cazost n'était pas ce que l'on nommait un joyeux drille. Travail et famille s'inscrivaient sur sa face de Méridional bon teint.

Il poursuivit, ajoutant à la perplexité de l'enfant :

— Tout cela t'appartiendra un jour !

Le geste large et semi-circulaire allait des étagères où étaient classés les cuirs de toutes épaisseurs et de toutes teintes, les pièces de dentelle, de soie, de velours, des rouleaux de doublures blanches et brunes jusqu'à l'impressionnant alignement d'outils encore abscons pour l'enfant, étalés sur une planche à tréteaux, en passant par des armoires, des paniers regorgeant de produits dont le mystère laissait Constant ébahi.

En fait, cet atelier-boutique où les ouvriers, chacun à son poste, ne quittaient pas du regard leur ouvrage ressemblait à une véritable caverne d'Ali Baba où poudres, crèmes et lotions mêlaient leur fragrance à celle des peaux tannées et en alourdissaient l'air.

— Tu ne dis rien. Serais-tu réticent au métier de ton père ?

L'angoisse sourdait dans la voix involontairement grondeuse du gantier. Se pourrait-il que des années plus tard l'histoire se renouvelle ? Un fils tournant le dos à l'atelier paternel, non, cela ne pouvait être !

Pas une nouvelle fois ! La réponse sincère du gamin balaya cette mauvaise pensée :

— Bien au contraire, père ! Tout cela est si nouveau, si déroutant pour moi. Mais j'ai si peur de mal faire et de vous décevoir.

Ces derniers mots, rassurants et néanmoins empreints de crainte, invitèrent le gantier à replacer dans leur contexte sa propre enfance et celle de Constant. Ses premiers pas de bambin, Charles-Honoré les avait faits dans l'atelier de son père au quartier des Bourgades : à cinq ans il mettait le cuir à tremper dans des seaux d'eau qu'il puisait lui-même dans l'un des bras de l'Agau, à six il avait en charge d'enfiler les aiguillées en raidissant les fils à l'aide de la poix et à sept ans, l'âge de son garçon, il connaissait tous les outils de gantier, de la drayoire au palisson en passant par la main de fer et le pied de gantier, pour ne citer qu'eux. Avec tout ce savoir, son apprentissage pouvait commencer. L'enfance de Constant, si différente, en faisait un être tout neuf. Charles comprit qu'il devait rassurer son fils, lui permettre d'évacuer ses doutes.

— Tu seras gantier-parfumeur si tu le désires profondément et si tu t'en donnes la peine, mon rôle à moi consistera à t'en donner les moyens ! Aujourd'hui, j'ai tenu à ce que tu te fasses une idée générale de ce magasin-atelier qu'est L'Origanterie, une enseigne dont la renommée n'est pas à faire, mais à conserver et à laquelle je souhaite ajouter dans quelques années Cazost et fils.

— L'Origanterie ? Quel nom étrange ! Il y a gant, bien sûr, mais si curieusement employé…

— Et il y a origan, une plante odorante connue aussi sous le nom de marjolaine, ses vertus aromatiques servent de base solide à l'élaboration de parfums. Des deux noms réunis, origan et ganterie, on forme un mot-valise, tu auras l'occasion de t'apercevoir que cela relève d'une pratique courante, surtout en parfumerie, ce qui permet de créer cette enseigne pour le moins originale et pour autant explicite : le parfum et le gant. J'espère que cela te plaît ?

— Je trouve même qu'il sent bon, ce nom !

— Ah, ça me plaît ce que tu dis ! En fait, tout l'atelier sent bon, mon fils ! Les parfums dont on imprègne la doublure des gants l'emportent sur l'odeur des peaux dont ils sont faits. Pour autant, il te faut garder présent à l'esprit que le cuir est une matière vivante et surtout qu'il doit être le support idoine à la senteur choisie, c'est pourquoi, dans un premier temps, tu vas te familiariser avec cette matière…

— Comment cela, père ?

— En faisant une formation de trieur chez mon ami et fournisseur attitré, le peaussier Belmonte. Trois années sont nécessaires pour connaître les astuces du métier. C'est seulement après cet apprentissage que je te prendrai en main.

— Ce ne sera donc pas avec vous que je ferai mes premiers pas dans le métier de gantier.

La déception de Constant s'exprimait dans cette conclusion qu'il réprima bien vite.

— Trieur ? En quoi cela consiste ?

— À savoir reconnaître, les yeux fermés, l'origine d'une peau : chevreau, castor, buffle, daim, cerf, loutre, chien et même aussi le cuir de poule, très fin, avec lequel on fait des gants de canepin pour les belles dames. Tu devras savoir évaluer sa qualité, la répertorier, c'est un apprentissage, je te l'ai dit, qui se fait en trois ans. Pour cela, et Belmonte te l'expliquera mieux que moi, tous tes sens doivent être en éveil, le toucher, l'odorat, en particulier. Eh oui, mon garçon, il faut en passer par là, j'espère que tu apprendras vite. Belmonte est un patron exigeant et c'est un gage de qualité, tu commences demain matin à sept heures. J'ai négocié, pour toi, mon fils, et j'ai obtenu, parce que Belmonte est un ami, que ton temps de travail soit de neuf heures au lieu des dix réglementaires, ainsi que le dîner que tu prendras à la table du patron. Belmonte a un fils de ton âge, tu t'en feras un ami, j'espère.

— Je m'attacherai surtout à satisfaire monsieur Belmonte et vous aussi, père. Je deviendrai le meilleur trieur de Nîmes.

— Je suis heureux de te l'entendre dire, mon garçon ! C'est en étant supérieure dans toutes les étapes de fabrication que notre corporation est reconnue la meilleure des maîtres gantiers-parfumeurs d'Europe.

— L'Europe, c'est le monde entier, père ? questionna le naïf, à peu près sûr de son estimation.

— Une partie seulement, fils, mais ne m'interromps pas tout le temps, voyons ! Où en étais-je ? Ah oui, je te disais qu'en ce royaume sont réunis les meilleurs maîtres gantiers-parfumeurs d'Europe, mais que cela n'a pas été toujours le cas. Il y a seulement un demi-siècle, un proverbe populaire disait – et le proverbe est bien souvent la voix de la raison –, il disait donc qu'un gant, pour être parfait, devait être tanné et préparé en Espagne, taillé au royaume de France et cousu en Angleterre ! Hein, les temps ont bien changé !

— Grâce à vous ! s'enthousiasma Constant. Et à votre père et votre grand-père. Je veux être digne de cette lignée !

Étourdi par tout ce qu'il découvrait et n'assimilant pas ce que représenteraient neuf heures de travail, lui qui n'avait fait que jouer durant ses jeunes années, Constant demanda :

— Après mon travail chez maître Belmonte, je pourrai venir voir comment vous travaillez, père ?

— Non, fiston, et je le regrette, mais je ne veux écouter que la raison qui m'enjoint de te faire donner l'instruction.

— L'instruction ? Vous voulez parler d'instruction religieuse, un peu comme le baptême que j'ai déjà reçu ?

— Même si l'instruction religieuse n'est pas à négliger, je dirais qu'en ces temps troublés, moins elle s'affiche et mieux on vit. Non, je parle de savoir lire, écrire et compter, des savoirs indispensables aussi comme la géographie, sourit Charles-Honoré avec indulgence. J'ai donc prévu un répétiteur qui viendra chaque soir pour t'instruire.

De même qu'il avait occulté tout ce qui l'entourait pour familiariser son fils avec les lieux, Charles-Honoré Cazost se détourna de Constant, lui indiquant du geste un tabouret tout proche, et se focalisa sur son travail resté en attente. Il s'assit devant sa pince à coudre, plaça fleur à fleur les pièces de peau découpées, les ajusta soigneusement avant de serrer l'étau qui les maintenait en place et s'empara de sa longue et fine aiguillée.

Constant ne pouvait détacher son regard des gestes réguliers, précis, vifs et à la fois respectueux de la matière travaillée, d'une justesse et d'une cadence métronomique. Son attention était comme aimantée par la main paternelle, l'étau et le tissu qui ne faisaient qu'un tout. D'informes que lui avaient paru les différentes pièces naissait maintenant l'esquisse des doigts et il lui sembla que son père était un magicien.

En fait, Charles-Honoré Cazost était plus que cela : c'était un hypnotiseur qui s'ignorait. Il le sut quand Espirite se précipita vers l'enfant somnolent qui, recru de fatigue, glissait de son tabouret et aurait chu. Sans quitter des yeux sa couture, le gantier intima à son fils :

— Va te coucher, Constant ! Demain, je t'accompagnerai à la peausserie de mon ami Belmonte.

*

Alors qu'elle et Francette longeaient le Grand Cours séparé des luxuriants jardins de la Fontaine par le canal, véritable ruban de satin sous la lumière caressante de l'été indien, Gersende aperçut les allées arborées ponctuées de portiques et de colonnes impressionnantes. Ce lieu qui invitait à la rêverie l'attirait irrésistiblement et Francette, sensible à son besoin d'espace et de campagne, lui laissa le plaisir de cette évasion visuelle, éphémère et trompeuse.

Alors que le regard de la fillette s'était focalisé sur le canal, la jeune servante demanda :

— Ce sont ces cygnes majestueux qui vous intriguent, mademoiselle Gersende ?

— Non, mais les demoiselles si gracieuses aux ailes de fée ! lui répondit Gersende en désignant un vol de libellules, puis elle ajouta : Cesse donc de m'appeler mademoiselle, Francette, je trouve que c'est ridicule entre amies. Car tu veux bien être mon amie, n'est-ce pas ? Je serais triste si tu refusais de l'être. Et bien seule, ma foi !

— Il ne faut pas dire ça, mad... Gersende ! Vos parents vous aiment et ne veulent que votre bien. Si vous saviez combien madame Eugénie était impatiente de vous ramener à la rue des Barquettes !

— Une impatience qui a duré neuf ans ! ricana la fillette.

Bien qu'elle admirât secrètement les répliques opportunes de Gersende, Francette ne put se retenir de lui faire les gros yeux. Quelle enfant compliquée à cerner était cette gamine ! Attachante, généreuse, mais aussi rancunière, ingrate et dépourvue d'élans envers ses géniteurs, de si braves gens. Sans réplique à cette remarque cruelle et cependant justifiée, elle décida de presser le pas.

— Nous avons assez perdu de temps à dire des bêtises, dépêchons-nous maintenant.

— Oui, tu as raison. Les petites filles de madame Garrel seront bien aises de notre venue, regarde ce que je leur apporte.

Francette ne se retourna pas, elle savait que la fillette avait glissé deux pommes dans ses poches, avec l'accord tacite d'Eugénie. Gersende insista :

— Tu ne veux pas voir ? Tant pis pour toi !

La servante céda à la voix dépitée.

— Quoi encore ?

— Ça !

Gersende souleva sans plus de manières son jupon de cretonne dévoilant, accroché à sa taille, un saucisson qui pendait, battant sa hanche et la poudrant de blanc, tandis que de l'autre côté, pour faire bonne mesure, brinquebalait un sachet en papier.

— Mais ce sont les navettes que madame Eugénie m'avait demandé d'acheter ! Et la saucisse sèche que j'ai rapportée hier du marché ! Vous avez pris tout ça, malheureuse ! Mon Dieu, que vais-je dire, moi, à madame ?

Une Francette désemparée, au bord des larmes, sapait le bel enthousiasme de Gersende et lui faisait prendre conscience des retombées probables de son acte. La panique de la servante brisait les barrières :

— Tu te rends compte que je serai traitée de voleuse, jetée à la rue et tout ça par ta faute alors que tu dis être mon amie ? Pourquoi as-tu fait ça ? Pourquoi es-tu si méchante ?

— C'est pour les petites filles de madame Garrel. Pardonne-moi, Francette, je te le promets, il ne t'arrivera rien, et tant pis si je suis punie, je dirai tout à madame Caz... à ma mère. Ne crains rien, nous sommes toujours amies, dis ?

Un élan affectueux jeta l'enfant contrite dans les bras de la servante qui les referma sur elle en signe de pardon.

— C'est bien vrai, vous ne me laisserez pas accuser à tort ?

— Promis, *juredieu*[1] ! Comme dit toujours mon ami Denis !

— Qui est cet ami ? Je ne pense pas que son vocabulaire, dans votre jolie bouche, plairait beaucoup à votre maman.

— Avec Denis, nous avons été nourris au même sein, dormi dans la même bercelonnette, partagé le pain à la même table ; et tout cela avec l'accord de ma mère, tu en conviens ? Et ce ne serait pas normal que nous parlions le même langage ?

1. Contraction de « Je le jure devant Dieu ».

Quelle raisonneuse, cette petite péronnelle ! Mais quelle ensorceleuse ! Le dépit de Francette s'envola quand elle vit la joie éclairer le visage des petites Garrel et plus encore celui de Gersende. Il n'y avait pas de condescendance de sa part, juste un bienveillant papotage entre fillettes, comme si elles organisaient une dînette. La fille de la mercière, assise à même le sol humide, distribuait le goûter que les gamines engloutissaient sans sourciller tandis que la servante étalait sur la table de l'unique pièce toute une layette pour le bébé.

— Vous direz de ma part un grand merci à ces dames de charité. Oh oui, un grand merci pour mon petit garçon. Parole, demoiselle, il est tout nu tout cru sous sa couverte.

— Vous avez là également toute une corbeille de provisions de bouche. Les commerçants du quartier savent parfois se montrer généreux.

— Oh pardi, un saucisson ! Des fèves, du miel, une miche de bon pain…

Laissant madame Garrel à son énumération ponctuée d'exclamations de plaisir, Francette jetait des regards vers Gersende.

— Avez-vous terminé votre petit goûter, Gersende ? Nous devons nous hâter…

— J'arrive ! Au revoir, mes amies. Promis, jured… euh, je reviendrai. Je vois que vous aimez les navettes !

Francette se fit la même réflexion. Des navettes, dont les effluves de fleur d'oranger flottaient encore dans la pièce, ne restaient que des miettes. Des pommes, pas même les pépins, mais quid du saucisson ? Une énigme qui trouva sa réponse en chemin.

— Je n'aurai que les biscuits à me faire pardonner ! souriait malicieusement Gersende en soulevant à nouveau son jupon sur le saucisson toujours accroché à sa taille.

— Vous ne l'avez pas donné ! Mais pourquoi ? Et qu'allez-vous en faire, alors ?

— Le remettre à sa place, bien sûr ! J'ai entendu madame Garrel dire qu'il y en avait un dans la corbeille qu'elle déballait.

— Et vous n'avez pas voulu qu'elle en ait deux ? Ça lui aurait fait une réserve.

— Alors là, détrompe-toi, Francette. La Bertille disait qu'autant elle en mettait sur la table, autant on en mangeait, et je crois bien que chez les Garrel c'est pareil. Il vaut mieux leur en apporter un autre la prochaine fois.

Un raisonnement pétri de bon sens qui réjouit Francette. Cette enfant n'avait pas fini de l'étonner.

Elle révéla d'ailleurs une nouvelle facette de sa personnalité chez Marie-Rose, la couturière à façon, quand elle découvrit l'uniforme qu'on entendait lui faire porter.

Bien qu'à son âge elle ne soit pas tarabustée par la coquetterie et à peine sensible au confort d'un vêtement, on pouvait comprendre qu'elle soit rebutée. Tout d'abord par le tissu, un lainage de cadis fabriqué en Gévaudan, solide mais de facture grossière, rêche, peu agréable à porter, et par sa couleur bleu marine, peu flatteuse. Guère plus engageante la coupe de cette robe semblable à la chasuble des religieuses, ceinturée de cuir et seulement agrémentée d'une collerette blanche se terminant en pointe, taillée dans une cotonnade amidonnée comme le bonnet cayenne serré sous le menton par des cordons gansés.

— Ah, c'était donc ça ! s'insurgea Gersende. Le couvent ! Après m'avoir abandonnée chez une nourrice. On veut faire de moi une nonne privée d'air et de liberté ! Sans me demander mon avis !

— Mais pas du tout, petite demoiselle, pas du tout ! se défendit la couturière prise au dépourvu. C'est juste que votre maman a souhaité vous faire instruire chez les religieuses, c'est une chance de...

— Mais je n'en veux pas de cette chance ! Je veux retourner chez la Bertille à Vacquerolles ! Ici, je suis trop malheureuse ! Et même... à tout prendre... il vaudrait mieux que je rejoigne Charlotte, elle est bien tranquille là-bas, dans son carré de terre !

— Denis et maintenant Charlotte. Les enfants de votre nourrice, je suppose. Ils vous manquent donc tant ? intervint Francette d'une voix qui s'était voulue grondeuse sans parvenir à gommer la tendresse qu'elle éprouvait pour cette fillette brutalement déracinée.

Elle ne réussit qu'à décupler la révolte de Gersende qui tapa le sol d'un pied rageur.

— Mais non ! Charlotte, c'est ma grande sœur qui est là-bas au cimetière, ma mère l'aimait parce qu'elle est morte et moi, elle me rend malheureuse parce que je suis vivante !

Cette fois, ce fut un élan de détresse qui jeta la fillette dans les bras de Francette. Mais les bras de la servante ne se serrèrent pas autour de l'enfant et la réponse à sa révolte ne fut pas celle que Gersende attendait.

— Malheureuse ? Voyez-vous ça ! s'irrita-t-elle en la prenant aux épaules et la tenant à bout de bras. J'aurais bien aimé avoir, moi, une maman qui me fasse instruire ! J'aurais bien aimé, moi, une robe, même de bure, taillée rien que pour moi. Et je vous dirai mieux, vilaine, une chambre comme la vôtre, que vous méprisez, aurait fait mon bonheur. Alors que je dois me contenter d'une soupente sans fenêtre qu'il vous plaît, allez savoir pourquoi, de partager avec moi !

— Parce que je t'aime, Francette, mais toi je vois bien que tu ne m'aimes pas ! déplora l'indomptable.

Ne se contenant plus, Francette la secoua. Un besoin de souffleter l'ingrate se devinait à sa mâchoire crispée, ce que comprit Gersende et qui la fit sourire au milieu de ses larmes.

— Tu m'aimes, ça se voit ! Tu m'aimes, Francette, gronde-moi encore, j'ai été méchante avec toi.

Francette persista dans son attitude exaspérée, quoique avec moins de conviction :

— Pas seulement avec moi ! Quand allez-vous comprendre que vos parents ont souffert d'être séparés de vous et de votre frère, qu'ils ne voulaient que vous voir grandir en bonne santé et ne souhaitent que votre bonheur ? Vous avez eu la chance de naître dans une bonne famille et, si le travail occupe grandement votre maman et votre père, il faudra vous y faire. Cela ne manque pas d'avantages, croyez-moi.

Puis, consciente d'avoir outrepassé son rôle, Francette se radoucit.

— On fait la paix, Gersende ?

La fillette se fit câline.

— Je n'ai jamais été en guerre contre toi, Francette. Pour te faire plaisir, j'apprendrai à aimer ma nouvelle vie et les gens qui m'entourent. Toi, je t'aime depuis le premier soir.

Marie-Rose, la couturière, encore toute tremblante de cette scène peu banale, empaqueta l'uniforme et raccompagna prestement ses visiteuses.

Le souper fut pris en silence. La raison ? Constant dormait d'un sommeil si lourd, si profond que Charles-Honoré avait donné l'ordre qu'on ne le réveillât point.

— Demain sera pour lui une rude journée. Pour toi aussi, ma fille !

Le saucisson avait subrepticement regagné sa place dans la réserve et il ne fut plus question de déguster les navettes. S'il était de coutume, chez les Cazost-Dorandieu, de ne pas user les chandelles inutilement, le record du couche-tôt fut battu ce soir-là, ce qui n'empêcha pas les époux, une fois dans leur chambre, d'échanger sur leur première journée de parents à part entière.

— Vous ne m'avez point fait état, Eugénie, des effets attendus de votre « voyage dans le passé ». Les enfants y ont-ils été sensibles ?

— Pas comme je l'aurais souhaité. Constant s'est pris d'intérêt pour la tour Magne et le fort qu'il apercevait du canal, et qu'il aurait voulu visiter. Quant à Gersende... eh bien, elle me déconcerte.

— Comment cela, ma chère ?

— Elle s'est seulement intéressée aux petites Garrel et à leur dénuement.

— Preuve que cette enfant a du cœur. Elle tient de toi, ma belle brune ! murmura Charles-Honoré tout en chiffonnant les dentelles ornant la chemise de sa gironde épouse.

Sans brusquerie, Eugénie repoussa la main de Charles et dit :

— Je ne doute pas, mon ami, que notre Gersende ait du cœur, mais elle éprouve cependant une sorte de réticence à le laisser parler. Tenez, lorsque nous fûmes devant le carré des enfants au cimetière des Carmes...

— Eugénie ! Quand donc cesserez-vous de vous mortifier ? la gourmanda son époux. Et quel besoin malsain aviez-vous de mêler nos enfants bien vivants à celle qui n'est plus ?

— Je voulais juste leur faire comprendre qu'ils avaient eu plus de chance que notre pauvre petite Charlotte, rien de plus, et je pensais avoir réussi, du moins avec Gersende !

— Alors, de quoi vous plaignez-vous ?

— De son indifférence, pour ne pas dire de sa froideur et même de son hostilité depuis qu'elle est rentrée de chez la couturière. Pas un mot sur son uniforme tout neuf. Pas la moindre question sur les dames de Nevers qui vont assurer son instruction. Je m'inquiète : l'indifférence, n'est-ce pas le meilleur chemin qui mène au mépris ?

— Ma mie, écoutez-vous parler ! Vos soupçons à l'égard de notre fille ne sont-ils pas eux-mêmes outrance ? Laissez le temps à nos enfants de s'adapter à leur nouvelle vie. C'est bien le diable si l'amour filial ne parvient pas à se frayer un passage. N'en parlons plus, veux-tu ? Laisse-moi, ce soir, te mener à Cythère.

Un peu présomptueux, le maître gantier-parfumeur ! Et piètre psychologue ! Ou bien trop habitué à ce qu'Eugénie s'enflammât comme la chènevotte, prisant les émois du corps dans ces transports d'oubli où son époux savait si bien la conduire. Mais ce soir, les tourments du cœur avaient pris le pas sur les désirs charnels et elle n'aborda pas à l'île du plaisir quand, dans le même temps, Charles-Honoré s'y échouait dans un râle extatique.

Dans son lit, Gersende résistait de toutes ses jeunes forces au sommeil qui menaçait de l'emporter.

Tout y était propice pourtant. La fatigue d'une longue journée et le silence qui régnait dans la maison. Mais son ouïe, qui, la nuit précédente, en avait détecté les bruits inconnus, se focalisait ce soir sur les conciliabules de ses parents. Quand donc cesseraient-ils ainsi de palabrer pour qu'elle puisse enfin rejoindre Francette ?

Le soupir généreux qu'elle imputa à son père et le silence qui suivit lui donnèrent enfin l'occasion de s'inviter dans le lit de Francette.

— Mademoiselle Gersende ! Une grande fille comme vous, ce n'est pas raisonnable ! gronda gentiment la servante.

Ce qui d'ailleurs n'offusqua pas l'enfant qui se lova contre elle en roucoulant :

— Tu fais ta mijaurée, mais tu m'attendais, bien vrai ?

La servante réprima un élan maternel qui lui dictait de prendre Gersende dans ses bras et de la bercer comme une enfant. Elle se contenta de se serrer contre elle, de poser un baiser sur sa tempe et de lui susurrer à l'oreille :

— Chut, fillette ! Dormez maintenant !

6

Métamorphoses

Un fumet suave et pénétrant, désormais familier et qui flattait chaque matin ses narines, extirpait Gersende des dernières brumes de sommeil. La flaveur qu'exerçait sur elle la soupe d'orge perlé ravissait Francette à l'origine de la recette.

Depuis qu'elle évoluait dans la petite bourgeoisie nîmoise, Eugénie Cazost-Dorandieu s'était entichée de saveurs sucrées au point de vouloir remplacer la traditionnelle écuelle de soupe du matin par un bol de lait épaissi de cette poudre brunâtre qu'elle avait découverte et savourée dans le salon meublé à la provençale de l'épouse du docteur Beaux.

Madame Beaux, fille de Provence puisque native d'Arles, se piquait par ailleurs d'exotisme et servait à ses invitées, pour les épater, une poudre qu'elle appelait « tchocoatl ». Introduire dans son foyer cette même poudre n'avait pas fait l'affaire de son époux. Alors là, pas du tout ! Sans manières, tout en grossièreté pour un homme qui se disait civil, il avait recraché le tout, jurant qu'elle voulait l'empoisonner.

— Bon sang, Eugénie, quelle sorcière vous a vendu cet infâme électuaire plus amer que le fiel ?

D'ordinaire, les poudres de succession se veulent plus discrètes.

— Qu'allez-vous penser là ! s'était récriée la mercière, outrée. Un poison, le tchocoatl ? Un régal, voulez-vous dire, et dont le coût n'est pas à la portée de tous.

— Eh bien prenez note, ma chère, qu'à ma table il n'y paraîtra plus. Nous ferons, à vous entendre, de belles économies !

— Dieu, quel timoré ! avait soupiré une Eugénie résignée.

Charles-Honoré ne releva pas le camouflet. Se tournant vers Francette, il demanda :

— Prépare-moi de quoi calmer ma faim, Francette !

Qu'avait-elle sous la main pour parer au plus pressé ? Des oignons, du lard fumé et des grains d'orge cuits la veille, le tout bien rissolé dans un poêlon largement huilé, le tour était joué ! Rien de plus simple, en fait, ni plus rustique que l'odorante écuelle qu'elle tendit au gantier, qui s'en régala.

— Sers-m'en une autre, Francette ! Ça, c'est un délice. J'en prendrais tous les jours.

Entre le sourire hilare de Charles-Honoré et la mine dépitée d'Eugénie, la jeune servante se sentait prise au piège. Contenter l'un et déplaire à l'autre ? Non, une lourde responsabilité lui incombait, celle d'apporter un consensus entre les deux. Elle accommoda donc l'orge perlé avec le lard fumé et les oignons rissolés pour monsieur, et le servit à madame dans du lait chaud et sucré. Un double succès ! Triple si l'on considérait la délectation de Gersende. L'arôme douceâtre, à lui seul, valait toutes les pendules du monde, qui la faisait sauter du lit sans tarder et déguster l'onctueux consommé tenu au chaud au coin du feu. Et tant pis si ce nigaud de Constant s'était rangé derrière la bannière paternelle !

— Il ne sait pas ce qu'il perd !

Quel chemin parcouru, depuis bientôt trois ans, par les enfants Cazost-Dorandieu ! Avec quelle facilité s'étaient-ils glissés dans leur nouvelle vie ! Et quelles modifications s'étaient opérées dans leurs relations avec leurs parents !

Et pourtant, tout cela n'était-il pas qu'apparence ? Du moins concernant Gersende qui fonctionnait à l'affectif.

Constant, lui, n'était pas en recherche d'amour ou d'attentions, seulement de reconnaissance, reconnaissance de toute la volonté qu'il mettait à être capable de succéder un jour à son père. Son maître mot, satisfaction, qu'il conjuguait à tous les temps.

— Monsieur Belmonte est satisfait de moi, père. Il m'a fait compliment pour avoir discerné une peau de daim d'une peau de cerf, à coloris semblable, je précise. Je n'ai pas hésité à reconnaître la chaleur du poil dégagée par la peau de cerf alors que celle du daim est plus cassante, plus sèche. Quant aux plaçures[1], pas une qui échappe à mon regard ! Frère Damien se félicite de voir que je fais de mon mieux pour satisfaire ses exigences ! Je sais lire et même traduire quelques phrases de latin. Les chiffres ? Ils n'ont plus de secret pour moi. Additions, soustractions, multiplications…

En fait, à travers Belmonte le peaussier et frère Damien le répétiteur, c'est après l'adoubement personnel que le jeune Constant courait. Être son digne successeur, c'était son Graal. Charles-Honoré, qui l'avait très bien compris, mesurait cependant ses éloges :

— Tu es à bonne école avec l'un comme avec l'autre, c'est donc en toute logique que tu progresses et je m'en réjouis.

De sa mère, de sa sœur, il faisait peu de cas. L'aurait-il voulu, il n'en avait pas le temps, et c'est tout juste s'il ne détestait pas le dimanche qui réunissait la famille autour de la table, surtout quand sa sœur demandait :

— Pourquoi n'irions-nous pas à Vacquerolles cet après-midi, rendre visite à la mère Bertille ?

Quel besoin malsain de revoir ces lieux titillait sa sœur ? Lui n'en gardait que de piètres souvenirs.

Contre toute attente, Gersende avait appris, comme son frère, à aimer sa nouvelle vie et la ville qui l'avait vue naître. Il faut dire que la renaissance

1. Défauts sur une peau tannée.

de Nîmes qui se prolongeait inlassablement explosait à chaque rue élargie, chaque square ombragé, chaque esplanade bordée de majestueux hôtels particuliers. Cette cité manufacturière vouée au tissu et de ce fait place commerciale incontournable, sans rejeter son glorieux passé historique, était résolument tournée vers l'avenir. Toute la société nîmoise, dans sa grande diversité, voulait croire à un renouveau pérenne et profitait de ce virage prometteur.

La préférence de Gersende allait aux jardins de la Fontaine, même s'ils ne comblaient qu'en partie son désir de fouler du pied autre chose que le pavé des rues. L'ingénieur Jacques Mareschal, qui s'était vu confier par les consuls de Nîmes un projet de réinvention, avait réussi dans la réalisation d'un lieu de promenade propice à la flânerie tout en réemployant les éléments antiques dans le respect de leur usage initial. Un pis-aller pour cette amoureuse de grands espaces !

Après avoir, dans un élan de colère incontrôlé, rejeté l'enseignement des Ursulines en leur couvent, Gersende y avait trouvé matière à nourrir son esprit curieux et de durables autant qu'improbables amitiés. En particulier celle qu'elle entretenait et renforçait au fil des ans avec Marie-Émilie de Teissier, la deuxième et plus insignifiante des quatre filles du baron de Marguerittes. Ses sœurs, railleuses impitoyables, brocardaient l'apparence irrésolue de Marie-Émilie, cette sorte d'apathie superficielle qui pouvait faire croire à du lymphatisme ; elles déformaient son prénom en Marie-Amollie. Une attitude qui leur valait l'inimitié de Gersende, qui percevait en cette fillette au raisonnement qui manquait certes de spontanéité, mais juste et réfléchi, un peu son antiportrait au miroir.

— Vos sœurs sont des méchantes ! Vous ne pouvez pas leur répondre vertement ? Moi, à votre place…

— Elles sont plus étourdies que méchantes, les excusait Marie-Émilie.

— C'est à voir ! Si nous devenons amies, comme je le souhaite, je vous défendrai !

Marie-Émilie avait rougi de plaisir à cette proposition qu'elle devinait sincère tout en s'étonnant qu'elle vînt de cette demoiselle Cazost-Dorandieu à la réplique piquante et à la vivacité d'esprit qui n'était plus à démontrer.

— Cela me causerait grande félicité, Gersende, et plus encore si vous abandonnez toute amertume envers mes sœurs.

Ainsi, tout aussi utopique que l'union de la carpe et du lapin, leur amitié, après avoir fait jaser, était citée en exemple par les dames de Nevers, jamais à court de modèles pour étayer leurs leçons de morale.

— Ne vous laissez pas abuser, mesdemoiselles, par des attirances spontanées, par des affinités qui vous semblent naturelles. Recherchez les vraies valeurs, celles qui ne s'exposent pas, celles qu'il faut débusquer parce qu'elles se veulent discrètes. Ne dites pas « Celle-ci pense comme moi, nous allons bien nous comprendre », mais plutôt « Suis-je dans l'erreur, moi qui pense à contre-courant de cette personne ? ». La différence rapproche parfois plus que la ressemblance !

Un cadre familial confortable, une instruction épanouissante propice à l'éclosion d'amitiés indéfectibles : les premières années de la vie nîmoise de Gersende lui avaient filé entre les doigts, sans anicroche ni regret… si l'on occulte un besoin que la fillette remettait souvent sur le tapis :

— Pourrions-nous aller passer l'après-midi à Vacquerolles, chez la mère Bertille ?

En vérité, la mère Bertille était l'arbre qui cachait la forêt : une perpétuelle soif de grand air et d'espace où le regard ne serait pas limité, soif de cette complicité naturelle avec Denis qu'elle n'avait pas avec son frère, envie de retrouver la marmaille qui réveillait en elle une foule de souvenirs magnifiés par le temps et, sans vouloir se l'avouer, soif de la rugosité bon enfant de la mère Bertille. Cela lui valait invariablement un regard noir de Constant. Son désir à lui s'inscrivait déjà au fronton du magasin, comme l'avait évoqué son père : « L'Origanterie Cazost et fils ». Il tendait à cela de toute sa jeune volonté particulièrement pugnace pour son âge et n'avait pas l'intention de se vautrer dans le passé.

Eugénie et Charles-Honoré échangeaient à leur tour une œillade désolée et l'un ou l'autre, quand ce n'étaient pas les deux, avançait du bout des lèvres :

— Une commande imprévue que je dois rendre lundi...

— Avec Francette, nous devons faire le stock...

Puis, devant l'ovale du visage de leur fille qui s'étirait dans une crispation de déplaisir, ils proposaient une petite heure aux jardins de la Fontaine.

— Si nous ne traînons pas, nous pourrons même monter jusqu'à la tour Magne !

Alors là, Constant se retenait de battre des mains comme un bambin et Gersende ravalait sa déception !

Par deux fois cependant, elle avait réussi à circonvenir, en partie, ses parents. Pas question d'aller chez la Bertille à qui, fort injustement, Eugénie reprochait de lui avoir dérobé l'enfance de sa progéniture ! Non, rien de cela et, malgré tout, deux après-midi de rêve à s'ébattre, jupons et cheveux au vent, dans un de ces coins de garrigue couronnés de collines calcaires qui cernaient en partie Nîmes. Sa mère n'avait pu que s'extasier devant le visage de sa fille qu'on aurait cru fardé de si jolie façon, ses yeux pétillants comme des bulles de ce vin de Champagne qu'on servait à la table de la nouvelle bourgeoisie montante de Nîmes. Encore une de ces nouveautés qu'Eugénie s'était empressée de rapporter à son époux. Mais Charles lui avait fait avorter son projet dans l'œuf :

— N'y songez même pas, ma chère ! Jamais vin, de Champagne ou d'ailleurs, ne remplacera le mourvèdre !

Ces petites rebuffades n'empêchaient pas Eugénie de revenir à la charge quand l'occasion se présentait. Et celle-ci était belle, à voir sa fille épanouie et son époux respirant l'air à pleins poumons imité par un Constant moins buté qu'à l'ordinaire. Elle attaqua de front :

— Ce mourvèdre que vous prisez tant, Charles, pourquoi ne pas le produire vous-même en faisant l'acquisition d'un maset ? Vous feriez des heureux…

Le rire caustique de son époux l'empêcha de poursuivre.

— Moi, masetier ? C'est renier bien vite le quartier des Bourgades qui m'a vu naître ! Je vois d'ici tous ceux de ma corporation se gausser de vouloir m'élever plus haut que mon c…

— Charles, vous vous oubliez ! De plus, ceux de votre corporation, comme vous dites, ne se privent pas, quand l'occasion se présente, de…

— Et vous, Eugénie Dorandieu, vous oubliez votre condition de fille de merciers de la rue Malestrenne ! Je ne veux plus entendre pareilles fariboles. D'ailleurs, quel plaisir aurais-je, je vous le demande, à parcourir la garrigue si pierreuse et si escarpée au point qu'on la dit casse-bottes ?

— Je pense, monsieur, que vous y trouveriez un autre air qu'à la ville ! Regardez nos enfants comme ils sont bien portants !

— Le bel argument ! Je n'en veux plus entendre !

Eugénie se le tint pour dit... tout en se promettant de remettre cette proposition sur le tapis dès qu'elle aurait d'autres atouts en main.

L'occasion se présenta au terme de la troisième année de Gersende chez les dames de Nevers. Le temps était venu, pour les filles de sa classe, de faire leur communion solennelle. Bien qu'intime et se déroulant dans la chapelle du couvent, les parents de ces petites demoiselles ne se privaient pas de faire assaut d'afféteries pour cette cérémonie.

Raffinée depuis sa perruque rose poudré jusqu'aux boucles en vermeil de ses escarpins de soie, la baronne de Teissier poussa la porte du Bouton de nacre, comme le lui avait subtilement suggéré Marie-Émilie :

— C'est la boutique des parents de mon amie Gersende. Je peux vous y accompagner, maman ?

Souriant à ce qu'elle prenait pour un éveil à la coquetterie, la baronne acquiesça, puis réalisa combien la deuxième de ses filles prenait de l'assurance.

— Ton amie, dis-tu ? A-t-elle été invitée à Marguerittes ?

Devant la dénégation muette de sa fille, la baronne s'empressa d'ajouter :

— Nous allons réparer cet impair.

Après avoir quasiment dévalisé le Bouton de nacre de ses dentelles, rubans de soie et autres fanfreluches, la baronne de Teissier se dépouilla de son attitude d'acheteuse compulsive pour une approche plus amicale de la mercière.

— Nous devons faire honneur à nos filles qui font leur profession de foi, n'est-ce pas ?

Eugénie se maintint dans un comportement professionnel pour demander :

— Plaît-il, madame ?

— Je me réjouis que nos filles soient amies. Grâce à la vôtre, Gersende, c'est bien cela ? Marie-Émilie est plus... comment dire... épanouie. Oui, épanouie ! Il faudra qu'elle vienne passer une journée à Roquecourbe. Le parc, au printemps, est un enchantement.

Il était rare que la mercière se trouve à court de mots, et pourtant ! Par chance, elle ne manqua pas de spontanéité pour se précipiter au pied de l'escalier qui menait à l'appartement et héler sa fille. Dans un tourbillon de tarlatane bleue dont était faite sa robe de jardin, la fraîche adolescente apparut et son visage s'éclaira d'une joie évidente quand elle s'exclama :

— Marie-Émilie, vous ici ?

Toutes deux s'étaient pris les mains, leur joie faisait plaisir à voir et libéra l'atmosphère. Eugénie Cazost-Dorandieu n'était plus la mercière, Marie de Teissier n'était plus la cliente, seulement deux mères qui bavardaient comme deux amies.

La promesse d'une invitation au château de Roquecourbe, demeure familiale du baron de Marguerittes, fut tenue, et ce à plusieurs reprises.

Marie-Émilie avait une amie qu'elle imposait à ses sœurs. Et quelle amie ! Après avoir été l'amie bouclier aux attaques sournoises, puis l'amie conseillère, Gersende était désormais l'amie référence grâce à qui la demoiselle de Teissier se forgeait enfin une personnalité. Or, en amitié, l'effet réciproque n'est-il pas la provenance d'une osmose inexpliquée ? Pour preuve, le petit secret que Gersende confia un jour à Francette :

— Tu ne seras pas fâchée contre moi, Francette, si je ne viens pas dormir avec toi désormais ? Je crois bien que… que j'ai trop longtemps boudé ma chambre.

La jeune servante eut un sourire humide et prit la fillette dans ses bras en disant :

— Voyez-vous ça ! Notre petite demoiselle devient une grande fille. J'en suis ravie, au contraire, cela me peinait que vous refusiez un confort qui…

Gersende plaqua sa main sur la bouche de Francette.

— Le confort est si peu à côté de la tendresse que tu as su me donner.

— Pour sûr que votre maman ne voudrait pas entendre ça ! Peut-on savoir ce qui vous fait, enfin, changer d'avis ?

— Tu l'as dit toi-même, Francette, j'ai grandi !

Dans sa tête, assurément ! Pour avoir eu l'honneur d'entrer dans la chambre de Marie-Émilie – « Le plus bel endroit pour cultiver son jardin secret », avait affirmé cette dernière –, Gersende avait réalisé qu'elle aussi possédait ce jardin merveilleux et n'avait pas su en profiter.

Belle occasion en outre, pour Eugénie, de dérouler le tapis de ses ambitions :

— Si seulement nous possédions un petit coin de campagne, nous pourrions rendre la politesse à madame de Teissier qui invite si souvent notre fille ! soupira-t-elle.

La réaction redoutée ne vint pas. Juste un petit hochement de tête entendu et une semence d'espoir :

— Je vous comprends, Eugénie, les logements de ville et le nôtre en particulier sont peu propices aux mondanités dont vous paraissez friande et auxquelles je suis peu sensible, mais un lopin de terre et son maset... je ne sais... il faut voir...

*

Une vue imprenable sur les Cévennes avec, en fond de tableau, la cime enneigée du mont Lozère ; tout à gauche, la silhouette dentelée du pic Saint-Loup et, entre ces deux éminences, l'adret ruisselant de soleil du mont Aigoual, tel était l'écrin sur lequel s'appuyait le maset de la Costière situé sur la colline du même nom.

Les deux modestes ouvertures dudit maset s'ouvraient plein sud et du seuil, par chance ou par effet de mirage, on pouvait percevoir la surface bleue de la Méditerranée se confondre avec l'azur du ciel.

— Par quel miracle avez-vous déniché cette merveille, Charles ?

Eugénie ne se lassait pas d'entendre le nouveau masetier se rengorger comme un paon de sa si bonne affaire.

— Une occasion pareille, je vous l'ai dit cent fois, Eugénie, ça ne se boude pas.

Cela lui ressemblait peu de faire le suffisant, aussi revenait-il à plus d'humilité.

— Maître Borrelly ne pouvait me faire plus belle offre, j'ai scrupule aujourd'hui à l'avoir fait un peu trop lanterner. Il m'honorait et moi je différais ma réponse…

— Ne soyez pas faussement naïf, Charles ! Notre notaire est le mieux au fait de nos affaires, de nos placements, de nos disponibilités financières, il ne vous a pas choisi au hasard !

— Tout de même, me proposer, à moi, d'acheter une parcelle de son héritage familial…

— Il lui fallait de l'argent frais pour débouter ses tantes qui le menaçaient d'une vente à la bougie, voilà tout !

— Comment savez-vous ça, vous ?

— Il suffit d'avoir de bonnes oreilles pour entendre ce qu'il se murmure. Et dans le commerce, c'est chose aisée. Mais que je sache, maître Borrelly n'était pas près de perdre sa colline et sa plaine de la Costière, le coupa son épouse dont la lucidité se mâtinait de quelque impatience.

Un sacré domaine, cette Costière ! Une colline de garrigue, immense cape de verdure où se complaisaient le cade et l'olivier, l'amandier et son compère le figuier, et, dévalant de ses flancs où serpentaient des chemins poudreux, une plaine enrichie d'un vignoble. Tout cela acquis trois quarts de siècle plus tôt par le grand-père de maître Jean-Antoine Borrelly, dont l'étude notariale au numéro six de la place de l'Horloge affichait sa plaque de cuivre depuis quatre générations. L'aïeul y avait fait construire un maset que ses héritiers avaient agrandi au fil du temps. Une demeure ouverte à sa parentèle par le vœu de cet homme qui cultivait les valeurs familiales. Et voilà que ses sœurs, des années après sa mort, réclamaient à leur petit-neveu leur part d'héritage en écus sonnants et trébuchants. Or le notaire était le mieux placé pour connaître la solvabilité de potentiels acquéreurs. Aussi, comme une justice rendue à ceux qui participaient par leur savoir-faire et l'excellence de leur travail à la renommée de la ville, les heureux élus Charles Cazost, le maître gantier, et Martin Belmonte, le peaussier, se partagèrent le morceau. Chacun acquit deux lots, satisfait de se retrouver, en dehors de la ville, en bonne compagnie.

— Alors, ma mie, cet endroit vous plaît-il ? Et à vous, les enfants ?

Pour la première fois, le gantier amenait femme et enfants dans leur propriété campagnarde et cherchait sur leur visage à deviner leur première impression.

— Tu ne dis rien, Constant ? Il n'est pas courant, sais-tu, dans notre profession, d'avoir les moyens de posséder un maset et des terres alentour. C'est le fruit du travail, mon fils.

Charles-Honoré ne faisait pas le faraud, mais ne perdait jamais une occasion pour inculquer ses valeurs éducatives. Le visage de Constant se dérida quelque peu et il essaya de mettre dans sa réponse une conviction qu'il n'avait pas :

— S'il vous plaît, père, d'être masetier, alors pour sûr que cela me plaira aussi.

Toujours ce besoin de s'identifier à son père ! Charles ne releva cependant pas ce qui s'apparentait à un défaut de personnalité et se tourna vers sa fille :

— Et toi, Gersende, qu'en penses-tu ?

Malgré la brièveté de cet échange, Gersende avait eu le temps de laisser parler son émotion. Quoique tout en retenue – l'éducation des dames de Nevers était passée par là –, son exclamation confirmait la brillance de son regard balayant l'horizon infini :

— Que c'est beau, père ! Et immense ! Et là-bas, ces montagnes ! Mon Dieu, je n'en avais plus le souvenir et cela me revient. Je rêvais parfois de les escalader. Fallait-il que je sois sotte, n'est-ce pas ? Elles sont si loin, si inaccessibles.

— Rien ne l'est, mon enfant, quand on en a la volonté. Pourtant, le but visé doit répondre à une utilité et non à un simple dépassement de soi, sinon il n'est que fatuité.

Eugénie Cazost-Dorandieu, plus terre à terre, après avoir fait le tour du bâtiment coiffé de son chapeau de tuiles rouges, visitait l'intérieur du maset et livrait un verdict sans appel :

— Le maset est petit ! Oui, vraiment !

— Vous vous attendiez à quoi, ma chère ? Un château comme celui de Roquecourbe dont vous vous gargarisez ?

— Vous me prêtez un peu aisément, monsieur mon époux, des pensées qui ne sont pas les miennes !

La réplique avait fusé, cinglante, et le gantier resta coi un instant, pourtant Gersende lut dans les yeux paternels une tendre indulgence chasser la déception première alors que de sa bouche sortait une réconfortante promesse :

— Rien ne nous empêchera un jour d'agrandir le maset.

— C'est bien ce que je pensais et donc, dans un premier temps, nous n'y viendrons que la journée, nous ne pouvons dormir à cinq dans ce maset, sinon à vivre les uns sur les autres comme des gueux.

Les maladresses, chez Eugénie, ne manquaient pas et, si elles ne troublaient pas le reste de la famille, elles faisaient mouche à tous les coups sur Gersende. Une fois de plus, cette remarque ramena l'adolescente à sa petite enfance.

Nous étions donc des gueux chez la Bertille ! se dit-elle.

7

Naissance d'une vocation

Cela fut un grand moment de satisfaction pour Constant lorsque le peaussier Belmonte lui signifia la fin de son stage et lui remit son diplôme de trieur. Il entrait enfin dans l'atelier de son père, un rêve caressé depuis trois ans. Il n'était pas peu fier des connaissances acquises au prix d'une attention soutenue et d'une volonté à toute épreuve. Charles-Honoré non plus, mais il se gardait bien de flatter un gamin un peu trop sûr de lui. Il n'était que de l'entendre :

— Vous pourrez me demander n'importe quelle peau, père. Les yeux fermés, je vous l'apporterai, sans coup férir.

— Il se peut que la chance te serve, une fois, deux fois ou plus, mais l'erreur fatale guette le plus malin. Une étourderie et c'est la réputation de L'Origanterie qui en souffre.

— Dieu me garde de la moindre négligence…

— Dieu et surtout l'humilité que l'on doit mettre dans toute chose, le respect du produit travaillé, la satisfaction du client. Ah, j'oubliais : l'entraide dans la chaîne du travail ! Celle qui a toujours prévalu dans mon atelier. Le couturier rendra un travail honnête si le coupeur a bien taillé, et ce même coupeur doit être servi par un trieur expérimenté. Et je ne te parle pas de la dernière étape, le parfumeur, chaque chose en son temps !

S'il n'évoquait que très rarement ses années de jeunesse, elles revenaient au maître gantier souvent au hasard d'une phrase ou d'une observation. Charles-Honoré se remémorait alors avec acidité les années où il n'était rien.

« Hé, l'arpète ! Oh, toi là-bas ! Tu te bouges, gamin ! »

Jamais il n'était appelé par son prénom, jamais non plus il ne s'était rebellé. Il serrait les dents quand son père disait que ça forgeait un homme. Il s'était promis qu'avec lui les choses changeraient et il avait tenu parole dans la distance et le respect qu'il s'imposait et qu'il imposait à ses ouvriers. Envers eux et entre eux, le vouvoiement était impératif, on usait du prénom pour s'adresser aux apprentis et on donnait du monsieur aux ouvriers confirmés. Au grand étonnement de son fils.

— Suivez-moi, Constant, je vais vous présenter à l'atelier.

Un peu abasourdi par cette nouvelle façon de s'adresser à lui, Constant emboîta le pas à son père.

— Monsieur Lafaurie, notre trieur, avec qui vous travaillerez. Nous avons décidé, lui et moi, que dans un premier temps vous vous occuperiez des étavillons.

Le ton n'était pas à la réplique bien qu'il lui en coûtât. Trois ans d'apprentissage des peaux, de leur provenance comme de leur destination et s'en voir confier seulement les chutes de coupe, il l'avait amère, Constant, mais ravala sa déconvenue.

— Je suis très flatté de travailler avec vous, monsieur Lafaurie. Les étavillons, m'a enseigné monsieur Belmonte, ne sont pas négligés des coupeurs consciencieux, bien au contraire.

Constant tendit la main au coupeur ainsi qu'aux deux couturiers et à un apprenti, puis le gantier entraîna son fils dans un renfoncement de l'atelier qui s'ouvrait sur la cour intérieure.

— Messieurs, je vous présente Constant qui va apporter son aide à monsieur Lafaurie et à vous son jeune talent. Constant, voici monsieur Maindret, notre boursier-ceinturier, et ses deux apprentis Léonard et Justin.

Puis il se tourna vers son fils :

— Il vous appartiendra, Constant, de fournir ces messieurs en conséquence des chutes de cuir dont ils auraient besoin. Économiser la matière première est notre souci permanent.

Ainsi intronisé dans l'atelier paternel, sans que le maître gantier mît en avant sa filiation, l'apprentissage de Constant Cazost-Dorandieu pouvait commencer !

*

— Adieu donc, Marie-Émilie ! Vous aurez toujours une place privilégiée dans mon cœur.

— Notre amitié ne peut être rayée d'un trait de plume, je ne vous oublierai pas, Gersende.

Belles et nobles promesses d'adolescentes. Résisteraient-elles au temps et à l'absence qui engendre l'oubli ?

Cette brutale interruption dans les études de Gersende était-elle programmée ou bien Eugénie Cazost-Dorandieu copiait-elle son époux ? Gersende n'était pas loin de croire à cette dernière hypothèse lorsque sa mère lui annonça vouloir la former au métier de mercière.

— Tu me succéderas un jour au Bouton de nacre, il est grand temps que tu connaisses les rouages du métier, ma fille.

Voilà donc Gersende qui se collette consciencieusement, sinon avec passion, avec l'identification des innombrables articles vendus dans la mercerie maternelle.

La boutique ne laissait pas dix pouces de vide, que ce soit sur les étagères, dans les meubles vitrés et les tiroirs qui couvraient les trois murs, ou dans les deux vitrines en façade de part et d'autre de la porte d'entrée dont le carillon égrenait ses notes métalliques à longueur de journée.

— En opposition à l'atelier de ton père, ici la vente prime, mon enfant. Il nous est interdit, à nous merciers, d'être autre chose que des revendeurs. « Vendeurs de tout, faiseurs de rien ! » Ainsi se définit notre activité. Mais comme tu pourras le voir, et parfois en soupirer de fatigue, la vente est bien suffisante pour remplir nos journées.

C'était comme si Gersende découvrait la caverne d'Ali Baba. Alors qu'elle la tutoyait plusieurs fois par jour depuis des années, jamais elle n'avait éprouvé la curiosité de dénombrer toutes les richesses de cette échoppe qui exhalait une symphonie de parfums. Certains s'échappaient d'une armoire vitrée où s'entassaient des boîtes de fards, des eaux de senteur et des sachets de mouches, des savons de Castille, des pots-pourris et des flacons de la très prisée eau de la reine de Hongrie, un alcoolat de romarin enrichi d'ambre. Fabriquée à Montpellier, elle avait eu la faveur de la marquise de Sévigné et gardait, plus d'un siècle plus tard, son aura d'eau « merveilleuse ».

La dentelle était en bonne place sur la longue banque en bois de noyer : blonde, chantilly, cluny…

— Tu dois apprendre à les différencier. L'aune de blonde au fil de soie vaut le triple d'une même longueur de cluny. Et les boutons ! Ah, les boutons ! N'oublie jamais le nom de notre enseigne : Au Bouton de nacre ! Je ne connais pas une mercerie qui possède un choix semblable au nôtre.

Ce n'était pas vantardise, Gersende put en juger. Le meuble aux multiples tiroirs contenait à lui seul tout ce qu'il pouvait exister en matière de fermoirs : boutons, crochets, agrafes, majoritairement faits de pacotilles si ressemblantes qu'ils donnaient l'illusion de véritables bijoux. Gersende, d'ailleurs, s'y laissa prendre.

— Ces précieuses pièces d'orfèvrerie doivent être fragiles.

— Fragiles, oui, mais en aucun cas précieuses, le mercier doit se garder de fouler les plates-bandes de l'orfèvre. À lui les matières nobles, à nous la camelote. Chacun son pré carré !

Rien de tout ce qui concernait le travail de mercière ne fut laissé au hasard, quand bien même Eugénie répétait à l'envi :

— Ça, nous y reviendrons. L'important, c'est la base.

Et la base, pour Eugénie Cazost-Dorandieu, comportait deux impératifs : ne jamais laisser un client sortir sans un achat ni sans être pleinement satisfait, et ce du plus huppé au plus modeste. Une justice que voulait bien lui reconnaître sa fille... encore que le premier impératif, pensait-elle, ne valait pas les courbettes qu'elle aurait de la peine à imiter.

Ainsi se profilaient les années d'apprentissage de Gersende, ponctuées de vivifiantes journées au maset de la Costière. L'une d'elles allait lui réserver un bonheur qu'elle n'attendait pas.

Passé un premier été où toute la famille avait apprécié les journées au grand air, les repas sur l'herbe, le repos à l'ombre de quelques rares figuiers, les premiers martinets tournoyant dans le ciel gris du soir annoncèrent la fin proche de ces agréables récréations. C'est alors qu'Eugénie, profitant du retour de l'automne, dévoila ses plans.

— Auriez-vous, Charles, dans vos relations, un homme du métier pour les travaux du maset ?

— Il se peut, en effet, mais...

L'hésitation du gantier ne surprit pas son épouse. Ni pingre ni prolixe, il se voulait juste prudent.

— Mon père disait qu'il fallait toujours garder une poire pour la soif et je vous avoue que mon verger est encore en attente de la bonne saison !

— Le mien regorge de fruits ! pavoisa Eugénie en ouvrant devant son époux son livre de raison.

Elle le lui laissa consulter, rougit de plaisir à ses sifflements admiratifs et fit part de son projet en toute fausse modestie :

— Vous avez satisfait au vœu de la famille en achetant la Costière et moi je vous ai vexé en boudant devant le maset. Pour me faire pardonner, mais aussi parce que j'en ai envie et que l'argent ne me fait pas défaut, je prends en charge le coût des travaux que nous déciderons ensemble.

— Vous êtes une femme de décision et de cœur, Eugénie. Je vous trouverai l'artisan qui réalisera votre rêve...

— Le nôtre, Charles ! Et celui de nos enfants ! Si nous les associions à l'ébauche de notre futur maset ?

— Comme il vous siéra, c'est vous le maître d'œuvre.

Plus souvent habitués à obéir aux ordres qu'à formuler des vœux, Gersende et Constant s'étonnèrent mais jouèrent le jeu... Enfin, pour ce qui est de ce béni-oui-oui de Constant, ses souhaits consistèrent à approuver ceux de son père tandis que Gersende, considérant les trois futures chambres de l'étage dont le maset serait surélevé, s'enquérait de celle de Francette.

— Au rez-de-chaussée, voyons ! Là, à côté de la cuisine !

— Un réduit sans fenêtre ? L'air de la campagne serait-il refusé aux servantes ?

Un grand silence avait suivi cette judicieuse et cependant dérangeante remarque, puis Eugénie s'était voulue conciliante.

— Nous demanderons au maçon s'il peut pratiquer une ouverture sur le côté. Mais pas en façade !

Les travaux commencèrent au début du printemps 1777 et, pour sa première visite de chantier, la famille Cazost-Dorandieu ne fut pas déçue. Bien que dépourvu de sa toiture en raison de l'exhaussement, le maset avait plus que doublé sa surface au sol et, à la satisfaction de Gersende, sur sa façade nord avait été percée une fenêtre pour aérer la chambre de Francette. Mais elle n'était pas au bout de ses surprises.

L'entreprise de maçonnerie Boyer, au demeurant fort modeste, se composait, en plus du patron, de deux frères, l'un ouvrier, l'autre arpète. Ce dernier intrigua Gersende par son comportement. Âgé d'une quinzaine d'années à peine, il rasait les murs, baissait la tête, fuyait les regards. La jeune fille se prit à l'observer avec insistance, ajoutant à l'embarras du garçon qui rata la planche sur laquelle il poussait une brouettée de tuiles. Entraîné par le poids, il culbuta sur un tas de pierraille. Gersende poussa un cri et s'élança vers lui alors que du haut de son échelle son patron le houspillait :

— Denis, nom de Dieu ! Regarde où tu mets les pieds, emplâtre !

Le rideau d'incompréhension qui tourmentait Gersende se déchira. Denis ! C'était Denis, bien sûr ! Denis qu'elle n'avait pas revu depuis cinq ans ! Ses yeux se dessillaient enfin, elle reconnaissait son doux regard de chien fidèle, ses cheveux bouclés – sa toison de mouton, disait la Bertille ! – jusqu'à cette mèche rebelle, tirant sur le roux et posée sur son front comme une virgule.

— Denis ! C'est moi, Gersende. Tu me reconnais ? Tu ne t'es pas fait mal, j'espère ?

— Non ! Non ! répondit-il vivement sans détourner son regard des tuiles brisées.

Elle se méprit et constata, dépitée :

— Non ? Tu ne me reconnais pas ?

L'ouvrier, surgi de l'intérieur du maset, répondit à sa place :

— Bien sûr qu'il vous reconnaît, demoiselle ! Mais vous croyez que le patron le paye à bavarder ?

Comme pour confirmer les dires de l'ouvrier, le patron rappliquait à son tour.

— Vincent, retourne à ton prix fait ! Et toi l'arsouille, vingt tuiles foutues, tu peux faire une croix sur ta paye ! hurla-t-il.

Emplâtre. Arsouille. La révolte grondait en Gersende. Tout patron qu'il était, monsieur Boyer n'avait pas à traiter ses employés de la sorte, jamais son père ne se serait livré, dans son atelier, à un pareil comportement. Elle alla se planter devant le maçon, bras croisés, bouche amère et regard assombri.

— Vous n'avez pas le droit, monsieur, de traiter votre personnel comme des esclaves !

— Je me demande qui pourrait bien m'en empêcher ! répliqua-t-il, l'air goguenard.

— Moi ! Et pas seulement parce que Denis est mon ami, mais parce que, tout arpète qu'il soit, il a droit au respect. Demandez à mon père.

Ouh là là ! Boyer ne voulait pas d'embrouilles avec le maître gantier, encore moins discuter avec une gamine. Il s'approcha de Denis et lui souffla, hargneux :

— Quand le chantier sera terminé, ouste ! Je n'en peux plus d'avoir un godichon dans mes pattes.

Chaque semaine, les Cazost-Dorandieu montaient à la Costière et se réjouissaient de l'avancée des travaux. Gersende se contentait d'observer son ami d'enfance, il n'avait pas changé, toujours aussi pusillanime. Plus hardies étaient les œillades que son aîné Vincent jetait à la dérobée sur Francette, laquelle s'empressait de l'abreuver d'eau fraîche.

Jamais cependant ils ne furent surpris à échanger un mot, l'un comme l'autre tenant à ne pas contrarier leur employeur.

Un jour pourtant, Denis, sortant de sa réserve, surprit Gersende par une spontanéité inhabituelle. Se détournant de son travail au mépris d'un rappel à l'ordre, il courut apporter son aide à Charles-Honoré qui s'était mis en tête de planter une vigne vierge pour orner la façade du maset, mais il se révélait un si piètre jardinier que Denis eut pitié de lui. En deux temps trois mouvements, la vigne vierge fut plantée, buttée, arrosée.

— Faudra peut-être la palisser pour faire une treille, suggéra le taiseux.

— Eh bien dites-moi, mon garçon, vous feriez un bon rachalan, ma foi !

Le visage de Denis s'épanouit comme une jonquille au printemps.

— C'est mon rêve ! Si seulement... mais je suis trop jeune, à ce qu'on dit, pour qu'on me fasse confiance.

Ouf ! Toute une phrase ! Gersende applaudit mentalement.

— Jeune, peut-être, mais déjà de l'expérience. Quel âge avez-vous ? demanda le gantier.

— Quatorze ans, père ! Tout comme moi ! C'est Denis, Denis de chez la Bertille ! intervint alors l'adolescente.

Et la voilà qui prend en main le destin de l'ami retrouvé, plaide sa cause avec subtilité et obtient gain de cause. Convaincu de prendre un risque minime, même en majorant son salaire de quelques sols, Charles-Honoré confie à Denis Montbellet, le frère de lait de Gersende, l'entretien d'un jardin potager où il plantera et sèmera à sa guise.

— Et une vigne, y avez-vous pensé ?

De la suite dans les idées, Eugénie revenait à la charge.

— C'est peut-être un peu ambitieux, ma chère, pour ce jeune garçon ! Laissez-moi apprécier les premiers choux et les premières carottes qu'il me promet.

Ses retrouvailles avec Denis, la main qu'elle lui avait tendue dans son accession à la fonction de rachalan, avaient apporté comme un allègement aux regrets de Gersende. C'était un peu comme si elle rendait ce qu'elle avait reçu de la famille Montbellet et sa relation avec ses parents s'en trouva apaisée. Apaisée, mais encore distante !

La nouvelle ne fit pas grand bruit, tout juste parvint-elle aux oreilles affûtées d'Eugénie qui s'empressa de la rapporter :

— Il s'en fallut de peu pour que le maset de la Costière vous passe sous le nez, mon ami. Les tantes de maître Borrelly sont décédées récemment…

— Elles n'étaient pas de prime jeunesse.

— Il n'empêche. Savez-vous qu'elles laissent tout leur argent à la communauté religieuse qui les avait accueillies ?

★

Après deux années à seconder efficacement sa mère, aussi bien à servir une clientèle fidèle et exigeante qu'à tenir son livre de raison, ou même encore à gérer une partie du stock du commerce de façon à ménager Francette, Gersende faisait un désolant constat : elle n'avait aucune attirance pour le métier de mercière, malgré les maladroits encouragements d'Eugénie :

— Ah, je savais que tu étais faite pour me succéder ! Tu as, comme moi, le sens du commerce. Je faisais remarquer à ton père combien nous sommes des parents comblés. Tu confirmes l'adage « Bon sang ne saurait mentir », tu seras une digne fille et petite-fille de merciers.

Gersende encaissait avec philosophie les poncifs maternels et n'avait de satisfaction véritable que le dimanche où toute la famille s'exilait au maset. Le mot seulement, diminutif de mas, avait pour elle une consonance si douce, un air si gracieux, si frais ! Et puis elle y retrouvait Denis qui, lui, ne prenait aucun jour de repos, encore n'avait-il personne dans la semaine pour contrôler ses heures de travail, comme le faisait remarquer Eugénie.

— Une sinécure, le métier de rachalan ! Qui vous dit que ce Denis ne se laisse pas aller à la fainéantise quand nous sommes absents ?

— Le jardin bien entretenu dont nous tirons les légumes-racines pour la semaine, les herbes odorantes avec lesquelles Francette fait de savoureux paquets[1] à mettre dans nos marmites, les arbres bien taillés qui donnent des fruits... Vous faut-il d'autres preuves, Eugénie ?

Rien n'échappait à Gersende, surtout lorsque Denis était au centre de la conversation entre ses parents. L'auraient-ils vilipendé tous deux, elle se serait portée volontaire pour le défendre. Mais là, elle était rassurée, Charles-Honoré appréciait son rachalan.

Ô combien était court le dimanche au maset, loin de la rue des Barquettes et de son agitation permanente ! Et cependant, insidieusement, Gersende allait trouver sa voie sans la chercher. Elle ressentait une véritable attirance pour ce qu'elle appelait la chambre des secrets et qui n'était autre que la verrière, le réduit où s'élaboraient les parfums destinés aux gants. Domaine incontesté de son père qui créait et d'Espirite qui assurait mélanges et préparations consignés par le gantier, le rangement y était d'une extrême rigueur. La cherté des produits de base imposait une utilisation scrupuleuse que l'empeseuse maîtrisait sous le regard envieux de Gersende.

Combien de fois, sous un prétexte futile, rejoignait-elle son père ou Espirite sous la verrière où se

1. Bouquets garnis.

préparait dans le plus grand secret la dernière et cruciale étape de finition du gant : sa mise en fleurs ! Fragrances subtiles, puissantes, senteurs d'épices ou de musc, macérations fruitées, aucune ne la laissait indifférente. Couper les roses, les effeuiller, remplir les alambics lui procuraient plus de plaisir que de dérouler deux aunes de bisette. Même les ingrates corvées ne la rebutaient pas quand, pour avancer leur travail, elle mettait à fondre la graisse et coulait dans leurs moules les savons gras et, même si elle devait froncer son nez mutin agressé par l'acidité du produit, elle remplissait les « vinaigrettes », ces petites boîtes ajourées que respiraient les dames trop étroitement corsetées et de ce fait sujettes aux malaises qu'elles appelaient vapeurs.

Elle se rattrapait de ces déplaisantes besognes en imprégnant de parfums délicats des mouchoirs de Vénus, petits carrés de toile parfumés vendus en boîtes de six et destinés à se rafraîchir le visage. Elle s'était autorisée, à l'insu de son père, à créer une eau qu'elle destinait à ces fameux mouchoirs de Vénus et qu'elle appela Sans Pareille. Pour cela, elle fit distiller dans l'alcool des zestes de citron et de cédrat.

— Une caresse de fraîcheur ! reconnut son père à qui rien n'échappait.

Surtout pas l'évidence ! Sa fille avait un don que jamais Constant ne posséderait, c'était dans sa nature et c'était sa passion. Pour autant, cela ne lui procurerait pas un avenir, il ne le lui cacha pas.

— En t'entêtant dans cette voie, tu ne serais jamais que l'ombre, ma fille. Le sais-tu ?

— L'ombre de quoi ? De qui, père ?

— De L'Origanterie ! De ton frère !

— Pourquoi cela, père ? Parce que je suis née fille ?

— Tu as trouvé toi-même la réponse. Tu pourras vendre des parfums, certes, mais tu ne seras jamais reconnue pour leur créatrice, c'est ainsi.

— C'est injuste, mais je préfère l'ombre au renoncement.

Charles-Honoré Cazost s'était douté de cette réponse et en fut, dans son for intérieur, satisfait. Quand viendrait le temps de passer la main, L'Origanterie aurait à sa tête un des meilleurs gantiers d'Occitanie et, dans l'ombre, la plus initiée, la plus audacieuse, la plus pertinente des créatrices de parfums.

Malgré le tempérament affirmé de sa fille, Charles-Honoré ne négligea pas, dans son enseignement, les fondamentaux de la fabrication tout en laissant s'exprimer les dons indéniables de Gersende, la finesse de ses harmonies, la subtilité de ses choix, la fertilité de son imagination.

Comme il l'avait fait pour son fils, pour ses apprentis et chacun de ses employés, le vouvoiement vint naturellement.

— Répétez la formule, Gersende : du benjoin de styrax, un peu de baume du Pérou, le tout à macérer dans un florentin d'esprit-de-vin.

— Un seul florentin suffit-il, père ? La contenance de cette fiole est minime et…

— Les effluves vanillés de benjoin n'en seront que plus puissants.

— En fait, père, l'appréciation d'un parfum est affaire de goût. Moi, j'avoue préférer aux senteurs affirmées celles dont on devine la subtilité, qui flottent devant vos narines sans les envahir de force.

Charles-Honoré ne pouvait qu'admirer cette analyse ; en matière de parfum, ce siècle de raffinement autant que de libertinage se tournait résolument vers les senteurs éthérées, florales, angéliques au détriment du musc et de la civette, figures de proue du siècle précédent.

Jour après jour, il avait assisté à la transformation de sa fille ; le travail de parfumerie développait en elle des talents enfouis qu'il lui était permis aujourd'hui d'exprimer. Sa concentration était totale lorsqu'elle pesait, dosait, surveillait la distillation. Tout dans la magie du processus lui était bonheur : avoir le geste précis, maintenir la constance du feu, saisir à quel moment il fallait rafraîchir l'alambic avec des linges mouillés et provoquer ainsi la condensation. Enfin, savourer l'instant fascinant où elle voyait perler les premières gouttes d'eau de fleur et que s'en échappaient les fragrances attendues.

Les narines chatouillées, Charles-Honoré rappliquait de l'atelier, le sourire aux lèvres et un livre à la main.

— N'oubliez pas de noter en détail ingrédients et dosages, Gersende ! C'est un livre de recettes familiales dans lequel chaque génération inscrit sa propre expérience.

Et il sentit l'épanouissement de leur relation père-fille. Le vouvoiement, loin d'apporter de la distance, les mettait presque sur un même pied. S'ajoutait, pour Gersende, le fait de se savoir comprise qui lui permettait d'ouvrir son cœur à ce père trop méconnu.

Il assista aussi à ses révoltes quand une note de tête lui résistait, prenait le pas sur la note de cœur, faussait la finalité désirée ; jamais, cependant, il ne la vit baisser les bras, se contenter d'un à-peu-près, trahir sa conviction.

— Je ne pensais pas que l'œillet développerait, au contact du miel, des pointes trop présentes de clou de girofle !

Pour autant, rien dans la verrière ne se jetait, tout se transformait, se modifiait jusqu'à l'apothéose du sens olfactif.

— Eurêka ! J'ai trouvé la parade !

Ses yeux brillaient mais elle n'en disait pas plus.

— Secret de fabrication ? demanda son père en souriant.

Elle lui rendit son sourire et lui répondit, d'un air empreint de tendre complicité :

— Avec vous, papa, je veux bien le partager. Il m'a suffi d'ajouter quelques gouttes d'un extrait d'écorces de bigarades. Sentez-moi ça !

8

Exil au cœur du parfum

Eugénie n'avait pas été sans remarquer l'attirance qu'exerçait sur sa fille la verrière de L'Origanterie. Elle l'avait mise sur le compte d'un éveil de l'adolescente à la coquetterie et avait préféré fermer les yeux plutôt que d'entrer en conflit avec elle. Ce qui ne l'avait pas empêchée de confier son sentiment à son époux :

— Notre fille est une rebelle !

— Rebelle ! Ne trouvez-vous pas le terme un peu fort ?

— Comment appelez-vous, alors, ce besoin récurrent de me tenir tête à tout propos ? Tenez, pas plus tard qu'hier, je lui avais demandé de refaire la vitrine, il était temps de remballer collets et manchons de fourrure et d'exposer la dentelle, les éventails, les mouchoirs de cou. Que croyez-vous qu'elle fît ? Une exposition de parfums, ni plus ni moins ! Des boîtes à senteur, des flacons d'« esprit perçant », d'autres d'« esprit ardent », des pommes d'ambre de toutes tailles, des sachets aromatiques pour suspendre aux châtelaines. Vous savez, ce bijou que les femmes accrochent à leur ceinture et...

— Je sais, je sais, Eugénie. Là n'est pas le problème.

— Ah, vous convenez cependant qu'il y en a un !

Charles-Honoré Cazost ne pouvait plus reculer, il allait peiner son épouse en brisant ses illusions, mais à quoi bon se voiler la face plus longtemps ?

— Ne prenez pas la mouche, Eugénie, à ce que je vais vous dire, essayez juste de comprendre.

— Essayer de comprendre ! Vous me prenez pour une sotte ?

— Ne ramenez pas tout à vous, je vous prie. Il s'agit de Gersende, Gersende dont vous ne ferez jamais une mercière à votre goût, Gersende qui se passionne pour la parfumerie et qui a pour cela des dons indéniables. J'ai décidé de lui enseigner tout ce que je sais et je ne donne pas longtemps pour que l'élève dépasse le maître.

Il fallut toute la longanimité du gantier assortie de l'amour qu'il portait à sa femme pour qu'enfin elle capitule :

— Eh bien, je vais de ce pas à l'ouvroir Sainte-Thérèse. Je suis certaine d'y trouver une petite apprentie que je pourrai former à ma façon ! crâna-t-elle en ravalant sa déception.

Antonine, bien vite rebaptisée Nine, se frottait les yeux d'émerveillement en pénétrant, à la suite de sa nouvelle patronne, dans la renommée mercerie du Bouton de nacre. La jeune orpheline pensa qu'enfin le Ciel lui souriait.

Curieusement, ce bouleversement dans une organisation établie depuis deux ans et dont la finalité importait tant à Eugénie contribua à un rapprochement inattendu avec sa fille. Il n'avait jamais été question entre elles de rivalité, seulement d'un cheminement parallèle qui, de fait, ne se rencontrait jamais. S'ajoutait une incompréhension mutuelle instaurant la distance, preuve que les liens de sang n'engendrent pas automatiquement des liens d'amour.

Comprise dans ses aspirations profondes, Gersende laissait enfin son cœur s'ouvrir. Cela vint plus spontanément avec son père et surtout s'assortit d'une grande complicité et d'une admiration sans bornes. La droiture du maître gantier-parfumeur, son savoir-faire, son écoute, son respect sans condescendance du personnel, de l'apprenti à l'ouvrier confirmé, tout cela comblait les attentes de Gersende qui ne transigeait pas avec sa volonté de traiter les gens sur un même pied. Les démonstrations de ce comportement généreux ne manquaient pas : des petites Garrel, à qui elle avait rendu de nombreuses visites jusqu'à ce qu'elles soient placées dans de bonnes maisons, à Francette, qui était pour elle comme une grande sœur, et à Denis, qui avait trouvé sa voie. Attitude qui lui avait valu le contre-pied de sa mère.

— J'ai de la peine à concevoir une telle ambiguïté chez toi, ma fille. Comment peux-tu être en amitié avec Marie-Émilie de Teissier et donner les mêmes signes à notre rachalan ? Il y a un fossé entre les deux et...

— Pour vous peut-être, mais pour moi il n'y en a aucun ! C'est la personne qui m'importe et non sa condition.

Il fallut un peu plus de temps à Eugénie pour accepter que sa fille ne réponde pas au modèle qu'elle avait imaginé, pour admettre qu'une autre voie lui était ouverte, pour reconnaître que Gersende était à sa place, en accord avec ses aspirations, heureuse, épanouie.

La plénitude conduisant à l'indulgence, Gersende fit à son tour le même cheminement vers sa mère dont elle reconnaissait les qualités irréfutables.

Adieu donc rancœurs et incompréhension et bonjour l'harmonie familiale, heureuse période filant hélas à toute allure ! Qu'il fut enrichissant l'enseignement, trop tôt interrompu, du maître gantier-parfumeur !

*

Ni les cahots de la turgotine, ni ses haltes nombreuses, pas même les bruyants relais de nuit n'avaient écorné ce douloureux et cependant bienfaisant retour dans le passé auquel Gersende s'abandonnait depuis le premier tour de roue. Tout plutôt que s'obliger à partager la conversation insipide des voyageurs, leur malsaine curiosité envers son frère et elle, jugés bien jeunes encore pour voyager sans chaperon. Oui, tout plutôt que le constat navrant de la dissension qui, une nouvelle fois, s'était installée entre sa mère et elle, et à laquelle Eugénie n'avait su apporter en réponse que l'éloignement de ses enfants.

Se laissant ainsi aller à la lénifiante et nostalgique évocation des souvenirs, Gersende en oubliait son frère tout aussi marri qu'elle. Encore que sa mère, flattant son tempérament ambitieux, lui avait habilement vendu ce séjour grassois comme une étape vers l'excellence.

— Songe, mon fils, que tu vas réaliser le vœu de ton père. Il voulait te faire partager l'expérience qui avait été la sienne : l'adoubement de François Fragonard, le plus parisien des Grassois.

Puis, s'adressant à Gersende, elle s'ingénia en vain à lui tirer l'esquisse d'un sourire :

— Et toi, ma chère enfant, ne me dis pas qu'une immersion dans la ville du parfum te rebute ? Tu en reviendras riche de formules nouvelles.

Avec ces piètres encouragements pour viatiques, pas étonnant que Gersende se complût à laisser voguer ses pensées, parfois insaisissables comme des lambeaux de rêves qui s'enfuient, parfois lui revenant avec une force tel un torrent dévalant la montagne et toujours avec une fascinante précision.

Le vieillard chenu, de sa chevelure caressant ses épaules à sa barbe frottant le jabot de son habit, qui les attendait au relais de poste de Grasse fit douter les enfants Cazost-Dorandieu. Était-ce à ce patriarche, respectable certes mais passablement décati, que leur père avait voulu les confier ? En dépit de sa physionomie d'octogénaire, François Fragonard les surprit par son bagout de Provençal et l'énergie de sa démarche.

— Ainsi vous êtes les minots de ce pauvre Cazost. C'est pourtant aux plus vieux comme moi de partir, pas vrai ? Bah, on n'a pas le choix ! Venez, ne restons pas là, le grec s'est levé, il décoiffe et la pluie n'est pas loin. Madame Fragonard a décidé de nous régaler, elle a préparé ses petits farcis. Une merveille ! Vous les aimez, j'espère ? Sinon vous vous rattraperez avec sa tarte aux feuilles de blettes et aux pignons. Un régal ! Une sacrée bonne cuisinière, madame Fragonard, et tout émoustillée de recevoir de la jeunesse !

Il parlait, il parlait, indifférent à la fatigue d'un long voyage qui tirait les traits des jeunes voyageurs. Un peu étourdis par le verbiage du vieil homme, ils ne l'étaient pas moins par leur nouvel environnement. Ils avaient quitté une ville qui s'étalait nonchalamment dans la plaine et découvraient une tout autre configuration avec la cité de Grasse. Particulièrement hardies, les maisons escaladaient les flancs d'une colline coiffée d'oliviers, des ruelles s'insinuant entre elles en faisaient de même, tout en réservant au promeneur essoufflé des placettes arborées, fleuries et odorantes au milieu desquelles gargouillait une fontaine. Et en prime, une vue à couper le souffle sur la plaine où serpentait la Siagne aux berges buissonnantes et herbacées ! Tout un ensemble qui concourait au bonheur des sens.

— Ça y est, nous sommes arrivés. Hein que ça fait une bonne grimpette ? Et encore, j'ai évité les traverses, par trop pentues. Vous aurez l'occasion de les parcourir, si le cœur vous en dit. Vous êtes jeunes et avez de bonnes jambes, mais comme je dis à ma Françoise : les traverses, ce n'est plus de notre âge !

Gersende et Constant n'eurent pas le temps de s'interroger sur la dénommée Françoise, elle les attendait sur le seuil d'une grande et austère bastide provençale s'élevant sur trois étages.

— Vous vous inquiétiez, madame Fragonard ? Il ne fallait pas, voici nos jeunes pensionnaires.

François Fragonard se laissa choir sur un banc de pierre adossé au mur de la bâtisse et, de là, donna ses directives :

— Mon épouse va vous montrer vos chambres, elle vous servira un jus de fruits et puis nous nous retrouverons autour d'une bonne table. Je ne crois pas me tromper en pensant que vous avez faim.

La discrète Françoise, à l'inverse de son époux, était avare de ses mots et cependant enveloppait ses hôtes d'une véritable chaleur humaine, jusqu'à son sourire qui n'était que l'expression de la douceur de son âme. L'appartement qu'ils traversèrent était au rez-de-chaussée, un long couloir aveugle desservant des pièces en enfilade dotées de grandes fenêtres donnant toutes sur des jardins en terrasses. Le sol était recouvert de tomettes ocre rouge qui, avec les rayons du soleil, se paraient de pinceaux d'un jaune éblouissant. Il leur semblait parcourir les salles d'un château tant ce lieu leur paraissait immense. Madame Fragonard ouvrit enfin deux portes contiguës.

— Vos chambres, mes enfants ! Prenez tout le temps qu'il vous faut pour vous installer, vous reposer, que sais-je ? Nous ne soupons qu'à la nuit tombée.

Gersende, que le démon de la révolte ne lâchait pas, s'était juré de tout rejeter en bloc, depuis l'accueil de ses hôtes jusqu'à l'enseignement qui lui serait dispensé. Mais elle devait en convenir : tout lui plaisait ici ! La ville perchée qu'elle avait hâte de parcourir, la végétation omniprésente, luxuriante, l'impressionnante bastide provençale dans laquelle logeaient les époux Fragonard et jusqu'à ce couple de vieillards charmants. En mal de grands-parents, elle les assimilait déjà... Elle fut tirée de ce rêve ambitieux par deux coups brefs à sa porte qui s'ouvrit en même temps que s'encadrait la silhouette de Constant.

— Il va faire nuit et j'ai faim. Allons manger, Gersende ! Il est tard, Grasset et Grassette doivent nous attendre.

— Constant ! Ne te moque pas d'eux, ils ont l'air si gentils.

— Mais ce n'est pas moquerie de dire qu'ils ressemblent aux santons de la crèche de l'église Saint-Castor. Le bedeau, qui me les nommait un par un, avait appelé ainsi un couple âgé bras dessus, bras dessous.

Il y avait bien longtemps que le gracieux visage de sa sœur ne s'était éclairé d'un sourire. Constant, fier d'y être parvenu avec sa repartie, enchaîna :

— Et nous, nous sommes les Rois mages qui allons déguster la tarte aux blettes et aux pignons ! Allez, viens !

Il était tard, en effet, mais on ne leur fit pas le moindre reproche. Pour cela, et parce que leurs hôtes s'étaient déjà fait une petite place de choix dans son cœur, Gersende s'efforça à la conversation, sans toutefois pouvoir évoquer son père, dont il ne lui était pas encore possible de parler avec sérénité. Ils ne se quittèrent pas trop tard, « Grasset et Grassette » avaient les paupières lourdes et celles des jeunes Cazost-Dorandieu n'étaient guère plus vaillantes. François Fragonard eut le dernier mot :

— Demain est un grand jour, mon petit Constant ! Pour la jeune demoiselle aussi, qui va faire découvrir à son joli nez les secrets de la parfumerie Maubert !

Les paroles abstraites du vieil homme n'encombrèrent pas longtemps la curiosité des jeunes gens qui s'endormirent sans difficulté.

Gersende se réveilla au milieu de la nuit, le visage ruisselant de larmes amères. Les regrets plantés dans son cœur étaient venus la tourmenter une nouvelle fois.

Pourquoi ne s'était-elle jamais blottie spontanément dans les bras de son père et n'avait-elle offert son front au baiser de ses lèvres ? Que ne lui avait-elle dit, les yeux dans les yeux, combien elle l'aimait ! Les yeux clairs de son père. Les lèvres de son père. Elle fut sidérée qu'à ce souvenir précis se substitue l'image de cet oncle qu'elle qualifiait non pas tombé du ciel, mais surgi des enfers. Elle voulut l'évincer d'une chiquenaude, mais elle s'imposa à son observation et force lui fut de reconnaître que l'oncle honni ressemblait au père adoré. Les deux frères avaient la même stature, une similitude dans le geste plus que dans la démarche, et la bouche charnue, et la couleur des yeux… Non ! Non, elle ne voulait pas admettre qu'ils se ressemblassent à ce point, ni qu'elle ressemblât de quelque façon à cet oncle. Tout juste se forçait-elle à croire qu'il ne s'agissait pas d'une odieuse usurpation d'identité.

Ne pouvant retrouver un sommeil qui la fuyait, elle s'acharna en vain à chercher la vraie raison de ce qui lui apparaissait comme une esquive devant l'ennemi. Sans cesse revenaient d'obsédantes questions : pourquoi sa mère avait-elle décidé d'éloigner ses enfants ? Que craignait-elle pour eux ? Quel dessein la poussait à agir ainsi ?

Un véritable charivari se faisait dans sa tête et des spasmes d'angoisse dans son cœur alors que, tendant l'oreille à la chambre de Constant, elle perçut le souffle de sa respiration paisible.

Comment fait-il ? l'envia-t-elle. Puis elle se souvint de l'extrême maniabilité de son frère. Elle sourit, il suffisait à Constant de mettre ses pas dans ceux de leur père jusque dans sa formation auprès de monsieur Fragonard. Cela le comblait.

Une couverture de brouillard avalait les placettes et les rues sinueuses de Grasse quand, à la suite de François Fragonard, les enfants Cazost-Dorandieu entamèrent leur première journée de découverte. Tout d'abord cette bastide Maubert de belles proportions, dont ils avaient eu, la veille, une vue d'ensemble. Un corps de logis à la fois simple et imposant à cause de ses trois niveaux, percé d'ouvertures nombreuses et régulières, coiffé d'un toit de tuiles rondes posées sur trois rangées de tuiles canal à la mode de Gênes et cerné de jardins en terrasses.

Esprit cartésien, Constant fut le premier à remarquer cette trinité :

— C'est drôle, on dirait que tout va par trois dans cette maison !

— Tu ne crois pas si bien dire, mon garçon ! confirma leur mentor. Trois activités s'y exercent également… quoique la mienne soit maintenant sur le déclin.

Et d'expliquer donc que le rez-de-chaussée lui servait d'habitation spacieuse et d'atelier de ganterie, que le premier étage, partie noble de la bâtisse, était réservé à la commercialisation des parfums, eux-mêmes élaborés tout en haut, au troisième.

— Suivez-moi, jeune fille, que je vous présente à mon neveu, Alexandre Maubert, négociant en parfumerie, c'est à lui que je vais vous confier... enfin, plus précisément aux parfumiers qui officient dans son laboratoire.

Constant ne savait s'il devait leur emboîter le pas mais, conscient de son hésitation, le vieux maître gantier lui fit signe de se joindre à eux en lui précisant :

— Même si l'élaboration des parfums n'est pas ta partie, c'est du moins ce que m'avait laissé à entendre ton père, tu n'es pas moins concerné. Regarde, écoute et hume !

François Fragonard avait été certes un gantier de renom, mais pour parler aux gens, à l'évidence, il ne mettait pas de gants. C'est l'impression que ressentit Gersende à la sensibilité exercée, elle coula un regard vers son frère et fut rassérénée, l'adolescent n'était pas offusqué que son père eût un jour évoqué ses faiblesses dans le métier.

Bien que l'étage noble, comme le nommait le gantier, ne fût pas sa priorité, il ne manqua pas de surprendre Gersende par la richesse et la diversité de la marchandise proposée. Si son odorat n'était pas particulièrement sollicité, sa vue en restait éblouie. Elle se laissait happer, en fait, par la profusion des flacons en cristal de roche, des coffrets à parfum fabriqués dans des bois exotiques, marquetés ou rehaussés de feuilles d'or et d'argent, de fragiles fioles oblongues corsetées de cuir finement ouvragé.

Dans une vitrine fermée, preuve de leur fragilité comme de leur valeur marchande, des flacons aux reflets chatoyants voisinaient avec des boules de métal précieux, finement ciselées et dorées à l'or fin, rappelant le pomander médiéval, ainsi qu'avec de curieuses porcelaines translucides devant lesquelles Gersende tomba en admiration.

— Cela vous intrigue, mademoiselle Cazost-Dorandieu ?

— Je dirais plutôt que cela me fascine, monsieur Maubert !

— Nous appelons ces flacons des *chelsea toys*. Mais il ne vous aura pas échappé qu'ils valent plus que des jouets !

Son regard captivé parcourait les rayonnages qui la cernaient. Là, des essences absolues, ici des huiles florales, des teintures, des extraits, des eaux de bain. Et encore des lotions et des sels volatils ! Elle en avait le tournis.

— Une jeune manufacture implantée à Sèvres nous propose des flacons en verre soufflé dont la couleur bleue est obtenue par l'oxyde de cobalt incorporé dans la pâte de verre. Et là, c'est une faïencerie de Montpellier qui fabrique ces boîtes à poudre parfumée au décor en camaïeu de bleu dit « à la Bérain », expliquait, intarissable, le neveu de monsieur Fragonard.

La finesse de ces précieux contenants rivalisait avec une exposition tout en couleurs devant laquelle s'extasia Gersende.

— Ces flacons sont magnifiques. Des pots en forme de soliflores qui doivent sublimer les parfums ! s'exclama-t-elle, inspirée par le lyrisme des formes et des couleurs.

— Ces verres colorés nous viennent de Venise, charmante demoiselle. Plus précisément de l'île de Murano. Vous pouvez imaginer combien ces décors, d'une fragilité extrême, sont à manier avec d'infinies précautions.

Il lui fallut pourtant s'arracher à la contemplation de ces objets de rêve et gravir le majestueux double escalier qui menait au troisième étage. À ce stade – fatigue du vieil homme, décision délibérée ou bien lubie ? –, le maître gantier prit Constant par le bras et faussa compagnie à Gersende et à son neveu en disant :

— Viens, mon garçon, nous avons mieux à faire. Je vais te montrer ce qu'était mon atelier parisien, reconstitué ici à l'identique. Je n'envisage pas de pousser mon dernier soupir ailleurs qu'au milieu de mes cuirs, mes soies et mes velours.

Ainsi donc, à la suite d'Alexandre Maubert, Gersende pénétra dans le sanctuaire. Le mot n'est pas trop fort, étant donné le silence quasi religieux qui y régnait, l'attitude des gens qui y travaillaient et qu'on aurait pu croire en prière, leurs déplacements calculés et furtifs. Jusqu'à Maubert dont le comportement et la voix changèrent. Le négociant entrait à pas de loup dans l'antre de la création et sa voix s'emplissait de solennité pour déclamer avec emphase :

— Voici le royaume des parfums. Puis-je vous confier, mademoiselle Gersende, à notre maître en la matière ?

Dépourvue de grands-parents, Gersende avait cru voir en François Fragonard la quintessence de la vieillesse. Or l'homme qui s'avançait accusait plus d'années encore. Tout en lui, ou presque, semblait s'être ratatiné ; sa taille qui obligeait la jeune fille à se pencher pour voir son visage strié de multiples ridules, ses mains aux longs doigts ridiculement effilés, jusqu'à son filet de voix pointu et chuintant alors que son nez fort, long, bourbonien, en un mot imposant, donnait au vieillard toute la prestance que sa silhouette lui refusait.

— Vous êtes, je me doute, la demoiselle dont monsieur Maubert m'a parlé. Qu'est-ce qui ne va pas ? Il est des signes qui ne trompent pas comme les ailes de votre nez qui palpitent, vos sourcils qui se froncent. Une odeur vous dérange...

Mal à l'aise d'être démasquée, Gersende rougit mais ne dénia pas. Le vieil homme insista :

— Dites-nous donc !

— La... la note de tête... bredouilla-t-elle en désignant une table à parfum devant laquelle travaillait un homme d'âge mûr. Elle est... enfin, elle...

— Oui, oui, poursuivez. Elle est ?

— Trop longue, elle empiète sur la note de cœur… enfin, je… je crois.

— C'est exactement cela, jeune fille ! Monsieur Maubert, je ne m'avance pas trop en disant que cette jeune personne est douée. Notre stagiaire pataugeait depuis une semaine et il lui a suffi d'une seconde pour trouver la faille. Magnifique !

— Ne vous emballez pas, monsieur Rousseau. Mademoiselle Cazost-Dorandieu n'a que dix-sept ans et donc peu d'expérience en la matière même si elle fut à bonne école avec monsieur Cazost, son père.

— Tss tss tss ! Je vous parle d'infus et vous me rétorquez expérience. Nous ne pratiquons pas le même langage.

Alexandre Maubert se garda bien d'insister. Il avait décroché, en y mettant le prix certes, la collaboration de Casimir Rousseau qui avait fait une longue et belle carrière chez Jean-Louis Fargeon, parfumeur officiel à la cour de France. L'âge de la retraite venu, Rousseau avait ressenti le besoin de revenir dans sa ville natale et Maubert lui avait fait miroiter un pont d'or et une totale liberté d'action afin qu'il accepte de superviser son laboratoire. Il n'allait pas le vexer pour un sujet d'appréciation hâtive. Le temps y pourvoirait. Prétextant d'être attendu au magasin, il quitta le laboratoire.

Dès l'instant où Casimir Rousseau avait abondé dans son sens au sujet d'une note de tête trop présente, Gersende éprouva deux sentiments contradictoires ; d'une part, elle se sentit en confiance pour travailler sous l'égide du génial vieil homme, mais d'autre part la mine du stagiaire en disait long sur le sentiment de réprobation qu'elle lui inspirait.

Qu'avait donc à faire une femme dans l'antre de la création ? disait sa mimique méprisante.

Aussi se laissa-t-elle conduire non pas devant une table à parfum dont le laboratoire était largement pourvu, mais dans une autre partie, bien moins sacralisée.

Là, dans des vapeurs composites, officiaient hommes et femmes à des tâches diverses.

— Ce n'est pas faire injure, demoiselle, à votre talent inné ni à la solide formation que vous avez reçue de vous faire découvrir la base de notre métier qui, naguère, portait le nom d'apothicaire.

— Apothicaire ? Vraiment ? sourit tristement Gersende. Je n'imaginais pas que mon père eût pu être potard comme monsieur Saint-Gervais de la place aux Herbes.

— Et pourtant l'élaboration des parfums fut, à son origine, le moyen de combattre certaines maladies et nous allons voir que l'extraction du parfum des fleurs et des fruits, appelée l'enfleurage, a traversé les siècles grâce à des méthodes ancestrales améliorées, parfois un peu détournées.

Insensiblement, ils s'étaient rapprochés de deux cuves en cuivre sous lesquelles un feu était alimenté de façon constante et mesurée. Une huile neutre, versée à l'intérieur, recevait dans l'une des pétales de fleurs que Gersende reconnut pour être des roses de mai, dans l'autre des écorces de fruits qui ne lui parlaient guère. Devant son interrogation muette, Rousseau expliqua :

— De la bergamote, jeune fille, un agrume de la famille des hespéridées !

Gersende, confondue, avoua son ignorance en matière de notes fruitées.

— Je n'ai utilisé, à ce jour, que de l'extrait de bigarade pour donner une pointe d'acidité.

— Avec la bergamote, vous apportez le même effet que la bigarade, la délicatesse en plus. Voilà, vous avez devant vous la meilleure façon d'un enfleurage à chaud, fleurs et fruits seront renouvelés jusqu'à complète saturation du liquide gras qui se transformera en pommade odorante.

Un peu plus loin, deux hommes enduisaient de graisse un grand châssis de verre qui, au fur et à mesure de leur avancée, se couvrait de fleurs au parfum délicat.

— Du jasmin qui, comme vous pouvez vous en douter, est bien trop fragile pour une macération à chaud. En un mot, chère enfant, je vous dirais que pour aimer le parfum, il faut aimer et respecter la nature. Sa richesse est infinie.

Les heures défilèrent avec cet homme de grand savoir, bienveillant et par moments nostalgique du passé.

— Savez-vous, mon enfant, que Fargeon pour qui je travaillais à Paris est issu d'une grande famille de parfumeurs ? Un de ses aïeux avait créé, au siècle dernier, « l'eau de Ninon », entendez par là la célèbre courtisane Ninon de Lenclos. Le musc et l'ambre étaient très présents dans cette formule. Autres temps, autres mœurs, ce ne sont guère, de nos jours, des notes plébiscitées, n'est-ce pas ?

— Me permettez-vous, monsieur Rousseau, d'avoir un autre avis ? Les senteurs boisées de l'ambre sont pour moi un condensé de fragrances sur lesquelles on ne peut faire l'impasse.

Casimir Rousseau se contenta de sourire avec indulgence : il avait devant lui une jeune personne pleine de sensibilité, de rigueur, mais qui, aussi, fonctionnait à l'instinct.

Dommage qu'elle ne porte pas culotte, je lui prédirais alors un destin glorieux !

9

L'imposteur

Le printemps, lentement, se frayait un chemin au cœur de cet hiver, semant – l'essence même de Grasse – des fleurs dans toute la ville. Dans le quartier Plascassier, le mimosa régnait en maître alors que des tapis de narcisses embaumaient celui du Plan. Plus en hauteur, au lieu dit Magagnosc, les oliveraies posaient des notes d'un beau vert amande. Ces signes exubérants de l'éternel renouveau de la nature correspondaient aux belles et enrichissantes journées de Gersende sous l'égide de Casimir Rousseau.

L'hiver, lui, se manifestait toujours la nuit. D'insomnies en cauchemars, elles lui paraissaient interminables. Si son cœur hibernait, son esprit était tarabusté par les mêmes questions.

La mort de son père, brutale, imprévisible. Inacceptable ! L'éloignement voulu par leur mère, tout aussi nébuleux, frustrant. Troublant ! Et cet oncle surgi on ne sait d'où, en imposteur. Dérangeant !

Dans l'impossibilité de trouver un lien, une logique à ces trois événements, on aurait dit que, telles les ipomées qui se ferment le soir, Gersende restait sourde, la nuit venue, à tout sentiment.

— Gersende ! Constant ! Une lettre de votre maman !

Madame Fragonard tenait pour joie une lettre venant de Nîmes et cela en était une, vraiment, pour le jeune Constant qui, dépossédé du modèle paternel, se découvrait une dilection pour sa mère, gardienne du patrimoine familial. Il aurait, cependant, laissé le privilège d'une première lecture à son aînée, mais elle montrait si peu d'empressement.

— Ah, enfin une bonne nouvelle, écoute ça, Gersende !

Antoine, le fils de nos amis Belmonte, est sorti d'affaire. Son combat pour la vie, durant plusieurs mois, a posé plein de questions au corps médical et donné bien des moments d'angoisse à ses parents. Ils se sont longuement excusés, mais le jeune homme était au plus mal lors des obsèques de votre père. Je leur ai assuré, en mon nom et le vôtre, que nous ne leur tenions nullement rigueur.

— Le destin est clément pour les uns et bien cruel pour d'autres, déplora Gersende d'une voix atone.

Alors que d'un ton jovial Constant poursuivait :

— Notre mère nous assure que la clientèle de L'Origanterie est assidue et son personnel fidèle à l'esprit qu'avait impulsé notre père. Et de son côté, elle-même et Nine, sa vendeuse, ne savent plus où donner de la tête, le Bouton de nacre ne désemplit pas.

— Tout est parfait alors ! se contenta-t-elle de commenter. À quoi bon nous soucier de ceux que nous avons laissés si tout leur sourit ? Peut-être ne sommes-nous plus désirés...

— Tu sais très bien qu'il n'en est rien, que notre mère n'a fait que respecter le désir de notre père de me faire travailler à la maîtrise avec monsieur Fragonard...

— Toi au moins, tu sais pourquoi tu es là !

De la pièce voisine, madame Fragonard écoutait sans malveillance leur conversation ; la dernière réflexion de Gersende la surprit et la tracassa au point de solliciter les confidences de la jeune fille.

— J'étais loin de me douter, chère enfant, que vous vous ennuyiez avec monsieur Rousseau. Je vous voyais chagrine et pensais que votre deuil en était la cause ou bien que vous vous languissiez de votre chère maman.

— Vous avez raison, madame Fragonard, en ce qui concerne mon père, mais pour le reste, je peux vous dire qu'il n'en est rien. Monsieur Rousseau est une encyclopédie vivante, tout ce que j'apprends avec lui est une richesse pour mon avenir dans la création de parfums... si tant est que j'en aie un...

— Pourtant, j'avais cru... je vous entendais parler avec votre frère... et il me semblait que...

— J'ai dû mal m'exprimer ! la rassura Gersende, s'efforçant à sourire. Mon frère et moi sommes heureux d'être ici.

Gersende avait mis tout son cœur à se montrer persuasive. Elle ne voulait en aucun cas peiner de quelque façon la vieille dame pour qui elle s'était prise d'affection et d'une certaine admiration. Françoise Fragonard était tellement attendrissante quand elle regardait son vieil époux comme elle avait dû le faire à l'aube de leur amour ! Gersende reprenait à son compte la moquerie gentille dont Constant avait taxé le vieux couple et l'avait transformée en tendre qualificatif, ils étaient pour elle les « Grasset et Grassette » d'une crèche qu'elle aurait voulu inventer.

De même que Gersende s'était glissée dans la peau d'une élève attentive, Constant emmagasinait les conseils du vieux maître gantier dans lesquels il retrouvait ceux de son père. Une autre similitude, d'ailleurs, entre les deux hommes ne lui avait pas échappé. Tout comme le faisait Charles-Honoré Cazost, François Fragonard laissait pousser exagérément l'ongle de son auriculaire droit.

— Vous aussi, maître François ! s'était exclamé le gamin.

— Quoi donc ?

— Votre ongle ! Mon père faisait de même et disait que c'était pratique pour lisser deux couches de fleur à fleur.

— Une ficelle du métier, mon garçon ! Je t'en apprendrai d'autres.

Constant avait découvert l'atelier du vieux maître gantier et s'était étonné de la richesse d'un outillage patiemment accumulé depuis plus d'un demi-siècle. Certains de ces outils lui étaient inconnus et

François Fragonard ne le laissait pas longtemps se triturer l'esprit.

— Ne cherche pas, tu n'en verras pas ailleurs. C'est plutôt un outil de chamoiseur qu'on appelle palisson. Moi, il me permettait d'ouvrir les peaux comme les pages d'un livre. Touche la finesse de ce bois.

Les doigts effilés de Constant caressaient religieusement l'objet désuet, son visage s'éclairait lorsque monsieur Fragonard ajoutait d'un air attendri :

— Tu as le même geste que ton père, il me semble le revoir, il y a si longtemps… Tiens, mon palisson, je te le donne en souvenir de cet homme talentueux qu'il était et pour celui que tu vas devenir.

Quel don avait le vieux gantier à mêler avec bonheur le temps passé et celui à venir ! Il n'y avait aucun calcul de sa part et pourtant il allait dans le sens qui convenait à son jeune aspirant à la maîtrise. Le vieillard et l'adolescent, tous deux à la table haute du gantier, ne faisaient plus qu'un dans les gestes et les pensées. Et quel badin, maître François !

— As-tu entendu parler, Constant, des travaux d'Hercule ?

— Bien sûr ! Je peux vous réciter les douze…

— Et les plaies d'Égypte, combien étaient-elles ?

— Dix, je crois…

— Eh bien le gantier cumule les deux car, à l'aide de dix pièces de cuir, il exécute douze manipulations de couture. Mon premier patron me les faisait nommer en chantant : dessus de main, dessous de main, enlevure, fente, piquette, rebras, manchette, pouce, fourchette et carabin. Où loges-tu le carabin, Constant ?

— Entre le pouce et l'index, maître Fragonard, pour donner de l'aisance et éviter les déchirures ! En revanche, je n'avais jamais entendu parler de rebras. Qu'est-ce ?

— La mode en est passée, c'était une manchette boutonnée et donc amovible. N'oublie pas ce mot pour autant, les modes passent et reviennent. J'ai vu des engouements s'évanouir un temps et revenir en force.

— Quelles étaient-elles, ces modes d'antan ? demandait Constant, sans pour autant cesser de travailler. Ça m'intéresse pour le cas où, comme vous dites, elles reviendraient.

François Fragonard ne se faisait pas prier pour évoquer ses débuts de garçon gantier en 1706.

— C'était, disait-on, le Grand Siècle, celui de Louis XIV, mais c'était un siècle, hélas, fort troublé par les guerres, particulièrement celle avec l'Espagne durant laquelle les échanges commerciaux avec ce pays qui nous fournissait en produits de mégisserie s'en trouvaient grandement perturbés. Mon patron, un rusé, prenait d'énormes risques afin que son atelier ne manque jamais de matière première.

— Mais les modes, maître François ? insistait Constant.

— Les modes ? Du diable si je m'en souviens ! Tiens, feuilletons ces planches de dessins. Je m'amusais parfois à y consigner des modèles.

Ah, les planches de François Fragonard ! Quel plaisir prenait-il à les commenter !

— Là, ce sont des gants à crispin. Regarde la finesse des broderies sur les revers de cuir. Parfois, il nous était demandé des franges et aussi des incrustations de pierres précieuses. Ce n'était pas pour rien qu'on l'appelait le Grand Siècle, même si le peuple, hélas, était bien malheureux. La noblesse, elle, fermait les yeux sur la misère et ne pensait qu'à satisfaire le Soleil.

— Le soleil ?

— Notre grand roi Louis le quatorzième, qu'on appelait le Roi-Soleil car il rayonnait partout en Europe sans jamais quitter son château de Versailles.

— Notre roi Louis le seizième ne brille pas autant ?

— Autres temps, autres mœurs, petit ! Le peuple est repu de toutes ces richesses gagnées sur son dos, il aspire à plus de justice, à plus de liberté. Tiens, regarde un peu ces gants blancs. Un modèle réservé au clergé, je te parle des évêques, archevêques, des monseigneurs, pas des curés de campagne !

★

Tandis que ses enfants recevaient respectivement les enseignements de messieurs Fragonard et Rousseau, Eugénie Cazost-Dorandieu était en proie aux doutes qui l'assaillaient de toutes parts. En fait, rien ne s'était produit comme elle l'avait redouté. Aussi se prenait-elle à regretter de faire souffrir ses enfants inutilement. D'autant qu'elle aussi déplorait leur absence.

Elle les avait vus partir révoltés, incapables de voir le tourment dans lequel elle se débattait, réduite à se séparer d'eux au moment où ils avaient le plus besoin de former un trio indissoluble. Pourtant, Eugénie avait tenu bon, résolue à ne pas céder. Pour leur bien. Pour l'avenir de L'Origanterie étroitement lié à celui de Constant. Pour Gersende qu'elle devait éloigner de Gabriel-Benjamin Cazost, pour le cas où il imposerait sa présence chez eux. Tant de bonnes raisons qu'elle ne pouvait leur révéler et qu'elle-même avait de la peine à s'expliquer !

— Ah, Francette ! Quel tourment j'endure jour et nuit ! Mes enfants sont partis fâchés contre moi, j'ai perdu leur amour.

— Ne pensez pas cela, madame Eugénie. Mademoiselle Gersende est impulsive mais son cœur vous est acquis. Quant à monsieur Constant, s'il est peu démonstratif, il vous aime profondément.

Bien qu'elle se veuille rassurante, les accents de la jeune servante manquaient de conviction.

Jusqu'à maître Borrelly qui se trouvait lui aussi désarçonné par le comportement de Gabriel-Benjamin Cazost ! La première visite que ce dernier lui avait faite n'était-elle pas cousue au fil de l'intérêt, tant ses questions touchaient à l'héritage de feu son frère à qui il n'était pas encore allé dire adieu ? Ses intentions étant on ne peut plus claires, c'est en toute amitié et par souci de l'avenir des enfants Cazost que le notaire avait incité la veuve à éloigner Gersende et Constant.

Un éloignement qui s'était soldé par une scène mémorable que Gabriel fit à sa belle-sœur et dont les murs de la maison Cazost résonnaient encore, avant de vider son fiel par un esclandre dans l'office notarial.

— Je vois clair dans vos entourloupes, maître Borrelly ! avait-il tonné d'une voix menaçante.

— Madame Cazost-Dorandieu a fait le choix de respecter les vœux de son défunt mari, c'est une personne de devoir.

Le notaire, prudent, se retranchait derrière sa cliente, mais le cuistre n'était pas dupe.

— Eugénie, une femme de devoir ! Une femme sous influence, oui ! La vôtre ! Vos manœuvres ne m'étonnent pas !

— Les vôtres, monsieur, ne me plaisent guère. Sortez et ne revenez que lorsque je vous convoquerai. Laissez-moi une adresse pour vous contacter.

— L'Origanterie Cazost, rue des Barquettes ! crâna Gabriel en passant la porte.

Jamais, pourtant, Eugénie ne sut où il vivait. Avait-il un pied-à-terre dans Nîmes ou aux alentours ? Logeait-il chez quelque connaissance ? Mystère. Ce qui ne l'empêchait pas d'arriver chaque matin à l'ouverture de l'atelier où il s'amusait, déjà, à jouer au patron. En pure perte… au début, car les ouvriers de feu Charles-Honoré avaient des commandes jusqu'aux beaux jours d'été. Qu'importe ! Il s'imposait dans toutes les étapes de la fabrication et force était de reconnaître que Gabriel-Benjamin avait été, lui aussi, à bonne école. Néanmoins, sa présence inquisitrice, suspicieuse fut de moins en moins tolérée au point que certains ouvriers optèrent pour travailler à domicile. Une désertion qui n'était pas en faveur de l'image qu'avait donnée L'Origanterie.

L'ouverture du testament, que maître Borrelly avait repoussée jusqu'à la limite autorisée, ce qui avait eu le don de mettre le cadet des frères Cazost en colère, se déroula donc au printemps 1780. Sans surprise en ce qui concernait la veuve et les enfants, il ne fit pas cependant l'affaire de Gabriel-Benjamin Cazost qui éleva la voix :

— Que mon frère ait totalement oublié mon existence n'est pas pour me surprendre. En revanche, qu'un tabellion ne soit pas en capacité de faire régner la justice, c'est inadmissible.

— Mais enfin, monsieur… se rebella maître Borrelly.

— Enfin quoi ? Notre père avait un atelier de gantier-parfumeur dans le faubourg des Bourgades si je ne m'abuse. Il l'a transmis à son fils préféré, soit, c'était un choix prévisible ! Mais au décès de celui-ci, rebattons les cartes ! Au pays de Voltaire qui prônait l'équité, au pays de Rousseau qui dénonçait l'injustice sociale, il existerait donc des parias dont on irait jusqu'à nier l'existence ?

La diatribe du cadet Cazost laissait Eugénie pantoise et maître Borrelly admiratif. Pour l'une qui ne retrouvait pas le rustre qu'elle avait connu, pour l'autre qui ne s'attendait pas à un argumentaire aussi irréfutable, Gabriel-Benjamin Cazost prenait de la consistance.

Après la sidération, la veuve réalisa la faille. Prise de tremblements, elle bredouilla :

— Mon beau-frère est dans le vrai, nous avons omis, sans réfléchir, je vous l'assure, l'ancien atelier des Bourgades…

— Que vous avez vendu à la mort de nos parents, je suppose ? Et cela au nez et à la barbe du réprouvé, du banni !

— Point du tout ! se défendit Eugénie, outrée.

Puis aussitôt elle éclata en sanglots et hoqueta :

— Dieu que vous connaissiez mal votre frère ! Charles était à la fois la bonté, la rigueur, la justice. C'est moi et moi seule qui suis fautive de ne pas avoir fait consigner par maître Borrelly l'atelier des Bourgades actuellement loué à un modeste tanneur, monsieur Garrel. Un endroit misérable, de si peu de rapport qu'il a échappé à…

— Un lieu où j'ai passé les vingt premières années de ma vie ! Les plus belles, dit-on, mais cela est loin d'avoir été le cas. Il n'empêche, vingt ans laissent des souvenirs bons ou mauvais et les souvenirs n'ont pas de prix.

Maître Borrelly s'était abstenu jusque-là d'intervenir. Jetant quelques œillades au cartel accroché face à son bureau, il craignit que la discussion ne s'éternise. Ces deux-là avaient tant de griefs à déballer. Aussi s'inséra-t-il comme médiateur entre deux échanges :

— Madame, monsieur, je vous propose que nous arrêtions là pour aujourd'hui. Il vous appartient de discuter, tous deux, des dispositions à prendre pour cet atelier de tannerie : rester dans l'indivision et partager les loyers, les frais aussi, cela va de soi, ou bien vendre et partager le bénéfice de la vente. Quand vous aurez tranché, nous fixerons une nouvelle rencontre au cours de laquelle j'entérinerai votre décision.

— Oui, oui, maître… s'empressa Eugénie, honteuse de ce déballage devant le futur beau-père de sa fille.

— Fixons-la à demain, l'affaire sera tranchée ce soir ! coupa sèchement le discourtois Gabriel.

Maître Borrelly n'entendait pas se faire dicter un emploi du temps, ni pour autant pousser à bout un homme qu'il soupçonnait impulsif et coriace.

— Un jeu d'écriture ne s'improvise pas. Je vous ferai savoir lorsque les documents à signer seront prêts… à la suite de votre décision, cela va sans dire.

Il agita une clochette posée sur son bureau, un clerc survint à qui il demanda, d'un ton pressé, de raccompagner ces messieurs-dames. Resté seul, il regretta son manque de civilité par rapport à madame Cazost-Dorandieu et lui fit tenir aussitôt un billet d'excuse dans lequel il justifiait son attitude par le comportement impétueux de son beau-frère et son désir de mettre un terme à cette détestable rencontre.

En fait, le notaire était à l'origine de cet « oubli » dont Eugénie s'était dite confuse. Il n'ignorait rien de tous les biens du gantier Cazost, son client, et c'est en connaissance de cause qu'il avait conseillé à sa veuve :

— Le faubourg des Bourgades est dans les projets de nos consuls pour être totalement rénové. Le bâti, préempté, ne donnera pas lieu à spéculation. Il est vraiment dommage que feu votre époux ne se décidât point à vendre, comme je l'y enjoignais. Sentiments et bonnes affaires vont rarement ensemble. Quoi qu'il en soit, je vous propose une omission qui ne donnera pas lieu à conséquence.

Or force était de reconnaître que ce beau-frère se révélait plus suspicieux qu'il n'avait pensé. Il n'était peut-être pas opportun de le faire lanterner !

Le lendemain de cette première ouverture de la succession du maître gantier-parfumeur, le notaire recevait un billet qui précisait la décision sans surprise des héritiers : l'indivision ! Ce n'était certes pas le désir d'Eugénie, mais son beau-frère avait tranché dans le vif :

— Moi vivant, rien ne m'obligera à vendre le bien de mes ancêtres. Une vie de labeur, ça se respecte. Vous-même, qui y avez mis vos enfants au monde, devriez vous montrer plus sensible à ces souvenirs.

Eugénie s'était défendue mollement :

— Constant est né rue des Barquettes…

Puis, dans un sursaut de ne pas se laisser culpabiliser, elle s'était voulue véhémente :

— Vous ne savez rien, Gabriel, des souvenirs qui toujours me rattachent au quartier des Bourgades ! Je ne vous permets pas de mettre…

— Et moi, je ne vous permets pas de vendre ce bien sans mon consentement, c'est clair ? Vos enfants seront peut-être bien aises, un jour, d'avoir un toit sur la tête. Même au quartier des Bourgades que vous tenez dans le mépris.

Eugénie avait frémi. Qu'avait-il donc en projet ? Une vengeance ? Mieux valait alors faire profil bas. Elle acquiesça à son exigence et envoya le billet en ce sens à maître Borrelly, en lui demandant de faire diligence. Ce dernier ne se fit pas prier. La semaine suivante, il convoquait le couple d'héritiers. Deux signatures apposées au bas de plusieurs documents et la succession de Charles-Honoré Cazost était entérinée.

De retour rue des Barquettes, Gabriel plastronnait.

— Votre maître Borrelly a frôlé la radiation. Mais sa roublardise de procureur n'a pas fait long feu devant ma sagacité, convenez-en, ma chère Eugénie.

À l'évidence contrainte de composer avec l'intrus investi de la gérance de L'Origanterie jusqu'à la majorité ouvrière de Constant, la veuve Cazost semblait baisser les bras.

— Qu'attendez-vous de moi, Gabriel ? Que je vous laisse le champ libre jusque dans la mercerie ? J'y songeais, voyez-vous, tant ma lassitude est grande, mais je dois tenir la barre pour mes enfants, pour le souvenir de mon cher époux.

— Vos rubans et boutons ? Je vous les laisse. Une chambre, cependant, ne serait pas de refus. Celle de votre fils… ou de votre fille. Vous n'avez pas eu l'air de vous soucier, ces derniers temps, d'où et de comment je me logeais.

— J'avoue avoir eu d'autres soucis en tête. Demain, vous pourrez emménager dans la chambre de Constant, je demanderai à Francette de la débarrasser de ses affaires.

— Eh bien à demain, ma chère belle-sœur !

Après le départ de Gabriel, Eugénie exhala un profond soupir qu'on aurait cru destiné à évacuer ses angoisses et tourments des mois précédents. Il n'en était rien, pourtant, et elle n'était plus dans l'illusion que tout redeviendrait comme avant.

Son instinct lui souffla une première décision.

— Francette, tu feras placer une serrure à clé à ma chambre et une autre à la tienne.

Habituée à ne pas poser de questions sur les décisions de sa patronne, Francette se contenta d'un « Oui, madame ». Mais Eugénie poursuivit :

— Et tu prépareras la chambre de monsieur Constant pour mon beau-frère qui désire loger céans.

Francette ne fut pas loin d'être en communion de pensée avec sa patronne. Ainsi, tout comme elle, madame Eugénie se méfiait de ce monsieur Gabriel qui jouait au patron ! Ah, quel être déplaisant ! Quel regard froid, cruel ! Quelle bouche alouvie de jouisseur effréné ! Pauvre madame Eugénie confrontée à tant de misères.

Celle-ci, retirée dans sa chambre, tout en mouillant son oreiller de ses larmes et chiffonnant le drap de ses mains crispées, soliloquait en adressant des reproches à Charles-Honoré :

— Pourquoi, oui, pourquoi m'avez-vous abandonnée, Charles, mon cher époux ? Ah, je vous envie d'être délivré de toutes les contingences de ce monde ! J'envie votre joie d'avoir retrouvé notre petite Charlotte chérie, alors que moi je suis dépossédée de Constant et de Gersende ! Pourquoi, me dites-vous ? Parce que j'ai cru bien faire en les soustrayant à ce mauvais oncle qu'est votre frère ! J'ai tant de peine pour vous, pour eux, pour moi. Et pour lui je n'éprouve que de la haine… et de la peur ! Oui, Charles, une peur que je ne m'explique pas, mais qui me taraude jour et nuit.

Charles-Honoré Cazost avait-il intercepté le désespoir de son épouse ? Lui venait-il en aide à sa façon ? C'était à croire car, après s'être installé en successeur de son frère, dans son atelier et dans son appartement trois mois durant, Gabriel annonçait :

— Je dois m'absenter quelque temps, ma chère !

— Où… où allez-vous ? demanda sottement Eugénie.

— Me prendriez-vous déjà pour votre époux, Eugénie ? Dans ce cas seulement j'aurais des comptes à vous rendre.

— Excusez ce que vous prenez pour de la curiosité, cela ne concernait que L'Origanterie.

— Ne vous préoccupez de rien. J'ai tracé le travail pour les jours à venir. Ah, une bonne nouvelle, vous et votre Francette n'aurez plus à tracasser votre serrure chaque soir.

Les pommettes d'Eugénie virèrent au cramoisi.

— Eh, eh, mais vous rougissez encore comme une jouvencelle, belle-sœur ! ricana Gabriel.

Il partit. Une ère bienfaisante s'installa rue des Barquettes. Une ère propice pour chercher des réponses aux questions qu'Eugénie avait pu se poser depuis le retour d'un revenant. Mais surtout, elle n'aspirait qu'à l'oublier, le temps de son absence, si courte soit-elle.

Or le rosier du patio de L'Origanterie, qui montait à l'assaut des fenêtres, avait eu le temps de se couvrir de fleurs d'un beau rouge grenat, les ronds micocouliers des jardins de la Fontaine de s'épanouir et d'ouvrir leurs multiples et discrètes fleurs, et les nids d'hirondelles, si nombreux sur la place de l'Horloge, de se vider de leur jeune couvaison sans que Gabriel-Benjamin Cazost pointe à nouveau son nez de fouine ni ne donne de ses nouvelles. Au point qu'Eugénie se prenait à rêver qu'il ne reviendrait plus !

Où donc s'en était allé l'homme-caméléon ?

10

Un bois plein de mystères

Pour les pâtres des environs, l'orée du bois de Païolive était un coin de verdure où il faisait bon mener paître les moutons, à condition de ne pas laisser l'un d'eux s'égarer dans cet inextricable labyrinthe végétal où il serait perdu à jamais.

Pour le plus grand plaisir de la noblesse du Bas-Vivarais, le comte du Roure et le marquis de Chambonas entre autres, ainsi que de nombreux nobliaux du coin, ces mêmes abords représentaient la lice d'un jeu réservé à eux seuls : la chasse, qu'elle soit de fauconnerie ou aux chiens courants. Le gibier ne manquait pas, bécasses, chevreuils et sangliers, sans parler des garennes. Jamais cependant ils ne se fourvoyaient en son sein.

L'homme, qu'il soit noble ou manant, ne fréquentait que la partie voisine de cet univers minéral et végétal où grouillait une population occulte. Les cours d'eau descendant du massif du Tanargue, le Chassezac et l'Ardèche, y avaient creusé des gorges et des grottes qui étaient autant d'abris de fortune, refuges de marginaux et repaires de brigands. L'eau ne faisait pas défaut, le braconnage était l'activité favorite des résidents tandis que les châtaigniers, les cerisiers et les sorbiers donnaient des fruits à profusion.

Gabriel-Benjamin Cazost avait atterri en ces lieux au terme d'une fuite éperdue. Sans l'ombre d'une hésitation, il s'était enfoncé dans la forêt de Païolive qui, tout naturellement, avait refermé sur lui ses branches protectrices. On était à l'automne 1758. Vingt-deux ans déjà. Il lui semblait que c'était la veille et, retrouvant ces lieux qui l'avaient recueilli bien plus qu'accueilli, défilaient devant lui les circonstances et les années de son exil.

— Tiens ! Et que je ne te voie plus ! lui avait dit son père en glissant une enveloppe dans sa besace et le poussant hors du logis dans la nuit noire.

Il entendait encore la voix du vieux Cazost qui tremblait de colère et sentait son regard peser dans son dos tandis que sa main ferme le poussait hors du logis. Écrasé non par le poids de la culpabilité, mais par la sentence paternelle qui, le jetant sur les chemins, en faisait un paria, il rasa les murs comme un rôdeur jusqu'à la porte de la Bouquerie par laquelle il sortit de Nîmes, via le chemin de Régordane.

— Suis cette voie en évitant les bourgs et gros villages, et avant d'arriver à Alais tu iras sur ta droite en direction de Barjac. Tu passeras le Rhône à Pont-Saint-Esprit et prendras la direction de la vallée du Grésivaudan. Là se trouve dans le village de Gières la ganterie Guy. Avec cette lettre, tu seras embauché. Ne laisse pas passer la seconde chance qui te sera donnée par un comportement que je réprouve. Toi, tu es mon fils, mais dis-toi bien que ce que je fais pour toi, je ne le ferais pour personne d'autre. Je rendrai compte à Dieu de ma coupable indulgence. Adieu, Benjamin !

Benjamin ! Il avait fallu que le père accompagne ses derniers mots par le prénom honni ! Gabriel-Benjamin en aurait crié de rage, mais ne dit mot et s'enfonça dans la nuit. Au fil des jours de marche dont il se refusait à faire le calcul, le soleil qui réchauffait encore Nîmes avant les pluies d'automne se faisait moins présent, parcimonieux, rare, jusqu'à laisser la place aux nuages, au brouillard et même à une pluie constante qui barrait l'horizon. Il pestait comme un mécréant :

— Maudite pluie qui me trempe les os ! Maudite famille qui me tourne le dos ! Maudite aguicheuse qui m'a labouré le visage avec ses ongles de sorcière !

La brume de plus en plus épaisse, le jour déclinant et sa rage rendant son regard exorbité, il se fourvoya à un carrefour, s'engageant en Vivarais sans y prendre garde. Une vaste plaine déserte s'ouvrait devant lui, pas même l'esquisse d'une grange pour s'y mettre à l'abri, il n'avait d'autre issue que marcher, marcher inlassablement. Il allait donc d'un pas de plus en plus traînant, tête baissée, quand son attention fut attirée par une stèle de pierre plate surmontée d'un chapeau en pointe de diamant.

— Une borne Trudaine[1] ! reconnut-il, rassuré d'être en pays civilisé.

Il s'en approcha, caressa du plat de la main la sculpture d'une fleur de lys et se baissa pour lire l'inscription délavée.

— Barjac ! exulta-t-il, heureux de ne point s'être fourvoyé.

Avec plus de circonspection, Gabriel y aurait regardé à deux fois et réalisé que la borne Trudaine n'indiquait pas Barjac mais Berrias et que, dans cette direction, il s'éloignait du Rhône qu'il avait à franchir. Convaincu d'approcher Barjac, il scrutait la vaste et morne plaine à la recherche d'un clocher.

— Du diable si un bouseux de curaillon me refuse l'hospitalité !

Il distingua au loin, en partie dissimulé par une haie buissonneuse, un ensemble de bâtiments à l'aspect austère de maison forte médiévale. Plus il s'en approchait, plus nets en étaient les contours. Des murailles crénelées, un premier porche d'entrée doté d'une sarrasine de bois à demi calcinée qu'il franchit d'un pied prudent. Un second porche,

---

1. Les Trudaine, père et fils, réalisèrent à la demande de Philibert Orry, contrôleur général des Finances de Louis XV, un inventaire cartographique des routes et chemins du royaume et sont à l'origine du bornage des routes.

puis une autre herse, fermée celle-là, l'empêchèrent d'aller plus loin.

La fatigue l'accablait, soudainement, tandis que le porche par sa profondeur était une invite à s'y abriter, ce qu'il fit, s'enroulant dans sa longue pelisse de cuir chaudement doublée. Le réveil le surprit aussi brusquement que le sommeil, des mains furetaient sous sa tête qui reposait sur son havresac. Un détrousseur de grand chemin qui s'en prenait à un de ces damnés de la terre ! Un comble.

Il n'y a donc pas de justice ici-bas ? Je la ferai moi-même ! s'insurgea le banni en serrant ses deux mains autour du col de l'ombre qu'il distinguait à peine.

Un puissant coup de genou dans le sternum lui fit lâcher prise, le souffle lui manqua. Un instant de flottement puis il réalisa qu'en lui volant son sac, sa lettre de recommandation, son argent, on le dépossédait du reste de sa vie. Il se saisit d'une jambe, tira à lui le plus fort qu'il pouvait, l'inconnu chuta, la tête projetée dans un premier temps contre la sarrasine en fer, puis sur le sol avec le bruit mat d'une poterie fracassée.

Dans le silence tumultueux qui suivit, Gabriel comprit qu'il venait de tuer un homme. Les derniers mots de son père s'inscrivirent devant ses yeux en lettres de feu : « Ne laisse pas passer la seconde chance qui te sera donnée ! »

Il saisit sa besace et s'enfuit à toutes jambes.

La masse sombre du bois de Païolive dans laquelle il s'enfonça lui parut le lieu prédestiné pour se soustraire au monde. Avait-il d'autre choix après son forfait ? Une lueur de lucidité lui faisait entrevoir l'impasse dans laquelle il était : pas l'ombre d'un témoin pour soutenir la thèse de l'instinct de défense ! Pas de famille, non plus, alléguant un déplacement concernant son travail auquel personne n'aurait prêté foi ! Se cacher. Se faire oublier pour un temps. Cette forêt obscure était sa seule planche de salut.

Obscure, elle l'était à l'état naturel. La nuit en faisait un boyau noir transpercé, en ce soir d'orage, de fugaces éclairs qui donnaient vie à toute chose. Les arbres dépouillés de leurs feuilles devenaient des statues gigantesques qui, bousculées par le vent, agitaient leurs bras tentaculaires. Les rochers patiemment sculptés par l'érosion, balayés de nitescences fugitives, offraient l'illusion d'un univers insolite peuplé d'animaux fantasmagoriques. Encore sous le choc de ce qu'il avait vécu, Gabriel sursautait à chaque coup de tonnerre et invectivait la terre et les enfers :

— Belzébuth ! Asmodée ! Lucifer ! Vous n'existez pas, vous n'êtes qu'arbres torturés. Vous n'êtes que tas de pierres.

De même quand il butait sur d'énormes racines au ras du sol, rampant à la manière des serpents, hurlait-il tel un fou :

— Léviathan le maudit, tu ne me leurres pas !

Et les masses rocheuses jouaient le jeu en renvoyant l'écho à l'infini : Pierres ! Pierres ! Pierres ! Pas ! Pas ! Pas !

Quelle énergie il déployait à se moquer de ces chimères tout en les fuyant parce que la peur était en lui ! Il savait ce qu'il en coûtait de donner la mort à un de ses semblables : la loi du talion, œil pour œil, dent pour dent, vie pour vie, alors qu'une petite voix intérieure tentait de le rassurer. Légitime défense ! lui soufflait-elle.

Au milieu du bouleversement de la nature si proche du sien, il était à la fois conforté par cette vérité et conscient qu'elle était dérisoire. Il faisait taire la voix avec rage :

— Argument non recevable en l'absence de preuves !

Il marchait, pensant mettre de la distance entre lui et son forfait, à moins qu'il ne tourne en rond dans ce dédale de plus en plus compact. Il titubait, chutait parfois, se relevait à grand-peine, la tête bourdonnante de sons inhabituels, le regard fou quand, devant ses yeux, il croyait voir des elfes faire une sarabande lorsque enfin tout cessa : les bruits, les apparitions et la pluie. Jusqu'à la nature du sol qui l'intrigua. Il le toucha du doigt, une poussière sèche, sableuse le mit en confiance. Il s'y laissa choir, s'abreuva d'une lampée d'eau qui restait dans sa gourde et s'acharna sur un morceau de pain tiré de sa sacoche. Désaltéré, repu, il s'endormit. Sa tête vide l'entraîna dans une amnésie bienheureuse.

— Noirot ! Ici, Noirot !

La truffe traînant par terre, le cabot, un bâtard au pelage noir, suivait une piste odorante depuis les bribes d'un chemin où l'attendait un gamin. Le voyant s'engager dans la gueule grande ouverte d'une grotte, son jeune maître insista :

— Noirot, ici !

En vain, le chien disparut dans la voûte obscure... pour en ressortir quelques secondes plus tard en criant de douleur.

D'un violent coup de pied, Gabriel Cazost l'avait éjecté de son refuge, accompagnant sa brutalité d'invectives grossières. Le chien roula au pied du gamin qui le prit dans ses bras.

— C'est méchant de s'en prendre à un chien qui ne veut de mal à personne ! cria-t-il. Il va peut-être mourir, il saigne...

Il ne put terminer, une volée de pierres jetées dans sa direction le força à détaler, emportant son chien.

La violence, un des traits de caractère de Gabriel-Benjamin Cazost depuis son enfance, s'installait désormais dans son quotidien. Indifférent au gosse et à son chien qu'il vit disparaître dans les frondaisons, il se décida à faire le tour des lieux qui lui avaient offert un abri sec et sûr. Une grotte, à n'en pas douter, véritable enchevêtrement de galeries basses et sinueuses succédant à des salles immenses et hautes. Partout le sol était limoneux, sec et la température constante.

— Ma foi, cet asile me plaît, commenta-t-il tout haut.

La caverne avait arrondi le timbre de sa voix, ce qui le surprit et le fit se retourner, craignant une intrusion. Il n'en était rien.

— Je m'y habituerai ! ricana-t-il.

Rebroussant chemin, il retourna à l'entrée de la grotte. Avant de se mettre à découvert, il scruta à droite et à gauche, ne vit âme qui vive et trouva seulement un fagot de bois sec abandonné par le gamin. Il le remisa dans la grotte et se mit à la recherche de bûches plus épaisses. Déjà, dans sa pensée, une viande rôtissait qu'il ne bouderait pas.

Il dut se contenter des premières châtaignes encore dans leur bogue qu'il décortiqua et grilla à la braise, ce qui lui fit un repas honorable. Pour irriguer au mieux sa gorge qu'il avait sèche, il suivit patiemment un ruisseau qui serpentait sous les feuilles mortes et arriva jusqu'à sa source, un simple filet d'eau claire qui sourdait entre deux blocs de granit. Cet apport de survie le conforta dans sa décision de rester dans ce bois d'aspect si hostile et qui se révélait le meilleur des asiles.

Les premières gelées, qui avaient festonné de givre les buissons alentour, le désarçonnèrent, il n'avait pas vu le temps passer. Pris d'un instinct quasi animal, il se prépara à hiverner au mieux, en faisant des provisions dans sa grotte. Il avait gardé du rangement méthodique que son père exigeait dans son atelier de ganterie une certaine maniaquerie. Aussi amassait-il son bois dans les plus vastes salles alors que les fruits secs, noix, amandes et noisettes, sans oublier les châtaignes qu'il avait au préalable fumées, s'empilaient dans les étroites galeries. Au-dessus de l'endroit où il avait installé son feu, à l'abri mais pas trop afin de ne pas enfumer son antre, il avait installé d'ingénieuses patères de bois au bout desquelles pendaient lièvres et lapins, cailles, alouettes et perdrix, pelés, plumés et vidés, qui lentement se boucanaient en répandant une puissante odeur de sauvagine.

Tout un hiver coula ainsi, qui fit de Gabriel Cazost un véritable homme des bois. De l'ermite, il avait pris la manie récurrente, celle de soliloquer à tout propos. En inspectant ses stocks par exemple :

— Tudieu ! Mon tas de bois a bien diminué. Il faudra que je me souvienne, à l'automne prochain, d'en amasser plus.

Ou en se plantant à l'orée de sa grotte pour y scruter le ciel :

— Les nuages montent de la mer, mauvais bouillon sur notre tête, sapristi !

De l'homme traqué, même plus de six mois après, il gardait les automatismes, ne sortant jamais de sa grotte sans fouiller des yeux son environnement forestier, ni en y rentrant sans inspecter les salles et les galeries au cas où quelqu'un s'y serait tapi et voudrait le surprendre.

Pourtant, du citadin émergea un réflexe, celui de la mémoire qu'il est bon d'entretenir. Il se promit, à la première occasion, de se procurer du papier, un fusain, un crayon, pour assouvir le besoin de noter des impressions trop fugaces. Et puis il oublia.

Quand l'été explosa, que les rayons du soleil caressèrent d'abord timidement la canopée, puis se frayèrent des passages pour réchauffer le sol, quand les premiers fruits rouges le firent saliver, Gabriel se sentit en osmose de ce renouveau qui faisait écho en lui. Cette régénération de la nature signifiait-elle, alors, de reprendre sa vie là où son cours avait été modifié et de tourner le dos au bois de Païolive ? La réponse, il la cria au monde entier, grimpé sur un impressionnant rocher en forme de gueule de crocodile :

— Je suis ici chez moi ! Je suis le roi de la forêt !

En guise d'écho, une voix de stentor lui répondit :

— Le prince peut-être, mais le roi c'est moi !

Gabriel resta pantois. Avait-il rêvé cette voix, cet écho ? L'étrange silence qui suivit le laissa dans l'expectative. Pas la moindre brise qui charrie un souffle de vie. Pas un froissement sur les tapis de feuilles ni un bruissement dans les halliers. Rien ! Seulement le calme de la forêt. Or ce silence l'inquiéta sans qu'il puisse définir le danger le plus redoutable. Avait-on attendu la belle saison pour le chercher encore ou bien la folie s'emparait-elle de lui ? Il avait retenu, de ces récits propres à terroriser les enfants que l'on racontait aux veillées, les histoires d'hommes et de femmes dont la raison avait vacillé et qui entendaient des voix, croyaient voir des fantômes.

Soudain, il en vit un ! Le doute n'était pas permis, d'autant qu'à sa mise, son système pileux hirsute et sa claudication, il l'identifia aussitôt.

— Vulcain ! Le dieu du Feu !

Ses yeux révulsés allaient de l'*exomide*[1] dont l'homme était vêtu au *pileus*[2] planté sur sa tête.

— Tu te trompes, l'ermite ! rectifia l'apparition. Je suis Héphaïstos. Que fais-tu à la grotte de la Dragonnière ? L'ermitage Saint-Eugène ne convient donc plus à ton âme solitaire ?

Le doute n'était plus permis et Gabriel en fut soulagé, la folie ne l'emportait pas. Il avait devant lui un homme en chair et en os qui le prenait pour un ermite, un homme de prières et de méditations. Il le toisa avec arrogance.

— Cette grotte t'appartiendrait-elle, toi qui dis te nommer Héphaïstos ? Dans ce cas, prouve-le et je décamperai.

— La mienne me suffit, la grotte du Seigneur, c'est ainsi que je l'ai nommée, dans laquelle j'ai

---

1. Sorte de tunique drapée autour du torse et de l'épaule gauche dont se vêtaient les ouvriers romains.

2. Coiffe pointue des esclaves affranchis. Le *pileus* romain a inspiré le bonnet phrygien.

installé ma forge et mon athanor. Ne crains rien, moinillon. Je ne fais que passer.

— Ta forge ? Ton athanor ? Pour quoi faire qui te serait utile, hormis des flèches pour tuer le gros gibier ?

— Viens me voir et je t'expliquerai... à la condition que ton bréviaire reste dans ta poche et tes prières dans ta bouche.

Faisant fi de toute prudence et poussé par un besoin soudain de relation humaine, Gabriel corrigea :

— Là, tu n'as rien à craindre, je ne suis pas ermite. Juste un homme des bois, l'homme sans nom, sans passé, sans avenir.

Sa rencontre avec celui qu'il ne connut que sous le nom d'Héphaïstos transcenda la vie de Gabriel. Plus que l'homme, en vérité, ce fut son activité qui donna un but à l'exil du jeune apprenti gantier. Sa passion pour des opérations d'alchimie vit le jour à l'instant même où le forgeron lui expliquait le fonctionnement de son athanor, un four cylindrique qui permettait de maintenir à une température constante, pendant plusieurs semaines, des amalgames propres à être modifiés. Un des leurs devint le but avoué de Gabriel : transformer un alliage secret, à base de plomb, de soufre, de sel ou de mercure, en or et en argent. Il n'avait que ce mot à la bouche :

— La pierre philosophale !

Et l'idée ancienne le reprit :

— As-tu de quoi écrire, ami ? Je dois noter une formule !

Rien ne faisait défaut dans la grotte d'Héphaïstos : des feuillets à foison dont Gabriel fit provision, mais aussi des mines appointées sur lesquelles il fit main basse et qu'il rapatria dans sa grotte à toutes fins utiles.

Sa course à la découverte véhiculait toutes les attentes utopiques de l'humanité : la formule de vie éternelle, la guérison des maladies, la fortune qui engendre puissance et domination. Un rêve depuis des siècles caressé où tant d'autres pourtant s'y étaient essayés avant lui, sans succès. Sa quête chimérique, entretenue au fil du temps par les lieux où elle s'exerçait, paysages fantasmagoriques s'il en était, l'empêchait de saluer les trouvailles d'Héphaïstos.

— Viens voir ça, Jason !

Ce surnom donné par le forgeron flattait Gabriel, il avait son avatar dans la mythologie avec quelques différences : sa Toison d'or à lui était la pierre philosophale et son Colchis le bois de Païolive !

— Viens voir, te dis-je ! Dissolution à partir de coagulation, puis transmutation et voilà réinventé l'*alkahest* de Paracelse ! Un remède pour le foie à consommer avec subtilité. Car tu ne le sais peut-être pas, mais tout ce qui soigne tue !

— Comment ça ? interrogea Gabriel, curieux.

Une nouvelle passion venait de naître, attisée par son esprit revanchard. Sa violence innée, qu'il n'exerçait plus que sur les animaux de la forêt, lui insuffla une autre forme de cruauté, celle de les voir mourir à petit feu dans d'atroces souffrances. Un joli renard roux pris au piège fut la première victime d'une formule qu'il maîtrisait : un anhydride arsénieux.

— Poudre de succession ! rectifia doctement Héphaïstos.

— Je note !

Sept années s'écoulèrent au cours desquelles Gabriel fit quelques clins d'œil à la civilisation. Le village perché de Banne et son fort, qui dominaient le bois de Païolive, ne manquaient pas d'attraits mais pas suffisants cependant pour lui redonner le goût d'une vie au grand jour. Après y avoir fait plusieurs emplettes en échange de gibier, il le quitta précipitamment un soir glacial de décembre où le ciel lourd roulait au-dessus des toits des nuages de neige. Il pressa le pas, mais elle le surprit en chemin, tombant en lourds paquets, si bien qu'en moins d'une heure un tapis épais uniformisait la plaine, la route et les sentiers en une vaste couverture ouatée. Et là, le destin allait jouer un de ses tours dont il a le secret…

Gabriel était prêt à s'enfoncer dans son bois lorsqu'une imposante silhouette retint son attention. L'homme titubait mais fit encore quelques pas avant de s'affaisser. Son allure générale avait réveillé des souvenirs chez Gabriel, ils se confirmèrent quand il s'en approcha et aida l'homme à se relever. Le pauvre bougre, bardé de son harnachement reconnaissable entre mille, semblait être au bout de ses forces et lui, barbu, chevelu, sans âge, ne risquait pas d'être reconnu. Poussé par la curiosité, le défi peut-être, mais non par la pitié, il poursuivit sa démarche secourable :

— Tu peux encore faire quelques pas jusqu'à mon refuge, l'homme ? Je te soutiendrai.

L'expression de reconnaissance du colporteur ne l'émut pas, alors que ses paroles, quand il fut en confiance et put se raconter, réveillèrent en lui des envies de meurtre.

— J'ai bien cru que ma vie s'arrêtait là, en terre de Vivarais qui m'a vu naître, des lieux que j'ai arpentés tant de fois. J'ai bien cru ne jamais revoir ma famille, une femme encore vaillante, ma fille, un trésor qui, après avoir joué de malchance avec sa petite Charlotte, puis donné le jour à une autre drôlesse, vient de mettre au monde un garçon. Ah, elle est bien nantie, ma belle Eugénie, son mari gantier-parfumeur et elle mercière. Et tous deux ont pignon sur la rue des Barquettes !

À chacune de ses paroles, la colère montait en Gabriel, elle ressemblait à un monstre hideux dont les griffes labouraient ses entrailles. Elle l'emporta dans une folie meurtrière. Au terme d'une nuit de souffrances atroces, le colporteur-mercier Dorandieu rendit l'âme. Gabriel lui avait administré une dose mortelle de son anhydride arsénieux.

Le corps de sa victime délesté de son précieux chargement, Gabriel prépara un bûcher au plus profond de sa grotte, dans une salle à la voûte percée d'une cheminée naturelle qui culminait à plusieurs pieds. Il y déposa le corps et alimenta le feu des heures durant.

La fumée qui s'échappait, poussée par les tourbillons de neige, parvint à la grotte du Seigneur et aux narines d'Héphaïstos qui s'était autoproclamé gardien du bois de Païolive. Il s'en inquiéta, prit son bâton de pèlerin, jeta sur ses épaules une peau de bête et fonça au logis de son ami.

— Jason ! Ohé, Jason ! C'est à toi qu'on doit cette fumée ?

L'autre n'entendait rien, galvanisé par une vengeance qu'il savourait tout en maugréant :

— Tu n'es que le premier, Dorandieu ! Le premier ! J'ai attendu sept ans. J'en attendrai bien plus s'il le faut mais j'aurai ma revanche !

— Revanche ? Te voilà bien vindicatif avec les animaux !

Gabriel se retourna, furieux d'être surpris par son ami qui découvrait, effaré :

— Mais... c'est le corps d'un homme !

Héphaïstos voulut s'emparer de la perche avec laquelle Gabriel attisait le bûcher. Il glissa, chuta face contre terre, si près du feu que sa peau de bête s'enflamma. Il entendit un rire fou, sentit une grosse branche s'abattre sur ses reins, une chaleur intense autour de sa tête. Puis plus rien.

Pour avoir investi plus d'une fois cette salle, Gabriel avait pu constater sa dangerosité : elle se terminait en chute quasi verticale dans le cirque d'Endieu. C'est donc sans hésiter qu'il y poussa, en fin de journée, les cendres du brasier, celles du colporteur et de son ami Héphaïstos.

Toujours porté par cet état second proche de la folie, il débarrassa méticuleusement sa grotte, cela lui prit des semaines, et investit celle d'Héphaïstos. Alors seulement il eut une pensée pour son ami le forgeron, encore péchait-elle par un excès d'ingratitude.

— C'est bien toi, après tout, qui m'as appris comment tuer sans se salir les mains !

Patient ou temporisateur ? Aucun des deux peut-être. La méthode de Gabriel était, à cette époque de sa vie, de n'en point avoir. Laisser venir à lui une occasion et puis agir, impulsivement.

Fort de cette ligne de conduite, il fouilla à la recherche des feuillets. Pour la première fois, Gabriel allait leur confier autre chose que des formules et toujours les conserver par-devers lui.

Sept années s'écoulèrent encore durant lesquelles, outre sa recherche de la pierre philosophale, il mettait au point des poisons. Liquides, en poudre, en pommade, à boire, à inhaler, à masser, il était insatiable et travaillait sans cesse dans sa forêt tranquille alors qu'autour de lui le Vivarais toussotait.

C'était au cours de l'hiver 1771-1772. Après un automne exagérément pluvieux qui avait mis à mal la récolte des châtaignes, les paysans du pays de Banne, asphyxiés d'impôts, refusèrent de payer la dîme à leur seigneur, le commandeur de Jalès, qui était, à cette époque, Jean de Gaillard. Dirigeant rondement le domaine dans toutes ses spécificités : sériciculture, oléiculture, borderies castanéicoles, vignobles en expansion, il était vigilant à ce que la moindre parcelle de terre arable soit ensemencée, plantée, cultivée.

Un vent soudain de révolte éphémère vint à souffler. Bien que de nature individualiste – chacun pour soi et Dieu pour tous ! –, les paysans avaient, pour une fois, joué collectif, se réunissant, montant un plan d'action pour afficher leur détermination. Elle s'exprima le jour où trois huissiers venaient relever les compoix[1] de Banne en vue de rajuster l'impôt. Ils y trouvèrent un comité d'accueil pittoresque.

Des hommes portant sur leurs vêtements ordinaires une longue chemise blanche, un foulard noir noué sur le bas du visage, le front et le tour des yeux noircis au charbon et armés de bâtons, les mirent en fuite sans autre forme de procès. Les huissiers décampèrent comme s'ils avaient le diable à leurs trousses, oubliant leurs montures confiées, devant l'enceinte du fort, à la garde d'un valet d'écurie.

---

1. Synonyme de cadastre. Les compoix (de l'occitan *coumprès*) étaient une des richesses documentaires des régions méridionales.

Au milieu de ces hommes grimés qui tous se connaissaient et agissaient en braves gens acculés à la ruine s'était glissé un paysan nouvellement installé à Banne. « Un porte-guigne, ce Léon Janvier », disait-on de lui, sur qui les malheurs s'étaient abattus en avalanche. Un original, en tout cas. Pour preuve, son initiative de fausser compagnie au groupe et de s'évanouir dans la nature.

Était-ce lui qui s'en était pris au malheureux valet qui gardait les chevaux, l'avait effrayé au point de lui faire perdre la vie ? Ceux qui pensaient cela touchaient du doigt la vérité. En effet, ce valet, un pleutre ou un benêt nourri de légendes populaires, se crut devant l'incarnation du mal et prit ses jambes à son cou en direction de l'église située dans un autre quartier du village que séparait une large dépression vouée aux cultures en terrasses. Une enjambée hasardeuse, un dérapage et ce fut la chute, son corps rebondissant de muret en muret. Plus inquiet pour son propre sort que de celui du malheureux qu'il poursuivait sans raison, Janvier ne regagna pas sa masure où on le cueillerait sans peine. Par des chemins détournés, il rejoignit le bois de Païolive dans lequel il s'enfonça à la recherche d'une cachette.

Gabriel-Benjamin Cazost allait se faire un nouvel ami, plus précisément un exécuteur de basses œuvres zélé.

11

Fatum

Ah oui, vraiment, il fallut bien un sacré coup de pouce du destin pour que Janvier l'imposteur soit toléré dans l'antre de Jason l'alchimiste de Païolive.

— Les huissiers ! Ils sont trois qui collectent l'impôt et je n'ai pas un liard ! Je les ai semés. Cache-moi !

Ainsi se présenta-t-il devant la grotte du Seigneur, haletant, en sueur, encore noir de suie et en chemise longue. Gabriel, ce jour-là, n'était pas sous l'emprise de ses instincts meurtriers, pas plus qu'il ne se sentait l'âme d'un bon Samaritain.

— Pourquoi donc le ferais-je ? l'apostropha-t-il avec dédain.

— Parce que je vois dans tes yeux la même haine qui habite les miens. Celle que nous vouons au monde entier.

Si ce n'était pas de l'intuition, ça ! Gabriel, quoique intrigué par ces accents de sincérité, n'était pas pleinement convaincu.

— Si je suis ton raisonnement, tu me hais sans me connaître et moi j'en fais autant ?

— L'homme est un loup pour l'homme, j'en ai fait, à mes dépens, l'exécrable expérience.

— Et si j'en étais un ? Malheur à toi, alors !

— Ils ne vivent pas tous en forêt. Nîmes n'en manque pas.

Nîmes ! Des années que le nom de cette ville n'avait été prononcé devant lui. Des années qu'il refusait lui-même de l'évoquer, il était porteur de trop nombreux souvenirs : les repas généreux de sa mère, sa douceur envers ses fils soumis aux rudesses et aux exigences du père qui n'avait que le mot travail à la bouche, la gaieté ambiante de la cité romaine, ses premiers émois amoureux mais aussi ses impatiences, le tumulte de ses emportements et de sa jalousie, la violence de ses gestes et de ses sentiments, son impardonnable forfait...

— Suis-moi ! Viens te désaltérer. Tu me raconteras quel est ce loup qui t'a fait fuir la ville... à moins que tu confondes avec le crocodile qui orne son blason.

— Les deux sont voraces, j'en conviens, mais comment connais-tu les armoiries de Nîmes ?

— Viens boire, te dis-je, nous parlerons après !

Le ton était péremptoire. Janvier n'en fut pas heurté. D'entrée, il avait donné sa confiance à cet homme des bois qu'il devinait en butte à toute forme de société. Un être à son image, déshumanisé, qui disait s'appeler Jason.

« Il a dû souffrir, comme moi, des injustices de ce monde. »

Et cette pensée agit comme un baume sur ses récentes plaies que, plus tard dans la soirée, enveloppés tous deux d'une nuit sans étoiles, il lui narra entre émotion et colère.

— Te dire d'où je viens, Jason, jamais je ne saurais ! Un enfant « exposé » dans une église et placé dans un orphelinat. Fils d'une misérable paysanne, j'en mettrais ma main au feu, la terre a toujours été accrochée à mes godasses. Comment pouvait-il d'ailleurs en être autrement quand, à six ans à peine, on m'a placé cagot chez un fossoyeur.

— Cagot ? releva Gabriel. J'ai déjà entendu ce mot en parlant d'un quidam pétri de bondieuseries.

— Plus flatteur en tout cas que d'être le cagot d'un fossoyeur, autrement dit le petit merdeux, celui qu'on descend au fond d'un tombeau à l'aide d'une corde, à qui on dit de creuser et qu'on remonte tout crotté, tout puant, celui à qui l'on crie alors : « Va te laver au caniveau, cagot ! » C'était ça, ma vie en débutant, puis je devins tout naturellement cure-rigoles. Les bas-fonds de Nîmes, égouts bouchés d'ordures immondes, de peaux de lapins ou de rats crevés, ne recelaient aucun secret pour moi, mais l'un d'eux avait ma préférence, celui qui débouchait au lavoir de la rue du Grand-Couvent.

— Tu allais y reluquer les nonnettes, pardi !

— Ne crois pas ça, Jason ! se récria Janvier. J'y faisais juste peau neuve, nu comme un ver, à me récurer de la tête aux pieds. Et puis c'est à ce lavoir que j'ai rencontré celle qui m'a donné les trop brèves années de bonheur de ma chienne de vie.

— Eh, je n'étais pas si loin du compte, mon lascar !

Prêt à lancer une grasse plaisanterie, Gabriel se retint. Le Nîmois poursuivait sa narration la gorge nouée, le regard perdu dans ses souvenirs. C'était là, en tenue d'Adam, qu'il avait rencontré Violette, une jeune Vivaroise placée comme lingère chez les Ursulines du Grand Couvent. Elle eut un cri d'effroi quand il surgit au milieu des draps gonflés d'eau et faillit prendre la poudre d'escampette. Puis se ravisa et lui tendit une serviette dans laquelle il s'enroula avant de fuir en criant :

— Je vous rendrai votre serviette, demoiselle. Demain, ici et à la même heure !

Il avait tenu parole. Elle avait été fidèle au rendez-vous. Ils ne s'étaient plus quittés et la chance, soudain, s'était penchée sur eux. Pour avoir désembourbé d'une ornière les roues de la voiture d'un vieil homme, Janvier se vit proposer de travailler à son vignoble dans la Costière.

— Viens demain me voir à mon étude, je suis Jean-Étienne Borrelly, notaire. Tu trouveras ma plaque de cuivre place de l'Horloge, tu ne peux la manquer.

Il travailla dix ans pour le vieux Borrelly, homme de cœur, qui lui avait fait construire un maset sur ses terres. Ah qu'il l'aimait cette petite maison du bonheur avec ses volets verts en totale harmonie avec le décor champêtre ! Qu'il l'aimait le matin quand le soleil émergeant le revêtait de paillettes d'or. Qu'il l'aimait le soir quand, à la nuit tombée, la lune à son tour faisait couler sur lui des zébrures d'argent !

Dix ans de travail fructueux et de bonheur intense quand un petit Samuel vint couronner l'amour de Violette et de Léon. La mort du vieux notaire lui fit craindre pour l'avenir de sa famille ; il n'en fut rien. Son fils, monsieur Jean-Antoine, ne boudait pas la Costière de son père ; tout juste prisait-il moins que lui son côté « héritage familial » et toute la parentèle qui y défilait.

Tout au long de cette partie de son récit, Janvier avait été illuminé d'une joie intérieure qui disparut à l'instant où il prononça amèrement ces mots :

— Le Ciel donne et reprend, maudit soit-il.

— Qu'a-t-il pu te reprendre, toi qui ne possédais rien ?

— Un travail, un toit, une femme, un enfant, une belle-famille quelque part en Ardèche, tout ça n'est rien pour toi ? Pour moi, cela comptait et petit à petit on m'a tout repris. Il y a deux ans, nous avons appris le décès des parents de ma femme à la suite d'une famine qui sévissait dans tous les coins pauvres du royaume, au pays des Vans notamment après deux hivers de misère. Violette reçut un courrier de maître Norier, notaire à Chambonas, dont mon patron nous fit lecture, l'enrobant de sorte que nous appréhendions positivement cette nouvelle. « Une triste nouvelle mais une occasion, mes braves. Pensez donc, une terre à défricher bien sûr, mais la vôtre ! Certes, vous faites part à deux, il y a votre sœur, une vieille fille sans descendance et de dix ans votre aînée. Sa part vous reviendra à sa mort. »

— Un sage, ce Borrelly, il ne manquait pas de bon sens. De cagot, tu devenais paysan sur tes terres.

Gabriel accompagna ces mots d'un sifflement ironique.

— Un pourri de la pire espèce, tu veux dire ! Ma Violette n'était pas très décidée à ce que nous quittions la proie pour l'ombre. Bien que lointain, le souvenir de la masure paternelle et des quelques lopins de terres ingrates ne lui disait rien qui vaille. Mais Borrelly insistait : « Janvier, tu ne partiras pas d'ici sans rien. En souvenir de mon père qui t'estimait, je te donne la vigne plantée autour de ton maset. Des jeunes plants que tu n'auras qu'à repiquer, je ne peux pas mieux faire. »

— Je ne savais pas les notaires capables de générosité. Une engeance de grippe-sous colle mieux à leurs basques.

— Tu ne crois pas si bien dire ! Alors que nous tardions à nous décider, alléguant la récolte que je voulais mener à bien, et que Borrelly le fourbe jouait la mouche du coche, m'asticotant sans cesse, j'appris de Joseph Mourgues, rachalan du domaine voisin, la vraie raison de la pression qu'il exerçait sur nous.

« — Alors, Janvier, c'en est fini pour toi de la Costière ?

« — Tu as donc hâte de me voir partir, toi aussi ? répliquai-je.

« — Moi non, mais Borrelly trépigne. Il veut mettre en vente quatre parcelles de son domaine, dont celles que tu cultives.

« — Vendre ? Il n'a jamais été question qu'il morcelle le domaine familial ! m'insurgeai-je, le défendant encore.

« — Lui non, mais il est acculé par ses tantes, deux vieilles bigotes rapiates qui réclament leur part. Si c'est pas honteux à leur âge ! Que tu le veuilles ou non, il te faudra partir.

« Les voilà donc en route pour la terre promise qu'on leur avait fait miroiter. L'espoir était permis, Violette était enceinte. Janvier, attelé comme un mulet dans les bras d'une charrette avec leur petit bien amassé sou à sou et leur vigne à planter, ahanait dans les côtes, Samuel courait devant. Le hameau des Combrelles, haut perché, avait eu raison de leurs forces et ce n'est certes pas l'accueil de la harpie crasseuse qui les réconforta.

« Violette mourut en accouchant d'un bébé déjà mort, un coup de gel balaya la promesse d'une vigne, Samuel s'étiola comme une fleur privée de soleil. Il était trop faible pour lutter contre une épidémie de typhoïde qui s'abattit dans la région... Le récit de Janvier s'achevait, sa voix n'était plus qu'un murmure :

— Détruit par le mauvais sort qui s'acharnait sur nous, je lui prêtais peu d'attention, le confiant à sa tante. Stupide que j'étais ! Gilonne l'a laissé sans soins, presque sans nourriture...

Un long silence suivit, que Gabriel respecta. Puis Janvier reprit dans un rire démoniaque :

— Je lui ai fait sa fête à la vieille en lui serrant le kiki avec jubilation. Le docteur n'a rien vu. « Typhoïde ! » décréta-t-il, peu désireux d'aller explorer un corps si repoussant. La porte de la maison fut marquée de la croix des pestiférés. Les collecteurs d'impôts m'oublièrent pour un temps. Pour un temps seulement, car les revoilà à mes trousses.

Gabriel Cazost buvait du petit-lait. Il avait trouvé son alter ego, un homme qui ne reculait pas à donner la mort, plus impulsif que calculateur. Il n'en doutait pas, ensemble, ils feraient de grandes choses.

— On ne se quitte plus, Janvier. Les vengeances, toutes les vengeances vont nourrir notre vie, désormais.

Gabriel-Benjamin Cazost l'avait bien compris sans que son nouvel ami l'ait verbalisé : la haine de Léon Janvier qui demandait vengeance se focalisait sur le notaire, Borrelly. Des mois et des mois lui furent nécessaires, mais dans le bois de Païolive le temps ne comptait pas, pour qu'il parvienne à le convaincre que les véritables responsables de son malheur étaient en priorité les tantes dudit notaire.

— Dans le fond, c'est toi qui as raison, Jason. J'en conviens mais pour autant je ne connais ni leur nom ni leur adresse, alors que l'autre est plus facile à mettre au bout d'un mousquet.

— Et finir aux galères ! C'est ce que tu veux ?

— Peu me chaut, pourvu qu'il paye pour le mal qu'il m'a fait !

— Eh bien moi, je ne veux pas te perdre !

C'était bien la première fois de sa vie que Gabriel manifestait un attachement et en faisait état ! Cela émut Léon qui se rendit à l'argutie de son ami. D'autant plus aisément qu'il avait ajouté :

— Qui te dit que son tour ne viendra pas ? Chaque chose en son temps, l'ami !

Une longue quête, dès lors, commença. Les colporteurs qui sillonnaient le Vivarais furent soumis à des questions subtiles qui n'éveillaient pas la moindre suspicion, mais qui n'apportèrent pas, en retour, l'ombre d'un indice au sujet des deux sœurs nanties de bel argent.

L'idée vint à Gabriel de s'adjoindre le large domaine d'accointances du notaire de Chambonas.

— Le mieux serait que tu ailles trouver ce maître Norier.

— Celui qui est à l'origine de mon malheur ? Tu me cherches, Jason ? se rebella Léon, piqué au vif.

— Sois réaliste, Léon. Norier n'y est pour rien. Il est tout juste bon à nous servir de marchepied pour parvenir à nos fins. Écoute ! chuchota Gabriel tout en fourrageant sous sa chemise.

Il en retira une fine chaîne de cou à laquelle pendait une petite médaille. Celle de son baptême. Il la tendit à son ami en disant :

— Tu vas raconter à maître Norier que les tantes de Borrelly avaient offert ce bijou à ton fils lors de sa naissance et que, ton gamin ayant été fauché par la typhoïde, tu juges de ton devoir de le leur rendre. Or personne, à ce jour, n'a été en mesure de te donner leur adresse.

— Qu'est-ce qu'il en sait, lui, des tantes de Borrelly ? rechigna Janvier.

— Rien, certainement ! Mais il fera des recherches.

— Si tu le dis... lui concéda Janvier.

La chance, si l'on peut dire, servit les deux lascars quand le notaire de Chambonas, brave homme ému par ce beau geste, se souvint avoir correspondu avec un notaire nîmois du nom de Borrelly. Retrouver ses tantes lui fut alors aisé, comme il l'annonça à Léon Janvier :

— De belles personnes, ces vieilles demoiselles Borrelly ! Elles ont fait parler d'elles en dotant généreusement le Grand Couvent de Nîmes où elles se sont retirées. Grâce à leur don, deux chapelles ont été ajoutées. Elles auraient pu miser sur un meilleur confort de leur chambre, un chauffage privilégié. Eh bien non ! Tout pour Dieu. Ma foi, ce n'est que justice qu'elles coulent leurs vieux jours dans la quiétude.

— Pas pour longtemps ! grommela Janvier entre ses dents.

Par chance, Norier, un peu sourd, l'interpréta différemment.

— Vous êtes content ? Vous aussi êtes un brave homme !

Si la mise en route de la vengeance leur prit du temps, Gabriel ne laissant rien au hasard, s'assurant de l'efficacité de son poison sur les animaux de la forêt, calculant la régularité et la quantité des doses, supputant la défiance d'un médecin, les deux hommes n'en savouraient que plus voluptueusement le résultat, comme si l'idée plus que l'acte assouvissait leur haine.

Le plan de Gabriel ne manquait pas d'ingéniosité, Léon Janvier devait jouer au mendiant à la porte du Grand Couvent et, pour cela, il n'avait pas besoin de se forcer. Visage hâve, yeux hagards, haillons de va-nu-pieds, il en avait déjà l'allure.

— Dès que tu auras amadoué les nonnettes, rends-toi utile contre un morceau de pain et même indispensable à de menus travaux à l'intérieur du couvent. Tu auras alors tout loisir de débusquer enfin les vieilles en leur tanière.

À ce stade, l'habileté rejoignait la prudence puisqu'il s'agissait de leur distiller chaque jour un peu de son anhydride arsénieux, d'attendre les effets, le résultat final, et de prendre son temps avant de revenir au bois en triomphant. Ce qu'il fit point par point… ou presque.

— Je les ai eues, Jason ! Tu ne peux pas savoir le bien que ça m'a fait de les avoir occises ! Mortes à trois jours d'intervalle pour des sœurs qui ne s'étaient jamais quittées, on ne peut pas mieux rêver ! Et tout cela grâce à toi, mon ami !

— Pas de doute, de suspicion ?

— Rien ! Tout en sobriété, ces punaises de sacristie ! Jusqu'aux obsèques où il n'y avait pas un chat !

Un rictus jubilatoire déformait la bouche de Janvier. Une seconde plus tard, il se transforma en moue de déception enfantine quand il avoua :

— Je n'ai pas résisté à l'envie de retourner à la Costière.

— Mais tu es fou ! s'écria Gabriel en l'empoignant aux épaules.

L'autre, penaud mais toujours béat, fournit comme excuse :

— Un besoin de revoir le maset des jours heureux...

Nouvelle volte-face quand il cracha, hargneux :

— C'est à peine si je l'ai reconnu ! Une équipe de maçons travaillait à son agrandissement pour le nouveau propriétaire. Un des ouvriers m'a dit son nom, un dénommé Cazost, un nanti, ce gantier-parfumeur de la rue des Barquettes qui a fait ses choux gras. Le maudit !

Un violent coup de masse asséné sur la nuque n'aurait pas ébranlé plus rudement Gabriel ! L'air qui soudain lui manquait. Vacillant, il entra dans la grotte, se laissa choir sur le sol et resta ainsi, la tête dans les mains qui enserraient ses tempes de peur qu'elles n'éclatent.

Léon Janvier tenta de le faire sortir de son mutisme. Il n'en obtint rien, pas même une bordée d'injures dont il était coutumier. De guerre lasse, il s'en alla lever les collets que Jason mettait chaque soir et, quand il revint, des heures plus tard, avec sa provende, il chercha en vain son ami. Après avoir fouillé la grotte dans tous ses recoins, et ils étaient nombreux, il se laissa gagner par la fatigue et l'incompréhension puis s'endormit.

Le lendemain, dans la froide lumière matinale, Gabriel lui apparut comme un homme nouveau, illuminé de l'intérieur. Son mutisme de la veille avait fait place à une faconde inhabituelle.

— Léon, tu as ouvert pour moi une porte que je n'avais pas le courage de pousser. Je te l'ai déjà dit, nous allons œuvrer ensemble. Le grand ménage va commencer. Mais que vois-je ? Un perdreau ! Un lièvre ! Et là des champignons ! Nous allons ripailler, mon bon Janvier. En ton absence, je me suis contenté de galimafrées, j'avais trop d'inquiétude à ton sujet.

De tout ce charabia, Janvier ne retint que la dernière phrase à laquelle il répondit en souriant :

— Tu n'avais rien à redouter, le désir de vengeance était si fort en moi qu'il a accompagné tous mes gestes. C'était comme si, à chaque dose de mort, je rendais un peu de vie à Violette et à notre garçon. Oui, on peut dire ça, même si Borrelly aurait mérité d'être à la place des deux bigotes. C'est lui qui…

— Son tour viendra, mais il y a plus pressé ! le coupa Gabriel. Et là, Janvier, ta vengeance épousera la mienne. D'un coup d'un seul, nous prendrons tous deux notre revanche. Mais pour l'instant, préparons le festin !

Léon Janvier le connaissait bien, il était vain de le contrarier, cela pouvait devenir dangereux. De leurs années de vie commune, il gardait le souvenir d'une paire d'échauffourées qui l'avaient laissé passablement endolori. Bien qu'il dépassât Gabriel en taille, l'énergie de ce dernier était, dans ces moments de violence décuplée, incontrôlable, prodigieuse.

Avec force lampées de vin rouge dont ils avaient fait provision au marché des Vans, ils firent glisser leur plantureux festin. Puis, dans cette semi-ébriété propice à toutes les audaces, Cazost décréta :

— Il est temps, l'ami, que tu retrouves ton domaine !

— Retourner aux Combrelles ? Jamais je ne...

Le poing rageur de Gabriel s'abattit sur la table, tandis que d'une voix courroucée il grondait :

— Tonnerre de Dieu ! Depuis le temps que nous vivons ensemble, tu n'as pas appris qu'il ne faut pas dire jamais ? Jamais, c'est baisser les bras et s'avouer vaincu. Mais toi, tu es de ceux qui vont au bout de leur vengeance, tu l'as prouvé !

Son visage, qui pouvait être paisible ou torturé, prenait dans ces moments de rage proches de la folie une expression démoniaque. Il pouvait passer en un instant à plus d'humanité dans le geste comme dans la voix qu'il modula pour poursuivre :

— Tu vas faire abstraction de ta haine pour ce lopin et y retourner plus déterminé que jamais à le faire revivre. Culture, élevage, à toi de voir, tu es un homme de la terre, moi je n'y connais rien, sinon qu'aux confins sud de ton terrain, six solides mûriers jouxtent le grand domaine de la Frigoule.

— D'où tu tiens ça, toi ? Et en quoi cela me concerne ?

— Tu connais le proverbe : « Mieux vaut voisin proche que lointain cousin » ?

— Et alors ?

— Rapproche-toi de lui. Les relations, ça peut servir...

— Tu oublies donc ta promesse : « Ta vengeance épousera la mienne » ? Moi non, je veux en finir avec ce pourri de notaire...

— Il y a plus pourri que lui : celui qui dort dans ton maset de la Corbière ! Assez de parlotes, écoute-moi.

Chaque mot, chaque phrase de Gabriel frappait Janvier par sa pertinence. Cet homme qui lui avait tendu une main secourable, dont la haine était le moteur de l'existence, lui apparaissait non comme une personne loufoque, mais comme un visionnaire à qui, une fois encore, il confia son destin.

Janvier parti, Gabriel alla fouiller dans sa cachette. Plus précieuses qu'un bréviaire, ses feuilles annotées l'attendaient auxquelles il confiait ce que sa bouche n'aurait pu émettre avec ferveur et vérité. La haine s'exprimait par des mots, mais les mots se transformaient en faits dans son esprit vengeur. Ce soir-là encore, il s'appliqua, comme jamais, à les noter.

Bien qu'il retrouvât sans plaisir ses ceps rabougris, tout juste bons à réchauffer sa masure, Léon Janvier se coula dans la peau du nouveau propriétaire des Combrelles, une situation qui, selon les dires de Gabriel, lui fournirait un jour la plus honnête des couvertures. Il découvrit, au bout de cette terre ingrate, les fameux mûriers dont lui avait parlé Gabriel, sentinelles biscornues aux branches anarchiques. Une idée germa : pourquoi ne pas débuter par une éducation de vers à soie dont la vente permettrait l'acquisition de moutons ? Projet qu'il mena à bien grâce aux conseils de son voisin du domaine de la Frigoule qui vint à lui spontanément alors qu'il taillait les mûriers.

— De beaux arbres, ma foi ! Vous leur redonnez du panache, l'aborda un jour ce voisin en veine de discussions. Votre prédécesseur, un peu trop ambitieux, avait misé sur la vigne. Je vois que vous avez des vues plus adaptées à ce terroir. Les vers à soie, ça vous tente ? Je peux vous donner une once de graines, vous ne pouvez en loger ni en nourrir plus.

L'appréciation du paysan allait des mûriers, dont il estimait la production de feuilles, à la masure où les claies des vers à soie pourraient s'installer sur deux niveaux.

— Une… une once… c'est peu, bredouilla Janvier.

L'homme sourit.

— Vous n'en avez jamais fait, ça se voit. Une once bien menée, c'est trente livres de cocons pour la filature. Et puis c'est la place qu'il vous faudra, à moins que vous poussiez les murs de la bicoque.

Le visage de Janvier, qui se faisait appeler Lachamp, se détendit et les deux hommes topèrent leur nouvelle amitié.

Après l'avoir vidé provisoirement de tout ce qui l'encombrait, Lachamp-Janvier transforma le logis en magnanerie. Il se contenta de dormir à la belle étoile et tout se déroula au mieux, ce qui fit dire à son voisin qui parlait de lui en famille :

— Aux innocents les mains pleines ! Lachamp a fait ses trente-quatre livres de magnans. Et les sous n'ont pas eu le temps de lui brûler les doigts, j'ai décompté au moins douze têtes de lacaunes qui broutaient dans le serre de Mézard.

— Son prédécesseur n'a pas eu la même chance… ou la même obstination, fit remarquer son épouse. Pauvre homme, une famille décimée en peu de temps !

— Ne s'improvise pas paysan qui veut ! conclut son époux.

Quand s'installa l'automne et sur l'injonction de Gabriel, Lachamp fit au marché des Vans l'acquisition d'un goret pour lequel il éleva une soue tandis qu'il le laissait *glander* sous les chênes du bois de Pradinas. Chaque semaine, il estimait son poids.

— Tu me l'apporteras à la grotte quand il fera entre cent soixante et cent quatre-vingts livres, pas plus ! lui avait recommandé Gabriel qui, de son côté, travaillait à intégrer dans une poudre parfumée une plante aux effets mortels.

Comment avait-il découvert l'*Aconitum napellus*, sinon dans l'herbier du malheureux Héphaïstos ? La plante séchée était accompagnée d'une annotation : *Une feuille ou quelques fleurs dans une décoction provoquent des troubles cardiaques qui peuvent conduire à une mort instantanée.*

Tuer par absorption ? Cela avait très bien fonctionné pour les sœurs Borrelly, mais il mettait un point d'honneur à varier les plaisirs. Réduire en poudre l'*Aconitum napellus*, l'intégrer savamment à un puissant parfum pour en faire un poison olfactif qui induirait par une seule inhalation le même résultat, le rendre à la fois infaillible et fugace, telle était sa gageure.

Le parfum, il avait une idée bien précise pour l'obtenir, celle d'extraire par un curetage méticuleux la matière onctueuse et fétide secrétée par les civettes, nombreuses dans le bois. Il lui suffisait de poser des pièges à cet effet. Puis de travailler cette sécrétion résistante à l'évaporation après une longue macération dans un bain d'alcool. Tant d'années à pratiquer toutes formes d'alchimie servirent Gabriel pour rendre l'assemblage volatil, il ne lui restait plus qu'à faire des essais. Ce furent d'abord les animaux de la forêt qu'il capturait à cet effet. Puis ce fut le tour du cochon élevé par Janvier pour un dosage idéal en rapport avec le poids estimé de sa future victime humaine. Effectivement, l'animal, reniflant le produit, fut pris de sueurs, de suffocations et d'une gêne respiratoire qui le firent s'agiter puis s'affaisser d'un coup, les membres aussitôt raidis dans la mort. Le dosage de l'*Aconitum napellus* était au point. Gabriel se frottait les mains, son âme troublée assimilait son frère à l'animal dont les spasmes d'agonie l'avaient fait ricaner.

— Et maintenant, à toi de jouer, Janvier ! Tu te souviens du nom ? Répète ! ordonna Gabriel.

— Le gantier-parfumeur Charles-Honoré Cazost de la rue des Barquettes. Au fait, tu le connais ?

— Que t'importe ? Il te suffit de savoir qu'il t'a pris les terres que tu travaillais, le maset où tu vivais heureux, non ?

Gabriel avait sorti de sa grotte le harnachement du colporteur Dorandieu, l'avait dépoussiéré avant d'appliquer du cirage noir sur le cuir châtain, puis garni en conséquence de diverses fioles et poudres parfumées patiemment élaborées.

— Tu dois inspirer confiance, être persuasif et compréhensif. Tu es sûr de ton produit et prêt à faire un effort sur le prix. Pas trop pour ne pas avoir l'air louche. Tu ne concluras pas l'affaire du premier coup, je connais ces loustics, retournes-y le lendemain, à l'heure qui lui convient…

Distillés chaque jour, les conseils de Gabriel s'imprimaient dans le crâne de Léon, rebaptisé pour la circonstance Pigère le colporteur. Quand il prit la route pour Nîmes, en octobre 1779, il jura à son comparse qu'il aurait la peau du masetier Cazost.

Et il l'eut ! Parce que c'était écrit, au jour de sa naissance, que les Parques en avaient décidé ainsi. Charles-Honoré Cazost ne put échapper au piège ourdi par son propre frère. Après avoir, par deux fois, évincé le pseudo-marchand et admiré secrètement sa constance, il se laissa convaincre.

— Eh bien soit ! Je veux bien prendre le temps d'étudier votre poudre à parfumer et surtout avoir l'avis de ma fille.

Janvier se troubla un instant. Il n'avait pas prévu de faire d'une pierre deux coups. Qu'en dirait son ami ? La décision lui échappa, le gantier lui avait pris des mains le produit miraculeux et lui signifiait son congé.

— À demain, maître Pigère !

De la rue des Barquettes où il se retrouva un peu étourdi, ledit Pigère perçut un bruit sourd puis des appels, des cris, un véritable remue-ménage. Avant de ranger le flacon hermétique sur une étagère, le gantier curieux avait soulevé le couvercle et inspiré profondément. Aussitôt, une quinte de toux le secoua tout entier, il peinait à retrouver sa respiration et agitait si fortement ses bras qu'il fit tomber tout le rayonnage. Le premier à lui porter secours fut le fils du mégissier Belmonte qui inhala à son tour quelques effluves du poison et fut pris de vomissements.

Les employés s'affolèrent aux sifflements respiratoires qui sortaient de la poitrine du gantier, de sa pâleur qui s'accentuait de minute en minute alors que des rigoles de sueur dégoulinaient de son front dans son cou où les veines étaient distendues.

— Un médecin, vite ! Il faut un médecin ! crièrent-ils.

Constant laissa choir la main de fer avec laquelle il travaillait dans la pièce à côté et courut chercher le docteur Beaux. Quand il revint, précédant l'homme de l'art, tout un petit monde tétanisé, en pleurs, effondré, entourait un mort : Charles-Honoré Cazost, libéré de ses horribles souffrances.

— Je suis désolé, madame Cazost-Dorandieu. Le cœur… Les poumons… Il n'y avait rien à faire, s'excusa l'éminent docteur Beaux après un examen succinct du corps.

Son frère expédié ad patres, Gabriel savourait sa vengeance. Pour autant, il ne se trouvait pas quitte, il y avait sa veuve et L'Origanterie, il y avait aussi Gersende et Constant qui, éloignés pour un temps, prenaient goût à cette parenthèse impromptue consécutive au drame.

12

Ainsi vivent les artistes

Nîmes avait toujours paru, aux yeux des enfants Cazost-Dorandieu, une ville riante, laborieuse certes, mais bien placée parmi les cités aux réjouissances bruyantes et colorées. Or Grasse la reléguait sans conteste bien loin derrière elle.

Grasse, c'était la joie de vivre en permanence, du matin jusqu'au soir et du 1er janvier jusqu'à la Saint-Sylvestre. On ne ratait pas une occasion de faire la fête en famille, entre amis, entre paroissiens, entre corporations, dans les rues, dans les quartiers, sur les places. Partout !

Les fêtes religieuses avaient leur part, mais celles des fleurs, leurs grandes rivales, les surpassaient en exubérance. La première à ouvrir les festivités se déroulait en avril.

— Demain, c'est la fête de la fleur d'oranger ! annonça joyeusement Françoise Fragonard.

Gersende ne leva pas la tête de son bol de lait, alors que Constant s'écriait :

— Maître François m'en a parlé ! Ça vaut le coup d'œil à ce qu'il m'a dit.

— Pour ça oui ! confirma la vieille dame, pensant éveiller l'intérêt de sa jeune pensionnaire. Il y a chaque année un défilé historique cocasse. Des alchimistes vêtus comme au Moyen Âge, bardés de cannes à parfum et de dames-jeannes pleines d'eau de fleur d'oranger, aspergent la foule.

— Vrai de vrai, madame Fragonard ? s'extasia Constant.

— Vrai de vrai, mon garçon ! Et devinez qui termine le défilé ? La princesse Néroli sur une sorte de palanquin ! Le tout en musique avec tambourins et galoubets. Toute la jeunesse de Grasse participe. Cela devrait vous plaire, insista la brave femme en se penchant vers Gersende.

La jeune fille leva enfin la tête, son visage était grave. Et elle répondit, des trémolos dans la voix :

— Nous n'avons pas le cœur aux réjouissances, madame Fragonard, notre deuil est trop frais, trop présent. Je vous en prie, ne mettez pas ces idées dans la tête de mon frère.

Madame Fragonard se le tint pour dit jusqu'au mois suivant.

— Dimanche, nous fêtons la *Centifolia*, la rose de mai. Des milliers de ces fleurs odorantes seront effeuillées, leurs pétales jetés sur les badauds tout le long du cortège. Le soir, la ville s'embrasera d'un feu d'artifice tiré du quartier des Aspres.

Gersende ne put retenir son agacement.

— C'est heureux, madame Françoise, que vous n'en parliez pas devant Constant. Il ne m'est jamais plaisant d'avoir à brimer mon frère, mais je me dois d'être sage pour deux.

— Permettez-moi de vous dire, ma chère enfant, que vous prenez trop au sérieux un rôle qui n'est pas le vôtre. Pensez-vous que votre mère agirait avec autant d'austérité ?

Mal à l'aise, Gersende allait se soustraire à cette conversation, mais la bonne Françoise lui fit barrage et l'invita à se rasseoir.

— Je sais votre souffrance, ma petite Gersende. Je devine aussi celle de votre frère même si elle s'exprime différemment. Et moi je suis persuadée que votre mère vous exhorterait à vivre pleinement votre jeunesse. Rire et s'amuser ne signifie pas oublier et… tenez, je vais vous faire une confidence. J'ai perdu un fils, il avait seulement dix mois. J'étais anéantie. Mais devais-je pour autant assombrir la vie de son grand frère, un enfant de cinq ans joyeux et plein d'entrain ? Je ne m'en sentis pas le droit et ravalai ma peine. Je ne regrette pas d'avoir écrasé ma douleur et laissé entrer le soleil qui a fini par réchauffer mon cœur.

Gersende s'effondra, en pleurs, dans les bras de la brave femme. Elle hoquetait :

— Le même drame a frappé notre mère… une petite fille partie au même âge que le vôtre. Et maintenant mon père. Sa force m'a heurtée, je l'avoue, mais, grâce à vous, je l'admire maintenant alors que je reste inconsolable. Vous me jugez sans volonté et vous n'avez pas tort…

— Jamais de la vie, ma chère petite ! Je veux simplement semer en vous l'espoir, celui d'un avenir radieux auquel vous ne devez pas vous dérober.

— Je ne puis… je ne suis pas prête… pas encore. Ce fut si soudain, si imprévisible ! Trop de questions, qui, je crains, resteront sans réponse, hantent mon esprit jour et nuit.

Madame Fragonard se trouva bien embarrassée d'avoir déclenché cette avalanche de larmes, puis se rassura en pensant qu'il fallait souvent un mal pour un bien. Elle se contenta de bercer Gersende dans ses bras noueux, retrouvant des gestes maternels instinctifs jusqu'à ce que les sanglots de la jeune fille s'apaisent.

— Pardonnez ce moment de faiblesse, madame Françoise !

— Te pardonner d'être malheureuse ? Pauvre enfant ! Je peux tout entendre, tu sais, et même tout comprendre. Si ton cœur est trop lourd, il ne sert à rien de porter seule ce fardeau. Viens à moi, j'essayerai de l'alléger.

Plus d'une fois, par la suite, Françoise eut les mots qui transformaient en résignations les révoltes de la jeune fille. La sagesse de la vieille dame, mâtinée de malice, éclaira un avenir que Gersende ne parvenait plus à définir. Petit à petit, elle sema en elle des ferments de résilience.

Une lettre d'Eugénie arrivée dans le courant du mois de juillet confirma ce changement. Ce jour-là, elle courut au-devant de Françoise Fragonard qui brandissait le courrier.

— Une lettre de maman ? demanda-t-elle, tout sourire.

— Une de Nîmes et une de Paris. Laquelle voulez-vous ?

— Oh, vous plaisantez, madame Françoise ! s'écria-t-elle.

— Mais oui, je vous taquine ! Tenez, voici la vôtre !

Chacune assise dans une bergère, on aurait entendu une mouche voler tant leur lecture était intense. La première à rompre le silence fut la vieille mère du peintre.

— Quel bonheur ! Jean-Honoré et sa petite famille vont venir passer quelque temps avec nous. Ah, ils me manquent tant. Cela fait trois ans que nous ne les avons vus. Notre Rosalie court déjà sur ses onze ans, une petite demoiselle ! Et toi, petite, de bonnes nouvelles ?

Le regard de la jeune fille pétillait quand elle répondit :

— Pour la première fois depuis le départ de notre père, maman est allée passer le dimanche au maset de la Costière. Ce ne fut pas, comme elle le redoutait, une nouvelle plongée dans les tourments de l'absence. Seuls les souvenirs heureux hantaient notre maset. Les cerisiers avaient été généreux grâce à Denis. Denis, c'est notre rachalan et aussi mon frère de lait, il nous envoie le bonjour. Il a dû faire un sacré effort pour le dire à notre mère, c'est un timide, si vous saviez !

Gersende était transformée, jamais elle n'avait tenu si long discours à Françoise. Lumineuse, primesautière, elle se sentait en totale conformité de sentiments avec son hôtesse.

Françoise eut la preuve que sa pensionnaire était sur la bonne voie lorsqu'elle mit d'elle-même la grande fête du jasmin au centre de la conversation. Il faut dire qu'autour d'elle la fébrilité des préparatifs était communicative. Vêtements et accessoires qu'on porterait ce jour-là étaient les principaux sujets. Jupon piqué ou en cotonnade des Indes, drolet de soie brochée ou casaquin en mousseline, il ne fallait pas se louper.

— Est-ce vraiment une fête commémorative aussi importante qu'on le dit, cette fête du jasmin ? demanda Gersende avec indifférence alors qu'elle brûlait de curiosité.

— Importante ! Le point d'orgue des festivités de Grasse, chère enfant !

Mari et femme s'étaient exclamés en même temps, c'est dire si, malgré leur âge, la ferveur les habitait encore. Puis monsieur François expliqua :

— Célébrée encore modestement dans mon enfance, je l'ai vue s'ancrer dans les traditions au fil des décennies et je crois bien qu'elle n'est pas près de s'éteindre. Ne dit-on pas qu'à la fête du jasmin, chaque jouvenceau trouve sa jouvencelle ?

Toute rougissante, Françoise Fragonard ajouta :

— Vous ne croyez pas si bien dire, mon ami, c'est à la danse des jardinières, je m'en souviens comme si c'était hier, que s'est scellée notre union !

Oh qu'elle était mignonne, cette petite vieille rougissant à ce souvenir ! Gersende, s'engouffrant dans cette brèche d'émotion, demanda :

— Croyez-vous, madame Françoise, que nous puissions, Constant et moi, participer à cette fête ? Faut-il que nous en référions à notre mère ? Et j'avoue, je n'ai que robes noires, bas de même couleur, tout comme mes gants et mes mantilles.

Puis elle ajouta précipitamment :

— Il n'est pas dans mes ambitions d'y trouver un jouvenceau !

— J'entends bien, jeune fille. Vos soupirants nîmois seraient alors fort déçus ! Mais trêve de plaisanterie, nous allons vous vêtir à la mode du pays de Grasse, et avec l'aval implicite de votre maman, je m'en porte garante.

Pour la première fois depuis des mois, les yeux clairs de Gersende pétillaient de plaisir anticipé. Devant le miroir de l'armoire provençale, dans la chambre de madame Fragonard, elle se regardait de face et de profil, faisait bouffer les manches gigot de sa robe jaune paille, lissait les avant-bras qui gainaient les siens, aplatissait la profusion de fronces de la jupe.

— C'est la mode, mademoiselle Cazost-Dorandieu ! se défendait la couturière. De plus, le taffetas que vous avez choisi donne une impression de volume tant qu'il n'a pas été porté.

— L'encolure... ne pensez-vous pas, madame Françoise, qu'elle est un peu... un peu... disons audacieuse ?

— Il n'y a pas d'audace à montrer ce qui est beau, et vous êtes adorable, mon enfant ! sourit Françoise avec malice.

Peu convaincue, le regard s'assombrissant sous les sourcils froncés, Gersende se tourna vers la couturière.

— Ne pourrait-on y mettre un volant, une modestie, un galon de dentelle, que sais-je ?

La couturière fouilla dans son panier d'accessoires, en extirpa un plissé de mousseline blanche qu'elle fixa à l'aide d'épingles sur le décolleté de la robe, puis recula de quelques pas et dit :

— Vous avez un goût exquis, demoiselle. Je n'y aurais pas pensé.

Et c'était vrai ! Sans ôter l'élégance de la simplicité, ce plissé qui soulignait l'encolure y apportait une note raffinée et gommait le côté impudique ressenti par Gersende. Il n'était que de voir son sourire épanoui pour valider cette initiative.

Constant n'avait pas été oublié. Le grand jour arrivé, premier dimanche d'août, il trouva sur une chaise chemise, petit gilet et pantalon, le tout de toile claire, et, appuyé contre le mur, un arceau garni de fleurs des champs au bout duquel pendaient ganses et rubans multicolores. Il partit en courant jusqu'à la chambre de sa sœur.

— Alors c'est vrai, Gersende, tu veux bien que j'aille à la fête ? Mais... tu viens toi aussi ? Oh, mon Dieu, que tu es belle !

Flattée, elle railla sans se départir de son sourire :

— Qu'est-ce que tu y connais, toi, à la beauté féminine ?

Il répliqua du tac au tac :

— Je sais que le sourire est la plus belle des parures. Et aujourd'hui, tu es la plus jolie.

Un élan affectueux jeta Gersende dans les bras de son frère. Surprise, elle réalisa qu'il était aussi grand qu'elle. En quelques mois, il avait grandi sans qu'elle s'en aperçoive.

— Oh, Constant, notre mère ne va pas te reconnaître si tu continues ainsi ta croissance !

— Ne dis pas de bêtises ! Allez viens, le défilé va commencer.

Parti de la place aux Aires, un cortège joyeux, coloré, sautillant au rythme des fifres et tambourins, atteignit enfin la bastide Maubert. Gersende et Constant s'y mêlèrent pour rejoindre la place aux Herbes où déjà une foule nombreuse attendait. Musiques et farandoles se succédèrent jusqu'à la traditionnelle danse des jardinières, tant attendue et qui concluait la soirée. Plusieurs dizaines de jeunes hommes et d'adolescents, cerceaux fleuris tendus afin de former une haie d'honneur aux demoiselles, se mirent en place et la sarabande débuta, ondula, sauta des obstacles imaginaires. Arrivées au bout du tunnel de fleurs, les demoiselles recommençaient ce carrousel sans fin sous les cris de joie et les applaudissements.

Au soir de la fête du jasmin de cette année 1780, les enfants Cazost-Dorandieu étaient rentrés galvanisés et fourbus à la bastide Maubert. Il leur fallut cependant subir le long interrogatoire des époux Fragonard avant que maître François entraîne Constant dans son atelier pour préparer le travail du lendemain. Fallait-il qu'il soit pressé de passer son savoir ! Ou bien présageait-il que sa vie allait bientôt arriver à son terme ?

Madame Françoise, de son côté, avait cueilli sur les lèvres de Gersende ses premières impressions, le plaisir sans honte qu'elle avait pris à danser, à rire et fredonner. Puis elle s'en était allée préparer le repas, intimant à la jeune fille de prendre quelque repos. Assise dans une bergère, Gersende s'absorba dans la relecture d'une formule qu'elle devait rendre le lendemain à monsieur Rousseau. Personne donc n'entendit la porte d'entrée s'ouvrir, celle du salon ne daigna pas même grincer quand un homme à l'élégance un peu tapageuse mit un pied dans la pièce, puis s'arrêta net, fixa l'adolescente assise, un feuillet à la main, et murmura, incrédule :

— *La Liseuse* !

Il faisait référence à une peinture qu'il avait réalisée dix ans auparavant et se croyait devant le tableau incarné.

Derrière lui, une fillette s'impatientait et appela :

— Grand-maman ! Grand-maman ! C'est moi, Rosalie.

Jean-Honoré Fragonard, Marie-Anne, son épouse, leur petite Rosalie et Marguerite Gérard, la sœur cadette de Marie-Anne, investissaient le rez-de-chaussée de la bastide Maubert.

*

Au plus profond de son cœur de mère, Eugénie Cazost-Dorandieu avait fait des vœux pour que ses enfants trouvent, à Grasse, en plus d'un apprentissage plus poussé tant en parfumerie qu'en ganterie, l'accueil paisible et bienveillant que lui avait fait entrevoir son époux. Dans ses moments d'humeur mélancolique, elle s'épanchait auprès de sa servante :

— Ah, si tu savais, Francette, combien il m'en coûtait de les voir partir ! Crois-tu qu'ils me pardonnent de les avoir éloignés ?

— N'en doutez pas, madame !

— Si seulement j'étais sûre que ce... ce trublion ne revienne pas, je partirais sur-le-champ pour aller les chercher.

Au fil des jours, elle se rassurait :

— Les lettres de Gersende ont changé de ton, je la sens moins morose, presque apaisée.

Bien qu'à des lieues de Grasse, les deux Nîmoises étaient dans le vrai. Elles ressentaient, l'une dans les courriers de sa fille et l'autre à la lecture que lui en faisait sa maîtresse, combien le temps faisait son œuvre, combien ce dépaysement imposé agissait comme un baume sur leur chagrin et leur révolte, combien aussi leur jeunesse les poussait vers l'avenir.

*

Un vent de douce folie bouleversait la routine paisible des vieux époux Fragonard que partageaient les enfants Cazost-Dorandieu. Folie car elle dérangeait horaires et habitudes, douce car on se laissait entraîner facilement dans cette atmosphère pleine de légèreté, presque d'insouciance, qui convenait à la famille d'artistes de Jean-Honoré Fragonard.

Depuis son adolescence, Jean-Honoré baignait dans le milieu de la peinture, une vocation et des prédispositions qui s'étaient révélées sans que son père y mette un barrage. La gloire avait été rapidement au rendez-vous et sa peinture ne cessait, au fil des ans, d'évoluer vers plus de délicatesse en embrassant l'engouement du siècle. À l'approche de la quarantaine, il s'était comme on dit « rangé » mais non assagi, épousant Marie-Anne Gérard, native elle aussi de Grasse et dont le père faisait commerce du parfum, et elle-même se voulait peintre miniaturiste. Dans le sillage de ce couple vivant pour et par la peinture, la cadette de la famille Gérard, Marguerite, dix-neuf ans, était en apprentissage. Ils incarnaient à eux trois toute la fantaisie du siècle des Lumières, mâtinée de l'excentricité du baroque qui s'exprimait de prime abord dans leur vêture.

Celle de Jean-Honoré s'inspirait, selon son humeur, de ses nombreux voyages : Rome, Venise, Prague, Dresde, pour ne citer que les villes au long séjour. Il paradait un jour coiffé d'un chapeau de paille à la façon des gondoliers vénitiens, qu'il jetait le lendemain aux orties, se gaussant des reproches indulgents de sa mère.

— Jean-Honoré, voyons ! Si ce n'est pas malheureux ! Un si seyant couvre-chef !

Avec sa faconde méridionale avec laquelle il renouait dès qu'il arrivait à Grasse, il répondait en se cachant derrière une désinvolture bon enfant qui masquait des failles profondes :

— Un de perdu, dix de retrouvés !

Parfois, ces facéties occultaient son côté inquiet. Ainsi ce chapeau incarnait-il peut-être la jeune Armandine, un de ses modèles préférés, qui lui avait signifié la fin de leur liaison ? Mais le joyeux drille reprenait bien vite sa spontanéité.

— Mesdames, faites-vous belles ! jetait-il quand tous étaient à table. Je vous invite à un concert champêtre.

Ces « dames » s'éclipsaient alors dans leur chambre et reparaissaient apprêtées pour la soirée. Généralement, Marie-Anne Fragonard portait la robe à la française, une indienne fleurie un peu en déclin certes mais fort commode, avec ses plis

Watteau, pour suivre les courbes harmonieuses d'une grossesse bien avancée. Elle avait, à ce sujet, rempli d'émotion les yeux et le cœur de ses beaux-parents en leur avouant :

— Nous voulons que notre fils naisse dans cette belle ville de Grasse. Un enfant né ici est un enfant heureux de vivre !

Gersende avait réprimé un sourire aigre-doux à cette naïve réflexion. La joie de vivre, parfois, est éphémère, elle en avait fait la douloureuse expérience.

Dans le sillage de Marie-Anne, sa jeune sœur Marguerite se pavanait dans une toilette de zénana à rayures verticales, à la simplicité trompeuse car le fichu de gaze – fichu menteur le bien nommé – bouillonnait sur sa poitrine et lui donnait l'illusion d'un volume qu'elle ne possédait pas. Des manches, qu'on appelait les engageantes et qui s'arrêtaient au coude, partait une profusion de volants.

— Mesdames, vous comblez de joie mon côté esthète !

L'emphase de Jean-Honoré lui seyait comme un gant, quand chez tout autre elle aurait paru outrancière. Son entourage ne s'en formalisait pas, Constant n'en faisait point cas, seule Gersende le trouvait, au tout début, ridicule et même irritant. Au fil des jours cependant, sa gentillesse naturelle, ses attentions d'époux et de père, sa tendresse filiale eurent raison de ses réticences ; comme tout son entourage qui pardonnait à Jean-Honoré ses outrances, son instabilité et une certaine boulimie dans sa course aux honneurs, Gersende apprécia jusqu'à ses traits d'humour la concernant.

— Eh bien, mademoiselle Gersende, j'en viens à me demander ce qui vous attire le plus du parfum ou de monsieur Rousseau. Vous passez vos journées avec l'un et l'autre et...

— Les deux, monsieur Fragonard !

L'esquisse gracieuse d'une révérence faisait passer la réplique cavalière de Gersende qui se hâtait d'expliquer :

— Voyez-vous, monsieur Fragonard, le parfum dans tous ses états, depuis l'effluve discret émanant de la fleur jusqu'à la puissance olfactive du produit abouti en passant par les flottements incertains d'un hydrolat, c'est ce qui fait ma vie. Quant à ce puits de science qu'incarne monsieur Rousseau, j'ai tellement à apprendre de lui que je me félicite de tout ce temps qu'il veut bien m'accorder.

— Et vous, gente personne, m'accorderiez-vous quelques heures de votre précieux temps ?

— Si seulement, monsieur, je connaissais quelque chose en peinture ! déplora-t-elle en souriant. Hélas, je ne sais qu'en apprécier la beauté, c'est dire si mon avis serait de peu d'intérêt.

— Il ne s'agit pas d'avis, Gersende. Mais de pose. Voulez-vous poser pour moi ? Dès l'instant où je vous ai vue, et même reconnue, je ne songe qu'à cela : faire un tableau champêtre où vous seriez la plus belle parure d'une courtille fleurie.

Le rouge était monté au visage de Gersende, quelques gouttes de sueur perlaient à ses tempes. Dieu, dans quel embarras la plongeait cette demande ! Dans quelle confusion la mettaient ces paroles ! Instinctivement, elle croisa les mains sur sa poitrine pour comprimer les battements désordonnés de son cœur et s'efforça de garder un visage lisse pour regarder Jean-Honoré et demander d'une voix neutre :

— Vous m'avez reconnue, dites-vous ? Nous serions-nous déjà vus et je n'en aurais pas souvenance ? Dans ce cas, pardonnez cet oubli, monsieur Fragonard.

— Votre mémoire ne vous fait pas défaut. Vous ressembliez tant à l'un de mes tableaux lorsque je vous vis pour la première fois. Une œuvre qui remonte à dix ans, vous étiez une enfant.

L'irruption de Marguerite Gérard sauva Gersende de la confusion.

— Mon beau-frère est assurément un génie de la peinture, certainement pas un homme de mémoire. Ni d'imagination : il sert le même discours aux femmes fatales et aux fillettes ingénues qu'il veut peindre. À elles de l'en dissuader.

Marguerite s'était approchée de Jean-Honoré, avait posé une main possessive sur son avant-bras et le dévorait des yeux. Une telle attitude de la part de sa femme aurait attendri Gersende et l'aurait confortée dans le choix d'un refus. Or Marguerite n'était pas Marie-Anne et son jeu déplut à la demoiselle Cazost-Dorandieu.

— Il se trouve, mademoiselle Gérard, que n'étant pas encore femme et plus du tout fillette, je ne me laisse ni dissuader ni influencer facilement.

Puis s'adressant ostensiblement au peintre, elle esquissa une petite révérence.

— Vous permettez, monsieur Fragonard, que je réserve ma décision... disons... à demain ?

Troublée. Irritée. Indécise. Peinée. Gersende était tout cela quand elle regagna sa chambre après avoir demandé à son frère de l'excuser auprès de Françoise Fragonard.

— Tu lui diras que je ne viendrai pas à table ce soir. Un peu de fatigue. Qu'elle ne s'inquiète pas, au moins !

Elle savait combien ses mots étaient faux, que la nuit ne suffirait pas à lui porter conseil ni à calmer son irritation contre cette intrigante qui faisait fi du ménage de sa sœur, enceinte qui plus était. Elle ne suffirait pas, non plus, à endiguer cette bouffée de vanité qui se résumait à cette phrase écrite en lettres d'or : Jean-Honoré Fragonard lui proposait de poser pour un tableau. En fait de bonne nuit, une intense migraine s'installa pour ne plus la quitter. Pour la première fois depuis longtemps, l'absence de sa mère se fit douloureusement ressentir.

J'aurais tant besoin de votre présence, de votre bon sens, de votre amour ! Oh, maman, vous me manquez tant !

L'image de Françoise Fragonard s'imposa à elle comme une réponse à son tourment. Aussi se pressa-t-elle pour rejoindre la vieille dame, toujours première levée.

— Bien reposée, Gersende ? Votre frère m'a dit que vous aviez besoin de vous reposer.

— Ce sont vos conseils dont j'ai vraiment besoin.

Elle lui confia le souhait de Jean-Honoré, confessa le plaisir orgueilleux que cette demande avait suscité en elle.

— Quel mal y a-t-il à savoir qu'on est belle ?

— Les dames ursulines nous mettaient en garde contre la vanité. Je les entends : *Vanitas vanitatum et omnia vanitas…*

— Et moi je vous dis, mon enfant, que vos dames ursulines n'étaient que radoteuses aigries. Mon fils veut faire un beau portrait de vous, où est le mal ? Pensez juste au plaisir de votre maman quand vous le lui apporterez.

Une fois de plus, Françoise avait eu le mot juste. Le poids qui écrasait le cœur de Gersende disparut, elle se leva pour étreindre la vieille dame. C'est ainsi que les surprit un Jean-Honoré tout fringant.

— Je vous cherchais, Gersende ! Avez-vous une robe blanche à manches bouffantes qui me paraît la toilette parfaite pour la jouvencelle en rêverie que je ferai de vous ?

Quel toupet ! Il n'attendait même pas son accord ! Et madame Fragonard mère qui s'empressait de répondre :

— Ne te tracasse pas, mon fils, nous en trouverons une qui lui siéra à merveille et qu'il te conviendra de peindre.

Si la décision finale lui avait échappé, du moins Gersende entendait-elle décider avec monsieur Rousseau du temps qu'elle pourrait distraire à son travail. Mais là encore, Jean-Honoré Fragonard se conduisait en parfait égoïste.

— La lumière ! Mais pas n'importe laquelle ! Il me faut celle du jour finissant quand les rayons du soleil s'émoussent. C'est la meilleure, elle se teinte d'un soupçon de mélancolie, de caresse voluptueuse. Elle pénètre l'âme au plus secret de l'être...

Il fermait les yeux, sa main dessinait dans l'air des contours imaginaires. Gersende ne se laissa pas emporter par le pindarisme du peintre, elle interrompit son envolée lyrique avec la détermination dont elle savait faire preuve :

— Vous oubliez un peu vite, monsieur Fragonard, que je suis ici pour une raison bien précise : approfondir mes connaissances en parfumerie. J'ai la chance d'avoir un maître en la matière et ne puis disposer de son temps à ma guise.

— Rousseau ? Je m'en charge ! répliqua l'outrecuidant.

— Vous me proposez, monsieur, une agréable récréation à laquelle j'ai consenti du bout des lèvres, mais elle ne doit en rien me priver des connaissances que je suis venue chercher ici. Ce sera à partir de cinq heures de relevée ou ce ne sera point !

Et seulement les jours ensoleillés, puisque cela vous importe.

— Sublime et raisonneuse ! Mon pinceau sera entièrement au service des qualités physiques dont vous ne manquez pas. En revanche, je ne puis vous assurer qu'il soit assez audacieux pour dévoiler ce trait marquant de votre caractère.

— Je saurai m'en satisfaire et m'en trouver flattée.

13

L'envers du décor

Le parc floral du domaine Maubert devint dès lors le cadre des deux longues heures de pose quotidienne pour laquelle Gersende s'adossait à une colonne d'albâtre tronquée, autour de laquelle s'enroulait un exubérant chèvrefeuille, et attendait les injonctions du maître.

— Inclinez légèrement la tête sur le côté, Gersende. Je veux voir la délicatesse de votre cou. Vous devez regarder au loin, vers un ailleurs où vos désirs vous mènent.

Dieu qu'il était pédant avec ses allégories ampoulées ! Les premières séances lui portèrent sur les nerfs et en cela elle était en osmose avec Jean-Honoré qui ne parvenait pas, disait-il, à saisir son modèle. Au bout d'une semaine de tâtonnements, il arriva avec un épais carreau ôté d'une bergère du salon. Il le posa au pied de la colonne et pria Gersende de s'asseoir.

— Étalez harmonieusement votre jupon. C'est bien. Heu… relevez-le un peu sur votre fine cheville. La droite, s'il vous plaît. Parfait. La tête penchée, les yeux dans le vague… Ah, votre bras gauche ! Pouvez-vous l'appuyer négligemment à la colonne ? Oui, parfait, c'est l'exacte attitude, abandonnée, absente, évanescente, celle d'une jouvencelle en rêverie. C'est ainsi que je veux vous peindre.

D'abord irritée par ce qu'elle taxait de maniaquerie, Gersende finissait par se prendre au jeu, par n'opposer aucune résistance et laisser son esprit voguer à vide. Cet état presque second, cet abandon bienheureux qui annihilait ses pensées était parfois interrompu par la main de Jean-Honoré qui venait replacer à sa guise une boucle de ses cheveux ou faire bouillonner une manche. Elle sentait alors son souffle tout près d'elle mais n'esquissait pas un geste, ne disait pas un mot, tant son attraction pour cet espace irréel dans lequel elle flottait lui était bienfaisante.

Aussi ne se doutait-elle pas qu'à l'intérieur de la bastide une jeune fille guère plus âgée qu'elle les épiait à travers les tentures. Ravagée de jalousie, Marguerite Gérard se voyait déjà supplantée dans les bras de Jean-Honoré. Dans le cœur ? Elle ne visait pas si haut, son volage beau-frère aimait son épouse à sa façon. Dans le lit ? Moins encore ! L'amant folâtre la lutinait sans complexe, mais avait des principes. Et voilà que cette mijaurée qui se piquait d'élaborer des parfums s'immisçait dans ses amours coupables.

L'empêchement dans lequel elle était de déranger le maître quand il était à l'œuvre faisait que Marguerite rongeait son frein d'impatience. L'attaque n'en fut que plus virulente quand elle put coincer Gersende en privé.

— Qu'est-ce qu'il te prend de jouer les coquettes ?

— Mais… de quel droit me traitez-vous ainsi ? Je ne vous ai rien fait, se défendit Gersende, hébétée.

— Pas encore, mais c'est en bonne voie. Entendons-nous bien, je ne redoute rien d'une petite provinciale de ton acabit, mais je sais combien la chair est faible chez les hommes de génie.

Piquée au vif, la jeune Nîmoise répliqua :

— Ainsi donc vous me cherchez chicane au simple fait que je sers de modèle à monsieur Fragonard ! Seriez-vous jalouse, par hasard ? De madame Marie-Anne, cela irait de soi, mais de vous… en fait, ça ne me surprend pas !

Le haussement d'épaules et la moue dont elle accompagna ces mots dénonçaient le mépris dans lequel Gersende tenait Marguerite.

— Tu crois que je ne vois pas clair dans ton stratagème ? Se prêter au jeu de l'ingénue, ça marche à tous les coups ! poursuivit Marguerite en haussant le ton et empoignant le bras de Gersende.

D'un mouvement sec, la jeune fille se dégagea.

— Vous ne m'impressionnez point, mademoiselle Gérard. Pensez ce que vous voulez ! Je ne m'abaisserai pas à essayer de vous convaincre...

— De quoi donc ? De ta rouerie ? Jeune impertinente !

— *Il n'est bon bec que de Paris*, a écrit un poète. Je vous concède que vous avez ce qu'on nomme communément du bagout. Une remarque toutefois, cela n'implique pas que vous preniez la liberté de me tutoyer, ce dont la provinciale que je suis s'offusque. Tenez-le-vous pour dit !

Gersende avait eu le dernier mot. Elle avait cloué le bec à cette pécore. Toute la nuit qui suivit cette altercation, Gersende tenta de se féliciter de cette petite victoire. Mais les paroles de Marguerite revenaient, insidieuses et obstinées, et la jeune fille se résolut à les affronter.

Non, elle n'était pas à l'origine de ce portrait. Elle n'y avait même consenti que du bout des lèvres. Oui, elle en éprouvait secrètement une certaine vanité. Mais non, non, jamais elle n'avait été dans la séduction du maître !

Et Gersende finit par conclure :

Pour la parole donnée à monsieur Jean-Honoré et pour ma mère à qui j'offrirai cette peinture, je vais aller jusqu'au bout mais on ne m'y prendra plus, se promit-elle.

Les premières brumes de novembre sonnèrent la fin des heures de pose devenues désormais fastidieuses au jeune modèle. Jean-Honoré Fragonard le lui annonça au débotté.

— Ce soir, ma *Jouvencelle en rêverie* va solliciter le jugement général. Si elle plaît à mon auditoire, ce sera également votre heure de gloire, ma petite Gersende.

Ainsi, elle n'aurait pas la primeur de la découverte. Déçue, elle brima son impatience.

Or la *Jouvencelle en rêverie* n'avait pas prévu, ce même soir, d'avoir une rivale. Et quelle rivale ! Le fruit de longs après-midi que Marie-Anne passait dans sa chambre avec sa fille.

Tandis que Jean-Honoré installait son œuvre sur son chevalet de peinture et la recouvrait d'un drap blanc pour ménager le suspense, son épouse préparait elle aussi son effet.

— J'ai une surprise pour vous ! lança-t-elle, en entrant au salon où tout le monde était installé.

Derrière elle, en partie dissimulée par les nombreux plis Watteau de sa robe, la petite Rosalie apportait une sorte de lutrin qu'elle posa, comme l'y invitait sa mère, sur un guéridon. Marie-Anne plaça alors sur ce support une miniature ovale, une délicate aquarelle sur ivoire représentant sa fillette, un ruban bleu glissé dans ses boucles blondes qui tirebouchonnaient sur son front d'albâtre. Une minuscule fleur rose piquée au-dessus de l'oreille ajoutait une touche mutine à Rosalie que ne démentaient pas sa bouche en cœur et son pétillant regard sombre. La fidélité au modèle était parfaite et l'amour maternel qui transparaissait, sans équivoque.

Les exclamations fusèrent. Des « Oh », des « Ah » admiratifs qui enjouaient la fillette et flattaient la maman. Bon prince, Jean-Honoré, attendant son heure, complimenta de la même façon le modèle et le peintre.

— On s'attendrait à ce que notre petite Rosalie, si belle, si vraie, s'anime et vienne à nous. Vous avez saisi le mouvement, très chère Marie-Anne, ce qui est une sacrée gageure dans la réalisation d'un buste.

Grand-père et grand-mère Fragonard y allèrent de leur larmette, Constant restait bouche bée d'admiration tandis que Gersende bredouillait, extatique :

— Ce n'est pas qu'un tableau, c'est une explosion d'amour !

Dans un coin reculé de la pièce, Marguerite Gérard restait sur son quant-à-soi. Pour l'heure, seules Marie-Anne et Rosalie avaient place dans le cœur du peintre qui embrassait dans un même regard son épouse et la belle promesse qu'elle portait, sa fille et la miniature, un condensé de bonheur familial parfait. Une éclatante réalité qui la reléguait aux amours passagères.

Au bout d'un temps qui cloua sa modestie au pilori, Marie-Anne jugea bon de s'effacer devant le maître.

— C'est à vous maintenant, mon cher époux ! Et à vous également, jeune fille ! précisa-t-elle en se tournant vers la toile, toujours dissimulée, qui touchait presque le plafond.

— Je peux ? demanda-t-elle avant de retirer le drap d'un geste théâtral.

Il y avait comme de l'humilité chez cette femme qui vivait dans l'ombre du grand peintre à se détourner de sa miniature et mettre dans la lumière le travail du maître, à opposer « l'œuvre » de neuf pieds de haut à l'œuvrette d'à peine trois pouces. Ce fut le contraire qui se produisit. Une semblable perception de grâce et d'innocence se retrouvait dans les deux. Outre la parfaite reproduction physique que les tableaux renvoyaient, chacun des peintres avait sondé l'âme de son modèle et la révélait par le regard, par l'attitude ou par l'expression du visage.

Comme ils l'avaient fait pour la miniature de Marie-Anne, les vieux époux Fragonard, gonflés de fierté, battaient des mains comme des enfants, imités par Rosalie et par Constant qui n'aurait su dire s'il applaudissait au talent du peintre, à la beauté de sa sœur ou à la magie de l'instant.

— Jean-Honoré, cette lumière qui nimbe votre modèle ! Qui caresse la colonne ! Comme c'est bien vu, bien exécuté ! s'exclama Marie-Anne.

Son regard de connaisseuse allait du tableau au modèle, admiratif et dépourvu d'ironie, et ce jugement perturbait Gersende. Se pouvait-il qu'elle soit la seule à juger le tableau inachevé ? Où donc était le chèvrefeuille qui s'enroulait comme un serpent autour de la colonne ? Où était la courtille fleurie évoquée par Fragonard ? Elle ne voyait là qu'une jeune fille rêveuse nonchalamment appuyée à une froide colonne et le vide autour d'elle, comment cela pouvait-il susciter autant d'enthousiasme ? Sans être adepte de l'abondance ornementale, il lui paraissait évident que quelque chose lui échappait.

S'adressant à sa belle-sœur, Jean-Honoré Fragonard révéla sans façon les dessous de leur collaboration :

— Je vous laisse le soin de le terminer, Marguerite. Des massifs floraux, arbustes ou frondaisons. Habillez-moi le ciel, décorez la colonne. Je vous fais confiance, comme d'habitude.

Marguerite sortit de sa réserve. Elle rentrait en grâce, l'orage était passé, elle sourit au maître en disant :

— Votre *Rêverie*, ainsi, sera un peu la mienne.

Soudain, Gersende se sentit flouée. Le peintre renommé ne lui donnerait jamais le tableau pour sa mère comme madame Françoise le lui avait laissé entendre. Elle était dépitée de ne pouvoir le rapporter à Nîmes, ainsi qu'elle l'avait confié à Eugénie dans une de ses lettres, et se jurait en regagnant sa chambre :

Les dames ursulines avaient raison en nous mettant en garde contre la vanité. On ne m'y prendra plus !

*

Madame Françoise préparait la fête de la Nativité avec une joie sans partage. À la fin du mois d'octobre, sa bru avait donné naissance à un petit garçon.

Ce jour-là, toute la maisonnée avait vécu au rythme des contractions de Marie-Anne, encouragée par une accoucheuse rompue aux cris et aux imprécations des parturientes. Forte de ce soutien, Marie-Anne ne s'était pas privée. Plaintes et gémissements, parfois blasphèmes s'échappaient de la chambre et mettaient mal à l'aise ceux qui les percevaient. Encore que les ressentis divergeaient. Madame Françoise, le mouchoir à la main, revivait ses propres expériences et sollicitait le Ciel pour une délivrance rapide tandis que son époux, agacé, grommelait entre ses dents :

— De mon temps, les affaires de femmes ne s'étalaient pas !

Puis il s'était enfermé avec Constant dans son atelier, où les bruits arrivaient assourdis, et tous deux avaient travaillé d'arrache-pied à la création d'une pièce unique qui ferait du jeune apprenti un maître gantier. L'acharnement du vieil homme ne manquait pas d'intriguer Constant, au point d'oser lui en faire la remarque en souriant.

— Je vous sens affairé, fébrile. Je ne suis pas à la veille de partir, maître François. Il nous reste encore du temps.

Le vieux gantier s'était contenté de bougonner :

— Au lieu de se soucier du temps qui passe, ne crois-tu pas, gamin, qu'il est plus sage de l'utiliser ?

L'aphorisme ne supportait pas la contestation. Constant se remit au travail.

Le travail ! Refuge également pour Gersende. La souffrance exprimée par Marie-Anne mettant au monde un enfant lui avait révélé, en plus de sa naïveté, combien sa mère avait été torturée dans son corps pour lui donner la vie. Une envie, un besoin, une nécessité de lui demander pardon pour toutes les douleurs endurées, la faisait trépigner d'impatience, imaginer leurs retrouvailles et ce regain d'amour qu'elle éprouvait.

Pour cet acte d'amour qui m'a donné le jour, oh maman, je vous aime !

Un tout autre état d'esprit permettait à Marguerite Gérard et à Jean-Honoré Fragonard d'appréhender la journée de gloire de Marie-Anne. La première mignotait sa nièce dans la roseraie de la bastide Maubert.

— Des oreilles d'enfant n'ont rien à faire au milieu de la souffrance, avait-elle donné comme raison.

Et tous l'avaient approuvée !

Quant au peintre, une petite virée opportune à Cannes devait lui prendre aisément la journée.

— Je suis attendu chez Son Altesse le duc d'Albany qui veut que je fasse le portrait de la princesse Hélène, sa promise.

Et, tout fringant, il s'en était allé. Le soir tombait quand Alexandre-Évariste Fragonard poussa son premier cri de vie. La journée, pour lui et sa mère, avait été rude.

Depuis, un climat de plénitude régnait à la bastide Maubert, renforcé par la fébrilité qui précède habituellement Noël. Le peintre et sa famille ne semblaient pas pressés de regagner la région parisienne.

— Les hivers, à Grasse, sont si doux ! avançait comme excuse l'heureuse maman.

— De plus, vous savez bien, ma chère, que je n'ai pas terminé l'esquisse du pavillon chinois dont les Bergeret de Grancourt souhaitent embellir le parc de leur château. Et comment le pourrais-je quand Bergeret fils tarde à m'envoyer ses planches d'architecte ! renchérissait son époux.

Il s'agissait en fait d'un nouveau projet de vie pour l'artiste : s'installer avec sa famille chez l'ami Bergeret, mécène et grand amateur d'art, dans sa propriété de L'Isle-Adam, au château de Cassan. Là, le peintre jouirait d'un cadre inspirant et d'une galerie pour exposer ses œuvres, Marie-Anne et sa sœur y auraient également tout loisir d'exercer leurs talents. Si belle que soit cette perspective, le ménage ne manifestait pas pour autant son impatience à quitter Grasse.

Jusqu'à Marguerite qui, confortée dans ses prérogatives, tentait de vains rapprochements amicaux avec Gersende.

— Venez voir, Gersende, le cadre de verdure que j'ai imaginé autour de vous. Le maître se dit satisfait et...

— N'est-ce pas l'essentiel ? Comme vous, je me fie à son jugement, répliqua sèchement Gersende.

— En peinture, on peut se faire une opinion personnelle.

— Vraiment ? En parfumerie aussi, savez-vous ! L'art ne se résume pas à la peinture, je dirais même qu'il lui manque l'essentiel. Tenez, le décor floral que vous proposez à mon jugement exhale-t-il quelque fragrance ?

Gersende maniait l'ironie et cela lui seyait comme un gant. Confrontée à la flatterie, puis à la jalousie, l'innocente oiselle avait pris de l'assurance, une confiance en elle qui refusait l'esquive et motivait sa création. En témoignait l'élaboration d'un projet qu'elle avait confié à monsieur Rousseau.

— Savez-vous, monsieur Rousseau, comment maître Fragonard va nommer le tableau pour lequel j'ai posé ?

— Comment le saurais-je, ma chère enfant ? Les artistes ont parfois des lubies...

Elle éluda la remarque et dit :

— *Jouvencelle en rêverie* ! Eh bien, pour lui donner le change, je vais créer un parfum qui s'appellera *Rêverie* !

— Rêvez, rêvez, c'est de votre âge !

— Je suis sérieuse, monsieur Rousseau ! Sérieuse et déterminée. Ce sera le point d'orgue de votre enseignement : avoir votre aval, s'il le mérite, pour le parfum *Rêverie*.

— Je vous prends au mot, mademoiselle ! N'oubliez pas : note de tête, note de fond et note de cœur. Et pas un fouillis des trois ! Allez ! Au travail !

— Encore un mot, je vous prie. Que pensez-vous de mes choix ? Une note de tête fruitée comme de la bergamote, un fond boisé exotique qui supposerait l'ambre et le jasmin pour la note fleurie pour le cœur. Cela vous paraît-il cohérent ?

— C'est tout ? ironisa Rousseau.

— C'est tout ce que je peux vous dire. Le reste, vous le découvrirez ! répliqua-t-elle, mutine.

Gersende se colleta, des semaines durant, à trouver la combinaison idéale, la quintessence de ce qui incarnait la rêverie, mais elle y renonça.

— Ainsi vous avez changé le nom de votre création ? Vous avez décidé de l'appeler *Utopie* ?

Monsieur Rousseau fronçait les sourcils.

— J'ai changé aussi l'amalgame, la bergamote apportait une subtilité trop mièvre, je l'ai remplacée par une note plus agressive : l'origan. Or la suggestion du rêve s'effaçait et…

— Et vous avez réussi l'alchimie parfaite ! Bravo ! Mais pourquoi *Utopie* ?

— Le parfum est, à mon sens, une conception issue de l'imaginaire, de même que toute projection de vie. Pour certains, il n'est parfois que tromperie car il sert à masquer leur véritable nature. Au mieux, il n'est qu'utopie.

— Pour ma part, je prédis à votre *Utopie* un succès bien réel. Je suis fier de mon élève, mademoiselle Cazost-Dorandieu. Vous avez en main les clés du succès.

— Mon ambition se dissout dans la réussite de mon frère, je m'y suis engagée et tiendrai parole. *Utopie* ne sera qu'une fantaisie ambitieuse, le souvenir de mon séjour à Grasse que je n'oublierai jamais.

*

De son côté, le chef-d'œuvre de Constant prenait forme. Il avait fait l'objet de recherches approfondies dans les riches catalogues que François Fragonard mettait à sa disposition. Puis il s'était décidé pour un gant à crispin qui allierait la masculinité de la main à la délicatesse de la manchette. Après une longue inspection des cuirs mis à sa disposition, afin d'en dénicher la moindre plaçure – défaut rédhibitoire –, il misa, pour la main, sur une peau de chevreau pongée dont l'extrême finesse et la brillance glacée attestaient du travail d'excellence en tannerie.

L'humour et l'adage au bord des lèvres, François Fragonard le conforta dans son choix :

— Il n'y a pas de secret à un bon tannage, il suffit de laisser du temps au tan !

Un sourire entendu sur les lèvres, Constant n'en avait pas moins continué à l'étirer soigneusement, puis à positionner fleur à fleur les différents étavillons préalablement humidifiés. Lame de palisson et pierre à affûter à portée, la main glissée dans la manicle afin de la protéger, le couteau à doler adroitement tenu dans sa dextre, le jeune homme s'était attelé à la découpe, précise, sans à-coups, d'une netteté irréprochable. Puis, de l'ongle effilé de son auriculaire qu'il avait laissé pousser, il sépara les pièces une à une.

À chacune de ses manipulations, son mentor approuvait de la tête, parfois ponctuait son appréciation d'un : « C'est bien ! Tu as les yeux au bout des doigts ! »

Une phrase qui encourageait Constant mais qui, de même, ravivait en lui le souvenir de son père. Charles-Honoré Cazost usait souvent de cette métaphore.

Avant d'assembler les multiples éléments de ce jeu de patience – dessous et dessus de main, enlevures, pouce, cœur, carabins, fourchettes, pour ne citer qu'eux –, Constant s'appliqua à orner le dessus de la main de trois nervures partant des interstices des doigts, puis il passa à la couture. À l'aide de deux aiguilles, il s'attaqua à un délicat cousu sellier qui mobilisa toute son attention.

L'œil du vieux Fragonard frisait comme au temps de sa jeunesse enthousiaste et cela faisait un contraste saisissant avec son visage parcheminé, ses épaules avachies, ses jambes qui avaient de plus en plus de peine à le porter. Françoise, son épouse, témoin de cette décrépitude irrémédiable, lui avait fait remarquer en y mettant des formes :

— La vieillesse nous rattrape. À notre âge, il faut nous ménager, mon ami, prendre plus de repos, aller à notre rythme…

Il lui avait répondu d'un haussement d'épaules. Françoise avait deviné, à son empressement de voir l'œuvre de son élève achevée, qu'il savait que le temps lui était compté.

Ainsi, étape après étape, François, le maître gantier, validait le travail de Constant. Après dressage du gant sur la main chaude pour en vérifier et détendre les coutures, et l'introduction du fuseau à chaque bout de doigt, il avait opiné, satisfait :

— Ton cousu sellier, fils, te fait gravir une marche dans la profession. Ne permets à quiconque de le déprécier !

De même approuva-t-il l'option d'une doublure de soie que Constant effectua sur la main de bois prévue à cet usage. Quant au choix d'une peau de galuchat à gros grains pour réaliser la manchette, il en resta pantois.

— Tu connais ça, le galuchat, à ton âge !

— Mon père l'utilisait parfois pour des pièces d'exception. Mais j'avoue ne pas savoir de quel animal provient cette peau bizarrement grainée. On dirait presque un dessin en écailles…

— Logique puisqu'il s'agit d'un poisson, une raie pastenague. Retiens bien ça pour tes clients. Allez, travaille ta manchette pendant que je te raconte l'histoire du galuchat.

Le soir même, toujours dans l'admiration du vieux maître gantier, Constant rapporta à Gersende l'origine de cette peau de poisson qui devait son nom à la déformation de son premier utilisateur, le maître gainier Jean-Claude Galluchat.

— Imagine un peu, Gersende ! Une peau de poisson tannée à l'aide de grès et de pierre ponce que ce monsieur Galluchat utilisait pour habiller des boîtes, des étuis, des fourreaux. Sa meilleure cliente, la marquise de Pompadour, est à l'origine de sa renommée avec son engouement pour les flacons de parfum habillés de galuchat qu'elle aimait offrir à ses amies. Tiens, ça pourrait t'intéresser pour tes parfums.

— Tu sais très bien, Constant, que mes parfums sont les tiens, ils servent ton travail et rien d'autre.

Pourtant, en regagnant sa chambre, Gersende se prit à visualiser une élégante fiole tout droit sortie d'une verrerie de Claret, gainée de ce fameux galuchat.

Pendant que le jeune Cazost-Dorandieu peaufinait son chef-d'œuvre et que Gersende, imprégnée déjà de la texture des peaux employées et de leur coloris, concoctait un parfum à base d'ambre pour parfumer le gant, François Fragonard préparait sa surprise. Avec des airs de conspirateur, il s'absentait de la maison Maubert, en revenait plus mystérieux encore et se frottait les mains, satisfait de sa brillante idée.

On ne sait, ce soir d'avril 1781 où l'air déjà se chargeait de fragrances vernales, qui de Constant, de Gersende ou de François enchanta le plus la famille Fragonard. Celui qui présenta une paire de gants d'une élégance dans le choix des matières utilisées et d'une exécution sans défaut ? Sa sœur qui avait longuement « saturé » la doublure de soie avec sa poudre à parfum validée par monsieur Rousseau, un astucieux amalgame d'ambre, de cannelle et d'héliotrope dans lequel l'harmonie d'une senteur boisée virile, compensée par une touche de raffinement, se mêlait à la note florale et poudrée qui arrondissait l'ensemble ? Ou bien monsieur François qui présenta un coffret à gants aux parois tapissées de galuchat et dont le couvercle était incrusté de nacre, un ouvrage d'inspiration asiatique particulièrement en vogue en cette fin de siècle ?

— Oh ! Ah ! Ooooh ! Ahhh !

Le vocabulaire manquait à l'auditoire extasié.

— Je vous serai éternellement reconnaissant, monsieur François, bredouilla Constant, des larmes au fond de la gorge.

Puis il affermit sa voix et Gersende comprit que son frère était devenu un homme.

— Ce n'est pas par hasard, ajouta-t-il en prenant dans ses mains pleines de gratitude celles fripées et tavelées de son mentor, non, ce n'est pas par hasard que mon père avait prévu de me confier à vous. Et ce coffret, quelle merveille !

Puis se tournant vers sa sœur qu'il dominait d'une tête, il l'enveloppa de ses bras et posa un baiser dans ses cheveux, et, comme un défi à l'avenir, il lui dit :

— Nous ferons une sacrée belle équipe, tous deux, pour honorer L'Origanterie et la protéger des intrigants.

Un mois plus tard, cet instant magique se dilua dans une brume de tristesse qui enveloppa la maison Maubert. François Fragonard avait remis son âme dans les mains de Dieu. Son corps, lui, fut porté en terre dans le cimetière de Plascassier. Ébranlée par cette mort brutale qu'elle avait pourtant pressentie, son épouse n'émit aucune résistance quand, à la fin de l'été, Jean-Honoré, son fils, parla de leur futur départ pour L'Isle-Adam et afficha son désir que sa mère soit du voyage.

— Votre vie, désormais, sera avec nous ! lui assura-t-il.

Résignée à quitter le compagnon de toute une vie, mais persuadée de le rejoindre bientôt, Françoise ne fit aucune objection au souhait de son fils.

De même que toute la famille Fragonard se prépara pour un long voyage, Gersende et Constant furent priés d'en faire autant. Un départ compensé par l'impatience de retrouver leur mère mais grevé par la tristesse d'une nouvelle séparation.

Derrière la vitre de la diligence, à travers leurs larmes, leurs yeux s'accrochaient pour la dernière fois à ceux, délavés et navrés, d'une vieille dame qui avait ensoleillé leur séjour.

Fallait-il que la mort, imprévisible et redoutable, entache leur jeune vie ? songeait Gersende, inondée de tristesse.

La lumière dorée du soleil d'octobre incendiait les feuillages encore luxuriants. Dans les champs que longeait leur diligence, les reines-des-prés et les marguerites s'épanouissaient pour un dernier pied de nez à l'été. Malgré cela, semblable à l'aller, le retour à Nîmes des enfants Cazost-Dorandieu avait le goût saumâtre des séparations impromptues.

Constant observait un mutisme buté et Gersende s'abîmait dans un silence rêveur. Avant que la portière se ferme, elle avait tenté de capturer dans sa mémoire les odeurs de ce coin luxuriant de Provence. Comme les doigts de l'artiste sur les touches du clavecin répètent sans fin des gammes, ses narines frémissaient aux senteurs qui titillaient sa créativité. En dépit de son chagrin, son cœur souriait à la vie.

14

Comme un vent de révolte

— Mais... mais... vous êtes là ! Comment se fait-il... Vous ne m'avez pas...

Le désarroi d'Eugénie Cazost-Dorandieu s'apparentait à de l'affolement, virait presque au reproche. L'élan de tendresse qui poussait spontanément Gersende vers sa mère en fut quasiment brisé. D'autant que cette dernière détournait d'elle son regard et le posait, incrédule, sur son fils.

— Constant ? Constant, mon fils ! Un si beau jeune homme ! Je t'aurais croisé dans la rue sans te reconnaître, si grand, si bien bâti ! Tout le portrait de ton père...

La voix d'Eugénie se brisa.

— Mon pauvre Charles... Comme il serait heureux...

Du fond de l'atelier, un ton grondeur se fit entendre :

— Vous voilà repartie dans vos jérémiades, ma pauvre Eugénie. Qu'est-ce encore ? Tout est sujet à vous navrer... Oh, mais qui vois-je ? Mon neveu ! Ma nièce ! Ne me dites pas que c'est le retour de vos enfants qui vous cause de la peine, belle-sœur ? Ne vous tardait-il pas de les revoir ?

— Non. Bien sûr que non ! dénégua-t-elle d'une petite voix.

Puis se reprenant :

— Si ! Si, bien sûr ! Gersende, Constant, vous m'avez tant manqué ! dit-elle en ouvrant ses bras débordants de tendresse pour les serrer contre elle, longuement, comme elle en rêvait chaque nuit, se répétant que leurs retrouvailles seraient magiques, lumineuses, que leurs liens seraient plus forts que jamais, leur entente encore plus étroite.

Ce rêve-là s'était estompé au retour de Gabriel, par sa présence imposée à L'Origanterie et dans les appartements de la veuve. Tout cela avait mis fin à ce vœu, le muant en supplique.

Pourvu qu'il soit reparti avant leur retour ! priait-elle.

Or le trublion était toujours là et les enfants rentraient sans crier gare et plus tôt que prévu. Eugénie était désemparée. De son côté, Gersende ne savait que penser de cet accueil aux antipodes de ce qu'elle avait imaginé par les courriers échangés. Sa mère lui était apparue comme une femme combative et cette attitude lui plaisait. Peu encline à s'épancher sur le papier, Gersende ne cédait pas à l'effusion et se demandait où était donc cette femme idéalisée par l'absence ? Où était la pimpante mercière qui n'aurait pas toléré un grain de poussière dans ses appartements comme dans sa boutique ? Que signifiaient, chez Nine, la vendeuse, ce visage crispé, ce regard apeuré, elle dont le sourire avenant semblait fait pour le commerce ? Qu'était-il advenu de L'Origanterie, semblable dans son souvenir à une ruche bourdonnante d'activité ? Les employés avaient-ils déserté l'atelier ? Les questions se bousculaient dans la tête de Gersende alors qu'une seule franchit ses lèvres :

— Francette ! Où est Francette ?

La question que redoutait le plus Eugénie ! Elle s'était juré de mettre des formes pour expliquer son absence à sa fille.

Gabriel la devança avec sa rudesse de mâle dominant :

— Envolée ! L'ingratitude des gueux est sans limites. Tu apprendras, ma nièce, à te défier du petit personnel !

— Ma méfiance, monsieur, ne s'exerce pas envers ceux qui me veulent du bien. Ce sont les autres qui éveillent ma défiance.

Puis, tournant ostensiblement le dos à l'intrus, elle prit le bras d'Eugénie et invita Constant à les suivre.

— Montons à l'appartement, voulez-vous ? Il fera bon s'y retrouver en toute intimité.

Tel un pantin au bout du fil d'un marionnettiste, Eugénie s'engagea dans l'escalier. Le temps était venu de rendre des comptes à ses enfants. Elle triturait son mouchoir en relatant le « départ » de Francette et déroulait la scène dans le moindre détail, ses oreilles bourdonnant encore des aboiements de Gabriel et des sanglots de sa servante.

Cela s'était produit dans les derniers jours d'avril, peu de temps après que son beau-frère eut fait sa réapparition rue des Barquettes. Un retour que la veuve autant que sa servante redoutaient. Un retour fracassant car l'homme affichait une méchante humeur.

— Ah, je m'en doutais ! Je m'en doutais depuis le début ! La garce, elle cachait bien son jeu, mais pas à moi ! Non, pas à moi. Eugénie ! Montez donc et vous aurez la preuve !

Gabriel, à l'étage, amorçait une révolution. Son appel impérieux agissait sur la mercière comme une averse glacée qui la tétanisait. Elle se dirigea d'un pas las vers l'escalier, peu pressée d'assister, impuissante, à la nouvelle algarade que subissait Francette. La pâleur de cette dernière témoignait d'une escalade dans les reproches qui lui étaient faits.

— Pouvez-vous me montrer, Eugénie, votre chaîne et votre médaille de communion ?

— Ma... chaîne de... mais que voulez-vous en faire ?

— Montrez-la-moi, c'est tout !

— Je ne la porte que le dimanche...

— Alors allez la chercher !

Que faire sinon s'exécuter ? Eugénie alla à sa chambre et en revint confuse, mais plus combative.

— Je ne la trouve pas. Peut-être ai-je mal cherché dans la précipitation. Vos demandes intempestives, vos exigences, votre autorité, tout cela me déroute et m'épuise.

— Et moi, votre naïveté me confond ! répliqua Gabriel en ouvrant la main et faisant tournoyer au nez de la mercière sa chaîne et sa médaille.

— Vous me les aviez prises ! s'exclama Eugénie. Mais comment ? J'ai la clé de…

— Et qui d'autre en a une ? Qui loge en ce réduit dans lequel vos bijoux étaient cachés ? Je ne vous permets pas de laisser peser un soupçon sur moi alors que tout accuse votre servante !

— Et pourtant je vous jure, madame, qu'en aucun cas c'est moi. Jamais je n'ai volé, vous le savez, madame Eugénie !

Francette était tombée aux pieds de sa patronne. Toutes deux, entre larmes et supplications, avaient le cœur brisé. Craignant que sa belle-sœur se laisse attendrir par les accents de vérité de sa servante, Gabriel frappa un grand coup :

— Je m'en vais quérir un lieutenant de police…

— N'en faites rien, Gabriel !

— Madame, par pitié !

Deux cris avaient jailli. Gabriel avait gagné.

— C'est ça ou vous disparaissez. Qu'on ne vous revoie plus !

En phrases hachées, ponctuées de larmes et de soupirs, Eugénie avait relaté cette scène à ses enfants horrifiés. La déception de Constant s'exprima dans toute sa naïveté :

— Je n'aurais vraiment pas cru Francette capable de vous causer de la peine, maman.

Tout autre fut la réaction de Gersende dont l'esprit vacillait devant l'incompréhensible !

— Et vous l'avez laissée partir comme ça, sans un mot, sans un geste ? Comment avez-vous pu ? Elle qui vous vénérait !

Puis se tournant vers son frère :

— Et toi, nigaud, tu crois à cette fable ! Francette, une voleuse ! Pourquoi l'avoir tirée de la rue pour l'y rejeter dix ans plus tard ? Tant d'injustice de votre part, c'est… ignoble !

Souffletée verbalement par sa fille, c'était plus que la veuve Cazost n'en pouvait supporter. Si toute rébellion devant le mépris de son beau-frère lui semblait vouée à l'échec, au moins se voulait-elle irréprochable aux yeux de ses enfants.

— Pourtant, ma fille, en la laissant partir je fis son bonheur. Écoute avant de juger, plaida-t-elle doucement.

Et de raconter le tournant qu'avait pris la vie de Francette. Alors que sa servante, en larmes, faisait un rapide baluchon, Eugénie l'avait rejointe dans la soupente qui lui servait de chambre et lui avait soufflé :

— Va au maset, Francette, le temps que je te trouve une autre maison pour t'employer et te loger. Je t'y ferai porter l'adresse et un petit pécule. Va, maintenant, c'est mieux ainsi.

— Ne vous tracassez pas, madame. La situation dans laquelle je suis fera du moins un heureux : l'homme qui me presse depuis trois ans de devenir sa femme.

Eugénie était restée coite à cette révélation, mais l'heure n'était pas au questionnement, Gabriel s'impatientait dans la pièce attenante. Dès lors que Francette eut quitté, tête basse, les lieux, la mercière n'eut de cesse de pouvoir s'esquiver, tout un après-midi. Prétextant une réunion des dames de charité, elle loua un coche et se fit conduire au maset de la Costière où cette brave Francette ne perdait pas son temps.

— J'ai dû laver le sol à grande eau. On aurait dit que des pourceaux avaient patrouillé jusque dans les chambres. Demain, je ferai les carreaux et puis Vincent viendra me chercher.

Vincent ? L'homme qui allait l'épouser ? Mais de quel chapeau de magicien surgissait-il ? En réponse à la question muette qui arrondissait les yeux de son ex-patronne, Francette lui rafraîchit la mémoire.

— Vous souvenez-vous, madame, de l'ouvrier qui a travaillé au maset avec Denis, votre rachalan ? Vincent est son frère, le fils aîné de la famille Montbellet.

Eugénie eut l'air de n'en extirper qu'un vague souvenir.

— Ce grand escogriffe aux épaules carrées... Oui, maintenant que tu le dis. Ma foi, c'est vrai qu'ils se ressemblent un peu, avec notre rachalan...

— Je vous dis que c'est son frère aîné, il a douze ans de plus que lui. Après avoir passé quinze ans chez Boyer, il s'est mis à son compte et depuis son affaire marche bien, il a la faveur des consuls.

Vincent Montbellet n'avait pas perdu de vue la jeune servante, il l'avait abordée un jour au marché et lui avait promis le mariage dès qu'il aurait construit leur maison.

— Cela fait trois ans qu'elle est terminée et Vincent attend.

— L'aimes-tu seulement ?

— Je le crois. Il est plein d'attentions malgré sa puissante stature et sa grosse voix. Tout le contraire de ce beau-frère qui vous mène la vie dure et ne respecte rien ni personne.

— Alors pourquoi faire lanterner ton prétendant ?

— Mais pour vous, madame ! Pour Gersende. Pour Constant. Je ne pouvais pas vous laisser, surtout quand le malheur vous a frappés. Je me devais d'être à vos côtés.

Un élan de tendresse réciproque les jeta dans les bras l'une de l'autre. Il n'y avait plus servante ni patronne, voleuse ni volée. Seulement deux femmes soudées par le même sentiment de gratitude. Eugénie conclut son récit :

— Depuis le 28 août, notre Francette est devenue madame Vincent Montbellet. La dentelle que je lui ai offerte en a fait une si belle mariée que son grand escogriffe a essuyé un pleur. C'est Nine qui l'a vu, la curieuse, et m'a tout raconté !

— Pardon ! Pardon, maman ! J'ai tellement honte de vous avoir méjugée. Je suis désolée...

La fébrilité du retour, la fatigue, la déception, un trop-plein d'émotions contraires avaient écorné la belle résilience que Gersende voulait afficher. Elle s'effondra en larmes devant son frère et sa mère. Seule la voix impatiente et détestée lui fit recouvrer sa combativité :

— Eugénie ! Gersende ! Constant ! Vous en prenez à votre aise et les clients attendent. La fainéantise a ses limites, grondait Gabriel du pied de l'escalier.

Gersende bondit de sa chaise comme aiguillonnée. Ses larmes étaient taries, la révolte faisait son œuvre.

— Elle n'a jamais eu droit de cité chez nous, prenez-en note, monsieur, et ne nous importunez plus ! lui jeta-t-elle.

Le ton était sans réplique et, d'ordinaire, Gabriel Cazost n'aurait pas admis qu'on lui réponde ainsi. Il faut dire que ses proies, jusque-là, avaient été vulnérables. Mais la donzelle qui lui tenait tête était d'une autre trempe. Il se contenta de marmonner dans ses dents :

— Je te materai, drôlesse !

La guerre, entre la nièce et l'oncle, venait de commencer !

— Ce soir, je voudrais que tu partages ma chambre, Gersende.

Un souvenir amer pinça le cœur de Gersende. Cette invitation, attendue par la fillette ramenée de chez sa nourrice, arrivait trop tard pour réparer un manque. Elle relevait cependant d'un souci maternel, comme le justifiait Eugénie :

— Votre arrivée inopinée m'a prise au dépourvu, je n'ai pas eu le temps d'équiper ta chambre d'une serrure à clé.

La jeune fille n'eut pas besoin d'une explication qui ne vint pas.

— Cet intrus loge ici ? Plus pour longtemps, ma foi !

Puis, sa rancœur étant toujours tenace, elle fit remarquer :

— Je vois que la soupente de Francette en est pourvue. Je peux m'en contenter si cela vous gêne de partager la vôtre.

Dieu, que cette enfant était déroutante ! Un cœur généreux de tendresse et d'amour, l'instant d'après hérissé et mordant. Indomptable ! Eugénie avait toujours eu la sensation, dans sa relation avec sa fille, d'être ballottée par les vagues qu'on dit redoutables en Méditerranée.

Eugénie, démunie, ne sut que murmurer dans un soupir :

— Si tu savais combien tes mots me peinent, mon enfant !

Le feu grondait dans le cœur de Gersende. Sa peine à elle avait-elle été prise en compte, sinon par la dévouée Francette ? S'était-on soucié de ses terreurs d'enfant, inexplicables, absurdes et pourtant bien réelles ? L'instinct maternel, dit-on peut-être à tort, est inné. Mais s'il ne l'est pas, il s'apprend, il se compose et s'apprivoise et, ainsi forgé au fil des jours, il est plus fort que tout !

Gersende voyait cela en raisonneuse et, partant de ce postulat, oubliait ses belles résolutions. S'amollir dans de bons sentiments, rabibocher sans fin une relation qui s'effilochait à la moindre anicroche, elle n'en ressentait en cet instant aucun goût. Elle avait un projet plus urgent : redorer le blason de L'Origanterie et du Bouton de nacre, et cela passait nécessairement par une nouvelle employée de maison. Cela passait aussi par un affrontement avec l'oncle maudit.

— Trois femmes dans cette maison et pas une qui s'abaisse à faire le ménage ! Non, il faut à ces dames une souillon qui les grugera à son tour, j'en mets ma main au feu.

— Prenez garde, vous pourriez brûler tout entier ! répliqua la nièce du tac au tac.

Gabriel fit un effort pour ne pas gifler l'impudente.

Gersende poursuivit :

— Que cela vous plaise ou non, il en sera ainsi. Hélène gagnera son pain dans notre maison. Désolée pour vous de n'avoir déniché plus gironde servante qu'une veuve à la bouche édentée et aux cheveux grisonnants.

— Qu'il faudra de surcroît payer grassement, je parie !

— Le chiffre d'affaires du Bouton de nacre peut nous permettre de nous offrir les services d'Hélène, de la nourrir et de la loger… À ce propos, je vous prie de me rendre le livre de raison de L'Origanterie.

Ah, autre chose, il vous faut libérer la chambre de Constant dès ce soir.

— Nous pourrions la partager...

— Il vous fait savoir qu'il ne préfère pas !

— Mais alors, que me reste-t-il ? Le grenier ?

— Nîmes ne manque pas d'hôtels, d'auberges. Vous n'avez pas, jusqu'ici, logé sous les ponts ? Vous retourneriez d'où vous venez, personne ici ne s'en plaindrait.

Leurs passes d'armes verbales étaient leur quotidien car Gersende n'entendait pas se soumettre à ce parasite. De même exhortait-elle sa mère et son frère à en faire autant.

— Je vous ai connue plus pimpante et suis navrée de votre résignation, reprochait-elle à Eugénie tandis qu'elle houspillait son frère : Je ne comprends pas, Constant, ta passivité. L'autre coupe, tranche, commande à ta place et tu ne dis rien. Réagis, bon sang, tu es désormais maître gantier-parfumeur et...

— Pas encore officiellement. J'ai déposé mon œuvre à la corporation, un conseil doit délibérer et cela prend du temps. Notre oncle, tu l'as dit, est capable de tout, je le reconnais et...

— Cesse donc de l'appeler ainsi ! Il n'est pour moi qu'un intrus, un opportuniste, un menteur. Je le crois même dangereux !

— Pourtant, on ne peut contester qu'il soit le frère de notre père. Ils se ressemblent physiquement.

— Leur ressemblance s'arrête là ! se récria Gersende.

— Tu dis vrai. J'ai connu Gabriel quand il avait vingt ans et, ma foi, son caractère impétueux ne s'est pas amélioré, intervint Eugénie. Peut-être devrais-je lui proposer de l'argent afin qu'il parte définitivement ? J'en toucherai deux mots à maître Borrelly, il a toujours été de bon conseil. Il est vrai que nos relations se sont espacées...

— Un piège à éviter ! coupa Gersende. Maître Borrelly vous tiendra à coup sûr le même discours. C'est un imposteur qui en voudra toujours plus, jusqu'à nous déposséder.

Eugénie avait surtout une autre raison pour rencontrer leur notaire. Elle affinait mentalement son entrée en matière en se dirigeant vers la place de l'Horloge... et ne sut que dire tant l'accueil du notaire lui parut froid, lui qui se voulait leur ami et dans la famille duquel sa fille devait entrer. C'est à peine s'il leva son regard sur elle lorsqu'elle fut introduite dans son bureau. Il ne vint même pas à sa rencontre et se contenta de désigner un siège d'un geste vague tout en marmonnant :

— Mon premier clerc vous a octroyé ce rendez-vous à la légère alors que d'autres affaires ne souffrent aucun retard. Venons-en vite au fait, voulez-vous ?

Déconcertée par la froideur du tabellion, la mercière perdait ses moyens.

— J'ai besoin de conseils, maître, et vous êtes le mieux placé pour… enfin j'ai confiance en votre jugement et…

— Au fait, madame Cazost-Dorandieu ! Au fait ! la coupa inélégamment le notaire.

Quelle mouche le piquait de se comporter ainsi ? Ses manières peu amènes agirent sur Eugénie comme un aiguillon, elle lâcha ex abrupto :

— Mais enfin, maître Borrelly, vous ai-je jamais dérangé pour quelque pacotille ? À moins que l'union de nos deux familles en soit une à vos yeux et que l'avenir de L'Ori…

— Comment osez-vous remettre sur le tapis un contrat que vous avez cavalièrement dénoncé ? s'insurgea le notaire.

Puis, radoucissant son intonation, il joua l'offensé :

— Une décision que mon fils et moi avons prise comme un soufflet, mais qui, aujourd'hui, nous est soulagement.

— Qu'est… qu'est-ce à dire ? bredouilla Eugénie.

— Avouez, madame, que L'Origanterie n'est plus ce qu'elle était. Quant à mademoiselle votre fille que j'avais en haute estime, il semblerait qu'elle préfère à la condition enviée d'épouse de notable celle d'égérie d'un peintre. Situation aléatoire, celui-ci fût-il de belle renommée.

En quelques minutes, Eugénie Cazost-Dorandieu était passée de la colère à l'effarement, de l'impatience à l'anéantissement. Un état commotionnel que confirmait son aspect soudain avachi sur sa chaise, les bras ballants, le visage sans expression comme privé d'entendement. Tout son être en désarroi appelait la compassion, Borrelly y fut sensible. Il sonna son clerc.

— Qu'on apporte un cordial à cette pauvre femme !

S'étouffant, toussant, éructant, mais son visage exsangue reprenant des couleurs sous l'effet de l'alcool fort instillé entre ses lèvres serrées, Eugénie revenait sur terre… pour aussitôt descendre en enfer quand maître Borrelly, redevenu courtois, se fendit d'une explication.

— Jugez un peu, madame, de ma profonde déception, lorsque votre beau-frère m'apporta cette lettre dans laquelle vous dénonciez l'accord convenu avec feu votre époux.

Le tremblement incoercible de ses mains rendait la lecture malaisée, néanmoins la pauvre Eugénie reconnut son paraphe alors que maître Borrelly énonçait le contenu et précisait :

— Gabriel Cazost s'est permis d'ajouter que sa nièce méritait mieux que la basoche de province. Il a même ajouté qu'un destin bienveillant s'ouvrait à elle dans le sillage d'un grand peintre. Chimère si j'en juge son retour précipité !

— Mais tout cela est faux, archifaux, maître ! s'étrangla l'infortunée mercière. Je n'ai jamais écrit cette lettre et ma fille n'a point fait état de telles billevesées. Mes enfants sont revenus de Grasse après le décès du gantier Fragonard. Je venais en toute innocence vous proposer de hâter l'union de nos enfants.

— Une chance que cette promesse de mariage ne fût jamais officialisée ; ni la réputation de mademoiselle Gersende ni celle de Jean-François ne sont donc entachées de cette défection. Par ailleurs, mon fils s'est engagé avec la fille d'un confrère montpelliérain. Nous avons fêté les accordailles de Marie-Léone et Jean-François au mois de juin. Une union qui me satisfait pleinement…

— Et qui me peine et m'offusque ! le coupa Eugénie qui, quoique anéantie, avait retrouvé un peu de sa superbe. Reconnaissez, maître, qu'il vous était aisé de me convoquer et non de prendre pour argent comptant tout ce que vous sert mon exécrable beau-frère. J'étais d'ailleurs venue pour un conseil le concernant. Serait-il opportun de le débouter de toute ingérence dans nos affaires en lui proposant une somme d'argent de façon officielle, bien sûr, avec un contrat par vous rédigé ? Supporter sa présence au quotidien depuis des mois nous devient, à mes enfants et à moi, et à tout notre personnel, insupportable.

Ce fut au tour de maître Borrelly d'être dans une impasse. Aller dans le sens de la veuve Cazost, c'était prendre parti pour l'une et contre l'autre, mettre le doigt entre le marteau et l'enclume. Une situation qui ne l'enchantait guère, l'homme était retors, il le cernait mal, au point d'avoir engagé des recherches sur son passé. Enquête infructueuse à ce jour. Atermoyer, le notaire ne trouva que cette parade.

— Je vais y réfléchir et vous ferai connaître mon sentiment. Je suis navré, madame, de ces malentendus…

Eugénie n'attendit pas la fin de ces excuses feintes, elle sortit de l'étude notariale raidie dans une colère prête à exploser.

Elle explosa en fait pour une futilité, au vu et au su des employés alors qu'Eugénie aurait préféré un huis clos. Elle explosa car trop, c'était trop ! Trop d'initiatives incongrues ! Trop de prérogatives ! Trop d'ingérence dans son métier, dans sa vie, celle de ses enfants, du personnel de L'Origanterie et même du Bouton de nacre.

La mercerie, d'ailleurs, déclencha sa furie. Gabriel avait profité de son absence pour exiger de Nine qu'elle refasse la vitrine. Celle-ci s'était récriée que madame Eugénie l'avait agencée à son goût la veille, une belle et double vitrine où s'exposaient fourrures et velours aux chaudes couleurs d'automne. Menacée d'être renvoyée sur-le-champ, la jeune vendeuse avait cédé tout en redoutant le retour de la patronne, et cela n'avait pas raté !

— Qu'est-ce qu'il t'a pris de t'occuper de ma vitrine ? J'y avais consacré plus d'une heure hier et tout est chamboulé !

— C'est monsieur Gabriel qui l'a exigé. Il m'a menacée de…

— Menacée de quoi ?

— De me mettre à la porte...

— C'est un comble ! Où êtes-vous, Gabriel ? Gabriel ?

Eugénie hurlait le prénom honni, allait du Bouton de nacre à L'Origanterie, de la verrière à l'arrière-boutique, en vain.

— Je vous ai démasqué, vous et vos manigances. Alors à quoi bon vous cacher ? rugissait-elle malgré tout.

Prise d'une sorte d'hystérie, elle ne se contenait plus, éructait des insultes qui n'avaient jamais franchi ses lèvres auparavant et qui parvenaient aux oreilles du personnel médusé. Comment arrêter cette furie ? Si seulement ses enfants étaient là ! Mais Constant était allé une nouvelle fois s'informer au sujet de sa maîtrise et Gersende s'était éclipsée on ne savait où. Encore que Nine eût une petite idée sur les raisons de son absence.

Dans l'incapacité de freiner sa colère, Eugénie se mit à gravir l'escalier à vis tout en poursuivant ses invectives. Soudain, alors que lui parvenait, comme entouré de ouate, le carillon de la mercerie, son souffle se bloqua, elle vacilla, ses jambes se dérobèrent. Tout devint noir. L'abîme dans lequel elle s'enfonça avait quelque chose d'apaisant. S'agissait-il de celui de l'oubli ?

Pas vraiment, car une sourde révolte agitait son inconscient. Mais le fond en était moelleux, des voix d'anges s'activant autour d'elle tentaient de vains apaisements.

— Ne vous agitez pas, maman, je vous en prie. Respirez ces sels de pâmoison. Encore !

— Madame ! Madame, par pitié, ouvrez les yeux !

Des voix familières, douces mais pressantes, qui lui donnaient encore des ordres. Eugénie redressa son buste, tendit les bras pour écarter les intrus et bredouilla des phrases décousues :

— L'union de ma fille désavouée ! Sa réputation entachée ! Ma vitrine dérangée ! Ma vie bousculée, bafouée ! Qu'avez-vous fait de moi, Gabriel, et de quel droit ?

Elle retomba sur son oreiller, son front se plissa comme si elle partait à la recherche de souvenirs, sa bouche s'arrondit sur une vision d'horreur qui se dissipa illico. Eugénie reprenait connaissance.

— Quelle frayeur vous m'avez faite, madame ! s'exclama Hélène. Je ramenais du linge sec quand je vous vis vous affaisser dans l'escalier. Vous auriez pu vous rompre le cou. Par chance, mademoiselle Gersende arrivait et nous vous avons allongée dans votre lit.

La pâleur de Gersende rejoignait celle de sa mère. Les phrases par celle-ci prononcées, pour être désordonnées, n'en étaient pas moins révélatrices de non-dits. Une union rompue. Une vie bafouée. Mais de quelle union parlait-elle ? De quelle vie était-il question ? De quelle réputation salie ?

— Ce soir, j'en aurai le cœur net ! se promit-elle à mi-voix.

Elle n'aurait pas cette peine ni ce plaisir. Sur la table de la salle à manger, bien en évidence, un mot griffonné à la hâte lui fit taper rageusement du pied.

Une affaire importante m'oblige à m'absenter quelque temps. Mais rassurez-vous, je reviendrai.

Votre dévoué Gabriel Cazost

SECONDE PARTIE

Le masque

1

Le mas de la Frigoule, un domaine en Vivarais

De tous les domaines qui ponctuaient le piémont cévenol s'étalant au sud-ouest de Banne, celui de la Frigoule était certainement le plus cossu, le plus ancien aussi. Des générations de Larivière y étaient nées, y avaient grandi, travaillé et s'y étaient endormies, leur temps accompli, sans remords ni regrets.

Mathurin Larivière, son propriétaire actuel, en connaissait toute l'histoire, les traces laissées par chaque génération. Pas une pierre qui ne possédait son anecdote, une fenêtre sa raison d'être, une tuile amenant sa fierté. Aussi ne manquait-il jamais d'en instruire Mathieu, le seul fils qui lui ait été donné.

— Tu vois, Mathieu, si notre demeure a traversé les siècles, elle le doit en premier aux diamants bruts des monts d'Ardèche que sont la pierre de grès et le calcaire. Puis à nos ancêtres qui furent de sacrés bâtisseurs ! D'âge en âge, chacun y a ajouté sa pierre, l'a surélevée, agrandie, embellie, sans jamais renier l'œuvre de la génération précédente. Je ne serai pas celui-là !

Ses yeux d'un bleu acier plongeaient alors dans ceux, si semblables, de son fils qui se sentait obligé de répondre avec conviction :

— Moi non plus, père. Je l'aime trop, notre mas ! Et j'aime quand vous me le racontez, c'est un peu comme une légende.

Comment, en effet, ne pas se laisser emporter dans l'histoire que racontait cette bâtisse à la fois massive et élégante ? Massive car elle partait d'un quadrilatère trapu bien planté dans le sol. La façade qui s'ouvrait plein sud était percée, sur deux côtés, de quatre porches voûtés. Étable et écurie, remises et réserve de foin en occupaient tout l'espace.

Élégante dès le premier étage souligné d'une rangée de pierres de taille en façade, elle se dotait à l'est d'une terrasse en partie couverte qui aérait la construction. Les encadrements des fenêtres en ressaut de briques rouges rappelaient la triple rangée de génoises qui couronnait le second étage. Celui-ci, percé de fenestrons, soutenait une solide charpente chapeautée de tuiles patinées, laquelle abritait un grenier aux multiples fonctions : réserves en tout genre, laine des moutons après la tonte, viande de porc charcutée et, deux mois de l'année, place était donnée à une incontournable éducation de vers à soie, la magnanerie.

Aussi Mathurin poursuivait-il, se plantant devant son mas et prenant à nouveau son fils à témoin :

— Hein, fils ! Trois rangs de tuiles ! Tu en as vu beaucoup à Banne et sa région ?

— Mis à part à la commanderie de Jalès, ma foi, je n'en vois pas d'autres, père !

L'espace au sol ne faisait pas défaut, aussi la bergerie et la soue avaient-elles été construites à l'écart de la bâtisse pour la préserver des relents. De même pour le *fialage*, une construction tout en hauteur, largement ajourée d'ouvertures cintrées et qui avait été aménagée en filature individuelle où les femmes de la famille dévidaient, en juin, les cocons. Des gens âpres au gain, ces Larivière, mais qui ne rechignaient pas devant le travail ! Aussi filaient-ils leur soie dont les écheveaux étaient plus grassement payés que les cocons bruts.

Les terres composant le domaine, irriguées de moult ruisselets, le cernaient de toutes parts ; dominant la plaine de Berrias, le vignoble s'installait en terrasses idéalement exposées alors qu'en remontant se trouvait la châtaigneraie et, sur un plateau à l'est, des centaines d'oliviers s'épanouissaient.

Quel plaisir des yeux, quel orgueil légitime s'emparaient du maître de la Frigoule, à l'automne venu. La vigne purpurine au repos, la châtaigneraie oscillant entre l'ocre et le brun, l'olivette croulant sous le poids des drupes vertes et noires, tout lui était bonheur, tout lui était fierté.

Et là encore, Mathurin ne manquait jamais de distiller au fiston des conseils de bon sens, venus de ses ancêtres :

— Ne jamais mettre ses œufs dans le même panier ! Un peu de vigne, un peu de châtaignes, un peu d'huile, bon an mal an, tu auras toujours à boire et à manger.

Le plus souvent, Rosalba, son épouse, y mêlait sa propre expérience :

— Des poules à mettre au pot, un cochon au saloir, des chèvres et des moutons, rien n'est à négliger.

— Et les magnans, maman ?

— Oui, oui, les vers à soie ! C'est un peu comme une poire pour la soif.

Lyson et Angélie, les sœurs cadettes de Mathieu, ajoutaient à leur tour leur grain de sel. Dans toutes les maisons, il n'était pas d'usage d'entretenir l'oisiveté, aussi avaient-elles été mises très jeunes au travail. Si elles appréciaient à sa juste valeur d'appartenir au mas de la Frigoule, elles savaient pertinemment qu'elles devraient un jour le quitter, se glisser en bru docile dans la famille de l'époux que leur père aurait choisi, tandis que l'épouse de Mathieu ferait à son tour la même expérience au mas de la Frigoule. Les paroles du père étaient claires là-dessus, limpides même, mais rassurantes :

— Je vous doterai, mes droulettes, lorsque vous quitterez le nid ! Il ne sera pas dit que les demoiselles Larivière sont des impécunieuses.

Or ces mots un peu abstraits aux fillettes qu'elles étaient alors et qui avaient coulé comme du miel de la bouche de Mathurin restaient coincés au fond de sa gorge, et ce depuis une décennie. Depuis que le temps n'en faisait qu'à sa mauvaise tête, installant la misère dans les plus modestes foyers et semant le doute dans les fermes les plus cossues. Les aléas climatiques n'étaient certes pas nouveaux, mais généralement une bonne année relevait la précédente et permettait d'affronter la suivante. Cependant, les déboires n'en finissaient pas de s'enchaîner : gelées et neiges abondantes en hiver, suivies de pluies diluviennes au moment des semailles et, pour couronner le tout, des étés caniculaires au cours desquels alternaient des périodes de sécheresse dévastatrice et d'orages dantesques. La spirale infernale des pénuries entraînant l'augmentation des prix, la fiscalité devenant de plus en plus écrasante et le recours aux emprunts accompagné d'hypothèques récurrentes, il n'en fallait pas plus pour réveiller la rébellion populaire.

— Une dîme sur la châtaigne alors que la récolte est à pleurer ! On nous saigne à blanc, mes amis ! avait-on pu entendre dans un estaminet du Fort de Banne.

En écho, dans les églises du Vivarais, les prêtres pronostiquaient l'Apocalypse, suite à un orage dévastateur.

Prophétie incomplète car le pays tout entier allait au-devant de la fin d'un monde qui ne se réaliserait pas sans grands bouleversements. En effet, chouanneries, jacqueries et autres désordres qui couvaient en France n'étaient que les prodromes à une révolution qui méritera un R majuscule.

Ces cris de révolte localisés, étouffés dans l'œuf une décennie plus tôt, trouvaient un écho dans la ville des Vans, celles de Joyeuse et de Largentière, gagnaient les campagnes avoisinantes jusqu'aux hameaux les plus reculés.

Il faut dire que la lassitude de ces « males années » arrivait à son paroxysme avec le gel récent des mûriers, chose rare. Ainsi ne pourrait-on pas compter sur les éducations de vers à soie ? L'espoir de quelque argent frais que procurerait la vente des cocons s'envolait. Un nouveau coup de gel au mois de mai avait réduit à néant les jeunes plants de pommes de terre, projetant le spectre de la disette, ce qui faisait dire aux paysans désemparés devant leurs champs dévastés :

— Tudieu, y a pas à dire : quand ça veut pas, ça veut pas !

Comme si cela ne suffisait pas, un ciel plombé traînait du Midi de lourds nuages noirs, prémices de violents orages alors que les blés n'étaient pas encore fauchés. Les hommes juraient à grands coups de gueule alors que les femmes pleuraient en silence dans leur coin.

Et malgré ça, l'impôt devait être scrupuleusement payé au risque de voir saisies les terres ! C'est là qu'entraient en jeu procureurs, notaires, prêteurs sur gages, fermiers de redevances et autres hommes de loi qui consentaient des emprunts aux paysans, les grevaient de taux usuraires et faisaient peser sur eux la menace permanente de remboursements anticipés ou, au contraire, faisaient lanterner les procédures et relevaient arbitrairement les taux d'intérêt jusqu'à l'asphyxie.

Comment pouvait-on, au vu de ces pratiques, taxer les habitants du Vivarais de processifs ?

— Sacrebleu ! Chicanier, moi qu'on traite de si brave homme ? se révoltait Simon Martin du hameau des Ayres, invité à la table de Mathurin Larivière.

— Comment ne pas l'être en face de plus procédurier que nous, sangdiou ! renchérissait Antonin Malroux de Berrias, un cousin de Mathurin, la voix débordant de révolte.

Le propriétaire du mas de la Frigoule avait réuni, ce soir-là, bon nombre de plaignants. En plus des paysans de Banne, des représentants des villages voisins avaient tenu à participer au débat tandis qu'aux Vans et à Joyeuse, ces mêmes comices étaient organisés. Rares étaient ceux qui avaient décliné, rares aussi des visages inconnus. Pour être révolté, on n'en est pas moins méfiant.

Une exception cependant lorsque Lachamp, voisin de la Frigoule et désormais un familier, avait demandé à Mathurin Larivière :

— J'aurai, ce soir-là, une visite, celle d'un lointain cousin...

— Un paysan du coin ? s'était enquis Mathurin, le front plissé par la réflexion.

— Lui ? Il ferait pas la différence entre un poireau et un cardon ! s'esclaffa le pseudo-Lachamp. Il est colporteur et cherche à agrandir son rayon dans notre Vivarais. Le Gévaudan ne lui suffit plus, il y a trop de miséreux, à ce qu'il dit. Il pourrait être notre porte-parole dans les villages du Tanargue et de la Régordane.

Le visage de Mathurin s'était détendu, Lachamp était un bon voisin, il ne l'avait jamais déçu et lui-même s'était réjoui de le voir, d'année en année, agrandir son troupeau de moutons et tirer le meilleur de ses quelques arpents de terre. Il avait posé sa main sur son épaule en lui disant :

— C'est pas bête, ma foi. Amène-le donc !

Ainsi donc, Mathurin Larivière trônait en bout de table avec à sa droite son fils Mathieu, dans l'euphorie que lui conféraient ses vingt printemps : être à la table des hommes. Tous les regards s'étaient tournés, bien sûr, vers Gabriel Cazost harnaché de pied en cap et que son cousin présenta :

— Maison Julius Oudard, colporteur de père en fils. Un mien cousin.

— Un peu trop pompeux, cousin... Je réponds plus souvent au sobriquet de Bas-Rouges, dit humblement Cazost en désignant ses jambes gainées de cuir grenat.

L'esquisse d'un sourire narquois à la ronde, l'homme était adopté. Après une prise de parole du maître de maison, les conversations s'animèrent.

— C'en est trop ! S'il le faut, je suis prêt à crier ma révolte à Versailles puisque, apparemment, d'ici on ne nous entend pas ! attaqua Jean-Dieu Roussel, un viticulteur de Mentaresse.

La trogne violacée de colère et d'excitation, le propriétaire du mas des Plaines s'était levé de son siège et arborait la voix et l'attitude d'un tribun. Dans un but d'apaisement, Larivière l'invita à se rasseoir.

— Ne nous trompons pas d'ennemi, Roussel ! Louis le seizième, notre bon roi, ne fait pas la sourde oreille à notre détresse pour la simple raison qu'il ne la connaît pas. Les gens d'affaires qui nous vexent, nous pressurent et nous ruinent ne lui en font pas rapport.

— C'est vrai ce que dit Larivière, ce sont les procureurs, cette engeance du diable, qu'il nous faut châtier !

— Pas seulement les procureurs ! risqua un représentant des métayers. Les riches propriétaires qui se gobergent à Versailles, les nobliaux, les bourgeois enrichis et gavés. Le marquis de Chambonas, celui de Chassagnes et le comte du Roure...

— Point de ce nom ici, malheureux, nous sommes sur son fief ! Ni celui des autres, d'ailleurs !

— Et s'il me plaît à moi de crier sur les toits que ce sont tous des arsouilles, des voleurs, bouffis d'orgueil et de mépris, qui font la sourde oreille à nos détresses !

— Tu dis vrai, Roussel ! À nos cris, à nos protestations, nous n'avons d'autre réponse que le silence.

Le ton montait. Mathurin jugea prudent de faire diversion.

— Femmes, portez-nous à boire, il fait soif ce soir, appela-t-il en frappant dans ses mains.

De la souillarde où elles étaient reléguées, Rosalba et ses filles répondirent prestement à l'appel impérieux de leur père et époux en apportant des bouteilles de cartagène et une corbeille d'oreillettes à la confection desquelles elles s'étaient occupées tout l'après-midi.

Le cœur gonflé d'immodestie, Mathurin Larivière regardait évoluer ses droulettes devenues de charmantes jeunes filles, son épouse encore fraîche et gironde. À l'opposé de son attitude, les yeux baissés, tout en effacement, toutes trois glissaient sans bruit entre les chaises et les regards, puis s'éclipsèrent sur une approbation de la tête que le père leur adressa, l'accorte Rosalba fermant la marche.

Les esprits s'apaisèrent, les verres prirent le relais, s'entrechoquant à droite, à gauche car il est toujours bon de trinquer aux jours meilleurs, à la santé et aux récoltes.

— Si je peux me permettre... flûta la voix qui se voulait timide du surnommé Bas-Rouges.

— Permets-toi, cousin ! Permets-toi, ta tête foisonne toujours d'idées nouvelles et... coupa

Lachamp qu'un violent mais discret coup de pied dans les chevilles fit taire illico.

— Oui, dites-nous, Oudard, votre façon de penser. Les colporteurs ont une vue d'ensemble alors que la nôtre se limite au bornage de nos terres, encouragea Mathurin.

— En homme qui fait commerce, je ne juge pas, je me contente d'observer. Et ce que je vois, partout où mes pas me mènent, c'est la misère, mère de toutes les révoltes, génératrice de haine contre les affameurs, les nantis, ceux qui font les lois en ayant soin qu'elles tournent en leur faveur.

Derrière le paravent des mots, Bas-Rouges instillait le ferment de révolte comme il savait si bien le faire avec ses breuvages de succession. La preuve, le concert d'approbations que soulevèrent ses paroles.

— Les lois ne sont pas faites pour nous mais contre nous !

— Qu'est-ce qu'il nous reste alors, pour nous défendre ?

— Qui donc entendra nos cris si les affameurs hurlent plus fort que nous ?

— Il suffit de leur apprendre à se taire, posa placidement Bas-Rouges. Ils sont plus forts certes, mais vous, vous êtes plus nombreux. Eux n'ont que leurs privilèges à défendre, vous c'est votre survie, celle de votre famille. La balance ne peut que pencher en votre faveur.

Tous s'étaient tus, les yeux fixés sur l'homme qui, sans en attendre le moindre intérêt, prenait fait et cause pour eux. Il incarnait la sagesse, la force mentale, une sorte de loyauté. Il était pondéré dans l'analyse de leur situation. En un mot, il incarnait leurs valeurs et, pour cela, méritait leur confiance.

Mathurin Larivière, subjugué un instant comme les autres, reprit le premier ses esprits.

— Nombreux à se plaindre, ça ne fait pas de doute, mais là s'arrête notre force. Des geignards, voilà ce à quoi nous sommes réduits. Geindre après le temps, après l'impôt, après les procureurs, après les notaires… Des geignards !

— Geindre chacun de son côté ne mène à rien, je vous l'accorde, lui répondit Bas-Rouges. Mais c'est oublier la force que représente votre solidarité. Un pour tous et tous pour un, c'était, je crois, la devise des mousquetaires. Faites-la vôtre, unissez-vous et agissez !

Sa fougue naturelle avait pris le dessus sur la fausse pondération affichée par Cazost et cela marchait car de droite et de gauche, autour de la table, fusaient :

— L'union ! L'action ! La solidarité !

— Des mots… aux actes… lâcha Mathurin, dubitatif.

Ce qui eut le don d'irriter le faux colporteur. Quel briseur d'élans, ce Larivière ! Il se tourna ostensiblement vers Mathieu qu'il devinait intrépide.

— Ton père incarne le passé et prône la prudence, ça a son mérite. Mais toi, Mathieu, tu es l'avenir et les exemples de révoltes ne manquent pas qui ont marqué le Languedoc. As-tu jamais entendu parler de celles de Montpellier et d'Alais au siècle précédent, et celles de Joyeuse, il y a près de cinquante ans de cela ? Tes ancêtres en faisaient peut-être partie.

— Ma foi, non, monsieur Oudard, mais mon père m'a fait mention d'une échauffourée ici même à Banne en 1772, je n'étais qu'un gamin à l'époque. Une bande d'excités déguisés et grimés qui avaient mis en fuite trois huissiers mandatés par la commanderie de Jalès et causé la chute mortelle d'un garçon d'écurie du fort.

— Ça avait eu au moins le mérite de leur ficher la frousse, pas vrai ! jeta négligemment Bas-Rouges tandis que Lachamp enfonçait instinctivement son feutre noir sur son front.

— C'est faire peu de cas du malheureux palefrenier qui ne faisait rien que son travail, déplora Mathurin, vexé d'être taxé d'immobilisme.

— Croyez bien que je déplore cet incident autant que vous, monsieur Larivière, mais il arrive qu'un quidam se trouve au mauvais moment au mauvais endroit, c'est la faute à pas de chance. L'histoire est truffée d'anecdotes semblables.

L'image était parlante et, tout en permettant de détendre l'atmosphère, réveilla les souvenirs.

— Ouais, je suis bien d'accord pour qu'on mène une action revendicative comme celle à laquelle mon père avait participé, mais pas au détriment de qui que ce soit.

— Nous défendrons nos intérêts avec détermination mais toujours en honnêtes hommes, cousin. Tu peux me croire ! affirma Malroux.

— Vous serez des nôtres, Lachamp ? demanda Mathurin qui s'étonnait de la soudaine discrétion de son voisin.

Effectivement, chez Léon Janvier alias Lachamp, le souvenir de son forfait lors de son épopée dix ans plus tôt ravivait ses craintes d'être reconnu, aussi faisait-il profil bas. Il tardait à répondre, Larivière lui souffla à mi-voix :

— Vous trouvez votre cousin un peu… bravache, enfin je veux dire que ses conseils vous paraissent hasardeux, c'est ça ?

Bien qu'en aparté avec Mathieu qu'il n'avait pas eu de mal à convaincre, Cazost capta le danger.

— Vous connaissez mal mon cousin, monsieur Larivière. Un stratège ! Je suis sûr qu'il élabore déjà un plan d'action imparable. Bien sûr qu'il sera des vôtres. Petit domaine, petits soucis, certes, mais soucis quand même.

Quand ils se quittèrent, tard dans la nuit, la tête pleine d'idées qui méritaient d'être affinées, précisées et, surtout, ne devaient laisser aucune place aux débordements, la promesse de se retrouver était formelle.

— Dans un mois, ici même, pour tout mettre en place. Auparavant, je dois rallier à notre action ceux des Vans et de Joyeuse.

Et l'on se sépara sur des au revoir qui fusaient :
— *Adissiàs*, Larivière !
— *Adissiàs*, les amis !

★

Des préparatifs qui se révélèrent plus coriaces qu'ils n'en avaient l'air ! Par chance, l'union qui doit faire la force n'avait pas fléchi, porteuse d'espoir et de lendemains heureux.

Aux Vans comme à Joyeuse, à Malbosc comme aux Assions, à Berrias, à Chandolas et à Banne, bien sûr, les hommes jeunes et adultes, paysans pour la plupart, mais aussi des journaliers, des cardeurs de laine, des cordonniers et même quelques petits artisans, tous grevés lourdement, étaient partants pour des actions d'éclat.

— Il est bien entendu que nous n'avons d'autres buts que de gagner en popularité auprès du peuple affamé et de mettre en garde les oppresseurs ? s'assura le frileux Mathurin Larivière.

Pourtant instigateur des premières réunions clandestines en Vivarais, le propriétaire du domaine de la Frigoule se sentait, à vrai dire, pris à son propre piège. Bien que révolté de tant d'injustices, il ne se reconnaissait pas l'âme d'un meneur d'hommes, encore moins celle d'un fauteur de troubles. Devant l'ampleur que prenait le grondement encore souterrain de la révolte et surtout face à l'enfièvrement de ses compagnons, il avait tenté de faire marche arrière, d'abord auprès de Mathieu :

— Tu as la fougue de la jeunesse avec toi, fils, et c'est une richesse… tant qu'elle est raisonnable.

— En quoi ne le serait-elle pas, père ? Nous ne demandons que justice et bon droit, que respect pour notre travail…

— … dans le respect de la vie, fils ! Le respect de la vie ! Garde bien ça en tête.

Puis il s'était rendu chez Antoine Favant, du Bastidou de Malbosc, en espérant calmer le jeu. Favant, un fort en gueule, l'avait pris de haut en le narguant :

— Larivière qui baisse son froc ! Tu me déçois, Mathurin.

— Dommage, mais je crains des débordements de violence. Tant d'enthousiasme ! Tant de revendications ! Tant d'hommes qui se sentent prêts à soulever des montagnes !

— Tu préférerais quoi ? Des pétochards, des lavettes ? Les Vivarois n'auront pas à rougir de nos faits qui leur rendront l'honneur.

La machine était lancée et dès lors débuta une longue quête visant à recenser d'une part les griefs de chacun et à lister d'autre part les noms et adresses des notaires, hommes d'affaires, procureurs, praticiens et autres gens de loi avec lesquels le peuple avait maille à partir. Une quête de doléances et de récriminations qui semblait ne jamais finir, les paysans ressortant des affaires vieilles de plusieurs décennies. Et cela faisait le bonheur de Mathurin auquel répondaient les piétinements d'impatience de Mathieu.

Soulagement et piaffements cessèrent lorsque fut nommé à Banne le juge Fustier. On était le 9 juin 1782 et un banquet regroupant juges et procureurs devait être donné dans le quartier du Fort, la semaine suivante, à l'occasion de cette nomination. La nouvelle se répandit dans tout le Vivarais. Au jour prévu du festin installé au premier étage de la *crotte*[1] d'un cordonnier, une bande d'hommes au visage noir de suie, menant grand bruit pour effrayer le monde, mirent en fuite les participants et firent main basse sur tout ce que la table comptait de pain et de victuailles.

— À notre tour de ripailler dans un coin tranquille !

L'homme grimé à la tête de la troupe qui avait mis les gens de loi et de justice en déroute désignait un bois en contrebas du pont Vieux où tous firent honneur aux agapes.

Ce premier éclat, le fait d'une douzaine d'hommes dirigés par Favant, créa l'enthousiasme dans les mas et masures comme dans les maisons de ville, d'autant plus que la maréchaussée resta muette à ce qui pouvait être qualifié de chapardage en bande organisée.

— Vous voyez bien, père, que nos paysans sont des gens respectueux, pavoisa Mathieu. Pas de violence,

1. Boutique.

pas de dégâts. Et tout cela en plein jour, au vu et au su de tout le monde. Reconnaissez qu'il s'agit là d'un comportement de justiciers bien plus que de malfrats.

— Quelle action de justice à l'égard de nos revendications lui reconnais-tu, mon fils ?

— Celle de les empêcher de se goberger quand d'autres meurent de faim, père. L'image que nous renvoient ces juges et magistrats n'est que muflerie envers un peuple en souffrance, affamé de justice et de fraternité.

— Oui, Mathieu, je veux bien reconnaître avec toi que le comportement des nôtres est honorable. Et celui du nouveau juge et de ses commensaux édifiant de lâcheté !

D'une tape amicale sur l'épaule, père et fils affichaient une complicité retrouvée.

Ainsi, le ton était donné. Pas d'armes, juste un bâton pour intimider, un barbouillage de la figure et un foulard autour de la tête, puis une irruption intempestive et une mise en débandade des intrus. De quoi alimenter les chroniques villageoises qui applaudissaient les uns tout en se gaussant des autres.

Forts de leur impunité, huit jours après ce premier exploit, quelques membres de cette même bande firent barrage à deux procureurs mandés à Banne pour y tenir audience. Ils les obligèrent à rebrousser chemin.

— J'aurais bien voulu être des leurs ! s'épancha Mathieu en toute confiance.

— Plût à Dieu que tu n'en fusses pas ! rétorqua Mathurin, courroucé.

— Et pourquoi cela, je vous prie ? rétorqua le jeune homme qui prenait de l'assurance. L'audience remise aux calendes grecques fait le bonheur de Simon Martin. C'est pour une affaire le concernant qu'ils devaient tenir séance.

— Partie remise, dirons-nous. Mais c'est autre chose qui me chiffonne, ils auraient, dit-on, usé de fusils de chasse et tiré en l'air pour hâter la fuite des procureurs. Et ça, je n'en veux pas ! C'est compris ?

Mathieu Larivière allait avoir le temps de méditer les paroles de son père. Contre toute attente, les deux actions des Masques en Vivarais ne resteraient, pour un temps, qu'un pied de nez aux hommes de loi, une gloriole à évoquer lors des veillées. Tout le petit peuple vivarois avait mieux à faire. Rentrer les récoltes par exemple, tout au moins le peu qu'avait laissé le ciel et couver d'un œil vigilant la vigne et le châtaignier. L'olivier viendrait plus tard, à chaque jour suffisait sa peine.

Gabriel Cazost, lui, cogitait. Apôtre du mal, n'avait-il pas trouvé dans ces révoltés de bon droit un exutoire à la haine qui le dévorait et s'exerçait de toutes les façons ?

Inciter à la révolte tous ces pétochards, ces fantoches, quelle jubilation ! notait-il sur ses fiches précieusement compilées.

2

Les délires troublants d'Eugénie

Gersende ouvrait avec méticulosité les fioles qu'elle avait sélectionnées. Bien qu'elle en connaisse les fragrances les yeux fermés, elle les humait, les reposait sur l'étagère ou les gardait par-devers elle. Les arômes divers qui flottaient autour d'elle s'entremêlaient, parfois se heurtaient, ce qui faisait froncer le joli nez de la jeune parfumière alors que l'esquisse d'un sourire satisfait lissait son visage quand ils s'harmonisaient.

La composition du parfum qu'elle était en train de créer se voulait subtile, à la fois profonde et légère, un mélange de force et de douceur. Un parfum qui, sans qu'elle s'en doutât, lui ressemblerait.

Elle travailla les senteurs retenues jusqu'à ce qu'elles soient parfaites, les mélangea ensuite en dosage strict et dans un ordre précis afin que le parfum désiré s'épanouisse. Il se déploya alors, intense, profond, mystérieux, chaud, ardent, tout en étant teinté de mélancolie. Il révélait l'âme tourmentée de sa créatrice en évoquant chaque nuance de sa vie.

Les mois précédents auraient pu être cependant paisibles, si la santé de sa mère ne lui avait occasionné tracas et questionnements.

En effet, le départ impromptu de cet oncle aux multiples facettes avait laissé entrevoir à la veuve et à ses enfants des fêtes de la Nativité sinon joyeuses, du moins apaisées. Un temps de grâce pour évoquer les jours heureux et conjuguer au mieux l'avenir du Bouton de nacre et de L'Origanterie. Or les défaillances physiques et mentales d'Eugénie Cazost-Dorandieu s'étaient ajoutées aux nombreuses occupations de ses enfants. Jusqu'aux employés qui ne se privaient pas de commenter entre eux les humeurs changeantes intervenues chez la veuve.

— Je ne reconnais plus la patronne, avouait Nine, le plus souvent seule à servir les clients de la mercerie. Vous l'auriez vue à son retour d'un rendez-vous chez son notaire, répétait-elle pour la énième fois. Ma foi, elle m'aurait fait grande peur si sa rage avait été tournée contre moi. Par chance, elle en avait après monsieur Gabriel. Ah çà, il a dû sentir l'orage et a décidé de fuir.

— C'est ce qu'il avait de mieux à faire ! approuvait Espirite, la repasseuse. Il a fait assez de mal comme ça. Je te le dis, petite, mais garde-le pour toi, moi il ne me plaît pas, il est… bizarre.

— Plus que ça, madame Espirite ! C'est un malfaisant, cet homme-là.

Bien que murmurée, l'exclamation avait jailli de la bouche tremblante de Nine dont le visage inquiet alarma l'empeseuse.

— Il ne t'a point fait de mal, j'espère ? demanda-t-elle, se voulant maternelle avec l'orpheline. Ni même exigé de toi je ne sais quelle vilenie sordide ?

Encouragée par la sollicitude d'Espirite, la jeune vendeuse l'attira derrière la banque de la mercerie et souleva ses jupons, dévoilant une cuisse et une fesse sur lesquelles persistaient des traces bleuies et boursouflées des pinçons que Gabriel lui avait faits. Et cela datait d'un mois !

— Ah, le scélérat ! Le méchant bougre ! Et toi, pauvrette, tu n'en as rien dit à madame ni à notre demoiselle ?

— Madame Eugénie est si mal en point et mademoiselle Gersende a d'autres chats à fouetter ! J'espère simplement qu'on ne le verra plus céans.

— Dieu t'entende, Nine ! Oh oui, Dieu t'entende !

Nine et Espirite se séparèrent sur cet espoir, le travail appelait l'une à la mercerie, l'autre à L'Origanterie. Néanmoins, l'empeseuse se promit de veiller sur la jeune fille et d'en toucher mot à mademoiselle Gersende. Encore fallait-il trouver l'instant propice, cette dernière étant en permanence sollicitée, tant dans la gestion des deux négoces qu'auprès d'une mère tantôt délirante, tantôt effondrée.

La porte de L'Origanterie ouverte à la volée fit entrer le souffle glacial d'un mois de février décidément venteux qui finissait de dépouiller les arbustes rabougris de leurs dernières feuilles. Le feu d'artifice automnal n'était plus qu'un lointain souvenir et les micocouliers des jardins de la Fontaine, des squelettes de bois figés dans la froidure.

Pour autant, celui qui avait fait rentrer l'hiver dans l'atelier, l'espace d'un instant, arborait, outre un nez rougi de froid, des yeux pétillants d'allégresse.

— Je l'ai ! exulta-t-il en extirpant de sa cape de laine doublée de caracul un document tamponné, oblitéré, certifié et orné d'un cachet de cire.

Et, oubliant un peu vite la modestie prônée en toute chose par son père, il ajouta :

— Vous avez devant vous Constant Cazost-Dorandieu, maître gantier-parfumeur, assermenté devant la corporation et agréé par les consuls de Nîmes pour le plein et légal exercice de son art !

Les apprentis jetèrent leur bonnet de laine en l'air tandis que les plus anciens de l'atelier sacrifiaient à la tradition de faire s'entrechoquer les boules ovoïdes de leur œuf de gantier. Qu'il soit d'ivoire ou de bois, le tintamarre était assuré et fut tel que Gersende accourut depuis le grenier où elle faisait l'inventaire des réserves du Bouton de nacre. L'ambiance ne laissait pas de doute, pourtant elle avait encore de la peine à y croire.

— Ta maîtrise est validée ? demanda-t-elle, l'anxiété se mêlant encore au doute.

Retrouvant devant sa sœur plus de modération, Constant lui ouvrit les bras avec ces mots :

— Notre père puis monsieur Fragonard ont fait de moi un maître gantier et grâce à toi s'ajoutent l'art et la manière de parfumer et de personnaliser les gants, je ne vous dirai jamais assez ma reconnaissance.

Ils s'étreignirent, émus à la pensée de ceux qui n'étaient plus et qui avaient tant compté dans leur vie, et, malgré la retenue de mise devant le personnel, ils essuyèrent une larme. Puis le pragmatisme de Gersende remit tout le monde au travail quand elle entraîna son frère dans l'arrière-boutique et lui tendit un grand livre à la couverture cartonnée, glissé dans un étui de cuir à soufflets.

— Constant, le livre de raison de L'Origanterie est à toi ! Je l'ai récupéré auprès de Gabriel et l'ai remis à jour. C'est à toi maintenant de tenir scrupuleusement tes comptes. Achats de matières premières, ventes, salaires des employés, frais inhérents à l'atelier. Tout doit y être consigné.

Devant la mine désemparée du jeune homme, elle s'empressa de le rassurer tout en restant ferme :

— Dans un premier temps, j'y veillerai par-dessus ton épaule, mais ne mettrai en aucun cas la main à la pâte. Eh oui, monsieur le « maîtrisé », tu vas connaître enfin la rançon de la gloire sous toutes ses facettes !

Puis redevenant sérieuse et même préoccupée :

— Tu ne trouves pas bizarre qu'il ait fallu tout ce temps pour valider ton œuvre ? Et que l'accélération des formalités coïncide, peu ou prou, à l'évanouissement dans la nature de notre oncle... un mot qui m'écorche les lèvres ? Cet arrogant était bien capable de mettre des embrouilles au sein de la corporation.

Constant avoua que cette éventualité l'avait effleuré, évoqua ses moyens d'influence et ses raisons d'agir ainsi.

— Au nom de quelle logique aurait-il joué sur ce terrain-là ?

— Il n'y a pas de raisonnement cohérent chez les malfaisants comme lui ! s'emporta Gersende. Regarde dans quel état ses cris et ses sarcasmes ont plongé notre mère, et la désertion de l'atelier par tes employés qui préféraient travailler chez eux ! S'il a une logique, c'est celle du mal qu'il sème à tout-va, fort d'une impunité à laquelle il croit ! Tiens, pour ne citer que l'une d'elles parmi ses victimes...

Les mots enflammés de Gersende s'étouffèrent au fond de sa gorge, une silhouette légère et sautillante faisait irruption dans l'arrière-boutique. Un sourire épanoui sur les lèvres, la jeune vendeuse demanda :

— C'est bien vrai, monsieur Constant ? Vous voilà... comment dit-on... diplômé ? C'est mérité, ah çà oui ! Ce que vous faites, c'est... c'est très beau... enfin, je veux dire, c'est magnifique !

Nine, toute rosissante, dansait d'un pied sur l'autre, on l'aurait dit prête à sauter au cou de Constant, et c'était bien le cas. Elle parvint à réfréner l'élan qui la poussait vers lui et ajouta en regardant alternativement le frère et la sœur :

— Votre maman, je veux dire madame Eugénie, ça va lui réchauffer le cœur, pas vrai ? Une si gentille patronne !

La sincérité de Nine dans l'évocation de sa mère comme dans sa joie à son égard donna à Constant plus de hardiesse qu'il n'en avait jamais eu.

— Vous resterez un peu plus tard ce soir, mademoiselle Antonine, et vous vous joindrez au personnel de L'Origanterie pour fêter ma maîtrise. Cela me ferait grand plaisir.

Le carillon du Bouton de nacre égrena son tintement aigrelet. Nine partit en courant. Constant, lui, peinait à revenir sur terre.

— Quand on parle du loup…

— Quoi ? De quel loup parles-tu, Gersende ?

— Avant que cette jeune personne ne fasse irruption, je te parlais des victimes de ce maudit Gabriel, dont Nine…

— Nine ? Que lui a-t-il fait, ce mécréant ? Il ne l'a pas déshonorée, au moins ? Je le tuerais de mes propres mains !

— L'honneur, un mot vide de sens à mon goût. Je lui préfère l'intégrité. Tout être humain a droit au respect de son intégrité.

— Des mots, tout ça ! Dis-moi, Gersende, quel acte a-t-il commis dont elle t'a fait état ?

— Pas à moi, mais à Espirite. Ses parties charnues étaient encore violacées de pinçons un mois après son départ. Il la menaçait bien sûr de renvoi si elle venait à se plaindre.

— Je le tuerai !

— Tu n'en feras rien, mais nous mettrons bon ordre à cela. La loi est désormais pour nous grâce à la validation de ta maîtrise. Si seulement la santé de notre pauvre mère se rétablissait en recevant cette bonne nouvelle ! Va la lui annoncer toi-même, l'apaisa-t-elle.

Un espoir que Gersende appelait de tous ses vœux : retrouver la véritable Eugénie Cazost-Dorandieu telle qu'elle l'avait toujours connue… et parfois déplorée : commerçante infatigable, gestionnaire exercée, femme et mère courageuse face au malheur. Or, trois mois après ce que le docteur Beaux avait nommé une crise d'apoplexie et de parésie passagère, la totale et tant espérée guérison n'était pas au rendez-vous.

Bien que peu encline à ressasser la scène qui avait failli précipiter sa mère dans l'escalier à vis, l'image s'imposait à Gersende d'une manière floue. Une silhouette agitée partant à la renverse, une autre encombrée d'une corbeille à linge qu'elle laissait tomber pour tendre les mains en avant et elle, tout en colère et en nervosité, arrivant au bon moment. Quelle épopée !

Cet après-midi-là, elle était allée rendre visite à Francette. Elle avait tant hâte de la retrouver ! Par l'entremise de Nine, gazette du Bouton de nacre, elle avait eu son adresse.

— Crois-tu, Nine, que Francette sera chez elle ? Il se peut qu'elle travaille dans une filature ou un atelier de tissage, je lui disais toujours en voyant son travail de ravaudage qu'elle avait de l'or dans les doigts.

— Soyez assurée, mademoiselle Gersende, de la trouver en sa maison, elle y accueille trois bambins dont les mères travaillent dans une fabrique de bas de soie. La fabrique Jordan est sur la Placette et la maison de Francette, juste à côté, au 3 de la rue du Mail.

Un véritable chantier de rénovation, ce quartier autour de la Placette et de la rue du Mail, et un nouveau défi pour l'ingénieur Mareschal que de redonner vie à ce faubourg nîmois encore oublié du renouveau de la cité. Un jardin arboré, un nouvel hôpital et des maisons bâties ou en construction, de taille modeste et au crépi de couleur claire.

Celle des époux Montbellet était en tout point conforme aux desiderata des consuls ; une pièce au rez-de-chaussée éclairée par deux fenêtres traversantes, l'une donnant sur la rue du Mail, l'autre sur un jardinet, deux chambres à l'étage se partageaient la vue, à l'une la rue, à l'autre le coin de verdure. La pièce de vie, cela ne surprit pas Gersende, respirait la propreté. Sous l'escalier de bois qui montait aux chambres, sur un matelas et sans qu'ils aient besoin de couvertures tant la cheminée qui lui faisait face distillait une bienfaisante chaleur, trois petits corps étaient abandonnés dans un sommeil de bienheureux.

L'effusion qui avait jeté les deux jeunes femmes dans les bras l'une de l'autre disait mieux que des mots tout ce qu'elles ressentaient à se retrouver. Larmes et rires s'étaient entremêlés, reflet de la tendresse qui les unissait, de l'attachement qui était le leur depuis leur premier regard.

Nulle curiosité n'habitait alors la jeune fille en venant voir leur ancienne employée. Le seul motif à sa démarche était d'entendre de la bouche même de Francette qu'elle était heureuse. Et là, dans cette maisonnette pimpante, devant cette jeune femme au visage épanoui et à la sérénité évidente, elle avait trouvé sa question superflue, voire blessante. Se détachant enfin de Francette, Gersende s'était exclamée :

— Mais que caches-tu là, ma Francette ?

Il suffit à la jeune madame Montbellet de plaquer son tablier blanc contre elle pour faire ressortir son ventre prometteur.

« Vincent veut à tout prix que ce soit une fille et qu'elle me ressemble. Et moi, je voudrais bien un petit gars qui fasse plus tard le maçon comme son père. »

Elles rirent toutes deux à ces enfantillages et leur bavardage joyeux illumina la pièce aux murs simplement blanchis. Tout y passa, l'institut des dames de Nevers, les belles journées au maset de la Costière, les après-midi enchanteurs au château de

Roquecourbe chez Marie-Émilie de Teissier. À tous ces souvenirs, Gersende soupirait :

— Si l'on pouvait arrêter le temps !

Elle s'était reprise aussitôt :

— Pardon ! Pardon, Francette ! Ton temps heureux, c'est maintenant et tu le mérites. Pour nous, le malheur a deux faces, celle qui a pris mon père et celle qui a ressuscité un oncle odieux. Ce n'est pas toi qui me diras le contraire, il t'a terrorisée, n'est-ce pas ?

— Ne croyez pas cela, Gersende. Je savais avoir le soutien de madame Eugénie et celui de mon futur époux. L'amour, c'est une force, vous en ferez un jour l'expérience. Une force qui m'a fait esquiver ses gestes indécents, repousser son corps quand il me barrait le passage, lui asséner deux retentissantes gifles quand il tenta de poser goulûment ses lèvres sur les miennes. Pour sûr qu'il ne s'en est pas vanté, il a mûri sa vengeance et simulé le vol du bijou de votre mère. Dieu merci, madame Eugénie me savait droite et honnête. Une belle personne qui ne mérite pas la façon dont il la traite, la rabaisse, l'avilit.

En rentrant rue des Barquettes, Gersende avait senti son cœur battre d'un amour nouveau pour cette mère si courageuse mais sa colère grandissait contre l'ignoble individu qui n'avait de cesse de tourmenter ses proies.

Il faut qu'il décampe, et ça j'en fais mon affaire ! avait-elle ressassé pour se donner du cœur à l'ouvrage.

Animée d'une force à faire trembler les murs, son entrée fracassante dans le Bouton de nacre se brisa sur la chute de sa mère à laquelle elle para au mieux avec l'aide d'Hélène. Ensuite, tout s'enchaîna : le docteur appelé d'urgence qui resta très évasif, le départ de Gabriel confirmé d'un mot plein de sous-entendus et, depuis, le détachement sous forme d'amnésie d'Eugénie entrecoupé de réminiscences apparemment si douloureuses que Gersende n'osait pas pousser la porte des souvenirs maternels.

Il le fallait pourtant. Et, en ce jour de joie et de soulagement qui, une fois les volets rabattus sur les vitres de l'atelier et de la mercerie, serait fêté dignement, Gersende prit son courage à deux mains.

— Je vous vois apaisée, maman, et cela me réjouit. Voulez-vous que nous évoquions enfin ces démons qui hantaient votre sommeil et vous faisaient éructer des paroles qui me laissaient perplexe ? Ce serait une façon d'exorciser les sujets qui vous tourmentent, de poser un peu de ce lourd fardeau. Vous parliez, entre autres, d'une union bafouée. Je ne puis penser qu'il s'agissait de la vôtre, père et vous donniez l'exemple d'un couple harmonieux et…

— Non ! Il ne s'agissait pas de la nôtre, mais de la tienne, ma fille !

De la mienne ! La voilà encore qui divague ! déplora Gersende alors que sa mère reprenait d'une voix lasse :

— C'est vrai, tu ne le savais pas ! Pas encore. Il semblait, à ton père comme à moi, que le temps ne nous était pas compté. Mais il l'était, hélas ! Une bien cruelle réalité. Un père prévoyant a le devoir d'établir ses enfants et, en cela, mon pauvre Charles n'avait pas failli, engageant sa parole dans un projet de mariage te concernant avec le fils de maître Borrelly.

Le sang bouillonnant de Gersende lui était monté au visage tandis qu'un vertige s'emparait d'elle.

— Mais de quel droit ? parvint-elle à balbutier, le ton impossible à moduler.

— Son devoir, Gersende, seulement son devoir ! Ah, comme il m'a plu d'accueillir cette nouvelle ! Ma fille épouser un futur notaire, maillon d'une si belle lignée, promis un jour à devenir consul dans notre belle ville, quelle fierté !

Tandis qu'Eugénie voguait sur les bribes d'un rêve évanoui, Gersende éprouvait comme un sentiment de trahison. Comment son père qui avait toujours respecté son esprit libre et volontaire tout en lui enseignant les limites, oui, comment ce père tant aimé avait pu engager la parole de toute une vie, sa vie, sans la consulter ? D'un coup d'un seul, il chutait du piédestal sur lequel elle l'avait hissé. Et sa mère n'était pas en reste.

— Et vous, mère, vous avez applaudi des deux mains. Le statut social ! La bourgeoisie qui vous faisait des clins d'œil ! Peu vous importait alors le bonheur de votre fille. Et si j'aimais ailleurs, y avez-vous seulement songé ?

— À quoi bon te mettre dans un état pareil puisque je te dis que cette union n'aura pas lieu. Borrelly a renié sa parole et ne m'en a point fait état, ce qui aurait été la moindre des politesses. Enfin… il n'est pas le seul à blâmer. Gabriel a semé le ferment du mensonge.

Comme si le déshonneur entrait dans sa maison, Eugénie relata à voix basse, pour la première fois, son entrevue avec son notaire, elle n'omit rien tant son esprit était imprégné de tout ce qui s'était dit dans ce huis clos dévastateur. Mensonges, faux documents, imitation de signature, médisance. Une réputation mise à mal, une vie détruite.

Au cours de son récit, frémissant de colère puis passant à l'abattement pour enfin s'éteindre dans un sanglot, Gersende avait pris sur elle pour l'écouter sans l'interrompre, mais ne ressentait plus aucune empathie pour cette mère aux prises avec une houle de sentiments : honte, colère, impuissance. La jeune fille restait sur sa révolte et sa déception, le frimas hivernal qui givrait les vitrines de la rue des Barquettes s'était installé dans son cœur, le rendant sourd à toute autre souffrance. Ses blessures d'enfance qu'elle gardait enfouies déferlèrent alors comme un torrent qui anéantit tout sous la forme de mots :

— Vous ne m'avez jamais aimée et c'est tant mieux, car moi, je vous hais !

Elle se détourne de cette mère implorante qui tend ses bras désespérés vers elle. Ils retombent, un râle de gorge fait faire volte-face à Gersende qui voit les yeux de sa mère se révulser. Elle appelle, affolée :

— Le docteur Beaux, vite ! Allez quérir le docteur, maman a perdu connaissance !

Gersende avait la sensation d'être revenue quelques mois en arrière, de revivre les mêmes scènes, d'être confrontée aux mêmes hallucinations, d'entendre verbaliser les mêmes terreurs. La crainte, parfois, l'effleurait de suivre sa mère dans son délire tant elle s'efforçait de décrypter les pages de sa vie.

À Francette, à elle seule, venue prendre des nouvelles de sa bienfaitrice, Gersende avait confié son odieuse attitude.

— Je lui ai donné le coup de grâce, Francette, en lui disant que je la haïssais !

Horrifiée mais compatissante, Francette demanda une explication que la jeune fille lui fournit sans détour. Au terme de son récit l'emportait encore la colère, sur laquelle la jeune madame Montbellet tenta d'apporter l'apaisement :

— Vos parents voulaient le mieux pour vous, Gersende, on appelle cela de l'amour. Quand donc le comprendrez-vous ?

— Me marier sans mon assentiment, tu appelles cela de l'amour ?

— Il y a les mots et il y a les actes. Tous ceux de vos parents ont été dictés par l'amour qu'ils vous portent, soyez-en sûre. Les vôtres sont impulsifs et néanmoins prennent leur source également dans l'amour qui vous unit.

— L'amour est donc destructeur ? Ce qu'avait décidé mon père soulève mon indignation et ce que j'ai dit à ma mère la tue ! Comment obtenir le pardon d'un être cher qui n'est plus et celui d'une mère aimée qui a un pied dans la tombe ?

— Vous êtes une raisonneuse, Gersende. Laissez simplement parler votre cœur et tout s'arrangera. J'ai confiance en madame Eugénie, elle se remettra, elle est combative !

Rassérénée par les paroles si justes et si sincères de la fidèle Francette, Gersende eut à cœur de se composer un visage plein de douceur chaque fois qu'elle entrait dans la chambre de sa mère et la magie, au fil des jours, opéra.

— Je t'ai déçue, mon enfant.

Le silence de la pièce venait d'être troublé par une voix presque enfantine, celle d'une fillette qui reconnaît ses torts. Gersende mit un certain temps à réaliser que c'était celle d'Eugénie. De même, la main de la malade se tendait vers elle. La jeune fille s'en saisit, la porta à ses lèvres et, entre rire et larmes, s'enthousiasma pour se récrier aussitôt :

— Vous revenez à la vie, c'est merveilleux ! Non ! Ne dites pas cela, je vous prie, c'est moi, la mauvaise fille, qui ne songeais qu'à vous faire du mal. Mais jamais, oh non jamais, je n'ai eu de telles pensées contre vous.

— Tss tss tss, tu veux donner le change, mais je te connais bien, ma Gersende. Je sais ta fougue et tes enthousiasmes aussi bien que tes révoltes et ton ressentiment. La vie ne répond pas toujours à nos vœux, elle peut se montrer généreuse et reprendre le lendemain ce qu'elle a donné la veille.

— N'en parlons plus, maman, puisque vous m'accordez votre pardon. Vous souvenez-vous que nous avons quelque chose à fêter, une grande joie qui, par ma bêtise, a été annulée ?

— Tu parles de la maîtrise de Constant et la fête annulée à cause de mon malaise ?

— Nous n'avions pas le cœur à nous réjouir, vous étiez si mal. Vos cauchemars récurrents ont resurgi, qui vous agitaient des nuits entières. Ils remontaient de votre adolescence et vous sembliez vous débattre contre une armée de diables, les repoussant un à un…

— Je n'ai plus souvenir de luttes imaginaires, peut-être la vague impression d'un long couloir obscur qui me happait malgré ma résistance, et puis des bruits, des bruits de pas, oui, un pas lent et lourd qui soudain s'accélère. Ah, ne parlons plus de cela, ça me glace le sang.

— Parlons-en au contraire ! Mettre des mots sur des sensations, des images floues, des sons évocateurs ne peut que vous libérer.

Ces encouragements auraient pu être suivis d'effets si Hélène n'avait, à cet instant, toqué à la porte.

— Un coursier vient de porter ce mot, dit-elle en le tendant à Gersende bien qu'il soit destiné à sa mère.

Le visage des deux femmes se décomposa à la lecture des quelques mots griffonnés à la hâte :

Chère belle-sœur,

Mettez-vous en cuisine, j'arrive demain avec deux invités à qui vous ferez, je n'en doute pas, les honneurs de votre table.

Votre toujours dévoué Gabriel Cazost

3

Premiers regards, premiers soupçons

Gersende s'était fait une idée des invités de son oncle, ils ne pouvaient être qu'à son image, détestables et sournois. Partant de ce postulat, elle avait décidé de se montrer sous son plus mauvais jour… et n'y parvenait pas !

En cause, ni la fausse courtoisie enrobée d'une tout aussi trompeuse affection affichée par Gabriel, ni le regard chafouin du propriétaire terrien prétendument cousin qui n'avait pas daigné décliner son nom et dont le corps était agité de curieux soubresauts, mais bien le troisième comparse, un jeune homme d'une vingtaine d'années aux si belles manières qu'il détonnait dans ce trio.

Sa solide stature, la vigueur qui s'en dégageait et surtout l'extrême mobilité de son regard bleu saphir exerçaient sur elle une attraction instinctive, faite d'un mélange d'admiration et d'étonnement, susceptible de mettre à mal les craintes qu'elle nourrissait à l'égard des amis de son oncle.

Comment opposer du mépris à la courtoisie sans affectation que le jeune homme déployait ? Sa politesse appelait la bienséance en retour.

— Je suis confus, madame, de ce que notre venue vous cause de dérangement, dit-il en posant un regard appréciateur à la table bien pourvue.

— Mademoiselle ! le reprit-elle un peu précipitamment. Ma mère est souffrante et vous prie de l'excuser.

— Double confusion alors, mademoiselle... ?

— Cazost ! Gersende Cazost !

Elle se morigéna aussitôt d'avoir répondu spontanément. Quel besoin avait-elle de décliner son identité à quelqu'un qui ne lui avait pas été présenté ? Elle s'en voulut de se laisser troubler à ce point et allait lui tourner le dos lorsque son interlocuteur satisfit à sa demande implicite :

— Mathieu Larivière, du domaine de la Frigoule. Pour vous servir, mademoiselle Cazost !

Puis il ajouta :

— Notre présence est fort malvenue si madame votre mère est souffrante. Ne serait-il pas préférable que nous partions ?

La nature fière et cependant pudique de Mathieu le fit se couvrir de rougeur après cet assaut de civilités auxquelles Gersende s'abreuvait comme à une source nouvelle. L'oncle n'entendait pas laisser se prolonger leur madrigal comme s'ils étaient seuls au monde.

— Eh bien, s'il s'avère que ta mère boude notre présence, te voilà promue, ma nièce, maîtresse de maison. Voyons voir si tu excelles dans ce rôle comme tu prétends le faire avec tes flacons, onguents et autres hydrolats.

Puis, se détournant d'elle, il crut bon d'instruire Mathieu :

— Le croiras-tu si je te dis que ma nièce se targue d'être une parfumière ? Elle crée des parfums pour les gants que son frère fabrique. Hein, tu as de la peine à me croire ?

Sans plus de façons, en familier des lieux, ce qui ne manqua d'interpeller Mathieu, Gabriel invita ses amis à s'asseoir, en fit de même puis poursuivit son persiflage lorsque Constant vint les rejoindre à table :

— Eh bien, mon neveu, te voilà enfin ! Ta sœur montre plus d'empressement que toi... à moins qu'elle n'ait hâte de nous voir déguerpir. Ah, je dois te féliciter, semble-t-il. La corporation des gantiers-parfumeurs a enfin validé ta maîtrise. Je lève donc mon verre à L'Origanterie Cazost fils de la rue des Barquettes. Avec moi, mes amis !

Mathieu Larivière ne cessait d'observer Gersende à la dérobée. Tout en elle était énigmatique : la crispation de son visage, la maîtrise de ses gestes, la réprobation d'une situation qui lui échappait. Il avait cru au plaisir de leur rencontre, mais se demandait si elle avait vraiment existé. Il fut rassuré cependant lorsqu'elle glissa un regard vers lui et qu'il l'intercepta avec un soupir de soulagement.

Son âme est belle, les yeux ne trompent pas, se dit-il.

À nouveau, les traits de la demoiselle s'altéraient, Mathieu comprit qu'elle réprimait un « Oh » de désapprobation. En cause, le prétexte que son oncle donnait à sa visite impromptue. Revenant sur sa volonté de ne pas se dessaisir d'un bien immobilier du faubourg des Bourgades, il annonçait son désir de le vendre.

— Et au plus tôt ! ajouta-t-il, fixant tour à tour sa nièce et son neveu pour jouir de leur réaction.

— Pourtant vous étiez désireux, il me semble, de… avança prudemment Constant.

— Je ne le suis plus ! l'interrompit sèchement Gabriel.

Puis, se modérant, il crut bon de donner les raisons de son revirement :

— Je me suis porté acquéreur d'un domaine viticole, il me faut des fonds.

Oudard, alias Bas-Rouges, paysan ! Mathieu Larivière n'en croyait pas ses oreilles. Lui, l'homme aux semelles de vent qu'il prétendait être, s'ancrer dans un terroir, se prendre de passion pour le sol nourricier, renoncer à sa vie d'homme libre de toute attache en s'aliénant à un domaine ? Cela ressemblait si peu à l'image d'aventurier qu'il s'était donnée et à celle de vilain merle dont le soupçonnait Mathurin Larivière. Et si ce dernier était dans le vrai ?

Dieu savait pourtant combien Mathieu avait été réticent à endosser le rôle d'informateur – il le qualifiait même d'espion – dont son père l'avait investi ! Il faut dire que la méfiance de Mathurin Larivière allait croissant envers le prétendu colporteur Oudard qui répondait plus aisément au surnom de Bas-Rouges. Et cela ne datait pas d'hier, mais bien de la seconde intervention des Masques en juin de l'année précédente. Depuis, le ferment du doute était allé s'amplifiant.

*

Il suffisait pour cela de repenser au bref mais édifiant épisode du printemps 1782, heureusement suivi d'un été et d'un automne qui avaient ramené le calme en Vivarais. Pas question pour les paysans, propriétaires de petits ou grands domaines, de négliger la moindre récolte de blé et d'autres céréales, de la vigne, des châtaignes et des olives.

Bien maigre provende, une nouvelle fois, qui fit dire à tous :

— Sacrebleu, c'est bien vrai que le Ciel nous a abandonnés !

Et chacun de grogner chaque jour un peu plus devant le maigre brouet qui leur servait de pitance, tout juste bon à provoquer fringales et dévoiements.

Aussi, dès le tout début de l'année 1783, dans la campagne recouverte de gelée blanche inapte à recevoir les semences d'hiver, personne ne s'étonna que le ton monte. En cause, les procureurs, toujours eux, qui n'avaient pas saisi l'ampleur du mécontentement et agitaient sans cesse le chiffon rouge de la saisie des biens, voire de la prison pour dettes, suprême outrage fait aux petites gens !

Alors, au sortir d'une réunion de paysans chez Mathurin Larivière, un petit groupe s'était coalisé qui se donna pour nom la Troupe honnête du Vivarais et pour but de fédérer de nouvelles recrues. Le propriétaire du domaine de la Frigoule crut bon de rappeler leur credo :

— On ne tue pas ceux qui nous assassinent, on ne torture pas ceux qui nous font mourir à petit feu, on ne vole pas ceux qui dérobent nos biens, on ne profère pas d'injures à ceux qui nous méprisent. Nous nous voulons des justiciers qui opèrent en plein jour. Notre action : détruire les preuves de dettes et d'hypothèques.

Pour leur première action, le 30 janvier, ils sont trente-trois, des paysans pour la plupart, mais aussi des ouvriers agricoles, tous masqués ou mâchurés qui investissent la ville des Vans, avec pour cible l'étude du sieur Monteil, procureur du roi. Là, et selon la méthode qu'ils ont décidé d'adopter, ils font main basse sur toute la paperasserie, contrats, hypothèques, reconnaissances de dettes, et en font un grand feu sur la place du marché, le tout sans violence ni dégâts et dans un temps record à la barbe de la maréchaussée.

Le signal est ainsi donné d'actions répétées tous azimuts, ce qui implique de se scinder en plusieurs bandes d'une dizaine d'hommes plus aisées à déplacer que la véritable troupe de départ. Le 6 février, un groupe virulent, mené par Favant, de Malbosc, force la porte du sieur Thomas, dans cette même ville des Vans, éventre ses armoires, brûle ses papiers et, facétieux ou stupide, déverse son huile dans la cour, provoquant des cris de réprobation alors qu'il était censé avoir le soutien du peuple.

En revanche, l'expédition du lendemain, qui conduit un groupe d'une douzaine d'hommes masqués de la Troupe honnête du Vivarais chez le notaire Masméjean des Salles de Gravières, assure à ce dernier qu'aucun trouble ne lui sera causé et, devant le notaire médusé, le chef de la troupe se fend d'une explication :

— Nous avons maintes preuves de votre probité, maître, et ferons l'éloge de l'honnête homme que vous êtes en tous lieux où nous interviendrons !

Masméjean leur fait servir à boire et à manger et donne une livre à chacun d'eux.

Aucune comparaison avec celles du 8 et du 9 février où des Masques, au milieu desquels s'est glissé un procureur repenti du nom de François La Billerie, sévissent chez les notaires et procureurs, à Chambonas, à Lablachère, puis jusqu'en Uzège, à Alais et Saint-Ambroix où certains éléments subversifs brisent les armoires, font main basse sur le linge et les provisions, soulevant la terreur là où l'esprit de départ était de s'attirer la sympathie du peuple.

Dire que le rapport qu'on lui fit de ces dernières incursions ne fut pas du goût de Mathurin Larivière est un doux euphémisme. Cela ne lui plut pas, mais alors pas du tout ! Crustol, un paysan de Banne qui lui rapportait leurs hauts faits, crut bon de souligner :

— Si tu veux m'en croire, Mathurin, le ver est dans le fruit et c'est pas bon pour nous !

— La vermine, veux-tu dire, Crustol ! Une sale vermine ! J'avais bien dit pas d'armes, pas de rapines ! Mais non, leur troupe porte le fusil, s'empare des louis d'or et profère des menaces. Favant et Combe, à coup sûr, étaient parmi ces exaltés, cela ne fait pas de doute. En connais-tu d'autres ?

Larivière pensait instinctivement que Lachamp, son voisin, et son cousin Oudard étaient du nombre, mais Crustol resta sur la réserve. Mathurin poursuivit :

— La Billerie, peut-être ? Il voulait être des nôtres aux Vans, mais son air plein de morgue et son passé de procureur…

— Repenti ! Procureur repenti ! Avoue, Mathurin, que ça court pas les rues, de tels revirements.

Mathurin biaisa :

— Il se peut, mais dis-moi, est-ce bien vrai qu'ils ont fait courir le bruit d'être assez nombreux et armés pour s'attaquer aux villes fermées ?

— Comme je te le dis, Larivière ! C'est pourquoi le comte de Périgord, commandant en chef de la province du Languedoc, permet aux bourgeois et hommes de loi de s'armer pour se défendre. Ça fait pas nos affaires, ça !

— Comme tu dis, Crustol ! Et même pire, il faut arrêter ça. Je ne me pardonnerais jamais qu'un seul homme perde la vie pour défendre notre cause, aussi légitime soit-elle. Bats le rappel de ceux qui sont restés fidèles à nos convictions afin que l'on se retrouve un de ces soirs chez moi.

Déjà le remords titillait le maître du domaine de la Frigoule. Figurer au nombre des instigateurs de ce mouvement qu'il avait souhaité pacifique, fédérateur et surtout bon enfant, il n'en éprouvait pas de honte, bien au contraire. Mais à la seule pensée de voir son nom mêlé à un mouvement qui, manifestement, partait à la dérive en raison de quelques éléments subversifs, un sentiment de dégoût lui venait à la bouche. Il n'en dormit pas de la nuit, redoutant qu'au petit matin on lui rapporte un nouvel exploit pernicieux des Masques en Vivarais.

Le lendemain, quelle ne fut pas sa surprise de recevoir la visite de son voisin flanqué de son cousin le colporteur. Mathurin Larivière les attaqua de front :

— Vous étiez avec Favant ?

La question ressemblait à une accusation. Lachamp, d'un geste machinal, enfonça son chapeau jusqu'aux sourcils et laissa à son cousin le soin de répondre. Oudard, lui, ne se démonta pas. Bombant le torse, il lâcha, fier de lui :

— On en apprend de bonnes sur les praticiens du Vivarais ! Il suffit de savoir délier les langues.

— C'est donc vous et La Billerie, peut-être aussi Favant et son ami Combe, qui étiez chez Norier à Chambonas et lui avez volé pas moins de vingt *salmées*[1] de blé ?

À nouveau, le dénommé Oudard éluda la question et, pointant son index contre le thorax de Mathurin, martela :

— Les chicanes et subtilités des procureurs sont le moyen par lequel ils servent leurs profits et vous mènent à la ruine. Vous êtes d'accord avec moi, Larivière ? Seulement, ce que vous ne savez pas,

1. Mesure agraire qui correspondait à quatorze hectares.

c'est que ça ne s'arrête pas là, ils sont de mèche avec la cour des conventions de Nîmes qui, malgré leurs rapports houleux, leur laisse toute latitude et y trouve elle aussi ses intérêts.

— Par... par quel... truchement ? bredouilla Mathurin, désarçonné.

— Pour sûr que la réponse ne nous tombera pas dans le bec. Il faut enquêter sur place. Je vais aller à Nîmes avec mon cousin, j'ai mes entrées chez quelques notables qui éclaireront notre lanterne. Vous venez avec nous, Larivière ?

Le ton était affable, presque amical. Mathurin se trouva pris au dépourvu et ne sut que répondre. Oudard en profita pour ajouter :

— Nous partons demain matin dès potron-minet, cela vous laisse le temps de préparer votre havresac.

Toute la journée, le maître du domaine de la Frigoule fut accaparé dans des pensées plus perturbantes les unes que les autres. Avait-il méjugé le cousin de Lachamp qui prenait fait et cause pour eux sans y avoir quelque intérêt ? Ou bien avait-il flairé le fieffé coquin qu'il était, un aventurier prenant plaisir à semer le désordre ?

Mathurin Larivière avait toujours fonctionné à l'instinct. Les sympathies, comme les méfiances, lui venaient spontanément. Ainsi son voisin Lachamp avait-il d'emblée bénéficié d'un capital de solidarité fraternelle alors que son cousin lui avait hérissé le poil dès le premier abord. Pas étonnant que l'association des deux le laisse dubitatif.

Au soir de cette journée durant laquelle il n'avait cessé de se triturer l'esprit, son parti était pris. Il rejoignit son fils en train de réparer la toiture de la bergerie mise à mal par le gel qui avait fait éclater plusieurs lauzes.

— Ça te dirait, Mathieu, d'aller à Nîmes ? Lachamp et son cousin y partent demain matin.

Puis il ajouta avec des airs de conspirateur :

— Tu me rendrais un grand service en les accompagnant. Je voudrais bien savoir ce qu'ils manigancent, ces deux-là. Regarde, écoute, ne les quitte pas d'une semelle...

— Vous me demandez d'espionner votre voisin dont vous vous dites l'ami ? Il défend notre cause, je ne vous comprends pas ! se rebella Mathieu.

— J'avoue ne pas y voir clair dans son intérêt à défendre les paysans, lui qui n'a pas un lopin de terre à protéger. Cela m'intrigue, en plus de son comportement, je suis sûr qu'il était avec ceux qui ont semé le trouble en Uzège.

— Rien qui ne vous le prouve, père !

— À toi donc de me démontrer le contraire ! Je vais dire à ta mère de te préparer des habits de rechange et quelques provisions de bouche que tu glisseras dans les fontes de ta selle. Ah oui, tu prendras Saturne, il est endurant.

Il n'avait plus rien à répliquer. Mathieu se dit qu'à tout prendre, il aurait du moins le plaisir de connaître cette ville dont le rayonnement éclaboussait la province du Languedoc. Le lendemain matin à l'aube, chevauchant Saturne, il emboîta le pas aux montures des deux cousins.

Deux jours après le départ des trois hommes, une petite troupe du régiment du comte de Périgord, qui était basée à Uzès et avait à sa tête le commandant Dampmartin, fut mandée pour faire la chasse aux bandes masquées et les dissiper. Dans ce même temps, cinquante grenadiers du régiment du Piémont faisaient fuir un groupe d'insurgés qui avait investi Saint-Ambroix.

Le doute n'habita plus Mathurin Larivière. Lachamp et Oudard avaient senti le vent souffler la tempête, ils s'étaient éclipsés à temps. Mais une autre tempête l'empêcha de dormir : le remords d'avoir semé ces ferments de révolte, d'avoir entraîné de braves hommes comme lui à forcer la porte des notaires et procureurs, d'avoir cautionné leurs actions visant à détruire archives et documents, de leur avoir conseillé de se retrancher derrière des masques ou des grimages comme des malhonnêtes gens.

Au bout de trois nuits qu'il passa à mesurer la portée de sa responsabilité, sa décision était prise. Il lui fallait cependant l'accord de ses amis proches, ceux qui composaient la Troupe honnête du Vivarais. Il les réunit le 13 février au matin et, avec eux, il pondit une lettre de capitulation adressée à monseigneur de Mézières, évêque d'Uzès, afin qu'il fasse suivre à qui de droit.

Ils y exposaient la misère qui les accablait et les griefs qu'ils nourrissaient contre les gens d'affaires, sans oublier de préciser qu'ils se démarquaient des mauvais sujets auteurs de troubles graves : … *Nous pouvons vous assurer, Monseigneur, que, quand nous nous sommes retournés contre les procureurs à cause de leur injustice, nous n'avons jamais prétendu faire la moindre peine aux honnêtes gens. Nous nous voulions, à notre tour, « procureurs des pauvres ». Nous ne pouvons ignorer, cependant, que parmi nos recrues se sont immiscés de mauvais sujets. Certains d'entre eux, des personnes de réputation douteuse, ont même jacté*[1] *de mettre le feu aux études des procureurs alors qu'il était convenu de mettre le feu à la paperasserie pour détruire les preuves de dettes. À chacune de leurs mauvaises actions, nous n'avons eu de cesse de nous indigner contre eux*[2].

Ils terminaient en assurant qu'ils étaient prêts à se rendre, à sa demande, et qu'ils espéraient de sa part la compréhension et la mansuétude qu'ils n'avaient jamais obtenues des hommes d'affaires ni des gens de loi. Ils apposèrent à cette lettre quinze signatures, preuve de leur honnêteté.

Le 17 février, à réception de cette lettre et dans le but de ramener son diocèse à plus de sérénité, monseigneur de Mézières envoyait monsieur de la Boissonnade et quelques hommes d'armes

1. Signifiait se vanter au XVIIIe siècle.
2. Cette lettre est conservée aux archives de l'Ardèche à Privas.

cueillir en leur maison Mathurin Larivière et quatorze de ses compagnons de révolte. Dans ce même temps, la troupe de Dampmartin arrêtait à Saint-Brès une bande de vingt Masques et en mettait en fuite tout autant.

*

Bien qu'éloigné du domaine de la Frigoule de plusieurs dizaines de lieues, les pensées de Mathieu voguaient toujours vers ceux qu'il avait quittés. Une rancœur envers son père – dont il ignorait la reddition – l'avait accompagné tout au long de leur chevauchée, accomplie en trois jours. Si à leur départ l'horizon rougeoyait derrière le Tanargue, une obscurité d'encre régnait sur le versant ouest de la Costière lorsque Oudard le premier mit pied à terre, enjoignant à ses compagnons de faire de même.

— Le maset d'un ami qu'il met gracieusement à notre disposition, fournit-il en guise d'explication au jeune homme, curieux de savoir quelle bonne âme les logeait.

Puis il ajouta :

— Une contrainte, cependant. Nous devons déguerpir avant que son ouvrier agricole entre en piste. Un grincheux, à ce qu'on m'a rapporté, qui supporte mal les intrus.

Mathieu remarqua que le camelot – un terme de mépris dont usait son père – se comportait en familier du lieu tandis qu'à l'opposé son cousin le paysan donnait l'impression d'être dans un endroit sacré. Il lui sembla même l'avoir vu détourner son visage pour écraser un pleur.

J'ai la berlue ! Non, je me laisse influencer par mon père qui voit des mystères là où il n'y en a pas, se fustigea-t-il.

De même trouva-t-il une explication logique à un échange chuchoté des deux comparses.

— C'est quoi cette poudre que tu planques ? avait marmonné Lachamp.

— En quoi ça te regarde ? Elle servira bientôt, mais ne t'avise pas d'y toucher si tu veux garder tes doigts.

Un rire étouffé et complice avait conclu leur aparté et Mathieu le naïf se persuada qu'il s'agissait de la poudre à fusil. Tout juste eut-il une pensée pour son père : Je sais très bien, père, que vous ne voulez en aucun cas donner la parole aux armes. Mais qu'y pouvez-vous si certains, passant outre à vos recommandations, espèrent, en s'armant, assurer leur sécurité ?

Là-dessus, une nuit de repos bienfaisante lui fit oublier ces petites remarques dont il avait promis de rendre compte.

Pas plus leur départ précipité, le lendemain matin, que la perspective de dîner à la table de quelque parentèle avancée par Oudard n'apportèrent le trouble chez le jeune Larivière, les yeux écarquillés sur la ville nouvelle qui s'offrait à lui.

La matinée, passée à déambuler dans Nîmes la belle, à arpenter des rues aux noms évocateurs – rue des Orfèvres, rue des Lombards, rue des Broquiers... –, à traverser les places où des commerces variés étaient au coude à coude, à se laisser éblouir par l'amphithéâtre romain, ne fit que confirmer au jeune ingénu que la vie des deux cousins n'était pas sujette à caution. Mais cette belle sérénité l'abandonna dès que tous trois mirent un pied dans l'appartement de la famille Cazost, et plus encore en présence des membres qui la composaient.

Une parente alitée, une nièce, un neveu. En plus de son cousin Lachamp, Oudard n'était donc pas dépourvu de famille comme il se prétendait : sans toit et sans attaches ! Ce n'était pas très obligeant envers sa parentèle de se présenter ainsi. De plus, son attitude irrévérencieuse à l'égard de cette madame Cazost qu'on lui avait dit souffrante et dont il n'avait pas cru bon de s'enquérir plongeait le jeune Larivière dans les affres d'un jugement à son propre désavantage. Que penser, en effet, d'un jeune homme qui s'acoquine avec un pareil mufle ? Ou plutôt qu'allait en penser cette demoiselle Gersende de si agréable tournure dont il avait deviné la belle âme ?

Mathieu était au supplice. Vite ! Trouver un sujet de conversation qui le démarquerait de ce colporteur !

— Quelle belle ville que la vôtre ! lâcha-t-il en direction du frère et de la sœur. Je bénis l'occasion que m'a donnée mon père d'enfin la découvrir.

— L'occasion ? C'est donc que vous êtes venu pour affaires, s'empressa de questionner Constant. Vous faites le commerce des grains ? Du vin, peut-être ?

Pris à son propre piège, Mathieu bredouilla :

— C'est un peu de cela… Père a pour principe de ne pas embarquer le domaine de la Frigoule dans la seule culture de la vigne ni des céréales… Par les temps qui courent, c'est… enfin… sage de sa part.

Gersende vint à son secours :

— Veuillez excuser la curiosité de mon jeune frère.

Puis se tournant vers ce dernier :

— Constant, cesse de mettre notre hôte mal à l'aise ! Ce n'est pas une attitude de gentilhomme.

Gabriel Cazost, alias Oudard, intervint illico, brocardant les manières de la jeune fille :

— Te voilà devenue bien mijaurée, ma nièce. Tu as un peu tendance à oublier que nous sommes ici en famille, entre amis, et non à prendre la pose pour un peintre de grand renom.

Il ajouta dans un ricanement :

— Eh oui, ta mère m'a fait état d'un tableau… Au fait, verrons-nous un jour ce chef-d'œuvre ?

Comme une incandescence partie de la naissance de son cou, une chaleur soudaine envahit le visage de Gersende qui vira au cramoisi. Ses mains se mirent à trembler si fort qu'elle les cacha pour les soustraire au regard de son oncle, étonné qu'elle ne répliquât point. Elle l'avait habitué à plus de repartie. Or pas un son ne sortait de ses lèvres arrondies de stupéfaction.

Mathieu Larivière ne résista pas à une impulsion qui lui fit glisser une main sur celles de Gersende, tout en prenant hardiment sa défense :

— Je suis confondu, monsieur Oudard, par votre attitude à l'égard de nos hôtes que vous n'avez de cesse de mettre dans l'embarras. Mademoiselle Gersende, de grâce, veuillez oublier ces déplaisants propos...

Il ne put terminer sa phrase. Gersende s'était levée d'un bond en repoussant la main qui étreignait les siennes et dardait un regard plus acéré qu'une épée sur son oncle.

— Oudard ! Vous changez donc de nom comme l'on change de chemise, monsieur Gabriel-Benjamin Cazost. Qui s'en plaindra en fait ? Le nom des Cazost a toujours été porté avec honorabilité et dignité par notre père, mais en est-il de même pour vous, son frère ? Permettez-moi d'en douter.

Une rage folle crispait le visage de Cazost-Oudard. Une envie plus folle encore de corriger la pécore l'envahissait. Mais pas maintenant, pas devant témoins. Il trouverait son heure. Il se força à répondre en crispant ses mâchoires :

— Le métier que j'exerce a des exigences, dont celle de rester discret sur son identité. Cette explication vous convient-elle, mademoiselle l'impertinente ? Alors faites servir le café, nous n'avons que trop perdu de temps à vous faire la conversation. Tenez, voilà mon ami qui s'endort à écouter vos fariboles.

Tous les regards se tournèrent vers Lachamp dont la tête dodelina quelques instants avant de s'abattre dans son assiette. L'exécuteur des basses œuvres venait de comprendre que le maître gantier à qui il avait fourni un expédient mortel était le frère de son compère. Trois ans après ce forfait, il prenait la mesure de son acte : il n'était rien de moins qu'un assassin ! Le bras armé d'un homme sans foi ni loi. Et lui, l'honnête travailleur Léon Janvier, était devenu à son image !

Gabriel allongea son ami à même le sol.

— De l'eau ! Qu'on apporte de l'eau pour lui bassiner le visage ! Qu'on aille aussi quérir un médecin !

Constant partit en courant tandis qu'Hélène, la servante, s'empressait auprès de l'homme.

— Il faut le dévêtir, il s'étouffe !

L'occasion était trop belle. Mathieu en profita.

— Ne restons pas là, mademoiselle Gersende, il faut de l'air à ce pauvre homme.

Ce disant, il l'entraîna à l'autre bout de la pièce. Dans une encoignure qui menait aux chambres, un fauteuil cabriolet se trouva le bienvenu pour recevoir la jeune fille dont les jambes flageolaient. Curieusement, elle n'éprouva pas de honte à confesser sa faiblesse.

— J'avoue que l'attitude de mon oncle dépasse mon entendement.

— Une incompréhension qui rejoint la mienne, je le confesse. Une double identité, un étrange comportement... Il n'y a pas loin que je rejoigne mon père dans ses réticences à l'égard de celui qui s'est présenté à nous sous le patronyme d'Oudard, disant exercer le métier de colporteur...

— Colporteur ! s'exclama Gersende. Sait-il seulement en quoi consiste ce...

Elle s'interrompit. Une porte venait de s'ouvrir, celle de la chambre de madame Cazost. Eugénie, les yeux exorbités, s'avançait vers eux et revivait à haute et caverneuse voix une scène douloureuse.

— Le colporteur ! C'est le pas du colporteur ! Oui, le pas lent et lourd qui s'accélère, je l'ai enfin reconnu, c'est celui de mon père. Il a perçu des bruits, des cris, des plaintes, il vient à mon secours. Il vient me délivrer des mains qui m'étreignent et me blessent.

Son regard chaviré se pose sur Gabriel qu'elle désigne d'un index accusateur :

— Il vient me délivrer de vous, Gabriel Cazost le maudit !

4

À cœurs livrés

L'église Saint-Pierre de Banne ne parvenait pas à absorber le flot des fidèles partis de très bonne heure sur les chemins détrempés, indifférents aux bourrasques qui faisaient voltiger les chapeaux et giflaient les visages. Enfin un vrai temps de printemps, thème retenu par monsieur le curé pour son sermon et sa voix enflammée, montait vers les voûtes romanes.

— Mes bien chers frères, le temps est enfin venu où Dieu fait grâce à notre terre ! Il ne nous avait pas abandonnés. Alors n'attendons plus, prenons la main qu'Il nous tend, une main qui nous rend l'espérance. Une main tendue en signe de paix. La terre reprend vie et nous revivons avec elle. Alléluia !

— Alléluia ! répondirent en chœur les paroissiens.

Comme un bienfait divin arrivant à point nommé pour seconder « l'effort » du gouvernement, une pluie de printemps avait chassé l'hiver. Par un tour de passe-passe aussi véloce qu'imprévisible, pareil à la machinerie d'un théâtre, le décor avec elle avait changé. Régénératrice, tiède, exempte de grêle, cette pluie répondait à une longue attente, comme le commentaient les paroissiens au sortir de la messe.

— Ces trois années de misère feront date dans nos mémoires.

— On va devoir se retrousser les manches pour mettre à flot les greniers désespérément vides.

— Encore faudra-t-il tenir jusqu'aux premières récoltes. Mais j'ai ouï dire que deux ateliers de charité allaient voir le jour, l'un aux Vans et l'autre à Saint-Ambroix.

Le curé de Banne bravait lui aussi la pluie pour se joindre aux bavardages de ses ouailles. Il se plut à préciser :

— Ça, mes braves, nous le devons à notre bon évêque qui a obtenu du roi et de monsieur Necker des aides comme jamais contrée n'en a été dotée. Farine et vivres de première nécessité, cheptel, nouvelles semences, tout ce que le gel, la sécheresse ou la grêle vous ont pris.

Si certains sceptiques doutaient encore, le prêtre n'affabulait pas. On avait compris en haut lieu qu'il était urgent d'apaiser les esprits belliqueux afin que le Vivarais rentre dans le rang. Plus de ces désordres pernicieux, plus de ces Masques qui frappaient les imaginations populaires. Plus de troupes misérables bafouant l'ordre établi.

En contrepartie, le régiment du commandant Dampmartin sillonnerait durant quelques mois la région. Pas question qu'il la quitte avant de la savoir totalement pacifiée.

L'idée que se faisait le bon curé de Banne de son sacerdoce ne se bornait pas aux prêches ni à la célébration des sacrements. L'accompagnement des familles, qu'elles soient dans la joie ou dans la peine, lui importait plus que tout.

— Qui d'entre vous a visité la famille de Mathurin Larivière ? demanda-t-il à la ronde.

En dépit du mutisme général – prudence ou embarras ? –, il insista sans plus de succès :

— Celle de Crustol peut-être ?

Un à un, les paroissiens se défilaient en douce, marmonnant quelque vague excuse ou ne pipant mot. Sans porter un jugement sur ses ouailles, le curé expliqua à ceux qui restaient :

— Il est de notre devoir à tous, et au mien en particulier, d'assister ces familles plongées dans le malheur. Un père, un frère, un fils en prison, et dans l'ignorance du sort qui leur sera réservé ! Nous ne devons pas les oublier.

Il ne restait plus, à la fin de sa phrase, qu'une poignée de convaincus. Mais leur détermination réchauffa le cœur du curé.

— Je n'habite pas très loin du mas des Plaines où les soldats sont venus cueillir le père et le fils. J'irai visiter les femmes restées seules au mas.

— Demain, je dois me rendre à Berrias, j'en profiterai pour aller voir la femme de Malroux et proposer mon aide. De là, je pousserai jusqu'au domaine de Mentaresse, chez Jean-Dieu Roussel. Un brave gars, mais un peu grande gueule, c'est vrai !

— Les Ayres sont sur ma route, si je peux leur être utile…

— Merci, mes bons amis ! se réjouit le curé. Moi, j'espère que mes vieilles jambes me mèneront jusqu'au domaine de la Frigoule. En revanche, j'aurai peine à monter jusqu'à Brahic pour aller voir les enfants de Crustol, des jeunes gens livrés à eux-mêmes ! Leur mère est morte il y a trois mois.

— J'irai en votre nom, monsieur le curé. Oui, on leur doit bien ça à ces pauvres bougres qui ont porté nos doléances.

Le chemin parut court au vieux curé, heureux d'avoir impulsé un élan de soutien et d'entraide, sans lequel une communauté chrétienne ne faisait pas honneur à ses membres.

Au domaine de la Frigoule, il trouva une Rosalba Larivière qui se donnait des airs de combattante, mais, sous le masque de son visage qu'elle voulait serein et derrière ses paroles confiantes, on la devinait aisément désemparée.

— Mon Mathurin n'a pas trahi le mouvement de révolte qui a troublé nos communes. S'il s'est livré sans rechigner aux hommes d'armes, c'est sa conscience d'honnête homme qui a parlé. J'espère que ça sera pris en compte.

— N'en doutez pas, ma bonne dame ! Je venais m'assurer que vous et vos enfants n'étiez pas dans le désarroi et…

— Comment ne pas l'être tant que nous ne serons pas rassurés sur le sort de Mathurin ! Et qu'il ne nous sera pas rendu ! Son absence fait grand défaut.

— Votre fils est en âge de le remplacer, ce n'est pas le cas pour tout le monde, hélas ! Au fait, où est-il ?

Avec un aplomb qu'elle se découvrait dans l'épreuve, Rosalba Larivière répondit sans sourciller :

— Dans la châtaigneraie où avec un voisin ils abattent les arbres morts. Vous vouliez le voir, mon père ? Pourquoi ?

— Pour l'informer, s'il ne le sait pas encore, que des semences et des vivres vont être attribués, de même que des têtes de bétail, pour compenser les pertes dues au gel.

— Des moutons, des chèvres ? demanda-t-elle, sceptique.

— Et des vaches si vous en possédiez déjà, ce sera en fonction du compoix de votre domaine.

— Si tout cela se réalise, alors l'action de nos hommes n'aura pas été vaine, soupira-t-elle avant d'ajouter : Si l'on pouvait avoir de leurs nouvelles, leur faire savoir des nôtres…

Il la rassura, lui promit son soutien et celui qu'elle et les siens trouveraient dans la communauté chrétienne de Banne.

— Larivière et ses compagnons ne seront jamais montrés du doigt et leur action n'aura pas été vaine. Ayons confiance en la mansuétude de la justice dès que la région sera apaisée. Je vous promets de tout mettre en œuvre pour apporter des réponses à vos questions. Mais je vous en conjure, ne vous infligez pas un déshonneur pour avoir un époux prisonnier. Vous et vos enfants avez votre place dans l'église au même titre que les autres paroissiens.

En ce même temps, la petite troupe constituée de Mathurin Larivière et de ses amis, grossie de la vingtaine de prisonniers arrêtés à Saint-Brès, se retrouvait aux fers.

Des jours durant, ils avaient battu la campagne sur le plateau du Laoul, puis en dévalant en direction de Viviers où ils pensaient ne jamais arriver.

Sous bonne escorte et accompagnés d'une pluie battante, ils avaient marché confiants et presque le cœur en joie. Les terres, en leur absence, se gorgeaient d'eau, puis recevraient la semence et le soleil à son tour entrerait en action pour une belle récolte, le regain si longtemps attendu !

⋆

Par l'entremise de la jeune vendeuse de la mercerie, Mathieu Larivière avait fait parvenir un billet à Gersende, la priant de lui accorder un rendez-vous aux nymphées du jardin de la Fontaine.

Viendrait-elle ? Il lui reconnaissait de bonnes raisons pour n'en rien faire, et malgré tout espérait. Ce qu'il ressentait pour elle, cette attirance irrésistible qu'il devinait réciproque, avait une exigence, celle de jouer franc jeu, de se présenter sous son jour véritable et non cultivant quelque accointance avec ce tartuffe qui s'était défilé sous les accusations d'Eugénie Cazost, abandonnant son cousin dont le malaise persistait.

En effet, à la grande stupeur de ceux qui assistaient à la scène, Gabriel avait fui ! Devant le visage torturé d'Eugénie, son regard effaré et ce corps révolté qui revivait une scène enfouie dans le tréfonds de son âme, face à son doigt accusateur pointé vers lui, Gabriel-Benjamin Cazost n'avait eu d'autre réponse que la fuite. Une fuite pitoyable qui le fit décamper, bousculant chaises et gens sur son passage.

— Où partez-vous, mon oncle ? J'amène le docteur Beaux auprès de votre ami ! lui cria Constant qui débouchait de la place aux Herbes.

Sans se retourner, le fuyard se fondit dans la foule. Tout, alors, alla très vite. Le docteur Beaux, après un rapide examen de Lachamp toujours sans connaissance, confia à Constant et Mathieu le soin de le porter à l'hôpital de l'hôtel-Dieu.

— Faites-vous aider, leur recommanda-t-il. Hélez deux hommes dans la rue, deux costauds qui vous accompagneront. Moi, je m'occupe de madame Cazost-Dorandieu !

Il administra un calmant à Eugénie dont l'extrême pâleur et les tremblements laissaient présager une rechute de ses palpitations, ses insomnies, sa langueur, son mal-être patent.

En quoi le docteur Beaux avait tort. Après son départ, en la seule présence de Gersende veillant aux effets du sédatif, sur un mode saccadé, monocorde, mais continu, Eugénie Cazost se dépouilla du carcan de douleur si longtemps enfoui dans sa mémoire. Les souvenirs lui revenaient, précis, dans le moindre détail, comme s'ils dataient d'hier.

— C'était un soir de l'été 1758. Une chaleur orageuse rendait l'air lourd alors que Charles et moi avions le cœur léger. En début de soirée, des jeux d'eau fêtant la Saint-Louis étaient organisés dans les bassins des jardins de la Fontaine et, en l'absence de mon père toujours par monts et par vaux, ma mère m'avait accordé la permission d'y assister. Le risque n'était pas grand que cela déplût à père, il avait autorisé Charles à me faire la cour, sans nous laisser cependant entrevoir la date de notre union. Il n'avait pas hâte, disait-il, de voir s'envoler son unique enfant. Quelle soirée délicieuse nous avons passée et quel éblouissant spectacle avait été offert aux Nîmois qui s'étaient pressés, nombreux, dans ce décor magnifique !

Cette évocation étirait d'un sourire les lèvres crispées d'Eugénie et mettait des paillettes d'or dans ses yeux. Gersende, suspendue à son récit, voulait savoir, elle devait savoir. Leur vie à venir dépendait de cette libération, elle y croyait.

— Oui, une soirée enchanteresse au cours de laquelle je n'avais cessé de lire dans les yeux de mon Charles les promesses d'un amour sans nuages, poursuivit Eugénie encore dans la béatitude alors que le masque de l'effroi reprenait possession de son visage blême.

Elle prend un temps d'intériorisation avant de poursuivre :

— Charles me raccompagne jusqu'à l'impasse Malestrenne. Il pose un baiser chaste dans mes cheveux et je me précipite dans le long et sombre corridor au bout duquel m'attend l'escalier qui conduit à notre appartement. Je n'ai pas le temps d'y parvenir, une main telle une patte d'ours me broie l'épaule et me plaque contre le mur suintant, une autre griffe lacère ma poitrine en arrachant mon caraco. Je dois crier, appeler Charles à mon secours, il n'est pas si loin qu'il ne pourrait m'entendre, mais une bouche vorace qui prend la mienne m'en empêche, je suffoque, éperdue, et tambourine de mes poings un buste insensible. Mon agresseur se met à ricaner de mes faibles défenses, j'en profite pour crier. Un coup de massue s'abat alors sur mon front, tout mon crâne s'en trouve ébranlé, mes jambes se dérobent, un sol humide vient à moi. Je suis à sa merci.

Eugénie garde encore les yeux secs à ce stade de son récit, au contraire de Gersende dont les joues sont ruisselantes, un torrent se déverse malgré ses paupières closes sur une scène d'horreur qu'elle vit en communion avec sa mère. Les deux femmes, comme des naufragées, s'étreignent. Mais Eugénie sait qu'elle doit aller au bout de son calvaire, sa voix devient murmure :

— Un corps s'abat sur moi, je sens malgré mon étourdissement son souffle sur mon visage, il approche sa bouche de mon oreille et, tandis que sa main fourrage sous mon jupon, il me souffle d'une voix haineuse : « Charles, toujours lui, l'aîné a tous les droits et le cadet les restes. Alors, pour une fois, je me sers en premier ! » Combien de temps s'est écoulé entre ces mots vengeurs qui signent leur forfait et le pas lent et lourd qui cogne à mes oreilles ? Une minute ? Plus ? Je ne saurais le dire, toute perception de souffrance m'avait abandonnée, je m'accrochais seulement au secours qui venait, au pas qui s'accélérait, à la voix que je reconnaissais, que je bénissais pour sa présence.

— Votre père le colporteur, n'est-ce pas ?

Gersende n'a pu retenir une question dont elle connaît pourtant la réponse. Comme sa mère, un élan d'amour et de reconnaissance la porte instinctivement vers ce grand-père qu'elle n'a pas eu le bonheur de connaître.

Eugénie confirme d'un hochement de tête et poursuit :

— Soudain, le poids qui m'écrasait, qui me privait de tout mouvement, presque de respiration, s'évanouit comme par miracle. Malgré mes paupières serrées sur mon malheur, je crus voir une lueur balayer le corridor et je perçus dans la voix de mon père l'horreur qu'il découvrait : sa fille dénudée et tout ensanglantée. Et qui plus est, le criminel ! « Gabriel Cazost, la vermine ! Tu vas payer cher ce que tu as fait à ma fille, charogne ! »

Eugénie Cazost-Dorandieu était venue au bout de ses révélations qui avaient engendré chez elle tant de souffrance depuis que son beau-frère était revenu sur le devant de la scène et faisait planer sur sa famille ingérence et menaces. Mais Gersende en voulait plus. Dans quel état de douleurs physiques ce suppôt de Satan l'avait-il laissée ? Le châtiment prononcé contre lui avait-il été à la hauteur du forfait ? Tout cela était de peu d'importance pour Eugénie, elle tenta tout de même de satisfaire sa fille.

— Mon père était un homme d'action. Après m'avoir portée à mon lit et tandis que ma mère me nettoyait de mes souillures, il alla quérir une sœur grise à l'hospice de charité. Les membres de cette communauté, ainsi baptisés en raison de leur vêture, apportaient les soins aux malades et aux blessés. Elle désinfecta soigneusement mes griffures, y posa quelques pansements, massa avec un onguent mon front déformé par le coup reçu et partit en livrant un conseil à ma mère : « Il faudra signaler aux consuls la présence de chiens errants et agressifs dans la ville. » L'explication qu'avait dû lui donner mon père, soucieux de ma réputation.

— Et le coupable de ces déportements ?

— Envolé la nuit même !

— Comme cela a dû vous paraître injuste et révoltant !

— Je n'ai retenu que la bonne nouvelle rapportée par mon père de chez les Cazost. La date de mon mariage avec Charles était enfin établie, notre union aurait lieu le 24 septembre, le temps qu'il n'y ait plus traces de mon visage tuméfié.

Gersende restait abasourdie, confondue. Quel pouvoir l'esprit s'arrogeait-il ! Couvrir d'une chape de plomb tout ce qui fait mal, quitte à la voir se désagréger des dizaines d'années plus tard, au souvenir d'un mot ou d'une image floue ! Au prix cependant de tant de mal-être avant que ne resurgisse la vérité nue ! Désolée d'insister, elle revint encore à la charge :

— Pardonnez-moi, maman, ce n'est pas une curiosité malsaine de ma part, mais je cherche à comprendre…

— Ma raisonneuse ! Tu ne changeras donc jamais.

La jeune fille esquissa un doux sourire.

— Je crois que ce qualificatif me restera, en effet. Avez-vous eu l'occasion de livrer à votre mère tout ce que vous avez ressenti ?

— Je n'en ai jamais éprouvé le besoin. Pas plus qu'à mon époux, certainement parce qu'il m'a fait la vie heureuse. Mais c'est curieux que tu me demandes ça.

— Pourquoi ? Oui, pourquoi ? Dites-moi.

— Parce que ma mère, dans ses derniers instants, y a fait référence. Je pris cela comme une transmission de la part de mon père disparu quelques mois plus tôt.

— Que vous a-t-elle dit ?

— Qu'elle s'était étonnée de mon rapide rétablissement après l'agression subie, que mon père ne décoléra pas durant quelques mois et je comprends désormais le doute qui le rongeait. Or, je peux te l'assurer, il n'en était rien, Gabriel n'était pas parvenu à ses fins. Merci ! Merci, mon enfant ! Merci, ma Gersende !

— Mais de quoi, maman ?

— D'être une raisonneuse ! s'écria Eugénie dans un grand rire. D'aller au fond du problème, de poser des questions, d'attendre des réponses. Oh, comme je me sens bien ! Comme je suis heureuse ! Je n'ai pas souvenir d'avoir ressenti pareille plénitude, autant de légèreté, je te dois ce bonheur.

— Un bonheur qui ne peut être supérieur au mien. Oh, comme je vous aime, maman, si sereine, si belle, si détendue !

— Tss tss tss, jeune fille, ces qualificatifs siéent mieux à votre âge qu'au mien. Le soulagement, je l'avoue, contribue à cette sensation de légèreté, celui de ne plus revoir Gabriel le maudit.

— Je partage volontiers cet espoir.

Les mots, les ressentis, échangés à cœurs ouverts, à cœurs livrés, les avaient libérées. Elles n'avaient pas vu passer le temps. Gersende la première en prit conscience.

— Voulez-vous que nous nous enquérions des nouvelles de ce malheureux qui fut pris d'un malaise à notre table ? Constant doit être de retour de l'hôtel-Dieu.

Transporter Lachamp toujours inanimé jusqu'à la porte Saint-Antoine n'avait pas été une partie de plaisir pour Constant et Mathieu. Encore furent-ils aidés en chemin. Le malheureux fut emmené dans une salle de premiers soins, dissimulée au grand dortoir qui composait l'établissement par un paravent.

— Revenez demain aux nouvelles ! leur fut-il conseillé.

— Adieu donc, monsieur Larivière.

Constant tendit la main à Mathieu qui corrigea :

— Au revoir, monsieur Cazost... enfin, je l'espère.

Resté seul, Mathieu Larivière se trouva désemparé. L'espoir existait-il de remettre un pied à L'Origanterie Cazost, de revoir cette si délicieuse demoiselle Gersende ? Rien n'était moins sûr. De plus, un sentiment de honte l'habitait d'avoir fait confiance à l'homme aux multiples identités. Son père, lui, n'était pas tombé dans le piège des apparences. Quelle perspicacité ! Il imaginait déjà son retour à la Frigoule et le récit qu'il ferait de sa mission. Ses idées, petit à petit, se remettant en place, il réalisa : Saturne ! Je dois récupérer mon cheval !

Il peina à retrouver, en dehors de la ceinture urbaine, la ferme dans laquelle ils avaient laissé en pension leurs montures. Le souvenir d'une barrière d'octroi jouxtant le mas le servit. Sans surprise, il constata que la monture du fuyard avait disparu, paya la journée de pacage et, ne pouvant se résigner à regagner Banne sans avoir de nouvelles de Lachamp, il partit à la recherche d'un abri pour la nuit. Il trouva acceptable le prix de vingt-cinq sous au Logis du Cheval-Blanc, rue Carrèterie.

— L'assiette et le lit pour vous, la paille d'écurie et l'avoine pour votre cheval, lui détailla Valarmoux, le propriétaire à la bonne tête d'honnête homme.

Le lendemain, Mathieu retourna à l'hôtel-Dieu, mais ne put toujours pas visiter le malade. On lui assura pourtant qu'il avait repris connaissance mais qu'il était fort agité et tenait des propos incohérents.

— Revenez demain, lui fut-il conseillé de nouveau.

Il haussa les épaules, agacé de remettre son départ au lendemain. Il ne prenait plus plaisir à découvrir la ville qui l'avait ébloui. Pourtant, il ne pouvait se priver d'entendre les explications de Lachamp. Son père ne l'avait-il pas chargé d'une mission de confiance ? Il ne pouvait faillir.

La matinée s'écoula lentement, au gré de ses pas et de ses pensées. Les premiers furent nombreux à arpenter Nîmes dans ses plus secrets recoins. Les autres plus encore, elles se bousculaient, tarabustaient le jeune homme, ne lui laissant nul répit. Au terme de ses réflexions, une évidence lui apparut : il devait essayer de revoir la demoiselle Cazost.

Pour elle, en toute franchise, il feuilletterait le livre de sa vie au domaine de la Frigoule, lui confierait les soupçons de son père et, surtout, lui ouvrirait les émois de son cœur.

Convaincu du bien-fondé de sa démarche, il griffonna un mot sur un bout de papier qu'il confia à Nine.

— Pour mademoiselle Gersende ! lui souffla-t-il à mi-voix.

Mademoiselle Cazost,

Je ne peux quitter la ville sans avoir rétabli, du mieux que je pourrai, la réputation que vous êtes en droit de vous faire de moi. Retrouvons-nous aux nymphées dans les jardins de la Fontaine, je vous en prie.

Mathieu Larivière

Il est des rendez-vous que l'on redoute autant que l'on espère. Ainsi, celui que lui donnait Mathieu Larivière mettait-il Gersende à la torture. Son cœur lui disait d'y aller, la raison lui intimait de n'en rien faire. Et pour « la raisonneuse » qu'elle était, ce n'était pas mince affaire de convaincre l'amoureuse en devenir. D'ailleurs, elle n'y parvint pas !

— Vous êtes venue ! Je n'ose y croire, et pourtant je ne pouvais partir sans vous revoir, sans vous parler…

— Me revoir pour quoi ? Me parler de quoi ? De l'attitude de votre ami Gabriel Cazost… enfin

Oudard, ou que sais-je ? l'agressa-t-elle, sur la défensive.

Son regard s'assombrit, elle se détestait de lui parler ainsi, elle aurait voulu n'avoir pour lui que des paroles douces, des intonations sans acrimonie. Mais c'était plus fort qu'elle, les mots avaient fusé, secs, accusateurs, méprisants, chagrinés. Mathieu ne retint que chagrinés.

— Vous êtes, Gersende, la dernière personne que je veux voir chagrine. Alors écoutez-moi, je vous en prie.

Ses yeux étaient remplis de tendresse quand Mathieu évoquait sa mère, ses deux sœurs ; la fierté l'emportait en parlant de son père, un homme de courage et de probité qui ne vivait que pour sa famille et son domaine. La première, il l'avait fondée, veillait à son bien-être et son bonheur, le second lui était échu et il le vénérait, fier de ce qu'en avaient fait ses ancêtres, soucieux d'en assurer la pérennité et conscient qu'il n'était qu'un maillon de la chaîne.

Mais ce qui transcendait Mathieu, c'était d'évoquer son Vivarais natal, son village de Banne, les eaux tumultueuses du Chassezac qui avaient façonné tant de grottes, la crête bleutée du Tanargue et la plaine immense, infinie.

Le visage de Gersende s'était détendu à cette déclaration d'amour à sa famille, à sa région. Lui revenaient en vrac Vacquerolles où elle avait résidé tant d'années chez sa nourrice, puis le maset de la Costière tantôt frémissant sous le baiser d'un vent paresseux, tantôt bousculé par les rafales d'un mistral déchaîné. Tous ces souvenirs étroitement liés aux bonheurs en famille et, plus proche, à son séjour au pays des fleurs et des parfums. Tous deux se reconnaissaient dans le même sentiment de plénitude qu'offrait la nature, qu'elle soit de montagne, de colline ou de plaine. L'amour qu'ils lui portaient, s'il prenait des chemins différents, des finalités particulières, les rapprochait irrésistiblement.

Son intonation ne vibrait pas de la même impatience agressive lorsque Gersende demanda :

— Cela ne me dit pas quels intérêts vous lient à mon oncle ni à ce monsieur Lachamp, tous deux au comportement plus qu'équivoque, vous ne trouvez pas ?

— Si fait, Gersende. Et je n'en suis pas fier. J'avoue avoir été réticent à la mission que me confia mon père de lui rapporter les faits et gestes d'Oudard et de Lachamp. Je ne me sentais pas l'âme d'un espion. Or, à ses yeux, ils étaient devenus suspects…

— Suspects de quoi ? demanda Gersende.

— De s'être immiscés dans le mouvement de rébellion contre les procureurs, une révolte contre les injustices déclenchée par des propriétaires terriens, dont mon père, et d'y créer des groupes dissidents incitant à la violence là où l'esprit se voulait pacifique. Derrière leurs masques, les révoltés du Vivarais…

— Comment dites-vous, Mathieu ? le pressa-t-elle soudain.

— Les masques révoltés du Vivarais.

Sans un mot, elle lui prit le bras et l'entraîna vers l'entrée des jardins jusqu'à un marronnier où était fixé un *placard*[1], et Mathieu, incrédule, lut :

Fin de la révolte des Masques en Vivarais. Quinze d'entre eux se sont rendus. La loi a toujours le dernier mot.

— J'en suis sûr, mon père est parmi eux ! Je dois retourner chez moi ! Ma mère, mes sœurs, je ne peux les laisser seules.

Il ne paraissait plus rien des réticences de Gersende. Sans avoir tous les tenants et les aboutissants de son histoire, elle lui faisait confiance et s'inquiétait déjà pour sa sécurité.

— Ne risquez-vous pas d'être arrêté, Mathieu, si vous retournez chez vous ? Vous pourriez rester… vous cacher…

— Je le pourrais si je n'écoutais que mon cœur, mais comment, alors, jugeriez-vous ma veulerie ? Si vous croyez qu'on peut tomber amoureux au premier regard, Gersende, si vous pensez pouvoir

1. Ancêtre de l'affiche publicitaire. Les placards, au XVIIIe siècle, servent de support aux arrêts légaux, ordres de justice et autres proclamations. Ils ont pour vocation d'annoncer la puissance de la loi. Par leurs coloris forts, ils attirent l'œil, attachent les regards.

m'aimer en retour, alors soyez assurée que je reviendrai. Je reviendrai, je vous le promets.

Gersende accompagna sa fuite d'un regard amoureux jusqu'à ce que sa silhouette se perde dans la foule.

5

L'enfer d'Orphée

Mathieu n'avait pu partir sans une dernière tentative d'approcher Lachamp. Il s'invita dans la salle commune, écarta les rideaux qui séparaient les malades et le trouva enfin.

— Vous me reconnaissez, monsieur Lachamp ? Je suis Mathieu. Mathieu Larivière.

Lachamp, surpris, resta hagard un instant, puis se saisit du bras de Mathieu qu'il secoua en répétant :

— La pou… la poupou… la poupou… Ja… Jason…

— Calmez-vous, monsieur Lachamp. Reprenez votre souffle et ne vous agitez pas. Vous souffrez des poumons ?

Malgré son regard d'halluciné, les mots qui sortaient toujours de sa bouche en saccades semblaient plus sensés.

— Non, pas les poumons ! La poudre à tuer encore… il l'a déjà fait par ma main ! cria Lachamp en brandissant sa dextre.

Mathieu tenta de l'apaiser en abondant dans son sens :

— La poudre, la poudre à canon ? Oui, hélas, elle peut tuer.

— Non ! Du poison… un parfum terrible… vite… il faut le récupérer au maset de la Costière avant… avant Jason.

— Qui est Jason ?

— Oudard ! Enfin, Cazost !

Non, Lachamp n'avait pas perdu la raison. Mathieu avait saisi au fond de son regard des bribes de son âme, c'était celle d'un homme effaré devant un désastre. Pourtant, il insista encore :

— Il a déjà tué, ce parfum ?

— Oui, hélas ! Par ma main… son frère… Son propre frère !

Mathieu partit comme un fou. Il devait retrouver ce maset, coûte que coûte. Ce qu'il fit, non sans se fourvoyer sur ces collines qui cernaient la ville. Il y parvint enfin et se tapit derrière un muret, attendant le départ de l'ouvrier agricole et rageant de tout ce temps perdu.

La nuit tomba sans qu'il ne distinguât âme qui vive dans les parages et décida d'agir. Il n'eut pas besoin de forcer la porte du maset, elle était entrouverte. Il alla droit à la cachette dont il se remémorait l'endroit. Vide ! Il sentit son sang se glacer. Il farfouilla encore, se jurant, s'il le fallait, de mettre à sac le maset. Dans sa quête désordonnée à tâter les murs, ouvrir les meubles, et ce toujours dans l'obscurité, il buta contre quelque chose à la fois mou et résistant. Un corps sur lequel il manqua s'affaler. Il l'enjamba, ouvrit la porte en grand et, à la faveur d'un rayon de lune, découvrit un homme au visage ensanglanté et qui clignait des yeux au rai de lumière sélénien.

— Qui êtes-vous et que faites-vous ici ? demanda-t-il.

— Denis. Denis Montbellet, je suis le rachalan.

— Le quoi ?

— L'ouvrier agricole. J'entretiens les terres autour du maset. On m'a assommé, je crois. Je ne me souviens pas.

Une plaie béante au sommet du crâne, ourlée de sang séché, apporta confirmation. Mathieu ne se posa pas la question du coupable. Il y avait urgence à porter secours au blessé, mais également urgence à informer Gersende d'une poudre suspecte probablement dans l'atelier. Il aida Denis à se relever, puis le hissa sur son cheval et partit en maîtrisant la fougue naturelle de Saturne, afin de ne pas ajouter aux souffrances du malheureux jardinier qui par moments dodelinait. Mathieu pensa alors à lui tenir conversation pour qu'il restât conscient.

— Vous travaillez ici depuis longtemps, monsieur Montbellet ?

— Des années. C'était du temps de monsieur Charles. Un bien brave homme que la mort a fauché brutalement.

— Sa famille a revendu le maset à sa mort ?

— Ah çà non ! Mademoiselle Gersende aime trop y venir. Madame Eugénie aussi, mais ce n'est plus pareil depuis la mort...

— Que dites-vous ? Ce maset appartiendrait à la famille Cazost de la rue des Barquettes ?

— Comme je vous le dis ! lui confirma Denis Montbellet.

En arrivant devant l'hôtel-Dieu, Mathieu aida Denis à descendre de sa monture et secoua de belle manière le cordon d'appel.

Gersende s'était levée tôt ce matin-là. Toute une nuit à revivre le rendez-vous que lui avait donné Mathieu et auquel elle s'était rendue, réticente. Toute une nuit à se répéter les derniers mots qu'il avait prononcés avant de s'enfuir : « Si vous croyez qu'on peut tomber amoureux au premier regard, Gersende, si vous pensez pouvoir m'aimer... »

Oh, comme elle voulait y croire ! Alors pourquoi ne parvenait-elle pas à l'absoudre d'être en relation avec son oncle ? Il avait l'air si sincère en lui assurant qu'il était en mission de limier. Son cœur, lui, ne s'était pas posé d'embarrassantes questions, il s'était donné à lui, lui signifiant qu'il n'en aimerait pas d'autres. Pourquoi alors certaines zones d'ombre faisaient encore barrage pour lui accorder sa totale confiance ?

Afin de parachever la commande d'un client, elle avait investi le laboratoire et s'attelait à une création spécifique. Rien ne lui plaisait plus que de surprendre avec des amalgames improbables, aussi se focalisait-elle sur le mariage du jasmin, capiteux, intense, pénétrant, avec la fraîcheur du chèvrefeuille. Un sourire de satisfaction, suivi aussitôt d'un froncement de ses sourcils veloutés, n'avait fait que précéder une réflexion :

— Manque de puissance, de virilité !

Et puis une exclamation :

— Je sais ! Le baume de Tolu ! En reste-t-il, au moins ?

Des yeux, elle parcourut les étagères à la recherche de cette résine qui venait du Pérou et qu'elle utilisait avec parcimonie en raison de son coût. Rien ! Sur le plan de travail, peut-être ? Même déception. Elle se retourna vers une haute vitrine et empoigna l'échelle semblable à celle des bibliothèques qu'elle fit coulisser sur son rail.

— Maouououou ! regimba Orphée, un vieux matou, mascotte de l'atelier qui avait coutume de se nicher un peu partout.

— Orphée ! J'aurais pu te blesser avec l'échelle.

Une caresse sur son dos encore hérissé de surprise et le chat se mit à ronronner en se roulant en boule. La jeune fille n'avait pas monté deux échelons qu'elle fut interpellée par un sachet en forme de cornet qui l'intrigua. Pas la moindre inscription, aucune indication de poids. Mystère. Elle s'en saisit… et ne comprit pas ce qui lui arrivait.

Comme une bourrasque que rien n'entrave, une silhouette masculine se ruait sur elle au risque de la faire chuter, se saisissait de sa main et lui faisait lâcher prise. De fait, le cornet de papier lui échappait des doigts, tombait sur le pauvre Orphée dont le miaulement déchirant et la fuite éperdue dénonçaient la souffrance.

— Gersende ! Vous n'êtes pas blessée ?

La voix haletante de Mathieu Larivière était à mettre sur le compte de sa précipitation, mais Gersende ne savait pas que l'angoisse d'arriver trop tard renforçait l'état d'oppression dans lequel il baignait depuis qu'il avait recueilli des bribes de confession de Lachamp.

Devant le mutisme hébété de la jeune fille, il s'affola :

— La poudre ! Vous avez été en contact avec la poudre ?

— Non, je ne pense pas, mais je crois bien qu'elle est tombée sur ce pauvre Orphée.

Les cris d'Espirite venus du patio confirmèrent ses doutes.

— Oh, misère, on a ébouillanté Orphée ! Qui a pu faire ça ?

Gersende et Mathieu se ruèrent ensemble vers la petite cour intérieure où Espirite, les bras au ciel, se lamentait. Ils découvrirent le malheureux

Orphée tapi sous le rosier grimpant. Il n'avait plus un poil sur le râble, sa peau grésillait jusqu'à faire apparaître l'échine. Il vivait ses dernières minutes.

— Ce n'est certainement pas cette pauvre bête que l'on voulait atteindre, nota Mathieu.

Les ouvriers accourus assistaient eux aussi, sans comprendre, à l'agonie d'Orphée, comme Gersende et Constant. Mathieu se fit un devoir de prendre des décisions à leur place :

— Retournez travailler, je vous prie, et que personne ne touche à cette poudre répandue au sol, elle peut être très dangereuse. Je me charge de tout nettoyer.

Effectivement, il lava le sol à grande eau, le brossa jusqu'à dissolution des moindres taches. Quant au malheureux chat, il n'en restait plus que les cendres calcinées au pied du rosier.

— Qu'on m'explique à la fin ! s'écria soudain Gersende, émergeant de sa prostration et au bord de la crise de nerfs.

— Je vais m'y efforcer, Gersende, promis. Je voulais m'assurer que pas une trace ne reste de ce maudit poison.

Ces paroles apaisantes la calmèrent aussitôt. Elle fut tout ouïe au récit que lui fit Mathieu du délire de Lachamp qui n'en était pas un, de cette nuit d'angoisse et de recherche fébrile au maset, du jardinier blessé à qui il dut porter secours et enfin de ce matin frileux à attendre l'ouverture de L'Origanterie.

— Vous avez sauvé mes mains, celles de notre client qui aurait enfilé ces gants en toute confiance. Vous avez sauvé la renommée de L'Origanterie ! Gabriel voulait notre perte et vous, Mathieu, vous l'avez démasqué !

— Il est toujours dans la nature ! Cet homme sème la mort. Il n'en est pas à son premier forfait, m'a dit Lachamp. Promettez-moi de rester sur vos gardes quand je serai parti.

— Parti ? Vous allez vraiment nous quitter ?

— J'ai déjà tant tardé de rentrer chez moi. Vous me comprenez, Gersende ?

— Oui, mais si vite… Prenez au moins une nuit de repos.

La tentation était forte d'accepter. La fatigue était là et les questions du frère et de la sœur fusaient, mais le devoir l'emporta. Sa place était à Banne, auprès de sa famille. Il abrégea les adieux et sema avec conviction des graines de retrouvailles en serrant dans ses mains celles de son aimée :

— Une rencontre comme la nôtre, Gersende, ne peut rester sans lendemain. Je sais que nous nous reverrons.

*

Gersende flottait dans un entre-deux qui la rendait rêveuse. Avait-elle créé de toutes pièces le songe d'un amour à partir de son seul désir ou bien était-il réalité ? Quel avenir donner à ce sentiment, né de manière étrange, et cependant qu'elle pressentait si vrai, si pur, aux antipodes des circonstances qui les avaient fait, elle et Mathieu, se rencontrer ? Elle ne pouvait concentrer ses pensées ailleurs que sur les derniers mots du jeune Vivarois : « Nous nous reverrons ! »

Elle s'aperçut avec effroi que déjà elle était en manque de lui. Comment cela se pouvait-il ? Certes, il se dégageait de toute sa personne, en dépit de sa jeunesse, un haut sentiment du devoir et cela était à son avantage. Par sa seule présence, il lui apportait cette sensation de sécurité, disparue avec son père, un énorme réconfort pour la jeune fille.

Une question innocente de son frère lui fit reprendre pied dans la réalité. Il était temps !

— Au fait, Gersende, as-tu des nouvelles de notre rachalan ?

— Denis ! Oh, mon Dieu ! Encore une victime de Gabriel, ça ne fait pas de doute. De plus, victime de mon indifférence. Mais où ai-je la tête ? Crois-tu qu'il soit toujours à l'hôtel-Dieu ?

La réponse attendue ne vint pas de Constant, mais de Francette venue informer la famille Cazost de l'agression dont avait été victime leur rachalan et surtout la mettre en garde.

— Il vous faut être prudente, Gersende, lorsque vous montez au maset de la Costière. Il s'y passe des choses plus que bizarres. Denis y a été assommé par un homme qu'il n'a pas vu, puis secouru par un autre qui fouillait nuitamment le maset.

— Je sais, Francette...

— Vous savez ! Mais comment ?

— Cela nous a été rapporté... bredouilla-t-elle, honteuse de faire des cachotteries à son amie. Dis-moi comment va Denis ?

— Il va mieux mais n'est pas encore très solide sur ses jambes, et sans forces.

Gersende sourit au souvenir du garçonnet pataud de Vacquerolles, les genoux toujours écorchés, les fonds de culottes râpés.

— Qu'il prenne le temps de se rétablir et qu'il soit rassuré, sa quinzaine lui sera payée.

Puis elle s'efforça de ne pas rougir en servant un nouveau mensonge à son amie Francette :

— De toute façon, il n'est pas prudent de remonter au maset tant que... tant que nous n'avons pas démasqué les mystérieux visiteurs. Et qu'une nouvelle serrure n'a pas été placée. Merci, Francette, d'avoir pris la peine de nous rassurer pour Denis.

Il avait suffi de cette immersion dans la réalité pour que Gersende retrouve son pragmatisme. Repassaient alors dans son esprit maintenant clair, et avec précision, les étapes du récit qu'avait fait Mathieu et sa mise en garde. En tout premier lieu, sa visite à Lachamp et sa demi-folie qui l'avait mis sur la piste du poison. Elle avait certes fait peu de cas de cet homme mais lui revenait en mémoire son attitude étrange, comme un besoin de se dissimuler. Elle devait à son tour le confesser. Serait-il toujours à l'hôtel-Dieu ? Rien n'était moins sûr, mais qui ne tente rien n'a rien.

On avait à nouveau isolé le malade après qu'une visite intempestive – celle de Mathieu – l'avait plongé dans un délire violent et suicidaire.

— Je ne peux pas prendre le risque, mademoiselle, de vous laisser le visiter, il peut être dangereux, lui assura la religieuse à qui elle s'était présentée comme une parente de Lachamp.

— Pas avec moi, ma sœur ! Il nous a toujours tenus, mon frère et moi, en affection, il n'a jamais eu d'enfants...

Combien ces mots lui répugnaient sans savoir pourquoi ! Mais combien ils étaient convaincants !

— Attendez-moi là, mademoiselle, je vais voir comment se comporte ce malade aujourd'hui.

Gersende attendait, impatiente. La religieuse revint et sourit.

— On le dit d'humeur fort égale aujourd'hui. Sa nuit ne fut pas agitée, pour autant les visites pourraient le fatiguer. Le docteur trouve que son cœur donne des signes de faiblesse.

— Raison de plus, ma sœur, pour que j'aille lui dire adieu, je ne resterai que quelques minutes ! insista Gersende. Juste le temps de lui assurer que nous ne l'oublions pas !

Dieu qu'elle feignait bien la sollicitude ! Elle-même s'en étonnait. La religieuse était sur le point de céder quand elle fut appelée à l'infirmerie de l'établissement.

— Je n'en ai pas pour longtemps. Je vous accompagnerai ensuite auprès de votre parent, recommanda-t-elle.

Gersende y vit comme un clin d'œil du destin, une permission tacite à visiter Lachamp et, suivant son instinct, poussa la porte derrière laquelle il reposait. Il était aussi blanc que ses draps et pâlit encore en la reconnaissant. Il ne s'agita point cependant, même si son cœur battait la chamade.

— Vous venez le venger ? murmura-t-il, résigné.

Ce n'était pas une question formulée, plutôt une évidence.

— Venger ? Venger qui ?

— Mais... votre... père...

— Aurais-je une bonne raison pour le faire ? demanda-t-elle d'une voix blanche qui s'étranglait au fond de sa gorge.

Il fit oui de la tête et baissa les paupières. Des larmes s'échappèrent qui se perdirent dans son cou alors que Gersende portait un mouchoir à sa bouche pour étouffer un cri d'horreur.

— Vous... avez... causé la mort... la mort de mon père ! Mais comment ? Pour... pourquoi ?

Il gardait toujours les yeux fermés, à peine respirait-il, on aurait dit que la vie s'échappait de lui pour le libérer. Non ! Il n'allait pas mourir ! Pas maintenant qu'il avait tout et rien dit ! Elle devait savoir, aller au bout d'une révélation qui la briserait, certes ! Sa voix alors monta dans les aigus tandis que ses mains s'emparaient d'un bras de Lachamp et le secouaient.

— Ne partez pas, Lachamp ! Ne partez pas avant de m'avoir tout révélé ! Je veux savoir !

Alors, ses yeux toujours clos sur la honte et le remords, mais le ton pacifié, sans à-coups, comme sortant d'une baudruche qui lentement se vide de son air, Lachamp déballa son crime :

— Comment ? Au moyen d'un produit volatil qui, à seulement le respirer, bloque le cœur et les poumons.

Il ajouta dans un murmure :

— J'étais sous l'emprise de Jason qui a longuement mis au point cette préparation maléfique.

Maîtrisant avec peine une nausée incoercible, Gersende s'entendit demander à voix basse :

— Qui est Jason ?

— Votre oncle ! Il se faisait appeler ainsi lorsque je l'ai rencontré pour la première fois. Je ne savais pas qu'il se nommait Cazost ! Je ne savais pas qu'il m'envoyait tuer son frère ! Je vous jure que je ne connaissais pas votre père, mademoiselle ! Dites-moi que vous me croyez !

Gersende ne se reconnaissait pas dans ce rôle et pourtant il en était ainsi ; elle apaisait cet homme aux portes de la mort, elle parlait presque avec bienveillance à l'assassin de son père alors que tout son être lui disait de s'enfuir, de mettre de la distance entre cet homme et elle avant que ses mains n'échappent à son contrôle et ne serrent Lachamp à la gorge.

— Je vous crois sincère, monsieur Lachamp, même si tout cela me paraît fou. Donner la mort à un ennemi, passe encore, mais à un inconnu qui ne vous a rien fait...

Un souffle ténu sortit de la bouche du mourant que Gersende eut du mal à comprendre et se fit répéter :

— Il avait acheté le maset.

— Le maset de la Costière ?

— Oui. Mais je vous le dis, moi, ma haine ne se retournait pas contre l'acquéreur, mais contre le vendeur, maître Borrelly, dont j'étais le rachalan et qui m'a fait partir avec toute ma famille. Réfugié en Vivarais, le pays de mon épouse, j'y ai vu mourir celle-ci, son bébé et notre garçon. Moi, je voulais me venger de ce pourri de notaire. Jason m'a dit qu'il fallait commencer par ses tantes, puis par le nouveau propriétaire, le notaire viendrait en dernier.

Délirait-il ? Gersende n'était pas loin de le penser, mais insista pour qu'il s'explique, et Lachamp, dont la lucidité ne faisait pas de doute, lui expliqua dans les moindres détails l'empoisonnement des tantes, toujours à base de produits élaborés par Jason et qui ne laissaient aucune trace.

— Deux ans après, ce fut au tour du gantier-parfumeur de mourir par ma main, mais par la volonté de votre oncle. Je le jure ! Pour cela, il m'avait fait revêtir le harnachement d'un colporteur qu'il alla dénicher dans sa grotte, puis il m'apprit quelques rudiments de ce métier pour approcher votre père. Il m'a dit ces mots avant que je le quitte : « Ta vengeance épousera la mienne ! » Il rayonnait de joie quand je revins, mon forfait accompli. Honte à moi, je m'entends encore fanfaronner : « Deux ! J'en ai eu deux, Jason ! » Un jeune, un apprenti certainement, avait respiré à son tour le flacon !

— Le fils Belmonte ! s'exclama Gersende. Oui, c'était lui, il fut quelques jours entre la vie et la mort. Qui d'autre ?

Dans un murmure, Léon Janvier avoua :

— Le prochain devait être le notaire Borrelly, et là c'est sa vengeance qui épousait la mienne, lui qui a fait mon malheur.

Et de raconter le courrier de maître Norier au sujet de l'héritage de son épouse, son installation désastreuse en Vivarais. Les deuils douloureux. Son premier meurtre sur sa belle-sœur. On aurait dit qu'il s'accrochait à la vie afin de vider un sac beaucoup trop lourd à charrier dans l'au-delà.

Gersende avait l'impression que ni sa tête ni son cœur ne pouvaient accueillir d'autres aveux aussi horribles, et cependant ses jambes refusaient de la mener hors de cette chambre qui sentait la mort, la trahison, la haine, le dégoût. Sans qu'elle s'en doute, son esprit commandait à son corps de rester encore, à sa bouche de poser une dernière question :

— Vous avez parlé de grotte, monsieur Lachamp. Où se trouve-t-elle ? Vous en souvenez-vous ?

— Sur ma vie qui s'échappe, ma vie de pécheur, je jure que j'aurais voulu vous y conduire, mademoiselle. Je l'aurais fait les yeux fermés, hélas je n'en ai plus la force. Elle se trouve dans le bois de Païolive, près du village de Banne, en Vivarais.

Banne, le village évoqué par Mathieu Larivière ! Le cœur de Gersende bondit dans sa poitrine. Fuir ! Elle voulait fuir cette chambre et allait passer la porte sans jeter un regard au mourant quand celui-ci la fit se retourner d'une prière :

— Si vous avez une pieuse pensée pour un mourant qui implore le pardon, évoquez Léon Janvier l'honnête homme, mon vrai nom. Si la haine vous guide, qu'elle soit tournée vers Lachamp le maudit.

⋆

L'image de Gersende accompagna Mathieu tout le temps que dura son retour en Vivarais. Il gardait d'elle le souvenir d'une découverte merveilleuse, celle d'une femme si différente du modèle qu'il avait eu jusqu'à ce jour.

En effet, il ne reconnaissait, dans le personnage qu'il devinait quelque peu indocile, ni sa mère ni ses sœurs, représentations fidèles des femmes de la campagne, tout en réserve de paroles, en retenue d'expressions. Jusqu'à leurs déplacements qui restaient furtifs alors qu'autour de Gersende bruissaient la soie, le taffetas ou la dentelle.

— Elle est… elle est belle comme… comme un parterre de fleurs ! Et comme lui, elle sent bon ! Un bouquet de senteurs !

Indifférent à ces envolées, en bon montagnard de la race limousine, Saturne traçait son chemin, pressé de retrouver la terre tantôt souple et boueuse, tantôt rêche sous son sabot, les labours pentus, les chemins escarpés.

Mathieu poursuivait son monologue, transporté et béat :

— Et moi, Mathieu Larivière, paysan cévenol, j'ai sauvé ses mains, ses belles mains de princesse. Princesse de mon cœur !

Il fallait bien toute cette exaltation pour combler le vide ressenti depuis qu'il l'avait quittée. Il fallait aussi que devant ses yeux se projette l'image de son regard confiant, de ses lèvres sur lesquelles il aurait aimé poser les siennes, souvenirs délicieux, souvenirs précieux qui l'aideraient à supporter l'éloignement.

Il restait cependant sur le qui-vive, les bourgades qu'il traversait attestaient pour certaines le passage dévastateur de la soldatesque, pour d'autres la présence à la fois sécurisante et redoutée d'une compagnie de cavalerie armée jusqu'aux dents. À chaque octroi, il devait montrer patte blanche – ni armes ni masque dans les fontes de sa selle –, et c'était à chaque fois un moment d'angoisse. Il serait rassuré quand se dessinerait à l'horizon le bloc rocheux du Fort de Banne.

Il le fut en effet, quand ses sœurs coururent au-devant de lui et se jetèrent dans ses bras tandis que leur mère se composait une attitude de femme forte devant les épreuves.

— Tu nous as manqué, mon fils, et cela au pire moment. Bien sûr, tu ne pouvais pas savoir, dans ton désir de suivre Lachamp et Oudard, que les choses ici allaient si mal tourner.

Le reproche sourdait malgré le regard plein de tendresse qu'elle posait sur son fils. Il parut important à Mathieu de rétablir la vérité :

— Père avait de bonnes raisons pour me demander de suivre ces deux lascars à Nîmes. Je n'ai pas tardé à réaliser combien il était dans le vrai en se méfiant d'eux. Il n'a même pas idée de ce que j'ai été amené à découvrir. Je loue son flair, comme je salue sa perspicacité !

— Si seulement il était là pour t'entendre !

— Ainsi père est de ceux qui se sont rendus ? Je m'en doutais. Jamais homme ne fut habité d'une telle probité. Ses actes ont toujours été conformes à ses paroles et ses paroles à ses pensées.

— Une droiture fort mal récompensée. Mais comment as-tu su ? Les nouvelles courent donc vite dans les grandes villes ?

— Les placards infamants renseignent la population comme autrefois les hérauts transmettaient les publications solennelles.

— Des placards ? De quoi donc parles-tu ? s'étonna Angélie.

Et son frère d'expliquer avec force gestes et détails les affiches criardes qu'il lui avait été donné de découvrir.

— Je me serais mis en route aussitôt, mais un événement imprévu m'a obligé à différer d'un jour mon départ. Ce dont je n'ai pas à rougir car cela m'a permis d'éviter un drame.

Ce fut au tour de Lyson de s'irriter :

— Un drame comme celui que nous vivons ici ? Je ne vois pas pire qu'un mari, un père, un honnête homme emprisonné comme un vulgaire malfaiteur.

Il leur fit alors part des derniers événements.

Mère et filles avaient écouté, horrifiées, ce raccourci des exploits de Mathieu. On vivait des choses peu ordinaires à la ville ! Mais le cœur de Rosalba s'était pincé au prénom énoncé, son fils l'avait prononcé avec une telle ferveur tandis que ses yeux s'illuminaient à l'image fugitive qui glissait devant eux.

Son cœur est pris. La ville est un lieu de perdition qui enlève les fils aimants à leur mère ! se dit-elle, désolée de ce constat et se préparant déjà à ce qu'il tourne le dos à son enfance, à sa famille, à tout ce qui avait fait sa vie à ce jour.

Le connaissait-elle si mal, ce fils élevé dans le respect et la tradition familiale ? Ou bien imaginait-elle le pire pour mieux savourer le meilleur ? Elle ne fut pas déçue.

— Maintenant, c'est de nous que dépend le renouveau du domaine de la Frigoule. Nous n'avons pu semer le blé en raison des sols gelés et maintenant il est trop tard, je vais mettre du sarrasin qui nous fournira en farine pour l'année.

Rosalba sourit. Les leçons du père portaient leurs fruits. Leur fils, malgré sa jeunesse, avait la tête sur les épaules.

— J'ai vu sur nos mûriers qui bordent la Vernadelle des bourgeons prometteurs pour une belle saison de vers à soie. Le *fialage* va bientôt résonner de vos chants, les filles !

Lyson et Angélie sourient à leur tour à leur frère. La mère a mis la main sur sa poitrine, un geste qui en dit long, le nouet est au creux de ses seins dans la tiédeur du corps, les œufs de vers vont éclore. Elle essuie une larme. Mathieu a perçu ce geste, il entoure les épaules de sa mère et pose un baiser sur sa tempe.

— Ne croyez pas, maman, que j'oublie père. Demain, j'irai à Berrias où, lorsque je passais, on annonçait une distribution gratuite de graines et semences. Et donc, en remontant, je m'arrêterai au presbytère de Banne, notre bon curé pourra peut-être nous donner des nouvelles des prisonniers.

— Tu es un bon fils, Mathieu ! lui murmura sa mère.

6

Les quatre mousquetaires

À l'issue de la confession du mourant, si criante de vérité, Gersende ne ressentait pas un besoin de vengeance et ne s'en étonnait même pas. Elle avait l'impression d'être vidée de toute substance, de toute réaction. La tête douloureuse, inapte au raisonnement, le cœur en charpie, l'estomac tarabusté par des écœurements, elle venait de vivre, à travers le récit-confession de Léon Janvier, l'assassinat de son père comme si elle y avait assisté. Car cela en avait été un, soigneusement ourdi, manigancé avec volupté, perpétré sans états d'âme. Comment vivre en sachant tout cela, sans clamer à l'injustice, sans crier sa douleur ?

La partager pour l'alléger ? Mais quel choix égoïste et malsain alors ! Ne devait-elle pas, plutôt que les plonger dans l'horreur, protéger sa mère et son frère ? Il lui semblait que son père lui-même l'exhortait au silence.

En contrepoint venait se juxtaposer une voix qui distillait une évidence plus conforme à sa nature éprise de véracité :

« Tu ne dois pas leur sceller un aveu d'une telle importance. Toi-même, ne ressens-tu pas différemment la mort de ton père dès lors que tu en connais l'origine ? La plus insupportable des vérités est cent fois moins douloureuse que les questions restées sans réponses. »

Sans qu'elle ait décidé dans quelle direction la menaient ses pas, elle se retrouva, après un temps indéfini de marche titubante, devant la porte de Francette.

— Mademoiselle Gersende ? Quelle pâleur ! Ne me dites pas qu'un malheur… votre maman… parlez, je vous prie ! Asseyez-vous d'abord et buvez un peu d'eau fraîche.

Les deux mains crispées sur le verre, la jeune fille peinait à maîtriser ses tremblements.

Francette entoura d'un bras ses épaules et la serra contre elle tout en l'encourageant :

— Je vous en prie, Gersende. Parlez, pleurez, criez, mais ne restez pas figée dans une souffrance que je ne m'explique pas.

Elle sentit le corps de la jeune fille s'amollir légèrement alors que sa voix, venue du tréfonds de son être, murmurait :

— Ils se sont mis à deux pour assassiner mon père.

— Votre père, assassiné ! Mais d'où tenez-vous cela ?

— De la bouche même de l'un des criminels !

Tétanisée à son tour, Francette balbutia :

— Voulez-vous me raconter, Gersende, ou bien est-ce trop douloureux ? Préférez-vous que je vous raccompagne rue des Barquettes ?

Ces derniers mots ramenèrent Gersende à son grand dilemme. Secouée de sanglots qu'elle évacuait enfin, elle narra à sa précieuse amie les aveux de Léon Janvier et l'implication de son oncle Gabriel, véritable instigateur de ce geste mortel, et termina par son hésitation.

— Un secret si lourd à porter empoisonne toute une vie car les remords s'y ajoutent, vous le savez bien, Gersende. Vous devez la vérité, du moins celle qui vous a été confiée, à votre mère et à votre frère. Imaginez un instant que l'inverse se soit produit, que madame Eugénie ou monsieur Constant soient les détenteurs de ce secret et vous l'aient scellé ?

Une fois de plus, Francette se révélait la sagesse incarnée. Elle ajouta, se voulant persuasive :

— Madame Eugénie fera en sorte que ces hommes soient incarcérés et payent pour leur crime !

Forte de ces conseils, Gersende était rentrée chez elle déterminée, mais avait dû attendre un moment propice pour aborder ce terrifiant aveu. En fait, elle le provoqua, invitant sa mère à une petite pause autour d'un tchocoatl, sa boisson favorite. Sur un ton délicat, elle demanda :

— L'idée vous a-t-elle effleurée, maman, que la mort de votre époux, de notre père, ne soit pas naturelle ?

— Pas le moins du monde, voyons ! Que vas-tu chercher là ?

Elle avait répondu impulsivement, presque avec rejet qu'une telle idée ait traversé sa fille, mais aussitôt se ravisa. Sa voix se fit murmure, troublée de trémolos quand elle confessa :

— Je te dois cet aveu, ma fille, qu'à l'instant où je vis Gabriel, ma conviction quant aux circonstances de la mort de Charles fut fortement ébranlée. Si une chape de plomb occultait encore l'agression qui avait fait de moi sa victime, le souvenir de la réputation de mon beau-frère était toujours vivace à ma mémoire et à celle des habitants du faubourg des Bourgades, qui s'en méfiaient comme de la peste. Arrogant, vindicatif, irrespectueux, violent, pour ne citer que quelques qualificatifs qui le définissaient si bien. Mon empressement à vous éloigner, toi et ton frère, était lié aux réminiscences de ses excès de conduite. Je t'en demande pardon, ma fille, si tu as pris cela pour du rejet ou que sais-je ?

Une bouffée de tendresse envahit Gersende tout entière. Sa relation avec sa mère était désormais d'une telle spontanéité, affranchie des silences et des malentendus. Tout en regrettant d'avance de raviver sa douleur, elle sut qu'elle avait suivi le bon chemin.

Gersende la rassura :

— Les parents sont souvent pourvus d'un sixième sens quand il s'agit de leur enfant. De même votre ressenti lorsque vous vîtes ce… ce… Gabriel.

Elle marqua un temps d'arrêt avant de se lancer :

— Cet homme que j'ai peine à nommer tant la haine m'étouffe n'est pas étranger à la mort de votre époux, de notre cher papa. Pis, il en fut l'instigateur.

Voilà, c'était dit. Elle laissa à sa mère le temps d'assimiler cette accusation tout en ne quittant pas des yeux son visage, révélateur de ses émotions. Le ton calme de sa mère – la nouvelle Eugénie s'avérait une femme pondérée – ne manqua pas de la surprendre, de même que ses questions éclairées et son besoin que toute la vérité se fasse :

— Comment s'y est-il pris ? En soudoyant un misérable, un va-nu-pieds, pour garder ses mains propres ? Je dois savoir, Gersende. Nous devons savoir. Appelle ton frère, il a droit lui aussi à la vérité, du moins à des éclaircissements.

Ils formaient tous trois un cercle soudé, indestructible en se tenant les mains et les mots vinrent naturellement à Gersende comme ils étaient sortis auparavant de la bouche de Léon Janvier. Chacune de ses paroles déchirant un silence quasi religieux les rapprochait de ce père qui prenait la dimension de martyr. Chacune s'ancrait dans leur cœur, dans leur chair, s'intériorisait au plus profond de leur être.

Eugénie Cazost-Dorandieu s'attendait-elle à la réaction de ses enfants lorsqu'elle conclut ainsi le récit de Gersende en déplorant :

— Dans cette affaire, hélas, le bras armé est un mourant et la tête pensante un fugitif !

— Un tel crime ne saurait rester impuni ! se rebella Constant. Si seulement on lui connaissait un refuge, une cachette, j'irais l'en déloger et lui faire avouer son crime.

— Ses crimes, tu peux dire ! Et il n'est pas impossible, hélas, qu'il en fomente d'autres, ajouta sa mère.

— Je sais même qui sera sa prochaine victime ! intervint Gersende.

Deux visages interloqués s'étaient tournés vers elle. Gersende les renseigna aussitôt sur les confessions de Léon Janvier :

— Oui, je sais qu'il avait pour projet de « finir » un travail et sa prochaine victime n'est autre que maître Borrelly. Je sais aussi qu'il se terre depuis des années dans une grotte au sein d'un bois, en Vivarais. Le bois, qui se nomme Païolive, n'est pas très loin du village où réside Mathieu Larivière, le jeune homme qui accompagnait Gabriel et son acolyte.

— Un complice ! déplora Constant.

— Mais non, voyons ! se rebiffa-t-elle en le fusillant du regard. Mathi… enfin, monsieur Larivière était chargé de les espionner, je t'expliquerai en route…

— En route ! Quelle route ? Voyons, mes enfants, vous n'y pensez pas ! Partir vers l'inconnu à la recherche de ce voyou ? Ce serait vous jeter dans la gueule du loup et devenir des proies à sa merci, de nouvelles et innocentes victimes ! Je ne puis cautionner cette folle équipée !

— Venger mon père, c'est mon devoir ! se récria Constant.

— Le mien aussi ! renchérit Gersende, déterminée.

Circonvenue et touchée par la résolution de ses enfants, Eugénie comprit qu'elle devait aller dans leur sens en mettant en avant, plus que leur sécurité, une certaine légalité dans leur démarche.

— Il faut alors procéder avec méthode. Dès demain, j'irai prendre conseil auprès de maître Borrelly afin que vous ne vous mettiez pas en danger ni en infraction. Après tout, le notaire est potentiellement concerné.

L'écoute du notaire, qui reçut madame Cazost-Dorandieu avec courtoisie, fut attentive au déballage des événements qu'elle lui narrait. Elle ne douta pas que sa démarche soit persuasive car elle fut suivie d'effets. Maître Borrelly s'invita le soir même chez les Cazost-Dorandieu. En compagnie de son fils qui se voulait à son tour le pourfendeur d'intentions criminelles à l'encontre de son père, ils venaient élaborer un plan de repérage du fugitif. Ils étaient accompagnés de Belmonte, le peaussier, et son fils Antoine.

— J'ai pris l'initiative d'inviter ces messieurs, l'affaire les concerne, n'est-ce pas ? Bien que n'étant pas visé personnellement, ce jeune garçon fut fort indisposé durant de longs mois. Et si par chance il s'est bien remis de l'inhalation toxique qui, malheureusement, a eu raison de maître Cazost, c'est fort compréhensible qu'il nourrisse des sentiments de haine et de vengeance.

La réunion ainsi présentée, on installa des chaises supplémentaires autour de la table. Tout le monde s'assit et maître Borrelly prit à nouveau la parole. À l'évidence, il comptait mener le débat.

— Avant de venir ici, je suis allé à l'hôtel-Dieu où, je vous l'avoue, j'ai eu beaucoup de mal à reconnaître mon ancien rachalan. Une épave ! J'avais mandé deux représentants de la maréchaussée pour recevoir les aveux de Léon Janvier. Mauvaise nouvelle : le bougre rendit l'âme avant leur arrivée.

Un silence pesant accueillit cette information, un silence qui renvoyait chacun à sa propre réflexion, à son intime ressenti, celle de Gersende à coup sûr la plus mitigée en vertu des derniers mots du mourant.

— Vous ne prêtiez pas foi aux aveux qu'il m'a faits et que j'ai rapportés, maître ? demanda-t-elle.

Passé maître en l'art d'éluder les questions gênantes, le notaire raviva d'une phrase l'attention de son public :

— J'avais auparavant rédigé les aveux qu'il me faisait et réussi à lui faire apposer un semblant de signature. Tout cela sera donc acté. J'ai même pu lui arracher un détail qui peut avoir son importance. La grotte dont il est question n'est pas aisée à trouver car ce bois de Païolive en est largement truffé, mais elle a nom la grotte du Seigneur, ou quelque chose d'approchant, la voix de Janvier n'était plus qu'un souffle.

Puis il ajouta, comme se souvenant d'un détail curieux :

— À proximité, a-t-il murmuré, un énorme rocher dans lequel semble sculpté le combat d'un ours et d'un lion émerge de la futaie. Cela reste à vérifier, la mort de Janvier était si proche, ses idées ont pu se brouiller.

Dès lors, trois parents bien qu'animés comme eux de vengeance, mais gardant la tête sur les épaules, eurent beaucoup de peine à contenir quatre jeunes gens belliqueux – Gersende n'aurait laissé sa place pour rien au monde – pressés d'en découdre avec leur ennemi avéré ou potentiel.

Jean-François Borrelly, l'aîné des quatre, surprit la jeune fille par son esprit de famille ; bien qu'il les ait peu connues, l'empoisonnement de ses grands-tantes lui restait en travers de la gorge et, quant à la menace qui pesait sur son père, il se faisait un devoir de l'éloigner, même au prix de sa vie. Antoine Belmonte, victime collatérale qui avait souffert le martyre, n'était pas le moins acharné, tandis que Constant, toujours en recherche de références, calquait son attitude sur celle du jeune Borrelly et revendiquait son droit :

— Mon père est mort sous mes yeux, je réclame vengeance.

Ce disant, il tendit le bras droit au-dessus de la table, sur lequel se juxtaposèrent aussitôt ceux d'Antoine et de Jean-François. Tous bercés par la plume de Courtilz de Sandras et ses *Mémoires de Monsieur d'Artagnan*, ils déclamèrent théâtralement :

— Un pour tous ! Tous pour un !

— Vous oubliez une chose, messieurs, intervint Gersende. Les mousquetaires étaient quatre, si je ne m'abuse. Je ne chevauche pas, ne porte ni l'épée ni le mousquet, mais j'entends bien prendre part à votre entreprise.

— Et mettre votre vie en danger, mademoiselle Gersende ? Je m'y refuse ! s'écria Jean-François Borrelly.

Quel besoin de se montrer galant ou protecteur le titillait-il ? Se prenait-il encore pour son promis ? Rendait-il un hommage respectueux à la fragilité féminine ? De toutes ces contingences, Gersende n'avait que faire.

— Je serai des vôtres, monsieur Borrelly, ne vous déplaise ! Dois-je vous rappeler que c'est moi qui ai recueilli la confession dudit Janvier, les détails de ses crimes, les lieux où retrouver Cazost auxquels votre père, je l'admets, nous apporte une précision non négligeable ? De plus, je connais une personne dans le village de Banne qui saura nous éclairer sur un terroir qu'elle connaît comme sa poche et dont nous, nous ignorons tout ! Il se pourrait que sa famille ait de la place pour nous loger...

— Des gens que nous ne connaissons pas ! Une région pour le moins troublée ! s'interposa maître Borrelly père pour mettre un bémol à son enthousiasme. La famille en question est-elle fiable, au moins ? Savez-vous, jeune fille, que, sous l'appellation de Masques, quelques révoltés sèment la terreur en Vivarais ?

— Dans toute insurrection populaire se glisse hélas une faction séditieuse qui échappe au bon sens. Ce fut le cas chez ces Masques qui ne demandaient que justice. Or a-t-on seulement pris la peine d'écouter leurs doléances, de comprendre leur désarroi, de soulager leur détresse ?

Si Gersende fut la première étonnée de s'entendre prendre leur défense avec véhémence, sa mère le fut tout autant avec, en plus, une illumination : le cœur de sa fille s'ouvrait à l'amour ! Ce jeune Larivière, tout fils de paysans qu'il était, serait donc responsable de ses premiers émois ? Tous leurs maux viendraient-ils de ce maudit Vivarais où se cachait Gabriel ? Elle n'était pas loin de le croire. Pourtant, elle se garda de toute remarque, les circonstances ne s'y prêtaient pas. Elle se contenta d'espérer :

Chaque chose en son temps. Celui des amourettes ne dure qu'un printemps !

Avec toutes ces digressions, la soirée promettait de s'éterniser. Maître Borrelly y mit bon ordre à la satisfaction de Belmonte père qui se serait bien passé de cette entrave dans le bon fonctionnement de sa peausserie. Mais son fils sauvé par miracle méritait qu'on prête attention à sa légitime vindicte.

Il fut décidé, au bout du compte, que l'on louerait un coche à quatre places, tiré par deux chevaux, et son cocher qui mènerait les quatre jeunes gens à Chambonas.

— Là, dans ce village qui n'est séparé de la ville des Vans que par la rivière Chassezac, vous serez reçus par un confrère, maître Norier…

— Janvier m'avait cité ce nom ! Pour autant, nous ne le connaissons pas plus que les Larivière ! coupa impoliment Gersende.

Eugénie ne put retenir son irritation, quoiqu'elle y mît des formes, soucieuse de ne pas brusquer sa fille :

— Maître Borrelly est certainement de bon conseil, écoutons le fruit de sa réflexion, mon enfant.

Le notaire gratifia la mercière d'un hochement de tête et poursuivit, feignant de ne s'adresser qu'à elle :

— Maître Norier, donc, que j'aurai averti de votre venue et de votre démarche ouvrira, j'en suis persuadé, sa maison à mademoiselle votre fille tandis qu'il trouvera d'honnêtes auberges pour loger nos fils aux Vans ou dans les environs.

Il attendait une approbation et n'eut droit qu'à de pressantes questions. La première vint d'Eugénie :

— Des jeunes gens disséminés en divers lieux ! Dans ce cas, j'avoue ma réticence à donner mon accord.

— Maman ! Je ne suis plus une enfant à qui il faut tenir la main. Je sais où est mon devoir et ne me déroberai pas.

— Je rejoins madame Cazost-Dorandieu dans sa réserve, intervint Belmonte que l'on n'avait pas entendu jusque-là. Mon fils n'a rien perdu en Vivarais et n'a rien à venger…

— Père ! Vous oubliez un peu vite mes longues semaines à naviguer entre la vie et la mort. Vous disiez pourtant que ce temps-là vous parut éternité et vous valut ces cheveux blancs. J'ajoute que mon amitié avec Constant me donne des devoirs.

Jean-François Borrelly n'avait, de son côté, aucun commentaire à faire. Il se sentait, par son âge, ses années d'indépendance à Montpellier, bien au-dessus de ces petits messieurs. Néanmoins, il joua au grand frère avec un peu trop de condescendance :

— Madame Cazost-Dorandieu, monsieur Belmonte, je fais serment ici de veiller à la sécurité de vos enfants comme sur la mienne. Il n'est pas question que nous mettions notre vie en danger à traquer un misérable, il y a des gens d'armes pour cela.

— Si je suis votre raisonnement, monsieur Jean-François, j'en déduis que, selon vous, en aucun cas, nous n'aurons à intervenir sur place, n'est-ce pas ? Dans ce cas, restons-en là. Constant et moi savons ce que nous avons à faire.

— Quelle impétuosité, mademoiselle Gersende ! On ne soupçonne pas, au premier abord, pareille véhémence. Souffrez, cependant, que je termine mon propos !

La remarque de Borrelly père sous-entendait : « Une chance que vous ne deveniez pas ma bru ! »

Il déroula son plan comme s'il n'y avait jamais eu d'objection et force fut de reconnaître qu'il était bien ficelé. Il espérait que son homologue en Vivarais mettrait tout en œuvre pour l'accueil de ces jeunes gens désireux d'éclaircir un mystère et ne fut pas déçu quand, une vingtaine de jours plus tard, il reçut la réponse de maître Norier et en fit part en premier aux Cazost-Dorandieu tandis que Gersende bouillait d'impatience.

Le notaire de Chambonas s'était fait un plaisir de préciser que madame Norier, son épouse, attendait dans la joie une demoiselle de la ville. La visite de la reine Marie-Antoinette elle-même n'aurait pas créé plus d'émoi que celle de Gersende. Le notaire, il est vrai, la leur avait présentée comme une parfumière de talent. Les jeunes gens n'étaient pas oubliés. Maître Norier s'en expliquait :

Ils seront hébergés au château de Chambonas chez un mien client qui m'honore de son amitié, monsieur le marquis Victor-Louis. Et ils y seront en bonne compagnie, quatre conseillers envoyés par le parlement de Toulouse, à la suite de la déplorable affaire des Masques en Vivarais, y séjourneront également, le temps de mener une enquête qui va leur donner du fil à retordre. Oui, une bien malheureuse affaire qui met en difficulté d'honnêtes gens... mais peut-être une occasion en ce qui concerne l'enquête que doivent mener vos enfants.

Le fin Norier avait compris les subtilités de langage de Borrelly quant à l'accueil de ces jeunes gens qui causait le souci de leurs parents, aussi omettait-il volontairement d'ajouter qu'on entrait dans le château de Chambonas comme dans un moulin, selon l'expression même de son propriétaire, un marquis aux idées pour le moins biscornues. Ne disait-on pas, pour avoir accédé à un cabinet privé, qu'il collectionnait dans ce lieu des portraits de son épouse, au demeurant très belle, détournés en singe, ours, babouin et autres bestioles peu charmantes ? Un hurluberlu, en tout cas, ce marquis !

Il poursuivait sa missive, répondant point par point aux aspirations du notaire nîmois :

Comme vous me le demandez, cher ami et confrère, par mon entremise, vos protégés entreront en relation avec la maréchaussée des Vans, celle de Joyeuse si nécessaire, et je mettrai tout en œuvre pour que leur démarche aboutisse. Il s'agirait, si j'en crois vos soupçons, et je n'ai aucune raison de les mettre en doute, d'un homme dangereux au passé de criminel. Et un potentiel récidiviste ! Croyez, cher maître Borrelly, à mon concours sérieux et désintéressé…

Un post-scriptum terminait la réponse du notaire :

J'ai également réservé un lit pour votre cocher et une stalle double pour ses chevaux dans un relais de poste au lieu dit le Reliot, sis à une demi-lieue de Chambonas.

— Il ne nous reste plus qu'à faire nos bagages !

La patience de Gersende avait été mise à rude épreuve et sa hâte s'exprimait dans ces quelques mots, de même son visage rosi de fébrilité soulevait des questions chez Eugénie. Quelle pouvait être, dans le cœur de sa fille, la part de la haine et celle de l'amour ? Ne reviendrait-elle pas déçue par l'une et l'autre ?

Il sera alors temps de réparer les dégâts, se résolut-elle.

En une semaine, tout avait été réglé à L'Origanterie afin que l'atelier ne souffrît pas de l'absence de Constant ni de celle de Gersende. Les boîtes à parfums récemment créés étaient étiquetées avec soin, de même que les eaux florales dans les vases florentins et les huiles parfumées dans les essenciers. Quelques exigences de dernière minute s'imposaient cependant qu'elle expliquait à l'empeseuse :

— J'ai préparé deux mises en fleurs. Vous n'oublierez pas, Espirite, de renouveler cette opération, après séchage bien entendu, toutes les douze heures.

— Une huitaine de jours, comme d'habitude, mademoiselle Gersende ?

— Pour cette boîte où la violette domine, je pense que ce sera suffisant, en effet. Une fleur déroutante par sa timidité compensée par une fragrance puissante, précisa Gersende en désignant un coffret en bois de petite taille.

Puis, pointant l'index en direction d'un boîtage plus grand, à l'évidence convenant à des mains d'homme, elle resta plus dubitative :

— En revanche, je laisse ceux-ci à votre appréciation, l'essence de cèdre prend parfois son temps pour exhaler tout son arôme.

De son côté, Constant avait tracé le travail de ses employés, une formalité, car chacun savait ce qu'il avait à faire et les délais de fabrication qui leur étaient impartis.

Le grand jour était enfin arrivé. Pour leur deuxième grand voyage, dont le départ était prévu à l'aurore, les enfants Cazost-Dorandieu n'étaient pas du tout dans le même état d'esprit. Ne partaient-ils pas de leur propre volonté ?

Malgré une étreinte émue de leur mère qui distillait ses dernières recommandations, et une larme discrète qu'essuyait Nine, la jeune apprentie du Bouton de nacre, dont le visage chiffonné aperçu derrière la vitrine dénonçait son déplaisir de voir partir Constant, la détermination des courageux jeunes gens ne faiblissait pas. Pour preuve, la promesse muette qu'ils affichaient : « Nous débusquerons Gabriel le maudit ! »

*

Des paysages mollement vallonnés faisaient suite à la plate garrigue qu'ils avaient traversée sous le soleil du mois de mai finissant. Gersende, sensible à la diversité des paysages, ne prêtait que peu d'attention à la conversation de ses trois compagnons.

Des bouffées d'heureux souvenirs du temps de son enfance chez sa nourrice à Vacquerolles l'assaillaient, en particulier son attirance pour la barrière bleue des Cévennes qui lui paraissait mystérieuse dans l'inexplicable et persistante fascination qu'elle exerçait sur elle.

Plus tard, lorsque ses parents avaient fait l'acquisition du maset de la Costière, le désir était toujours aussi vif d'aller vers ces montagnes, de les escalader. Elle se souvenait du court échange avec son père quand elle avait déploré :

— Elles sont inaccessibles !

— Rien ne l'est quand on en a la volonté, lui avait-il répondu.

Quelle douleur, mais quel bonheur de revivre cet instant ! N'était-ce pas un signe ? L'approbation qu'elle attendait ?

Son père la confortait dans son entreprise déterminée, même si elle restait pour le moins hasardeuse. Connaissant son esprit volontaire, il lui faisait confiance.

7

Une odyssée en Vivarais

Quoi de plus spécifique à une région que la typicité de son habitat ? Et quoi de plus déroutant, quand on vient de la ville où les maisons jointes les unes aux autres s'alignent sagement de chaque côté des rues, que des habitations dispersées, isolées, comme semées au hasard au milieu d'un champ, en limite d'un boqueteau ou encore audacieusement plantées à flanc de coteau ?

On ne pouvait leur dénier pourtant une certaine unité propre à marquer un territoire ; ainsi l'architecture, reflet de l'évolution nécessaire au fil des siècles, avec des murs faits de pierres de lave et des toitures généralement à deux pentes privilégiant la tuile de terre cuite de couleur délavée.

C'est sur ces paysages évolutifs que Gersende s'était contrainte à garder son attention afin que son esprit ne vagabondât pas sur les chemins tortueux de leur audacieuse entreprise, ne se perdît point dans le désordre de ses sentiments. Elle y trouvait aussi le curieux ressenti de n'être ni là ni ailleurs, en fait de n'être nulle part. Quel apaisement !

— N'est-ce pas, Gersende ?

Elle fixa son frère d'un regard hébété ; il sollicitait son approbation, mais à quoi ? Elle n'avait pas suivi la conversation des deux jeunes gens, amis dès l'enfance et tous deux épris de ces pièces de cuir que l'un préparait et que l'autre travaillait. Constant répéta :

— N'est-ce pas que ce bon monsieur Fragonard a été épaté quand j'ai choisi la peau de galuchat pour ma pièce de maîtrise ? Tu t'en souviens, j'espère.

Le gratifiant d'un sourire absent, elle murmura :

— Il y a des moments qui restent en mémoire. Celui-là en est un… parmi tant d'autres.

Apparemment satisfait de sa réponse, Constant la laissa retourner à sa rêverie pour poursuivre son échange avec Antoine :

— Une paire de gants en galuchat a quelque chose de fascinant. Il se peut qu'un jour j'en fasse le modèle phare de L'Origanterie. Tu me suivras, Antoine, dans cette folie ? Tu seras en mesure de me procurer cette matière rare, si pr…

— Si précieuse et donc si chère ! Mi-cuir, mi-minéral, elle se traite différemment. Son apprêt est long, fastidieux. Elle doit être meulée, poncée, polie avant d'arriver dans ta boutique.

Et les voilà partis à échafauder une nouvelle collaboration.

On peut imaginer que l'ambiance du coche aurait été tout autre si Jean-François Borrelly partageait l'habitacle. Or il avait créé la surprise, lors du départ, en arrivant monté sur un superbe cheval navarrin à la robe brune et luisante qui conférait à la monture et au cavalier une grande élégance.

— Nous irons à plus grand train si le coche est moins chargé, donna-t-il comme explication à cette entorse à leurs accords.

Mais personne ne fut dupe. Ainsi, Jean-François Borrelly, futur notaire, marquait sa position sociale envers les jeunes artisans du cuir et, de plus, ne s'affichait pas en étroite compagnie de son ex-promise. Marie-Léone, la fiancée montpelliéraine, avait été rigoureuse dans ses conseils de bienséance :

— Une jeune fille voyager en la seule compagnie de trois hommes, songez un peu à sa réputation après ce périple !

Ainsi donc, Borrelly fils chevauchait, tantôt à l'avant de l'attelage, tantôt à la portière du coche, s'enquérant que tout allait bien ou donnant des informations. N'était-ce pas à lui que revenait la responsabilité de tout ce petit monde ? Du moins s'en persuadait-il. Ce qui lui permettait, à l'occasion, d'étaler sa science :

— Ce village perché, c'est celui de Lussan. Il est plus aisé de nous détourner vers l'ouest, même si cela allonge notre trajet, vint-il informer les passagers du coche.

« Et pourquoi donc, monsieur l'Important ? »

Cette réplique brûla les lèvres de Gersende, mais ce fut Constant qui l'exprima avec moins de morgue, il est vrai :

— Est-ce vraiment la peine ? Nous sommes attendus chez maître Norier avant le crépuscule…

— Cela est nécessaire, croyez-moi. Les Concluses ou gorges de Lussan ne manquent certes pas d'attrait à longer les falaises, mais je n'en dirais pas autant de la voie à peine carrossable et particulièrement étrécie. Mais n'ayez crainte, Constant, nous arriverons avant la nuit !

Le cocher les avait avertis : une halte, toutes les deux ou trois heures, s'imposait au repos de ses bêtes. Le jeune Borrelly ne se privait pas pour mettre son grain de sel quant au meilleur endroit pour s'arrêter. Sur un plateau duquel on dominait la ville de Saint-Ambroix, il poussa sa monture au niveau du cocher.

— Eh, mon brave, faisons halte ici ! J'ai une soif d'enfer.

Le cocher balaya d'un regard circulaire les abords de cette auberge. Par chance, il aperçut un abreuvoir et tira sur les rênes. L'endroit était des plus pittoresques et le nom de l'établissement approprié : le gîte du Roc Tombé.

Les trois jeunes gens descendus du coche s'abîmaient dans la contemplation d'une immense paroi rocheuse de granit noir veiné de blanc, émergeant de la rivière Cèze dans laquelle elle se mirait, imperméables au cours d'architecture que leur délivrait le futur notaire, désignant de l'index Saint-Ambroix.

— Regardez ! Mais regardez donc ce curieux rocher !

— Le rocher du Dugas, compléta l'aubergiste venu accueillir ses clients.

Il voyait se dessiner une aubaine, des chambres à préparer, autant de soupers et plus s'il vendait bien les atouts de sa région. Il fut rapidement déçu et dut se contenter de servir à ses jeunes clients un carafon de jus de pomme et un pot de vin destiné au cocher.

Gersende mit à profit ce moment de convivialité pour demander au cocher s'ils étaient encore loin de Chambonas.

— Nous avons parcouru plus des trois quarts du chemin, mademoiselle. Mais, à ce qu'on m'a dit, ce qu'il nous reste à faire, ce n'est sûrement pas le meilleur.

— Des chemins défoncés par les intempéries ?

— Il se peut, mais surtout un itinéraire accidenté, ça monte, ça descend. Ne vous tracassez pas, mademoiselle, si je n'ai pas l'habitude de ce trajet, j'ai celle de mes chevaux.

Le petit équipage repartit. Galvanisés par la proximité de leur destination, les garçons faisaient fi des difficultés émises par le cocher et Gersende repartait dans ses silences introspectifs.

Elle se surprit à évoquer sa quête de vérité à laquelle elle voulait croire follement, tout en redoutant qu'elle ne la possède peut-être jamais. Pourtant, malgré le bouillonnement de ses idées, les yeux toujours rivés à la vitre de la portière, Gersende emmagasinait des images parfois déroutantes. Comme ce bourg traversé de Saint-Paul cerné d'une dizaine de hameaux qui lui tira un sourire ; inondé de soleil rasant qui semblait l'embraser, il lui fit penser au capitule flavescent d'une marguerite, ponctué à son entour de bourgades au bâti en pierres à chaux, semblables à des pétales d'un blanc éclatant.

C'est à peine si elle s'étonna de l'apparition de Jean-François à la portière, porteur d'un cours de minéralogie.

— Cela surprend, n'est-ce pas, cette blancheur ! Qui se douterait de carrières crayeuses au milieu de l'arc carbonifère cévenol ? Elles existent bel et bien à Sauvas et ont servi à la construction ici même et dans tout le Travers de Banne.

Alors là, il intéressait Gersende !

— Travers de Banne, avez-vous dit ?

— Oui. En fait, d'après les explications du cocher, cela reviendrait à dire qu'il s'agit du dernier village traversé avant d'atteindre Banne. Sous toute réserve, mademoiselle Gersende, l'homme n'est pas du coin.

Elle le remercia en esquissant un sourire qui lui signifiait aussi son congé. On approchait de Banne, de Mathieu Larivière, elle ne voulait penser qu'à cela. Et si le hasard, ou simplement Éros, voulait qu'il croise leur route ?

Délaissant une immense plaine qui s'étalait devant eux, le cocher avait engagé ses chevaux sur une route cahotante, sinueuse, bordée de part et d'autre d'une végétation touffue où s'imbriquaient pêle-mêle cades, arbousiers et fougères desquels émergeaient des asphodèles.

Bien que ballottés à droite et à gauche, Constant et Antoine s'étaient assoupis alors que Gersende luttait contre une fatigue grandissante. Soudain, apercevant une borne Trudaine, elle se pencha à la portière en criant au cocher :

— Il faut tourner à gauche ! Banne, c'est à gauche !

— Il se peut, demoiselle, mais nous n'allons pas à Banne.

— Certes, mais c'est sur notre route ! Nous devons traverser ce village, insista-t-elle.

Le cocher résolut de s'arrêter, ses bêtes ne s'en porteraient pas plus mal. Jean-François, qui avait tracé le chemin de quelques encablures, fit demi-tour et les rejoignit.

— Mademoiselle Cazost-Dorandieu veut à tout prix que nous passions par Banne alors que...

Le fils du notaire ne lui laissa pas le temps de poursuivre.

— Il n'a jamais été question que notre itinéraire passe par ce village. Regardez donc où il est perché !

Il tendait le bras en direction d'une colline boisée derrière laquelle le soleil déclinait. De la verte canopée émergeaient l'esquisse d'un imposant château coiffé de plusieurs tours et cerné de remparts, un fort militaire et sa tour défensive.

Gersende s'abîma longuement dans la contemplation de cet ensemble fortifié sur lequel flottait un drapeau aux dominantes de rouge et de jaune, ravala sa déconvenue et capitula :

— Il est vrai que nous prendrions du retard. Nous ne devons pas faire lanterner nos hôtes. En route !

Ce n'était en fait qu'une capitulation de façade. Il ne serait pas dit qu'elle séjournerait en Vivarais sans relever la promesse de Mathieu Larivière : « Nous nous reverrons ! » À une différence : c'est elle qui lui en réservait la surprise.

La descente sur la ville des Vans offrait un paysage grandiose, avec pour ligne d'horizon, successivement d'ouest en est, les plateaux cévenols séparés par des vallées étroites, la montagne de Bauzon, la crête du massif du Tanargue en terminant par les hautes terres où alternaient forêts et prairies, tandis qu'à leurs pieds paressait le Chassezac.

Mais les voyageurs ne surent en profiter, plus attentifs à la déclivité vertigineuse qui les propulsait, de virage en virage, au fond de la vallée. Le cocher, lui-même, n'était pas fiérot. Il avait sué sa chemise et apprécia d'arriver enfin en terrain plat où ne lui resteraient que trois étapes, la maison du notaire Norier, le château de Chambonas et le relais de poste. Secrètement, il espéra que ses passagers, aussi fatigués que lui, ne le solliciteraient pas le lendemain matin. Encore se méfiait-il de la demoiselle, un peu trop intrépide à son gré.

En fait, les quatre jeunes gens furent accueillis au domaine Norier, une maison de ville en façade donnant à l'opposé sur une cour de ferme et des communs. Leurs bagages aussitôt sortis du coffre, le notaire congédia le cocher :

— Va mettre tes chevaux au picotin, ils l'ont bien mérité. Et toi, profite d'une bonne maison comme celle du Reliot.

— Et ces messieurs ? demanda le cocher en désignant du menton ses jeunes passagers. Je dois les déposer au château.

— Je me suis entendu avec monsieur le marquis, c'est moi qui les y conduirai. Va maintenant !

Le cocher ne se fit pas prier.

Jean-Paul Norier, petit homme rondouillard au regard dégoulinant de bonté, obtint sans l'ombre d'une hésitation la confiance de Gersende. Sa demeure, de plus, lui ressemblait, confortable, accueillante, on s'y sentait immédiatement à l'aise et ce fut le cas pour la jeune Nîmoise. Restaient l'épouse et la fille qui n'avaient pas encore pointé leur nez. Il fut aisé, à Gersende, de les imaginer, extirpant de leur coffre leurs plus belles toilettes, frisottant leur chevelure, se parant de bijoux, s'inondant de parfum au hasard, ce qui, sans coup férir, heurterait son subtil odorat. Un jugement qu'elle s'était forgé à l'aune des commentaires épistolaires de maître Norier lui-même.

La voix du notaire était dépourvue d'irritation – c'est tout juste s'il ne gazouillait pas ! – quand il appela :

— Madame Norier ! Florine ! Nos hôtes sont arrivés ! Venez donc les accueillir comme il se doit !

Deux femmes identiques, avec une petite différence toutefois car l'une affichait la quarantaine et l'autre à peine la moitié, arrivèrent enfin... enveloppées de longs tabliers blancs !

— Oh, nous n'avions pas entendu, nous étions en cuisine.

— Célestine est malade ? s'étonna le notaire.

— Mère et moi avons le souci de faire déguster à nos hôtes la bonne cuisine du Vivarais alors que celle de Célestine... Bref, nous nous sommes mises aux fourneaux.

Tout en fronçant son joli nez, Gersende sourit à la mère et à la fille qui lui tendaient une main embaumant le graillon !

— C'est très aimable à vous, madame Norier, de m'offrir l'hospitalité. Et si touchant de votre part, mademoiselle, de nous dévoiler vos talents culinaires. J'avoue humblement mon incurie en la matière.

— Oh, je vous en prie, appelez-moi Florine !

— À condition que vous m'appeliez Gersende !

Le ton était donné qui convenait à tous. Les dames Norier n'avaient rien de certaines provinciales qui se toquaient de maniérisme et la jeune citadine ne pratiquait pas l'esbroufe.

L'investissement culinaire n'était certainement pas un coup d'essai, il fut pour leurs hôtes un florilège de découvertes.

— Le cousina est l'emblème de notre région amplement pourvue d'arbres à pain, crut bon d'enseigner maître Norier quand son épouse servit une soupe de châtaignes au lait.

Des caillettes, sortes de pâtés de porc aux feuilles de blettes, suivirent cette entrée roborative, mais il n'était pas question d'en rester là, Florine était si fière d'apporter ses beignets de fleurs d'acacia qui laissaient filer des coulures de miel !

La soirée s'étirait en bavardages anodins et, malgré la fatigue du voyage qui se lisait sur les visages, Gersende aurait souhaité qu'on abordât enfin l'objet de leur présence. Elle crut son vœu exaucé, mais ravala sa déception quand le notaire s'exclama :

— Ce n'est pas tout, mes braves, il serait temps que nous en venions au fait ! Eh oui, il n'est si bonne compagnie qui ne se quitte, monsieur le marquis nous attend.

Sur le pas de la porte où elle les accompagna, Gersende crut bon de rappeler à Constant, Jean-François et Antoine :

— Ne tardez pas, demain matin. Je gage que maître Norier a élaboré plusieurs pistes pour nous faciliter la tâche.

Le madré notaire, tout débonnaire qu'il paraissait, ne pipa mot. À vrai dire, il se serait bien passé de ces hôtes encombrants qui venaient réveiller les sombres jours passés avant la capitulation des Masques, suivie d'une arrestation conséquente d'un groupe beaucoup plus belliqueux.

Cela avait été sa première réaction à la réception du courrier de maître Borrelly, mais il aurait été malséant de refuser, un service en valait un autre, il ne l'ignorait pas. Or la jeunesse de ces enquêteurs en herbe avait mis un bémol à ses craintes. Aussi est-ce le cœur serein qu'il introduisit les trois jeunes gens au château de Chambonas.

*

Les chambres ne devaient pas faire défaut à cette immense bâtisse, moitié maison de ville, moitié borderie. Pourtant, ouvrant la porte de l'une d'elles, Florine lui glissa :

— J'ai tenu à vous laisser ma chambre, Gersende. Entre nous, c'est de loin la mieux exposée et la plus confortable.

Un peu gênée, Gersende protesta :

— Il ne fallait pas ! Croyez bien que je suis désolée de vous en déposséder.

— Il ne faut pas, ça me fait plaisir.

Un lit qu'on devinait moelleux tendait les bras au corps recru de la voyageuse, mais Florine s'incrustait familièrement.

— Je peux toucher votre robe ? Le tissu paraît si doux ! Et la dentelle de votre mouchoir de cou, quelle finesse !

Gersende réprimait un certain agacement car Florine joignait le geste à la parole sans y être invitée et commentait :

— Oh, ce parfum autour de vous, c'est un peu comme...

— Vous faites bien, Florine, de parler de parfum. J'en ai un pour vous et pour madame votre mère, je comptais vous les offrir demain, mais voici le vôtre, se précipita Gersende, sauvée par cette échappatoire.

On aurait dit que Florine Norier tenait dans ses mains le saint sacrement. Le flacon à lui seul était un ravissement. En verre opaque et torsadé, il évoquait la fragilité, sentiment renforcé par son cabochon en forme de pétales. Le mutisme de la jeune fille pouvait prêter à confusion. Appréciait-elle le cadeau à sa juste valeur ? Gersende crut bon d'expliquer, bien qu'elle croulât de sommeil :

— J'espère que la fragrance vous plaira, l'iris est dominant sur une base d'hespéridées. Je dirais que c'est un parfum qui vous ressemble, il est frais, spontané, sémillant. Sans vous connaître, je l'ai créé à votre image, je m'en réjouis.

Ignorante de ces mots et expressions entourant le parfum, Florine restait bouche bée et confirma sa spontanéité en posant un baiser sur la joue de Gersende qui, surprise, le reçut en disant :

— Moi aussi, je vous souhaite la bonne nuit.

Le lendemain, au déjeuner, ce fut au tour de Madeleine Norier d'ouvrir le présent de Gersende, en l'occurrence une boîte à senteur à dominante d'ambre. Alors qu'elle remerciait la jeune fille de cette délicate attention, qu'elle se disait ravie de la recevoir, Florine arriva toute penaude.

— J'ai oublié hier de vous remercier. Me pardonnerez-vous, Gersende ? J'étais en extase, je l'avoue, le flacon que vous m'avez offert est si beau et le parfum si merveilleux. Oui, je n'ai pas résisté au plaisir de l'ouvrir ce matin, confessa-t-elle.

Elle rosissait de façon si charmante qu'on était prêt à tout lui pardonner !

En fin de matinée, les trois garçons pointèrent enfin leur nez. L'œil courroucé de Gersende en disait long sur son impatience à les voir arriver et surtout à aborder avec le notaire la façon de mettre en place les moyens pour agir au mieux. N'ayant pas autorité sur les autres, elle s'en prit à son frère :

— Est-ce possible, Constant, que l'on perde du temps alors que notre maudit oncle est peut-être en train de commettre d'autres méfaits ? Mais voilà, toi tu lézardes. Te prenais-tu pour le châtelain de Chambonas ?

Avant que Constant ne réplique, Jean-François Borrelly se fendit d'une explication :

— Vous ne vous doutez pas, mademoiselle Gersende, du désordre qui règne dans ce château ! On y ripaille toute la nuit et se couche aux aurores, on se lève à point d'heure... Néanmoins cette beuverie, où tous trois nous fûmes sobres, je tiens à le préciser, cette beuverie donc nous a permis de rencontrer la délégation mandatée par le parlement de Toulouse.

— Et vous leur avez raconté la cause de notre présence, j'espère ? demanda Gersende, exhalant un profond soupir.

— Nous l'aurions fait ! se précipita Constant.

— Oui, c'était notre intention mais... renchérit Antoine.

La parole, on s'en doute, revint au futur homme de loi.

— Aborder ce sujet nous valut un tollé général. « Les affaires, il sera temps demain de les traiter, ce soir c'est la fête ! » nous fut-il répondu collégialement.

Les mots brûlaient la langue de Gersende, mais le presque tabellion la devança, tout dépité :

— Et ce matin on nous informa que ces messieurs du parlement dormaient encore !

Cela se passait de commentaires. Jean-François avait cependant le chic pour retomber sur ses pieds.

— Exposons tout d'abord notre affaire à maître Norier. Il n'est jamais bon de mettre la charrue avant les bœufs, mon père use souvent de cette image plus parlante aux gens du commun.

Gersende le gratifia d'un regard peu amène. Sa suffisance n'avait jamais été aussi criante à ses yeux. Insupportable ! Et dire qu'il avait été son promis ! Une réflexion en amenant une autre, elle vint à penser qu'elle devait à ce vil Gabriel la rupture du contrat moral de son père. Ce serait bien le seul crédit qu'elle lui accorderait si un jour elle avait à le faire.

Ils s'installèrent tous les quatre dans la salle d'attente du notaire, sobrement pourvue d'un banc et d'une chaise paillée.

Un client sortit opportunément de l'étude et maître Norier invita le quatuor à entrer.

— Prenez aussi le banc, je n'ai que deux chaises à vous offrir.

Gersende était sur ses gardes, bien décidée à ne pas se laisser voler la parole par Jean-François. Non seulement elle et son frère étaient les plaignants avérés, mais surtout elle avait reçu les aveux de celui dont elle n'avait pas oublié le nom véritable.

— Pouvez-vous nous parler, maître, d'un dénommé Léon Janvier ? attaqua-t-elle de front. Plus précisément de son épouse, héritière d'un bien dont vous auriez eu à gérer la succession.

Rien de tout cela ne titillait, semblait-il, la mémoire du notaire. Sa moue dubitative en témoignait. Il demanda :

— Le nom de fille de l'épouse Janvier ?

— Je n'en ai aucune idée.

— Une date alors ? En quelle année, cette succession ?

Gersende fit un rapide calcul pour repérer en quelle année son père avait fait l'acquisition du maset de la Costière. C'était en 1775. Pour autant, cela ne donnait qu'une appréciation alors, à son grand regret, elle se tourna vers le fils du notaire.

— Auriez-vous souvenance, monsieur Jean-François, de l'année où votre père donna son congé à son rachalan ?

Pour une fois qu'il restait coi, elle en aurait souri, mais l'heure n'était pas au badinage. Elle prit le parti d'avancer :

— Je dirais 1773, 1774, pas plus tard.

Dix ans, ou presque ! Norier se frottait le menton en parcourant du regard ses piles de dossiers poussiéreux, rangés par décennies, qui s'entassaient sur des étagères allant jusqu'au plafond, et finit par pointer un doigt sur une mince farde qu'il tira à lui, dépoussiéra de son coude et ouvrit.

— 1770. Succession des époux Tardieu en faveur de demoiselle Tardieu Gilonne et dame Tardieu Violette, épouse Janvier ! Vous n'étiez pas très loin, mademoiselle Cazost-Dorandieu. Une chance que les Masques n'aient pas brûlé mes archives, n'est-ce pas ? Ce n'est guère mieux, ils s'en sont pris à mon blé. Alors, qu'est-ce qu'elle raconte, cette succession ? Voyons, voyons ! Ouverture du testament concernant un bâti et des terres arables sis sur le hameau des Combrelles, clos au mois de novembre 1771, et puis c'est tout.

— Vous n'avez pas revu ledit Janvier ? Les deuils décimèrent sa famille. Il hérita, de fait, de son épouse défunte et cela nécessitait un nouvel acte ? intervint judicieusement Jean-François Borrelly.

— Comme vous pouvez le constater, les dernières mises à jour datent de novembre 71, et puis le néant ! S'il y a eu régularisation d'une nouvelle succession, elle n'a pas eu lieu dans mon étude, ça je peux vous l'assurer.

Norier allait refermer le document lorsqu'une idée pertinente vint à l'esprit de Gersende.

— Est-ce que ce hameau ou ce lieu-dit les Combrelles se trouve sur la commune de Chambonas ? Il ne serait peut-être pas inutile que nous nous y rendions...

— Aux Combrelles ? Ah non, ce n'est pas sur le territoire de Chambonas ni sur celui des Vans, quoiqu'il s'en rapproche. Les Combrelles est un hameau qui se situe dans un triangle que forment les communes des Vans, de Brahic et de Banne, et je...

— Banne ! s'écria Gersende.

Puis, prenant les jeunes gens à témoin, elle dit d'un ton de reproche :

— Quand je vous disais hier de...

À son tour, maître Norier lui coupa la parole :

— Si vous me laissiez terminer, jeune fille ! Je vous disais donc que les Combrelles dépend de la commune de Banne et j'ajouterai, puisque vous semblez décidée à aller sur ces lieux, qu'il vous serait plus aisé d'y aller à cheval qu'avec un coche. Je vous déconseille même d'y accéder par Les Vans, le serre de Mézard que vous devriez atteindre avant de redescendre sur Banne est très haut perché.

— Qu'à cela ne tienne ! trancha Jean-François. Pour ma part, j'ai ma monture. En ce qui concerne messieurs Belmonte et Cazost-Dorandieu, ils n'auront qu'à prendre les chevaux de l'attelage du coche. Le cocher n'y verra pas ombrage pourvu qu'on le dédommage. Il est prévu qu'il nous rejoigne ici même cet après-midi.

— En début d'après-midi j'espère, car je vous ai organisé une rencontre avec monsieur de Chadenade, le premier consul des Vans, vous n'avez pas oublié ?

Le notaire établi et celui en cours d'établissement discutaient entre eux comme si le reste du monde n'existait pas. Et, en l'occurrence, le reste du monde n'était pas uniquement fait de jeunes gens accommodants comme Constant et Antoine. À les entendre couper, trancher et converser entre eux, Gersende n'était pas loin de ressentir l'antipathie que véhiculaient ces gens de loi et d'éprouver le besoin de se révolter contre leur morgue et leur outrecuidance. En un mot, elle épousait les revendications des Masques… à moins qu'à travers eux se dessinât l'image d'un certain Mathieu Larivière !

Pour autant, elle n'entendait pas être considérée comme personne négligeable et intervint d'un virulent :

— Et moi ?

— Vous quoi ? demanda le notaire en fronçant les sourcils.

— De quel cheval compte-t-on me doter ?

— Vous montez, demoiselle ?

— Je monterai, messieurs !

8

Il n'est pire sourd que celui qui ne veut pas entendre

Décevante ! Pour une fois, le quatuor était unanime et n'avait pas d'autre mot pour qualifier leur rencontre avec les autorités de la ville des Vans.

Certes, le champ des responsabilités du corps de ville composé d'officiers royaux était vaste ! Et le binôme consul et viguier quant à lui, détenteur du pouvoir exécutif, tout en devant des comptes au duc d'Uzès à qui le bourg des Vans appartenait depuis 1762, avait fort à faire à gérer une ville tripartite, convergence du Gévaudan, du Velay et du Vivarais.

Construite sur le piémont d'une montagne, d'où son nom de versant en langue celte, serrée entre ses maisons-remparts, sillonnée de ruelles courtes et étroites aux angles saillants qui permettaient de briser les vents, Les Vans était l'archétype d'une cité rurale cévenole.

— N'est-ce pas une belle cité ? se rengorgeait le notaire qui s'était invité dans le coche avec Gersende,

Constant et Antoine, Jean-François privilégiant toujours sa monture.

Coche et cavalier traversèrent le quartier des Chauchières, tout proche du cours d'eau où tout naturellement s'étaient établis moulins à grains et à huile, tanneries et fabriques d'outres destinées au transport de l'huile comme du vin.

La ville haute dans laquelle maître Norier les fit pénétrer en franchissant la porte de l'Oye, la plus large des cinq dont étaient dotés les remparts, était dominée par la Tour carrée à l'ombre de laquelle l'hôtel de ville s'imposait. Un quartier paisible organisé autour de son église dédiée à saint Pierre, s'il n'avait accueilli des casernes pour loger les garnisons ! Une bouffée d'air pour les habitants sommés de loger la soldatesque, mais un va-et-vient incessant de chevaux et de cavaliers qui faisait dire à la population privilégiée de ce quartier autrefois paisible :

— Les vide-goussets et autres malandrins sont moins bruyants que les soldats qui les pourchassent !

De la ville basse, le troisième quartier réputé inondable, Gersende et ses compagnons ne virent pas l'animation des rues et des places commerçantes, ni l'originalité des maisons bourgeoises dont les fenêtres étaient curieusement surélevées à plusieurs mètres du sol, ni même l'hôtel de justice qui servait de prison. L'heure de leur rendez-vous ne permettait pas une incursion dans le cœur palpitant du bourg où se traitaient les échanges commerciaux, les affaires juteuses.

L'un d'eux aurait-il eu des velléités d'aller flâner dans la rue du Roubou ou sur la place des Masseguisses, Gersende l'aurait rappelé à l'ordre d'un « Notre mission d'abord ! ».

Et voilà qu'en sortant de l'hôtel de ville, ils ne pouvaient que constater combien leurs espoirs étaient écornés, combien leur volonté avait été mise à rude épreuve. Avait-on seulement écouté leur témoignage, pris des notes sur des lieux précis qu'ils avançaient ? Ils en doutaient à la réaction épidermique du commandant Chalmeton, viguier de la ville :

— De quoi s'agissait-il en fait ? De débusquer l'hypothétique cachette d'un supposé criminel qui se serait glissé, comme tant d'autres, parmi les Masques révoltés et aurait commis, à la grande réprobation de ces derniers, des exactions unanimement condamnées ? Tout cela au conditionnel !

C'est tout juste s'il ne marmonna pas dans sa barbe : « Qui plus est, à la demande d'un groupuscule de jeunes citadins oisifs en quête de gloriole ! »

— Que croyez-vous que nous ayons fait depuis des mois ? Pensez-vous que le commandant Dampmartin et ses grenadiers sont venus en observation, les pouces dans la ceinture ? Qu'ils sillonnent encore le territoire uniquement pour y traquer la biche et le sanglier ? Et tous ces prisonniers en attente de jugement dans les geôles de Viviers, de Privas ou d'ailleurs, se sont-ils livrés eux-mêmes ? Il se peut que votre homme soit parmi eux.

La harangue du viguier en disait long sur le peu d'intérêt qu'il portait à l'étrange demande de ces jeunes gens.

Or ils étaient chaperonnés, recommandés, assistés par maître Norier, notaire reconnu et apprécié à Chambonas, et, aspect non négligeable, Norier répondait à la demande d'un notaire nîmois familier de la cour des conventions dans la ville des Antonins. De plus, un lien de parenté rendait proches le notaire et le consul, lequel crut bon d'édulcorer les propos du viguier en s'adressant directement aux requérants :

— Il est bien évident qu'en aucun cas votre parole n'est mise en doute et croyez bien qu'une affirmation comme la vôtre ne sera pas prise à la légère. Une enquête sera menée d'après vos déclarations, nous enverrons une troupe fouiller grottes et bois... Savez-vous seulement ce que cela implique ? Des grottes, le territoire en regorge et les bois ne sont pas moins nombreux ! Le bois des Grads de Naves, celui du Talon, le bois de Bartres, pour ne citer qu'eux, et les grottes pas moins abondantes et dispersées, elles ont servi de replis aux huguenots, pas étonnant qu'elles abritent des rebelles.

Une fois, deux fois, trois fois au moins Gersende avait été sur le point d'interrompre le premier magistrat de la ville. Elle avait serré les poings, les lèvres, mais n'avait pu adoucir l'éclat de son regard acéré. Quand il avait repris son souffle, elle s'était empressée d'intervenir :

— Si je peux me permettre quelques précisions, monsieur le consul, il s'agit du bois de Païolive, et la grotte porterait le nom de grotte du Seigneur ou quelque chose d'approximatif. Nous avons recueilli ces précisions de la bouche d'un mourant et...

— D'un mourant ! Vous êtes trop jeune, mademoiselle, pour savoir dans quelles élucubrations le terrible passage de la vie à la mort vous entraîne.

— Monsieur Janvier ne délirait pas ! affirma-t-elle, touchée au vif.

— Mon père, maître Jean-Antoine Borrelly, peut vous confirmer les propos de mademoiselle au cas où vous les mettriez en doute, il a reçu lui aussi ces mêmes confessions ! précisa Jean-François.

Elle lui en sut gré d'une approbation de tête en dépit de toute la fatuité déployée autour de l'énoncé du nom paternel.

Maître Norier, à son tour, renchérit sur les propos du futur tabellion :

— On peut prêter foi aux propos de ces jeunes gens motivés et légitimes, ils ont tous eu à souffrir dans leur chair ou dans leur cœur par la perte d'un parent, et cela à cause des exactions de la personne qu'ils recherchent.

— J'entends ! J'entends bien, cousin ! Et je ne demande pas mieux que de te satisfaire, mais en ai-je seulement les moyens ? Le bois de Païolive est en partie, je vous l'apprends peut-être, propriété du comte de Grimoard de Beauvoir du Roure, seigneur de Banne !

— Il serait bien marri de savoir qu'il abrite un criminel et satisfait qu'on l'en débarrasse, intervint Jean-François.

Sans relever la remarque, Anton de Chadenade poursuivit :

— Païolive, un chaos rocheux, un labyrinthe de blocs de calcaire émergeant d'un enchevêtrement de végétation ! Des grottes, oui, j'entends bien, mais elles offrent des cachettes inexpugnables, tout le monde vous le dira ! Des falaises vertigineuses en contraste avec un sous-sol creusé par les eaux ! Il faut être né en son sein pour savoir s'orienter, trouver son chemin dans ce lieu sauvage, un mystère à lui seul !

Le commandant Chalmeton s'impatientait. Toutes ces parlotes ne rimaient à rien, sinon à faire perdre du temps alors que la délégation du parlement de Toulouse était attendue ici même pour une réception officielle avec discours de bienvenue. De plus, on ne pouvait faire l'impasse d'une visite aux casernes, d'une autre à l'hôtel de justice. Une agitation dans la rue le précipita à l'une des fenêtres et il s'écria :

— Les conseillers du parlement ! Mademoiselle, messieurs, il vous faut partir maintenant. Croyez bien que nous mettrons tout en œuvre pour arrêter cet homme et lui faire avouer ses crimes.

Le viguier leur désigna une porte discrète dissimulée derrière une tenture mais sa démarche ne fut pas suivie d'effet, ce qui demandait une explication à laquelle Jean-François Borrelly se livra avec jubilation :

— Nous avions justement rendez-vous avec eux, nous n'allons pas nous retirer alors qu'ils arrivent. Nous sommes logés tout comme eux au château de Chambonas.

Comme pour confirmer cette assertion, l'un des conseillers entra et s'écria avec un accent riche en nuances et modulations :

— Eh bé, nos compagnons de bamboche, ici ? Content de vous rrrrevoir, mes godelurrreaux ! Oh, mais j'y pense, n'aviez-vous pas quelque affairrre juteuse à nous conter ?

Enfin, on s'intéressait à eux ! Enfin peut-être allait-on les prendre au sérieux ! Gersende laissa la parole aux garçons, ils avaient déjà eu un contact avec les conseillers, mais elle se permit cependant de conclure :

— Nous sommes animés d'un esprit de justice, cela seul nous importe. Nous voulons qu'elle s'exerce pleinement en mettant hors d'état de nuire un homme fourbe et dangereux, et nous sommes venus ici afin de livrer tous les indices portés à notre connaissance par son défunt complice.

Il leur fallut alors raconter, répéter, expliquer, rectifier une interprétation erronée, et le sentiment de parler à des sourds irrita les jeunes justiciers.

En conclusion, parce qu'il fallait bien enfin clore ce chapitre car l'impatience du consul qui avait rejoint celle du viguier était palpable, l'un des Toulousains, le plus rompu à servir des promesses de Gascon – Toulouse n'est pas si loin de la Gascogne –, s'engagea :

— Une poignée d'hommes de la garnison, quelques braconniers au fait des traquenards des bois, car il est indispensable de s'adjoindre le savoir des autochtones qui ont la toponymie du terroir dans le sang, et votre homme sera bientôt hors d'état de nuire. Si ça se trouve, nous repartirons à Toulouse avec un prisonnier dans nos bagages. Il sera jugé et pendu sur la place Royale.

— Merci, messieurs ! Quand pensez-vous intervenir ?

Les remerciements de Jean-François, qui parlait au nom de tous les quatre, s'adressaient aux conseillers, de même que la question. La réponse brisa leur enthousiasme :

— Vous verrez ça avec les élus du corps de ville... dès qu'ils auront quelques hommes à leur disposition. Adieu, messieurs. Nos hommages, mademoiselle.

Voilà de quoi alimenter la déception qu'ils éprouvaient et qui motiva un retour précipité à la maison de maître Norier.

Le trajet se fit dans un silence pesant, chacun intériorisant le peu de crédit qu'on avait accordé à leur démarche pourtant frappée au coin de l'intérêt général.

Ils apprécièrent l'accueil de la notairesse, alors que l'enjouement primesautier de la jeune Florine, qui, après ses assauts d'amitié envers Gersende, exerçait son pouvoir de séduction sur Constant, leur prêtait à rire. Elle n'avait pas hésité longtemps entre les trois représentants du sexe dit fort, le fils du notaire était inaccessible, celui du peaussier était à son opposé, trop rustre pour son goût, alors que le jeune maître gantier-parfumeur incarnait l'urbanité et la délicatesse. Son regard avait été immédiatement attiré par ses mains d'une finesse qui se devinait sans y toucher, ses doigts effilés qui la subjuguaient révélaient un caractère égal, tout en sobriété.

Pas de chance ! Constant était à cent lieues de se douter qu'il faisait l'objet d'une aussi précise observation, d'une aussi subtile analyse, encore moins d'y être sensible. Les regards qu'il jetait étaient destinés à sa sœur dont il attendait qu'elle manifeste une réaction, qu'elle propose une action.

Elle explosa enfin à son grand soulagement :

— Que leur faut-il, en fait, pour explorer ce soi-disant inextricable bois de Païolive ? Des gens du coin, familiers des lieux, braconniers ou non, peu importe ! Or je connais quelqu'un à Banne qui pourrait nous servir de guide.

— Pourquoi à Banne que l'on dit si difficile d'accès ? contesta Jean-François. C'est une idée fixe chez vous ou un flair hors du commun ? Pour la parfumière d'élite que vous êtes, je n'en doute pas, mais en ce qui concerne le choix d'un cicérone, je pense qu'il vaut mieux en référer à maître Norier.

— Mais vous voyez bien que tout tourne autour de ce village ! Les Combrelles où a vécu Léon Janvier, le bois de Païolive tout proche et dont sa bonne fréquentation est de l'intérêt du comte de Banne. Autre raison : qui mieux qu'un habitant de ce bourg, tel monsieur Larivière, pour nous indiquer les chemins à suivre, les obstacles à contourner, les pièges à éviter ? N'est-ce pas, Constant, que cet hôte de passage nous a fait bonne impression ?

Constant opina. Surtout ne pas arrêter sa sœur dans son besoin d'action qu'il partageait !

— Je ne vous savais pas aussi raisonneuse, mademoiselle Gersende ! s'ébaubit Jean-François.

Gersende prit cette appréciation pour un compliment. Ne rejoignait-elle pas celle de sa mère qui usait souvent à son égard de ce jugement ? Elle eut un sourire attendri à cette pensée et son ex-promis lui parut plus sympathique.

— Alors c'est d'accord ? Demain dès l'aube, nous nous mettons en route ?

— Comment ? s'exclama en un bel ensemble le trio masculin.

— À cheval, si vous arrivez à m'en procurer un !

Le cocher, sollicité pour prêter ses chevaux d'attelage, ne fit pas le retors pourvu qu'on lui fasse briller quelques pièces sonnantes. Quant à en procurer un à Gersende, il remua, paraît-il, ciel et terre et n'en trouva point, si bien qu'il fut convenu qu'elle monterait en croupe avec Jean-François. Une décision qui s'imposa quand Antoine et Constant se colletèrent aux barbes du coche.

Ces bêtes robustes à la robe alezane, habituellement attelées, tiquèrent à la monte des jeunes garçons rien moins qu'académique. En fin de journée, s'ils n'avaient pas réussi, malgré les conseils de Jean-François Borrelly, passé instructeur en équitation, à posséder l'assiette requise pour un galop d'essai, du moins tenaient-ils un honnête équilibre et se disaient-ils capables de couvrir les trois lieues qui les séparaient de la bourgade de Banne.

*

Si la descente sur Les Vans leur avait paru, l'avant-veille, passablement gratinée, l'inverse leur prouva la rude déclivité du territoire. Et pourtant, ce n'était qu'un avant-goût de ce qui les attendait dès l'embranchement du chemin qui montait à Banne.

Ponctué de croix sculptées, de dolmens, de ponceaux enjambant ruisseaux et platières, un tracé pierreux en forte pente serpentait sur toute la face nord de la colline sur laquelle le village était planté, tel un trophée défiant la plaine. Sa dernière portion, particulièrement abrupte, était une calade qui débouchait sur la place du bourg médiéval que les habitants avaient baptisé, à bon escient, le Fort.

Pas de doute, Banne portait bien son nom, « corne » en occitan, posé sur la montagne comme une corne sur le front d'un taureau ; il revendiquait aussi son aspect de village caractéristique du relief cévenol. Et pour le prouver, il tournait résolument le dos à la plaine vivaroise.

D'un même élan et bien que fourbus par l'effort fourni, dès que cavaliers et passagère eurent mis pied à terre, les trois chevaux se dirigèrent vers la fontaine et s'y désaltérèrent longuement.

— J'en ferais bien autant ! s'exclama le pourtant peu expansif Antoine Belmonte en se massant les reins.

Il entraîna sans difficulté Constant. Gersende les regardait s'approcher de la fontaine, elle hésita quelques secondes puis les rejoignit. Quelle saveur avait cette eau fraîche et limpide ! Quel agréable retour à leurs jeunes années quand la folie les prit de s'éclabousser en riant.

— Tu te souviens, Constant, du bassin autour duquel nous jouions chez la Bertille ?

— Je me souviens surtout de Casimir qui m'y avait poussé. Tu m'as rattrapé par les cheveux, quelle délicatesse envers ton petit frère ! Et si aujourd'hui je prenais ma revanche ?

Ils riaient, retrouvant un instant des bribes d'insouciance, indifférents au regard plein de réprobation de Jean-François Borrelly. La soif pouvait le tarauder, l'envie de faire comme eux le persécuter, il ne voulait pas se mêler à ce qu'il considérait à juste titre comme des enfantillages, non plus que se poser en responsable. Ni frère, ni cousin, ni même ami de cette jeunesse turbulente et plébéienne !

Il avait, comme les autres, focalisé son regard sur la place ombragée de platanes. Aussi fut-il surpris lorsque Gersende s'écria, pointant son index au-dessus des maisons :

— Mon Dieu, comment se fait-il que nous ne l'ayons pas vu ? Un ouvrage de cette ampleur ! Magnifique !

Les têtes s'étaient tournées dans la même direction et les yeux découvraient l'impressionnante construction.

— Un palais !

— Un château ! rectifia Jean-François, à qui on ne faisait pas prendre des vessies pour des lanternes. Et je ne pense pas me tromper en supposant qu'il s'agit de celui du comte du Roure.

— À qui d'autre sinon ? ironisa Gersende.

Piqué au vif, il riposta sur le même ton ironique :

— À moins qu'il appartienne à ce mystérieux monsieur Larivière que nous devons rencontrer ?

Autant se montrer raisonnable, ne rien répliquer et se repaître les yeux de ce château dont les tours carrées et pointues se découpaient dans le bleu du ciel. Personne ne pouvait imaginer, à première vue, que l'immense terrasse arborée et fleurie, courant tout le long de la façade, reposait sur de non moins vastes écuries passibles d'héberger jusqu'à cent chevaux.

Que dire alors du château en lui-même sinon qu'il était impressionnant par sa taille, par ses trois étages posés sur un rez-de-chaussée, et plus encore par ses innombrables fenêtres ! Gersende apprendrait un jour de la bouche de Mathieu :

« Personne ne les a comptées, mais on a coutume de dire qu'il en possède autant qu'il y a de jours dans l'année ! »

— Un château de conte de fées ! laissa-t-elle échapper, rêveuse, devinant le luxe et l'apparat derrière ces murs, il fallait lui trouver un défaut, en l'occurrence les pierres qui le formaient pauvrement équarries.

Ce que ne manqua pas de relever Jean-François :

— Quand on veut épater, faire du beau, il ne faut rien négliger. Les pierres auraient pu être mieux jointoyées.

— Ma foi, j'en connais plus d'un qui aurait la sagesse de s'en contenter.

Ils s'asticotaient, ne se laissaient rien passer, à croire que ces joutes verbales leur tenaient lieu de jeu ; à défaut, cela en était un pour Antoine et Constant qui échangeaient des clins d'œil, marquaient les points et ricanaient en catimini.

Tous les quatre seraient restés là, en contemplation muette ou commentée du bâti à l'architecture spécifique du Bas-Vivarais qui entourait la fontaine. Des échoppes, les *crottes*, miroirs d'une certaine réussite sociale, des demeures où le calcaire était omniprésent, des terrasses couvertes de tuiles rondes, les portes piétonnes qui dénonçaient, par leurs sculptures ou par leur dénuement, le statut social de leurs propriétaires.

— L'une de ces demeures abriterait-elle cet énigmatique monsieur Larivière... à défaut du château ? railla à nouveau Jean-François.

Un peu désemparée, Gersende n'entra pas dans la repartie et soupira :

— Si seulement je le savais !

Son frère intervint opportunément :

— Mathieu Larivière ne s'est pas caché d'être paysan. Il a même évoqué le domaine familial avec un nom de fleur... ou de feuille, je ne me souviens plus. Mais en tout cas, un domaine agricole ne peut se trouver sur une place de village.

— Tu as raison, Constant ! Ton esprit logique m'épatera toujours. Moi, je m'enflamme...

Son visage s'embrasa en prononçant ce mot révélateur. Oui, elle s'enflammait, son cœur cognait dans sa poitrine, elle allait revoir Mathieu. Pourvu qu'elle retrouve le nom du domaine !

— Si l'on demandait à ces gamins, là-bas, qui déboulent...

— Frigoule ! Le domaine de la Frigoule !

Antoine avait eu le mot heureux dont la consonance avait ouvert une lucarne dans la mémoire de Gersende.

— Oui ! Allez leur demander où se situe le domaine de la Frigoule, propriété de la famille Larivière !

Constant et Antoine partirent en courant au-devant de la petite troupe et on les vit parlementer, gesticuler, opiner puis revenir sur la place et déballer des explications un peu embrouillées.

— Il nous faut quitter ce lieu qu'on appelle le Fort et descendre au village…

— Par le même chemin que nous avons emprunté pour monter ?

— Non ! L'autre partie du village est par là ! précisa Constant en montrant le clocher d'une église. La calade du… du… comment ont-ils dit déjà, Antoine ? se troubla-t-il.

— La calade du Ranquet, et puis de là, on sort du village et on suit le ruisseau de la Grande Thine.

— Il est long ce ruisseau ? Et c'est sûr qu'il passe par le domaine de la Frigoule ?

— Assez long, je crois.

— Un détail ! Ce serait bien le diable si l'on ne rencontrait pas un paysan dans son champ à cette heure du jour, fit remarquer Jean-François. Allez, en route mauvaise troupe !

Au sortir du village, un relief contrasté offrait une diversité de paysages un peu déroutante. Des étendues de glèbes à perte de vue sur le plateau des Champs Grands, des dépressions cernées d'environnements touffus qui alternaient avec de grandes terrasses de culture. Et partout la terre retournée, travaillée, ensemencée, une terre en renaissance, une terre où la vie explosait enfin après des années de mort lente.

Le ruisseau à suivre suscita plein d'hésitations. Serpentait-il horizontalement dans les terres ou bien dévalait-il vers la plaine ? Et puis ils étaient nombreux, rus, platières ou petits torrents dans lesquels pataugeaient gaiement les chevaux.

Forts du « détail » d'Antoine, ils avaient suivi celui qui courait à perte de vue et bien leur en avait pris. Alors qu'il se perdait sous terre, disparaissant sous un pavement un peu voûté, une double rangée de mûriers bordait un chemin empierré au bout duquel un corps de ferme se dessinait.

L'idée de suivre le ruisseau de la Grande Thine qui inspirait la majorité se trouva en compétition avec l'instinct de Gersende qui, depuis le début de leur expédition, la guidait.

— Si nous demandions notre chemin dans cette ferme ? Ce serait bête de passer tout près et de rater le domaine !

Pour une fois, Jean-François ne fut pas sur le point d'ergoter, il tourna bride et s'engagea dans le chemin menant à la bâtisse, suivi des deux autres cavaliers.

Malgré le crissement des sabots, il sembla à Gersende qu'elle entendait un chuchotis.

— Arrêtez-vous, monsieur Borrelly, chuchota-t-elle dans le dos du cavalier.

Miracle, il obtempéra !

Gersende sauta de cheval, s'approcha d'un arbre dont elle pensait avoir vu frissonner le feuillage et demanda :

— Y a-t-il quelqu'un dans cet arbre ? Nous sommes un peu perdus et...

Tel un farfadet, une jeune fille sauta lestement devant elle.

— Et vous êtes sur un domaine privé ! Mais je peux vous guider. Que cherchez-vous ?

Un peu interdite par cette apparition soudaine, Gersende en oubliait l'essentiel et bredouillait :

— Vous... vous vous cachez dans l'arbre ? Pour... pour quelle raison ?

— Nous ne sommes plus des enfants pour jouer à cache-cache. Nous cueillons les feuilles de mûrier.

— Nous ? Vous êtes donc plusieurs ?

— Il y a aussi ma sœur Lyson...

— Angélie ! Tu ne dois pas...

La voix étouffée venant de l'arbre fut interrompue par une autre, impérative quoique teintée d'inquiétude, celle d'une silhouette masculine qui, venant du mas, s'avançait sur le chemin.

— Angélie ! Lyson ! Vous avez besoin de moi ? J'arrive !

Sa voix confirma ce que l'allure générale de l'homme avait éveillé chez Gersende. Elle s'élança dans l'allée.

— Mathieu ! Mathieu Larivière ! Vous me reconnaissez ?

Il ne répondit pas mais, quand ils se furent rejoints, il murmura en lui prenant les mains :

— Je vous avais bien dit que nous nous reverrions, Gersende, mais j'étais loin de me douter que ce serait vous qui viendriez à moi !

9

La poésie du parfum

Le soleil, presque à son zénith, dardait sur eux ses rayons obliques qui les irradiaient de l'intérieur. Ils étaient seuls au monde, tout autour d'eux avait disparu, laissant la place à une aura ouatée qui les enveloppait. Séparés seulement par leurs bras tendus et pourtant reliés par leurs mains qui ne se lâchaient pas, ils se regardaient, muets, presque en extase ; ce qu'ils ressentaient se passait de mots, leurs yeux parlaient pour eux.

L'attirance réciproque qu'ils avaient ressentie au cours de leurs rencontres à Nîmes, brèves et pour le moins perturbées, n'était pas comparable à ce qui les transportait aujourd'hui. Elle n'avait fait que poser les jalons de ce qui se concrétisait en cet instant : Gersende était son Iseut, Mathieu était son Tristan ! Et qu'importaient les embûches qui ne manqueraient pas de parsemer leur chemin ! Ils n'y voyaient pour l'instant que des pétales de roses et c'était merveilleux.

Il n'est, cependant, de si sublimes instants qui ne trouvent des trublions pour redescendre brutalement des nues !

Sur le même ton qu'avait pris Mathieu Larivière pour interpeller ses sœurs, Jean-François s'invita dans ce tête-à-tête sublime, les mains en porte-voix :

— Mademoiselle Gersende ! Avez-vous besoin de nous ?

Soucieux de ne pas pénétrer avec leurs montures sur une allée privée d'où la jeune magnanarelle avait rejoint sa sœur dans un mûrier, les trois cavaliers ne savaient que penser de ces deux silhouettes figées, sans aucune perception d'une quelconque conversation. En fait, seul Constant aurait pu reconnaître Mathieu Larivière si sa sœur ne le lui dissimulait.

Avait-elle entendu l'appel de Jean-François ? Il avait certainement résonné dans son esprit mais elle était dans un monde hors du temps, hors des gens qui n'étaient pas Mathieu, dans les yeux de qui les siens avaient plongé comme dans un océan où il faisait si bon se noyer.

Mathieu émergea le premier.

— On vous appelle, Gersende ! Ces messieurs, là-bas, qui sont-ils ?

Il avait fait un pas sur le côté sans pour autant lâcher les mains de Gersende et cela suffit à Constant pour le reconnaître.

— Nous ne nous sommes pas fourvoyés, c'est bien monsieur Larivière en conversation avec ma sœur ! Avançons-nous.

Il suffisait que Gersende lui laisse un peu le champ libre pour que Constant se libère d'une supposée tutelle que pourtant elle n'exerçait pas ou dont elle n'avait pas conscience.

La prudence retenait encore ses compagnons.

— On ne nous y a pas invités, que je sache ! Des paysans sournois, qui prennent pour violation de propriété le moindre pas dans leur domaine, ça ne manque pas !

La réflexion de Jean-François ne pouvait être entendue de si loin, néanmoins l'invitation de Mathieu Larivière tombait à point nommé pour le rassurer.

— Monsieur Cazost-Dorandieu ! Messieurs ! Venez, soyez les bienvenus au domaine de la Frigoule !

Il ne savait rien, encore, de leur démarche, mais nul doute qu'ils avaient accompagné Gersende afin qu'elle vînt jusqu'à lui et cela leur donnait un sauf-conduit indiscutable.

Ils s'avancèrent au pas paisible de leurs montures et, à chaque amplitude de leurs jambes, la magie qui entourait le jeune couple s'estompait. Leurs mains se délièrent, la langue de Gersende aussi qui balbutia comme au sortir d'un rêve :

— J'ai tant de joie à vous retrouver, Mathieu, mais aussi tant de choses à vous expliquer ! Souffrez d'abord que je fasse les présentations : mon frère Constant que vous connaissez, son ami Antoine Belmonte et Jean-François Borrelly, dont le père possède une étude notariale à Nîmes.

Très civil, Mathieu Larivière ôta son chapeau en disant :

— Soyez les bienvenus, messieurs, sur la propriété de Mathurin Larivière, mon père, actuellement empêché de vivre sur ses terres. Je ne suis donc que son suppléant mais je vous invite en son nom. Rentrons, vous m'avez l'air fourbus.

Tandis que les cavaliers mettaient leurs chevaux au pré indiqué par Mathieu, les deux magnanarelles, hélées par leur frère, remontaient l'allée en courant, un ballot de feuilles sur l'épaule gauche, un autre à la main droite.

— Gersende, je vous présente Lyson et Angélie, mes jeunes sœurs. Mademoiselle Cazost-Dorandieu chez qui je fus reçu à Nîmes. Les filles, allez avertir notre mère que nous avons des convives. Quatre couverts de plus, cela vous paraît faisable ?

Ce le fut. Tout comme si elles avaient été rompues à cette sorte d'imprévu, mère et filles concoctèrent en un tournemain une énorme omelette aux feuilles de glouteron, puis servirent un assortiment de rogerets qui fit lever un sourcil interrogateur aux invités.

— Des fromages du lait de nos chèvres. Vous avez du plus crémeux au plus affiné, celui-ci à croûte rougeâtre.

Angélie la bavarde s'était fait fort de répondre à leurs interrogations muettes tandis que la discrète et efficace Lyson remplissait la carafe d'eau, rapportait du pain, servait et desservait, apparemment sans états d'âme.

Madame Larivière parlait peu et offrait un visage inexpressif, on aurait dit qu'elle se tenait sur ses gardes. Une attitude conforme à sa nature peut-être, ou bien était-elle devenue craintive depuis l'arrestation de son mari ? Très finaude surtout, car elle avait reconnu en Gersende la voleuse de fils et son cœur de mère était en alerte, mais Dieu que cette demoiselle était belle ! Quelle grâce dans chacun de ses gestes, quelle élégance dans sa toilette malgré une chevauchée éprouvante ! Et quelle prestance au point de paraître déplacée dans cette demeure qui respirait la terre et le monde paysan.

En fait, Rosalba Larivière laissait la peur guider ses pensées, ou plutôt les peurs : peur de perdre son fils, peur qu'il souffre, peur de grands bouleversements dans leur vie. Les mois précédents ne les avaient pas épargnés. Mais elle était loin d'imaginer l'objet de la présence de ces jeunes aventureux !

— Nous avons besoin de votre aide, monsieur Larivière. Vous seul pouvez nous aider à mener à bien notre croisade pour la justice !

Gersende avait attendu la fin du repas, laissé couler les bavardages polis et informels, se contentant de glisser à Mathieu des regards tendres et furtifs qu'il recevait avec bonheur et renvoyait en tapinois, avant d'aborder la raison de leur présence ici à tous les quatre.

Un silence avait accueilli ce début d'explication, preuve que l'auditoire restait en attente.

— Nous sommes à la recherche de celui qui nous a tous bernés, Gabriel Cazost, notre oncle, connu également sous le nom d'emprunt d'Oudard, un homme apparemment affublé de sobriquets à la pelle.

— Le colporteur ! C'était votre oncle ? s'exclama Rosalba que l'incrédulité faisait sortir de sa réserve.

Elle ajouta, se tournant vers son fils, l'air soupçonneux :

— Tu le savais, Mathieu ?

— Je l'ai su en même temps que mademoiselle Gersende et monsieur Constant découvraient la fausse identité de leur oncle, de même que son usurpation du métier de colporteur. Mais vous savez combien, maman, à mon retour de Nîmes notre existence fut perturbée, nous avions tant à faire pour aller de l'avant que j'ai laissé glisser le temps sur de troubles événements. Croyez bien, cependant, que je n'avais rien à dissimuler...

Gersende s'enflamma en volant à son secours :

— Peut-être votre fils est-il trop modeste, madame Larivière, mais je peux vous assurer qu'il m'a sauvé la vie ! Qu'il a sauvé L'Origanterie, le travail de toute une vie, celle de mon père et surtout l'avenir de mon frère !

Mathieu la gratifia d'un sourire.

— Vos mains certainement, votre vie, j'en doute. Mais je suis heureux de l'avoir fait !

— Vous avez même fait plus ! Après votre départ, je n'ai eu de cesse de pouvoir visiter cet horrible Lachamp, encore un pseudonyme ! Il m'a confessé ses crimes, car c'était lui le bras armé de Gabriel Cazost ! Un, deux, trois, pour ne citer que ceux qu'il a commis à la demande de Cazost : les deux tantes de monsieur Borrelly ici présent, notre père...

Un « Oh ! » d'horreur s'échappa de la poitrine des Larivière ! Rosalba regarda ses filles comme si elles étaient encore des fillettes à protéger. Fallait-il, dans ce cas, que cette conversation se poursuive en leur présence ?

— Lyson, Angélie, si vous alliez étaler la feuille des vers à...

— Maman, nous ne sommes plus des gamines ! protestèrent-elles d'un même élan.

Une détermination dans laquelle Gersende vit une invitation à poursuivre et désigna le jeune peaussier :

— Antoine Belmonte que voici est un miraculé, mais au prix de longues souffrances, il a inhalé lui aussi, à plus de distance heureusement, le poison qui a foudroyé notre père et qu'avait élaboré notre oncle.

Nouvelle exclamation d'effarement que Mathieu ponctua par ces mots :

— Quand je pense que ces deux ordures se sont assises autour de cette table !

— Ton père n'avait accepté qu'à contrecœur qu'ils participent à cette réunion de paysans, il flairait chez eux la duplicité et l'opportunisme, le réconforta sa mère.

Gersende continua :

— Je ne sais quel instinct me poussa à demander à Lachamp s'il savait où se cachait Gabriel Cazost quand il disparaissait des mois durant. Il me cita le nom d'un bois, celui de Païolive tout proche du village de Banne en Bas-Vivarais, et me parla d'une grotte dont il avait fait son refuge. Dès lors, je ne songeais qu'à fuir de cette chambre où m'étaient révélées toutes ces horreurs alors que le mourant implorait mon pardon.

— Comme je vous comprends, Gersende ! Quelle épreuve après cette poudre mutilante qui a bien failli atteindre son but ! J'aurais tant voulu que tout cela vous soit épargné.

Au risque d'afficher sans détour leur réciproque attirance, Mathieu s'était rapproché de la jeune fille et, pour la réconforter, lui avait pris la main.

En fait, personne ne s'offusqua de ce geste familier, l'émotion de Gersende appelait la compassion.

Pour briser ce silence pesant, Mathieu afficha sa résolution :

— Je vous aiderai à fouiller ce bois, à débusquer Cazost-Oudard de sa grotte… même si Païolive en est truffé !

Jean-François Borrelly ne pouvait laisser passer cette occasion de s'exprimer enfin :

— Mon père, qui reçut les derniers mots du dénommé Janvier et son dernier soupir, lui a extorqué cette précision, il s'agirait de la grotte du Seigneur, si tant est qu'elle existe. Et à proximité se dresserait un rocher faisant penser à un lion ou à un ours.

— Désolé de vous dire que, tout comme les grottes, les blocs de pierre fantasmagoriques sont légion dans le bois de Païolive, monsieur Borrelly ! Mais cela n'émousse en rien ma promesse. Une parole est une parole, jamais Larivière ne fut parjure !

— Si seulement nous avions eu le soutien que nous espérions ! soupira Constant.

Tous les regards alors se focalisèrent sur ce jeune garçon d'apparence paisible et qui s'enflammait en racontant l'accueil mitigé que leur avaient réservé les édiles de la ville des Vans. Écoutés, il voulait bien l'admettre. Mais entendus, c'était une autre affaire. Jusqu'au soutien tant espéré des conseillers du parlement de Toulouse venus exprès pour l'affaire des Masques et qui n'avaient pas vu l'urgence d'une intervention.

— Et pourtant, mon père est le prochain sur la liste du sinistre Gabriel Cazost ! conclut le fils du notaire.

Seul Antoine n'avait pipé mot, mais son visage attentif, comme crispé, disait combien il faisait bloc avec ses amis. Cette expression de souvenirs si douloureux, seule une jeune personne l'avait captée, la secrète Lyson, dix-sept printemps, une sensibilité à fleur de peau, une empathie naturelle… et un coup de cœur pour ce courageux garçon aussi discret qu'elle. Elle ne le quittait pas du regard et retenait sa main qu'elle aurait voulu poser sur son avant-bras en signe de soutien. Son frère osait bien, lui, avec Gersende ! Elle dut lui communiquer son appui inconditionnel car il se leva soudain, tendit la main au-dessus de la table et fit le brave :

— Tous pour un, un pour cinq, maintenant que vous êtes des nôtres ! dit-il en s'adressant à Mathieu.

Elle était belle à voir, cette jeunesse combative, avide de justice et dont la pureté des sentiments ne faisait pas de doute ! Mais quelle candeur aussi dans leur vision manichéenne où les bonnes intentions l'emportaient toujours sur les plus noirs projets !

Le temps filait entre leurs mots à se raconter les uns et les autres. Une confiance spontanée avait brisé les silences et, de même que Gersende avait livré le lourd secret qui avait empoisonné la vie de sa mère et sa soudaine libération en ouvrant cette porte secrète restée trop longtemps cadenassée, de même Mathieu avait levé le voile sur cette étrange affaire des Masques dans laquelle son père était impliqué, à laquelle lui-même avait parfois participé.

— On n'était pas loin de croire que le Ciel nous avait abandonnés ! Gelées, orages, grêle, périodes caniculaires, tout se conjuguait pour que le paysan du Vivarais s'enfonce inexorablement dans la misère car, comme des rapaces, les fermiers généraux, prêteurs, hommes de loi et d'argent faisaient leurs choux gras sur notre dos.

Encore eut-il la finesse de ne pas ajouter à son propos les notaires, par égard pour Jean-François à qui il expliqua :

— N'allez surtout pas penser, monsieur Borrelly, que je mette tous les hommes de loi dans le même panier ! Il en existe d'honnêtes, je le sais, et monsieur votre père est certainement de ceux-là, de même que maître Jean-Paul Norier qui a bien voulu chapeauter, en quelque sorte, votre expédition. Je me souviens combien mon père s'était insurgé contre un groupuscule armé et masqué qui avait dérobé tout son blé, faute de trouver malversations dans ses écritures ! Lachamp et Oudard... enfin Janvier et Cazost devaient être de cette équipe, disait-il.

Et d'ajouter en regardant Gersende comme si rien ni personne autour d'eux n'existait :

— C'est d'ailleurs pour les espionner que père m'enjoignit de les suivre à Nîmes. Je ne savais pas combien ce voyage bousculerait des vies...

On aurait dit que pour eux le temps s'était arrêté.

Rosalba Larivière, seule adulte au milieu de cette génération lumineuse, résolument conforme à son siècle, sentait craquer une à une ses appréhensions, fondre un à un ses préjugés. Arrogance des gens de la ville contre simplicité de ceux des campagnes, fougue de la jeunesse contre sagesse de l'âge, audace et espoir en un monde plus juste contre humilité et résignation : tous ces verrous sautaient tour à tour du moment que l'on se parlait, que l'on s'écoutait, que l'on se comprenait.

Le souci qu'elle avait de cette jeunesse se manifesta en fin de journée :

— Croyez bien, jeunes gens, que mon intention n'est pas de vous mettre à la porte, seulement l'heure tourne et il ne serait pas prudent que vous retourniez à Chambonas de nuit...

Mathieu approuva tout en avançant un timide pion :

— Vous avez raison, maman, il ne faut pas que nos amis se mettent en danger sur des chemins qui ne leur sont pas familiers. Cependant... je pensais... est-ce que nous ne pourrions pas...

— Je crois que ta pensée rejoint la mienne, mon fils. Quel besoin d'imposer ce trajet à cette jeune demoiselle puisque ces messieurs reviennent demain ? C'est avec plaisir que nous vous offrons l'hospitalité, mademoiselle Gersende.

Bon sang ! S'il avait pu serrer les deux femmes de sa vie dans ses bras, Mathieu l'aurait fait avec joie. Mais pour la première, cette effusion aurait paru incongrue, sa mère incarnait l'icône intouchable. Quant à Gersende, bien qu'elle méritât de trôner sur un piédestal et qu'il envisageât sans peine de l'en faire descendre, il se promit d'attendre.

Les chevaux reposés, nourris et abreuvés, Jean-François, Antoine et Constant quittèrent le domaine de la Frigoule avec en tête l'engagement qu'ils avaient pris tous ensemble : convaincre la maréchaussée des Vans de leur adjoindre une petite escorte armée. Eux se faisaient fort d'investir le bois de Païolive, ils auraient en Mathieu un guide chevronné !

*

Mathieu Larivière voulait faire découvrir à Gersende le domaine familial dans son entité. Il ressemblait à un jeune chien fou, gesticulant sans cesse pour montrer, tout en haut de la propriété, la châtaigneraie ou inviter Gersende à plonger du regard dans la mer émeraude d'un vignoble en renaissance, ou encore l'entraîner vers la bergerie où, telle une forêt de laine, le troupeau de moutons attendait la tonte de printemps.

La jeune fille avait compris que tout cela représentait l'essence de sa vie et même au-delà, que tout cela était le fruit des générations qui l'avaient précédé, qu'il en était momentanément le récipiendaire et qu'il serait comptable de le transmettre un jour.

Un état d'esprit qui convenait si bien à Gersende ! Elle aurait pu employer les mêmes mots, raviver les mêmes origines et tendre vers le même but pour lui parler de L'Origanterie, à la différence qu'elle n'aurait jamais la moindre légitimité. Et le lui avouait sans détour :

— J'aurais aimé vous faire découvrir mon univers qui est celui du parfum et par lequel je m'emploie à épauler mon frère dans son atelier de maître gantier-parfumeur. Vous n'en avez eu qu'une bien décevante approche alors qu'il mérite mieux que cela, je vous l'assure ! Pourtant, il s'est transformé pour mon père en vestibule de la mort…

— Nous le vengerons, Gersende ! s'empressa Mathieu.

Il était sincère et pensait lui faire plaisir, mais au vu de son visage chiffonné, il comprit qu'elle était contrariée.

— Je... vous... trouvez que... que je m'implique dans une affaire qui n'est pas la mienne ? Ou bien que ma... réflexion est... déplacée ?

— Rien de tout cela, Mathieu ! Simplement, j'avoue ne plus savoir moi-même ce à quoi j'aspire. La vengeance, le mot m'a toujours révulsée tant l'acte est abject, un début d'escalade qui amène une surenchère. Vous voyez, je me perds dans des réflexions abstraites alors que j'aurais voulu occire de mes propres mains Janvier et puis Gabriel. Que m'est-il arrivé ?

— Ce qui arrive aux personnes dépourvues de méchanceté, celles qui ont une conscience, celles qui ont du respect pour la vie de leur prochain ! Ces personnes-là, Gersende, maîtrisent au plus haut point la valeur de l'humain, une vertu sublime ! Ne soyez pas troublée par les mots, ils n'ont de sens que celui qu'on leur donne. Quand je disais vengeance, je pensais justice. Vous-même avez utilisé ce mot pour expliquer votre venue à Banne.

Gersende émit un petit soupir de soulagement : elle ne s'était pas trompée, Mathieu était l'épaule qui lui faisait tant défaut, la tempérance à ses révoltes. Il partageait avec elle cette théorie de l'âme en totale compréhension des émotions de l'autre. Il était même à ce point dans ses pensées et ses aspirations qu'il jugea opportun de revenir à son art de parfumière qu'elle avait évoqué et qui avait mis des pépites d'or dans ses yeux.

— J'aimerais, Gersende, que vous me parliez du parfum…

Il ne put terminer sa phrase. Ce fut un déclic vers le bonheur quand elle s'exclama :

— Le parfum, c'est une poésie, et de la poésie, il peut prendre toutes les formes. Il peut être sonnet et répondre à une préparation très codifiée où chaque fragrance, comme une rime, doit être cohérente… sauf pour la touche finale qui doit se détacher et tenir la note florale.

— Quelle science ! fit-il remarquer, admiratif.

— Disons plutôt le fruit de nombreuses expériences avant d'être satisfaite de soi ! Tenez, la ballade peut être trompeuse par sa légèreté, son absence de règles et cette notion de totale liberté qu'elle véhicule, elle n'exige aucun amalgame, aucune fusion, et pourtant comme il est délicat de donner sa place à chacune des fleurs qui veulent garder leur propre identité !

— Suis-je dans le vrai en suggérant que cette poésie-là vous plaît ? demanda-t-il, un sourire malicieux éclairant son visage.

— Plantez-vous du blé parce que cela vous plaît, Mathieu ? répliqua-t-elle sur le même ton.

Puis elle poursuivit, reprenant l'air sérieux :

— Il faut rester académique tout en se permettant quelques fantaisies quand l'occasion vous est donnée. Ce fut le cas pour une cliente qui me demandait de lui créer un parfum à son image, du moins celle qu'elle véhiculait et que je ressentais : un brin évaporée, futile et néanmoins charmante. Je lui ai créé un acrostiche auquel elle a adhéré d'emblée.

— Et que dit cet acrostiche ?

Elle ne se fit pas prier et énuméra, insistant sur l'initiale de chacun des mots :

— Que vous inspirent fougère, origan, lavande, iris, euphorbe ?

Il réfléchit un instant avant de proposer, sans conviction :

— Folie ?

— Bravo ! Et la fin de l'histoire est que cette cliente assume si bien sa douce folie qu'elle n'userait d'aucun autre parfum.

Une idée soudaine gagna Mathieu.

— Voulez-vous découvrir nos euphorbes sauvages ? Je vous emmène là-haut, vers le Mazel, si vous n'êtes pas fatiguée. En ce printemps si généreux, après trois longues années de pingrerie, leur inflorescence va vous ravir.

Fatiguée ? Alors qu'il s'agissait de remplir ses poumons de l'air de la campagne, ses yeux de paysages bucoliques et ses narines des senteurs exhalées dans leur état naturel ? Quel bonheur, au contraire, de retrouver les souvenirs champêtres de sa petite enfance dans ce cadre et cette douceur de vivre en Vivarais qui avaient vu naître Mathieu ! Elle le rejoignait ainsi dans son amour de l'espace, du grand air et du paysage qu'ils embrassaient du regard. Dans cette communion hors du temps, ils redevenaient deux enfants portés par l'insouciance et c'était bien.

De même qu'ils s'étaient laissé emporter vers des moments « suspendus », parcourant des yeux des paysages contrastés, le regard de Mathieu s'assombrit en désignant une colline : les Combrelles. La masure de Janvier !

— Pardonnez-moi, Gersende, je n'aurais pas dû vous emmener jusqu'ici !

— Au contraire, Mathieu, nous voulions voir les lieux et nous l'avions oublié.

La visite ne leur apporta qu'amertume et dégoût au point que Mathieu en profita pour avancer leur retour au mas :

— Je dois nourrir les chevaux, les moutons, rentrer les chèvres qui sont au pieu. Vous allez me croire négligent.

— Et moi écervelée. Alors que votre mère et vos sœurs m'offrent l'hospitalité, je ne leur ai même pas proposé mon aide.

Lyson et Angélie étaient à nouveau dans la magnanerie où Gersende les rejoignit en s'étonnant :

— Vous leur donnez encore de la feuille ?

— Dame oui ! s'empressa de répondre Angélie. Ils arrivent à leur quatrième âge et mangent quatre fois par jour.

Lyson, à son tour, expliqua de tout son sérieux :

— Auparavant, nous devons nous assurer que tous nos petits vers vont bien, qu'ils ne présentent pas les symptômes de muscardine ou de flacherie, sinon la catastrophe n'est pas loin.

— Tu oublies la pébrine, Lyson ! Une véritable calamité.

De la magnanerie à l'immense cuisine où elle alla ensuite proposer son aide à madame Larivière, en passant par le *couradou*, la terrasse couverte, véritable belvédère surplombant l'allée bordée de mûriers, Gersende se familiarisait avec cette ferme aux allures de maison bourgeoise. Le bois de châtaignier y était omniprésent dans les poutres, les meubles, les escaliers, alors que le sol, recouvert d'un clair carrelage de travertin, réfléchissait la lumière entrant par les trois ouvertures en façade.

— Je peux préparer un dessert, madame Larivière ? Francette m'a appris à le faire et je ne m'en sors pas trop mal. Un dessert tout simple, en vérité. Vous connaissez le pain perdu ?

Rosalba faillit répondre que le pain, chez eux, n'était jamais perdu, mais ravala sa remarque et se contenta de demander :

— Que vous faut-il pour cela ?

— Des tranches de pain, bien sûr, un peu de lait, de l'eau de fleur d'oranger, des œufs et du sucre.

— Je crains qu'il faille vous passer de fleur d'oranger et de sucre. Le miel de châtaignier ne ferait-il pas l'affaire ?

— Si, bien sûr ! s'empressa Gersende.

Tout en mettant les ingrédients demandés à la disposition de la pâtissière en herbe, Rosalba demanda innocemment :

— Francette, c'est votre sœur aînée, je suppose ?

— C'était notre servante avant qu'elle ne se marie et c'est surtout mon amie, une amie très chère !

Une servante. Rosalba réprima un soupir. Quel décalage dans la façon de vivre chez ces gens de la ville ! Les servantes, en Vivarais, on les trouvait au mieux dans les châteaux ou chez les grands bourgeois. Les familles de paysans, Dieu merci, étaient assez pourvues de bras vaillants. Elle se garda cependant de toute réflexion à cette jeune fille en tout point charmante et de bonne volonté. Et si de plus l'avenir en faisait sa bru…

Elle pensa soudain que la traditionnelle soupe aux légumes qui composait leur repas du soir ferait grise mine à côté du dessert que préparait Gersende ; aussi décida-t-elle de sortir du saloir le plus beau saucisson qui restait en réserve. Et dont Gersende ne manqua pas de faire compliment.

Tout en dégustant le délicieux pain perdu qui valut à Gersende une avalanche de superlatifs, chacun pensait à ce que pourrait être la journée du lendemain.

Journée de tous les dangers ! redoutait Rosalba Larivière.

Journée où il me sera donné de revoir monsieur Antoine ! rêvassait Lyson.

Journée routinière entre feuilles de mûrier et vers à soie ! se résignait Angélie.

Encore une journée ensemble, à tendre vers le même but ! pouvaient s'émerveiller Gersende et Mathieu.

10

Païolive envoûtant et perfide

Forts de leur connaissance du trajet deux fois effectué la veille, Jean-François, Constant et Antoine laissèrent leurs montures aller leur train sur le plateau calcaire des Grads. Ils avaient en tête combien la montée sur Banne était rude et demandait une maîtrise du cheval comme du cavalier. Et apprécièrent d'en être épargnés !

— Vous nous attendiez ?

Question ou exclamation, la remarque de Jean-François parut stupide à Gersende qui se contenta de hausser les épaules.

En vérité, la proposition qu'avait faite Mathieu était des plus sensées, Gersende et lui descendraient à la croisée des chemins où ils seraient rejoints par ceux venant des Vans, les dispensant ainsi d'un trajet fastidieux. Qui s'en plaindrait ?

La moue d'Antoine Belmonte attestait qu'il y en avait au moins un. Et il se prit à penser qu'il se trouvait, au mas de la Frigoule, un autre visage chagrin.

Constant, lui, se troubla devant l'accoutrement de sa sœur. Où était passée l'élégante Gersende qui posait en robe de satin pour monsieur Fragonard ?

Mais il y avait plus important que l'étonnement de Constant, le truisme de Jean-François et la déception d'Antoine et de Lyson. Du moins aux yeux de Mathieu !

— La compagnie de gens d'armes ? Elle est en route ? demanda-t-il, scrutant le chemin dans les deux directions.

Il pouvait, en effet, en venir une des Vans, mais aussi de Berrias où une garnison restait en faction depuis l'arrivée des vivres et des semences devant être distribués aux paysans et qui nécessitaient la haute surveillance des soldats.

Constant gardait la tête basse. Il se reprochait d'avoir manqué d'impétuosité face à la nonchalance et au mépris du viguier.

— Qu'on nous donne une preuve de l'urgence à agir ! Voilà ce à quoi nous nous sommes heurtés, s'insurgea-t-il.

Puis il se tourna vers Gersende et prit l'air dépité d'un petit garçon fautif.

— Je t'assure, Gersende, qu'il n'y a rien à espérer de cet homme. Maître Norier, qui nous avait accompagnés, en est convaincu. Il ne baisse pas les bras pour autant et fait le siège de son parent le consul, lui seul apte à passer outre aux décisions de son viguier. C'est, paraît-il, de notoriété publique qu'ils sont, pour tout et sur tout, en totale opposition.

Gersende apaisa son frère d'un sourire rassurant alors que Mathieu, prenant la bride de son cheval, invitait les autres à le suivre dans une laie en disant :

— Ils veulent des preuves ? Nous allons leur en donner !

La petite troupe ne se doutait pas, en foulant la périphérie de la forêt, que la population rurale, dans sa diversité, s'était appropriée, de la richesse minérale et de la naturalité qui allaient leur sauter au visage dès qu'ils s'insinueraient dans la masse sombre du bois de Païolive.

Alors qu'en son orée l'homme avait laissé des traces, celles des troupeaux des bergers gagnant les hautes terres, celles de ses chiens quand le noble venait chasser, celles plus humbles mais presque quotidiennes des ramasseurs de glands, de bois, de champignons, le caractère sauvage, vierge de la main de l'homme, explosait au premier abord. Tout à la fois hostile et grandiose, le bois ne pouvait laisser quiconque indifférent.

Gersende fut la première à s'exprimer alors que ses compagnons restaient sur la réserve :

— C'est peut-être bête à dire, mais le bois semble s'être refermé sur nous comme pour nous protéger. Si je fais un effort pour comprendre le monstre qu'est Gabriel Cazost, je me dis qu'il a pu ressentir cet enveloppement protecteur comme une assurance d'impunité à ses méfaits, dit-elle, la voix et l'esprit envoûtés par ce lieu.

— Depuis quand la nature se mettrait-elle au service des criminels ? s'insurgea Constant.

— A-t-elle le choix et les armes pour se défendre ?

— Le choix, je ne sais, mais les armes, nous n'allons pas tarder à les découvrir ! intervint Mathieu.

Comme pour étayer ce qu'il venait de dire, un lacis de sentiers dessinés par une faune hétéroclite confirmait la facilité qu'on avait à se perdre dans cet insolite univers, une mosaïque de milieux naturels façonnés par les eaux se déversant sur lui et coulant en sous-sol.

— Il faut nous séparer ! décréta soudain Mathieu Larivière.

Et comme quatre paires d'yeux se fixaient sur lui, effarés, il expliqua :

— Le bois est immense et, à marcher ainsi en file indienne, nous en arpenterons si peu que notre entreprise sera vaine. Alors que si nous prenons deux ou trois pistes différentes…

— Nous nous perdrons, à coup sûr ! fit remarquer Jean-François. Pour ma part, je pense que se séparer serait de la folie.

Il n'avait jusque-là pipé mot, plus dérouté que charmé par ce chaos calcaire qui se disputait l'espace avec des bosquets d'arbres aussi pétrifiés que les roches. Il n'échappait pas à cette conclusion intemporelle : là où le poète perçoit mystère et enchantement, l'homme pragmatique ne voit qu'étrangeté et péril ! Mis au pied du mur, le futur notaire ne se sentait pas l'âme d'un héros et ses camarades n'étaient pas loin d'abonder dans son sens.

Mathieu alla piocher dans les fontes de sa selle. Gersende le vit en extirper des chiffons, lambeaux de draps, de chemises, filasse de chanvre, brins de jonc qu'il étala au sol et comprit où il allait en venir.

— Je ne suis pas plus assuré que vous de retrouver ma route, aussi ai-je prévu que nous balisions en quelque sorte nos chemins. Imaginons qu'ici sera notre point de dispersement et de retour où nous laisserons nos montures.

Tous quatre acquiescèrent et se mirent à l'œuvre suivant les indications de Mathieu ; il s'agissait de nouer des lamelles de tissu d'une même couleur sur les branches d'arbustes à portée de main afin de former un cercle représentant leur base de regroupement. Ensuite, à chacun de se munir d'un ballot de chiffons, de prendre une piste et de la jalonner au fur et à mesure de son avancée.

— Par ici, ce chanvre qui m'a l'air résistant ! lança Jean-François avec une détermination qu'il était loin d'éprouver.

— Moi, ce sera cette pièce de toile bleue, elle me fait penser au sergé de Nîmes que nos tanneurs privilégient pour leurs vêtements souvent mis à rude épreuve quand ils tannent les peaux dans les putrides calquières prévues à cet effet.

Antoine s'était lancé dans cette longue explication que personne ne lui demandait, mais qui lui permettait d'évacuer un peu de sa nervosité.

Les brins de jonc qui, en séchant, avaient pris une couleur acajou eurent la faveur de Constant. Il en saisit deux poignées, en tendit une à sa sœur en disant :

— Je ne peux te laisser prendre un chemin toute seule. Je manquerais à la promesse faite à notre mère de veiller sur toi.

— Vous ne manquerez à rien, Constant ! le rassura Mathieu. J'ai pensé que mademoiselle votre sœur serait bien inspirée de nous attendre ici pour veiller sur les chevaux.

« Comment peut-il me faire une telle proposition ? » trahissait le regard assombri de Gersende.

Elle le radoucit pourtant et, alors qu'à d'autres que lui elle aurait répondu vertement, elle prit le parti du persiflage :

— Dans ce cas, j'aurai outragé madame votre mère pour rien ? Cette aimable personne était au bord de l'asphyxie lorsque je lui ai demandé des vêtements masculins. Ce sont les vôtres, Mathieu… quand vous aviez quinze ans ! À moi donc ces lambeaux de drap blanc pour les attacher aux arbres !

— Il faudra vous résigner alors à faire équipe avec moi, Gersende. Désolé, mais je n'ai pas d'autre coloris à proposer.

Il se garda bien, cependant, de fanfaronner et enchaîna :

— Ah ! Ces petits appeaux me semblent indispensables pour communiquer entre nous. On ne prend jamais trop de précautions, un long sifflement sera signe d'un besoin d'aide immédiat. Et même je pense qu'il serait bon de se rassurer les uns les autres, de temps en temps ! Vous avez tous une montre à gousset ? Eh bien, disons que toutes les heures je sifflerai deux coups brefs et j'attendrai vos trois réponses différentes, un coup, deux puis trois. Autre chose et d'une importance capitale : rien ne doit être entrepris individuellement. Nous sommes à la recherche d'indices probants, non de faits glorieux et dangereux. Encore un impératif, pour revenir à notre base, empruntez bien le même chemin, ne croyez pas gagner du temps à contourner un rocher ou enjamber un lapiaz ! C'est tout juste bon à vous fourvoyer. Souvenez-vous aussi des couleurs du parcours de vos amis.

Ils opinèrent, s'emparèrent chacun d'une sorte de sifflet taillé dans du roseau que Mathieu leur tendait et qu'ils glissèrent dans leur poche. Après une dernière vérification pour s'assurer que les chevaux étaient bien attachés, chacun prit une laie et, en seulement quelques pas, disparut à la vue des autres tant le labyrinthe de chênes rouvres, de micocouliers et de rochers déchiquetés par l'érosion élevait des remparts autour d'eux.

Après avoir mis ses pas dans ceux de Mathieu, Gersende fut prise d'un besoin impérieux de briser le silence qui les enveloppait. Il était d'une telle intensité, témoignait d'une telle absence de vie tout en étant complice d'occultes cabales qu'il en devenait assourdissant.

— Vous avez déjà emprunté cette sente, Mathieu ?

Elle sursauta quand autour d'elle se répercuta à l'infini : « Tieu, tieu, tieu ! »

Sans se retourner, il répondit :

— Nous la découvrons ensemble, Gersende !

Il attendit que l'écho ait joué son rôle de perroquet en répétant : « ende, ende, ende… » puis il confessa :

— Je n'aurais jamais cru que cela arriverait un jour, ni dans les circonstances qui nous y conduisent, encore moins avec la plus délicieuse personne que j'ai eu le plaisir de rencontrer… et que je ne voudrais plus quitter.

Il avait dit si bas ce dernier bout de phrase que l'écho ne put le capter… à moins qu'il ne se sente le droit de divulguer le désir de ce jeune intrus à toutes les essences de la forêt.

— Il le faudra, pourtant !

Pourquoi donc Gersende prenait-elle le parti d'étouffer dans l'œuf ce début de déclaration qui fit se retourner le jeune énamouré ? Trouvait-elle le lieu et les circonstances mal choisis, ce bois maudit indigne de recevoir d'aussi exaltantes promesses, ou bien voulait-elle juguler la bouffée d'émotion qui l'étreignait ?

Le regard éperdu, la bouche amère, Mathieu bredouilla :

— Vous... vous ne m'aimez donc pas, Gersende ?

— Ai-je dit pareille coquecigrue ? répliqua-t-elle vivement, un large sourire étirant ses lèvres tandis que ses yeux semblaient brûler de fièvre.

— Mais alors... je ne comprends pas. Vous m'aimez et vous partez...

— Rapporter le trophée à ma mère, lui assurer que Gabriel Cazost ne tuera plus ! Je le lui ai promis, ainsi pourra-t-elle faire le deuil d'un époux tendrement aimé, et mon frère et moi celui d'un père vénéré.

— Quelle témérité ! Quelle jeune fille loyale ! Et après ?

Raillait-il afin de lui rendre la monnaie de sa pièce ?

— Après ? Je... crois que... oui, je crois que je serai raisonnable et j'attendrai que vous veniez me chercher. Viendrez-vous, Mathieu ? s'enquit-elle, frémissante d'émotion.

Pour toute réponse, Mathieu lui prit les mains, les porta à ses lèvres et les baisa longuement avec dévotion jusqu'à ce qu'elle ne les lui retire sans brusquerie pour les porter à son visage qu'elle caressa avant de les nouer, délicieuse audace, derrière son cou. Si ce n'était pas une invite au baiser, ça ! Enlaçant sa taille, Mathieu ferma les yeux et laissa la fusion de leurs lèvres se faire lentement, tout en douceur. Mais la passion n'était pas loin qui les emporta tous deux dans un baiser fougueux, enflammé où chacun livra toute la sensualité de son être. Quand leurs lèvres se disjoignirent enfin, leurs yeux restèrent accrochés, savourant un état d'harmonie jusqu'alors inconnue qui les enveloppait, exaltant leur amour révélé, concrétisé par ce baiser sublime, pacte immatériel et sacré.

— Ce bois est inspirant, gazouilla Gersende émergeant de l'extase. L'alliance de la roche et du végétal, peut-être ?

— Une châtaigneraie, la garrigue ou n'importe quel plateau montagneux m'inspirerait tout autant : votre seule présence transcende le plus banal des lieux.

La réalité les rattrapa enfin. Ils reprirent leur avancée dans le bois de Païolive, à la différence qu'ils marchaient côte à côte, se tenant par la main et non plus l'un devant l'autre.

Émergeant d'une forêt de chênes, ils se trouvèrent en surplomb d'une drôle de dépression circulaire qui réveilla quelques souvenirs chez Mathieu.

— Mon père parlait de dolines quand il évoquait ces sortes de bassins naturels de roches blanches façonnés par l'eau qu'il avait eu l'occasion de rencontrer en périphérie du Chassezac, il se pourrait que cette cavité en soit une. Il faut la contourner.

— On dirait qu'elle a chassé toute végétation, votre doline ! Plus un arbre, plus un buisson où accrocher notre repère, se désola Gersende.

— Nous allons le caler sous une pierre. Oh, je crois que l'heure s'est écoulée !

Il sortit son appeau, siffla deux coups et attendit. À leur grand soulagement, les trois réponses ne se firent pas attendre et, avec elles, le vol lent et plané de quelques buses aux larges ailes, leurrées par ces appels.

— Enfin un signe de vie ! J'en étais arrivée à douter d'une plausible vie en ces lieux, fit remarquer Gersende en suivant des yeux les circonvolutions de l'un des rapaces.

— En voici un autre ! s'écria Mathieu qui, ayant contourné la doline, parvenait à un relief plat doté d'une capitelle entourée de murets en terrasses desquels cascadaient plusieurs filets d'eau qui se perdaient sous des biefs de fortune.

— La main de l'homme est passée par là ! Ces petits aménagements en sont les témoins.

Devant ce contraste, la grimace de Gersende affichait sa préférence d'une jungle-forêt déshumanisée à ce semblant de vie qui ne pouvait être que clandestine, et pour cela sujette à question.

— S'agirait-il de l'antre de mon oncle ? murmura-t-elle avec une moue de dégoût et un soupçon d'appréhension.

— Vous m'avez parlé d'une grotte, Gersende. Ceci n'est qu'un abri de fortune, un refuge en cas d'orage, mais en aucun cas un lieu où installer, si l'on en croit les aveux de Janvier, tout un matériel servant à la fabrication de ses maudits poisons.

— Janvier était sincère, on ne ment pas aux portes de la mort. Mais vous avez raison, Mathieu, c'est à peine si l'on tient debout dans cette capitelle.

Elle aurait bien fait halte sur cette butte tabulaire dont les abords présentaient une flore exceptionnelle, laquelle titillait ses narines exercées. Elle courait d'un parterre de jacinthes à une touffe d'oxalis, fronçait le nez devant une étendue d'ail des ours au parfum âcre, caressait du regard les orgueilleuses jonquilles et les traîtresses digitales. Un « arc-en-terre » aussi coloré qu'un arc-en-ciel pour le ravissement du regard, un pot-pourri harmonieux pour les subtils odorats.

— Ce bois mérite mieux que d'abriter des monstres, laissa-t-elle tomber pour s'extraire à cette contemplation et retrouver une motivation qu'elle sentait s'émousser au fur et à mesure des fabuleuses richesses qu'offrait la nature.

Il avait suivi son regard scintillant de plaisir glisser de fleur en fleur, avait vu frémir les ailes délicates de son nez emprunté à la nymphe grecque Callisto, il avait même perçu la retenue de sa main aux longs doigts qui s'apprêtait à les caresser, presque à s'en saisir. Il ne pouvait lui refuser ce plaisir, aussi proposa-t-il :

— Nous pouvons nous poser ici et nous désaltérer, j'ai tout ce qu'il faut dans cette musette.

Ma sœur Lyson n'a pas été avare, ni sur les gourdes d'eau, ni sur le pain, ni sur la charcuterie. Quelques tranches du saucisson que nous avons entamé hier au soir, ça vous tente ? Vos amis seraient bien avisés de faire comme nous.

Constant, Antoine et Jean-François, chacun suivant son petit bonhomme de chemin qu'il n'oubliait pas de baliser, faisaient à peu de chose près les mêmes découvertes que le couple d'amoureux.

Car, bien sûr, dans leur esprit le doute n'était pas permis, cela sautait si violemment aux yeux. Le futur notaire, plus avancé que les deux autres sur ce sujet, se disait que ce petit paysan avait bien de la chance. Non qu'il fût jaloux et qu'il en vînt à regretter ce projet d'union avorté, Marie-Léone était un bon parti et lui offrait une ouverture sur la bourgeoisie montpelliéraine. Mais une si belle fille que Gersende, et ardente avec ça, cela crevait les yeux, mariée à ce bouseux, c'était une hérésie !

Telle était la réaction de Jean-François, si différente de celle d'Antoine. Lyson, fille de paysan, de bouseux, peu importait au jeune peaussier ! Il en ferait une femme de la ville si elle disait oui, elle tiendrait avec lui la boutique de son père. Ce dernier n'avait-il pas évoqué l'envie de se retirer dans son maset dès que son fils se sentirait les épaules assez solides pour le remplacer ? Or les épaules d'Antoine étaient devenues athlétiques d'un coup de baguette magique : celle de la fée Lyson, une adorable brunette aux joues rondes et rosées, au regard timide et velouté ombré de longs cils soyeux qui se posait sur lui et d'un coup s'allumait.

Rien de tout cela n'effleurait les pensées de Constant qui n'avait rien capté des attentions de la mignonne Antonine, la vendeuse la plus compétente qu'ait jamais eue le Bouton de nacre, assurait sa mère. Nine victime à son tour des mauvais penchants de Cazost et heureusement protégée par la bienveillante Espirite. Nine dont le cœur battait à se rompre pour le jeune talentueux maître gantier, dans toute la fraîcheur de ses dix-huit printemps. Nine qui déplorait de ne pas être née avec une petite cuillère d'argent dans sa jolie bouche en cœur pour prétendre être digne de lui !

Elle se fourvoyait. Les yeux de Constant ne verraient pas plus la cuillère d'argent que sa bouche fleurie, pas plus qu'il n'avait capté l'émoi de son ami Antoine et les amours naissantes de Mathieu et de Gersende. Une raison à cela, il n'avait qu'une chose en tête : retrouver l'assassin de son père !

Ainsi tous trois marchaient, foulaient le sol d'une forêt qui tantôt leur paraissait vierge de vie, tantôt leur réservait la surprise d'un orvet ou d'un mulot se faufilant au ras des racines. La même impression de s'enfoncer dans la nuit d'un feuillage et soudain de se retrouver sur une clairière éblouissante de clarté confortait en eux la conviction d'arpenter un lieu à nul autre pareil, surprenant et pétri de mystères. Hors du temps.

Seul l'appeau de Mathieu les ramenait toutes les heures dans la réalité qui, le reste du temps, leur échappait.

On était déjà au milieu de la journée et la foulée de chacun se réduisait, de même que la vigilance. Pour avoir buté à plusieurs reprises sur une racine, une termitière, un caillou, Constant avançait les yeux rivés sur ses pas qu'il voulait assurer. Il ne relevait la tête que lorsqu'il jugeait utile de nouer un repère d'un de ces brins de jonc qui avaient eu sa faveur et dont la pelote s'était fortement rétrécie.

Ainsi, cherchant le buisson idéal, son regard fut-il happé par une falaise rocheuse, pareille à un mur infranchissable. Aucune issue ne se présentait, ni sur sa droite ni sur sa gauche. Il resta un long moment à la contempler avant qu'une béance noire ne lui apparût, une anfractuosité qui, de loin, ne semblait être qu'un enfoncement de la roche et qui, à l'approche, s'élargissait.

Quoique encore à distance pour l'affirmer, Constant exulta :

— L'entrée d'une grotte ! La grotte du Seigneur !

La sagesse pourtant lui fit se souvenir d'un détail de maître Borrelly. Il se mit alors à chercher un rocher en forme d'ours ou de lion ou des deux. Pas un qui ne lui évoqua l'une ou l'autre de ces bêtes. Il fit même un retour sur son chemin balisé au cas où cette allégorie minérale lui aurait échappé. Rien !

Pour autant, il était bel et bien devant une grotte et ne partirait pas sans l'avoir explorée ! Une sorte de fébrilité s'était emparée de lui au point de lui faire oublier les recommandations de Mathieu Larivière.

Elle avait été habitée, indubitablement ! En témoignaient des encoches faites dans la roche où il glissa l'un après l'autre ses pieds afin d'atteindre l'entrée surélevée d'une hauteur d'homme. L'antre l'avala comme une bouche immense et il dut attendre un moment pour que ses yeux s'habituent à l'obscurité avant de distinguer sur le sol sableux des restes de feu, puis sur les murs comme creusés à la gouge des traits, des croix. Autant de signes d'une vie présente ou passée en ce lieu. Pourquoi pas celle de Gabriel Cazost ?

Il s'avança dans la grotte, le sol ne présentait pas d'inégalités, il était comme lissé de toute aspérité. De part et d'autre de l'entrée partaient des galeries basses et dont le diamètre allait s'étrécissant, il choisit de suivre la principale, une gorge où il pouvait se tenir droit. Un sourd bourdonnement qui grossissait à chacun de ses pas lui fit ralentir l'allure, d'autant que l'obscurité était maintenant quasi totale. Bien lui prit car son pied rencontra le vide au moment où le vacarme était assourdissant. Ses enjambées prudentes ainsi qu'un violent coup de reins en arrière le sauvèrent, il tomba sur ses fesses et se retrouva assis au bord d'un précipice au fond duquel se déversaient des cascades d'eau surgissant tout autour.

Il pivota doucement à plat ventre et, s'aidant des bras et des genoux, il se fit serpent, rampant loin de cette eau qui avait failli l'engloutir, loin de ce pandémonium jusqu'à ce qu'il ne fût plus qu'un petit clapotis et qu'au loin un rai de lumière l'attire.

Seulement quand il se fut extrait de cette grotte traîtresse, il laissa son corps s'exprimer. Pris de tremblements, de frissons, puis de sueurs froides qui lui glaçaient le front, le dos, il s'abandonna enfin à une peur rétrospective.

— Fou ! Fou que j'étais ! hurla-t-il en claquant des dents.

Au bout d'un temps qu'il ne sut définir durant lequel il avait grelotté puis exsudé, il décida de rebrousser chemin. La grotte lui barrait le passage. La grotte, il en était certain, qui avait abrité Gabriel Cazost le malfaisant. Un sixième sens ? Une prémonition ? Un signe ? Sans doute, car son oncle avait bien fait un jour ses pénates de cette grotte de la Tardive avant de s'emparer de celle d'Héphaïstos !

Pendant ce temps, Jean-François et Antoine se colletaient chacun de son côté à la polyphonie minérale de ce bois issu de la nuit des temps. Le premier voyait son chemin barré d'une haute falaise dentelée surmontée d'un ermitage qui, la tête dans le ciel et l'eau coulant à ses pieds, défiait les lois de l'équilibre.

— Le refuge de quelque anachorète ! en déduisit-il, levant la tête vers cette drôle de vigie.

Antoine, lui aussi, se voyait contraint de rebrousser chemin, son sentier débouchant, bien en amont de celui de Constant, sur un canyon dominé par le massif du Tanargue. Lui aussi était passé tout près d'une grotte, celle de la Gleysasse, mais ne l'avait pas vue, obnubilé par la haute falaise du massif du Tanargue qui le toisait de sa toute-puissance.

De leur côté, Gersende et Mathieu n'étaient pas loin de toucher au but, mais rien au cœur de ce silence ne laissait à penser que leur quête ne serait pas vaine. Ils traînaient, depuis le plateau fleuri, des effluves de chèvrefeuille accrochés à leurs basques qui flattaient l'odorat.

Au sortir d'une dense futaie de chênes blancs encore ébouriffés de leur longue dormance hivernale, ils se trouvèrent cernés par un véritable bestiaire de pierre.

Pétrifiés à leur tour comme cette représentation animale, ils restaient muets, chacun devinant la pensée de l'autre : un ours, un lion se cachaient-ils dans ces rochers sculptés par l'érosion ?

Pour cela, il leur fallut faire le tour de chacune de ces masses ruiniformes, qu'ils les observent sous tous leurs angles, que leur doigt dessine dans l'air un contour imaginaire pour qu'ensemble ils s'écrient :

— Celui-là !

C'était bien lui, en vérité. Majestueux, menaçant, d'un réalisme sidérant dès qu'on parvenait à se l'approprier dans sa globalité. On aurait pu, l'imagination et le contexte aidant, entendre rugir le lion et grogner le plantigrade.

— C'est donc que la grotte du Seigneur se trouve dans les parages, chuchota prudemment Mathieu.

— Par ici ou par là ? fit remarquer Gersende sur le même ton en désignant deux pistes sinuant dans un lacis d'épineux.

La logique aurait voulu qu'ils se séparent, le danger de se perdre était moindre car la grotte devait se trouver proche, ils n'en firent rien et avançaient, prudents, la main dans la main. Mathieu s'immobilisa soudain et, l'œil vif, l'oreille tendue, il posa son index sur ses lèvres pour imposer le silence.

Qu'avait-il perçu ? Gersende ne regardait plus rien que le visage de son amoureux figé par l'effort d'identification d'une sorte de grognement agressif qu'il avait entendu. Homme ou bête, il n'aurait su le dire. À moins que l'ours de pierre s'immisçât dans son inconscient et que le lion en fît autant. Ce que son esprit cartésien rejetait tout net.

Le même son, plus proche, se produisit, quelque chose comme « Graaahahaha ! ». Pas de doute, il s'agissait d'un cri de colère ou de souffrance ; en aucun cas celui d'un animal.

— Attendez-moi là, Gersende. Cela vient de la grotte que j'aperçois. Je préfère m'avancer seul...

— Je peux tout affronter. Cela fait des jours et des nuits que je n'aspire qu'à cela. Car ce ne peut être que lui, n'est-ce pas ?

Mathieu n'avait pas la réponse, aussi avancèrent-ils ensemble jusqu'à la grotte, les cris et râles de plus en plus audibles guidant leurs pas.

Un homme, en effet, gisait au sol, ses jambes et une partie de son corps encore dissimulées par l'obscurité de l'antre. Des soubresauts violents, des spasmes accompagnaient chacun de ses râles. Ses mains pressaient fébrilement sur sa bouche un chiffon d'où sourdait une mousse écumante et verdâtre.

— Oudard ! s'écria Mathieu alors qu'en même temps Gersende articulait, horrifiée :

— Gabriel !

Tout ce qu'ils avaient anticipé, sentiments de répugnance, d'aversion que leur inspirait Gabriel Cazost, tout ce qui avait guidé leur quête se délitait devant le supplice qu'il endurait.

Mathieu eut le réflexe le mieux adapté à la situation, il embroucha l'appeau et siffla le signal de détresse.

11

Une journée particulière

Il était apparu, à Constant, Antoine et Jean-François, qu'ils avaient atteint l'extrémité du bois, tout au moins dans la configuration que Mathieu Larivière leur avait expliquée. Sans se concerter, ils avaient donc pris la plus sage des décisions : retourner à leur point de départ.

Le futur notaire avait en tête, faute d'un plan cadastral dont la lecture lui était familière, le tracé verbal du jeune paysan : « Au nord, le bois s'arrête contre les falaises qui surplombent le Chassezac. En fait, je dirais même que ce cours d'eau le limite au nord et à l'est jusqu'à ce que la plaine prenne le relais... »

La piste qu'il avait prise, au petit bonheur la chance, l'avait mené pratiquement en droite ligne au point de retour qu'étaient la côte Saint-Eugène et son ermitage perché. Le site était si grandiose qu'il occultait les alentours où la grotte de Fromentin aurait pu l'interpeller. Ce ne fut pas le cas.

Ainsi donc tous trois perçurent avec netteté l'appel de détresse envoyé par Mathieu et leurs pas lourds de fatigue s'accélérèrent sans jamais perdre de vue chanvre, toile et jonc, formidable et à la fois on ne peut plus banale méthode qui leur permit de se rejoindre sans coup férir et de retrouver leurs chevaux piaffant de joie.

Pas le temps cependant de flatter les montures. Une nouvelle piste les attendait, celle du coton blanc qui serpentait en boucles et contours, ce qui leur donnait l'impression de tourner en rond alors que les repères fortement noués s'agitaient devant eux.

Instinctivement, Gersende et Mathieu avaient mis de côté toute trace d'aversion pour laisser parler leur humanité.

Le jeune homme s'était précipité dans l'antre et en était ressorti avec des peaux de bêtes grossièrement tannées. Il avait recouvert le corps de Gabriel avec l'une et tendu l'autre à Gersende en lui disant :

— Pouvez-vous la glisser sous sa tête pour la surélever ? Il risque de s'étouffer à saliver ainsi.

Puis, tandis que Mathieu tentait de faire couler un filet d'eau de sa gourde dans la bouche de Gabriel que ce dernier persistait à obstruer de ses mains crispées, il l'avait encore mise à contribution.

— Si vous pouviez lui tenir les mains, Gersende ! Pardonnez-moi de vous solliciter encore.

Réprimant son dégoût tout en admirant l'esprit d'initiative de Mathieu, elle s'était emparée des mains de son oncle et les maintenait avec force au-dessus de sa tête. Gabriel crachait, s'engouait, étouffé par ses régurgitations qui obstruaient sa gorge et l'empêchaient de respirer.

— Essayons de le mettre en position latérale, proposa Mathieu.

La difficulté qu'ils éprouvèrent à manœuvrer ce corps de forte ossature et de plus inerte permit à Mathieu de faire un constat évident :

— Depuis la taille, il est paralysé ! Que pouvons-nous faire ?

Gersende n'avait rien à lui répondre. Des images se mélangeaient qui lui faisaient douter qu'elle fût saine d'esprit. Gabriel-Benjamin Cazost ? Charles-Honoré Cazost ? Lequel des deux était là, à ses pieds, torturé dans son corps, aux portes de la mort ? Était-ce l'homme à qui elle avait souhaité une fin misérable, ou l'homme qu'elle aurait voulu voir renaître de ses cendres et lui dire : « Ce n'était qu'un mauvais rêve, ma fille ! » ?

Sa pâleur dévia le regard de Mathieu focalisé sur Gabriel. Il contourna prestement le corps toujours secoué de spasmes, juste à temps pour recevoir Gersende dans ses bras. Évanouie, la vaillante amazone ! Ainsi se protège la raison quand on pense la perdre. Il la porta un peu plus loin afin que sa première vision, en revenant à elle, ne fût pas l'homme honni. Il la devinait légère comme un elfe et fut surpris que son corps abandonné et amorphe devienne si pesant.

Il tapota ses joues blêmes et glacées sans succès, éventa son visage, déboutonna quelque peu sa chemise, tira pour évaser l'encolure et découvrit, ému, la blancheur exquise de la base du cou, l'ossature délicate des clavicules. Il se pencha jusqu'à ce que sa bouche effleure son oreille et murmura :

— Je vous aime, Gersende ! Je vous en supplie, revenez à vous ! Revenez à moi !

Au bout d'un temps qui lui parut éternité, durant lequel il avait oublié tout le reste du monde, il perçut l'effort d'une respiration qui montait de loin, il vit ses paupières frémir avant de dévoiler son regard lumineux, et sa bouche esquisser le plus beau des sourires.

Image fugitive, plus volatile qu'un parfum car la réalité l'emporta aussitôt et de ses yeux surgirent des torrents de larmes, de sa gorge montèrent de désolants sanglots, un épanchement de toutes ses angoisses que Mathieu se garda d'interrompre.

— Pleurez, ma douce, pleurez sur mon épaule ! Les pleurs ne sont pas signes de faiblesse. Ils sont l'expression d'une sensibilité tapie au fond de soi. Malheur à ceux qui en sont dépourvus ! déplora-t-il en jetant un regard à Gabriel.

Il vit que de sa bouche sourdait toujours cette mousse de couleur imprécise, tantôt blanchâtre, tantôt teintée de vert et même après un spasme plus violent du rouge apparaissait, du sang certainement ! En revanche, il ne s'étouffait plus grâce au confort qu'ils lui avaient procuré en le tournant sur le flanc. La douleur se déplaçait-elle ? Ses mains n'étaient plus crispées sur sa bouche, mais étaient descendues le long de son corps, avaient arraché sa chemise et ses ongles labouraient son ventre et son thorax qui se striaient de raies sanguinolentes.

Mathieu attendit un peu que Gersende fût calmée, l'aida à se lever et, tout en la tenant contre lui, il proposa :

— Voulez-vous entrer dans la grotte avec moi ? Vous m'aideriez à y chercher un onguent, peut-être une lotion pour faire des compresses.

Il désigna l'abdomen de Cazost et Gersende porta une main à sa bouche pour étouffer un cri.

— Il va finir par s'étriper ! Que pouvons-nous faire ?

— Venez ! dit-il simplement.

Ils firent quelques pas dans l'antre de Cazost avant que leurs yeux s'habituent à l'obscurité qui croissait au fur et à mesure qu'ils s'enfonçaient. Gersende avait retrouvé instantanément ses craintes et les réflexes qu'elles engendraient.

— Ne touchons à rien qui ne nous soit familier, n'oubliez pas que nous sommes dans la caverne d'un empoisonneur notoire !

Ils étaient sidérés, non par un fouillis indescriptible, mais par l'approvisionnement de nombreuses étagères creusées dans la roche. Ensuite par la méticulosité qui avait consisté à mettre le plus de distance entre les produits destinés aux alchimies diverses et les réserves de nourriture. Parmi elles, Gersende dénicha une bouteille qui pouvait contenir de l'huile d'olive. Elle se saisit d'un chiffon, le lieu n'en manquait pas, en entoura la bouteille que

Mathieu déboucha en faisant sauter le bouchon de liège.

L'huile, ou supposée telle, versée sur une pierre, ils attendirent les effets : grésillements, bulles, vapeurs… Aucune réaction. L'odeur, de plus, ne trompait pas qui se révélait puissante, un peu rance et que confirma le jeune Vivarois.

— C'est bien de l'huile d'olive. Vous croyez que ça l'apaisera ?

— Au moins, ses ongles glisseront sur le liquide visqueux.

Tandis que Gersende versait l'huile, Mathieu l'étalait du plat de la main sur le corps de Gabriel lorsque les trois larrons surgirent devant la grotte.

— Que s'est-il passé ?

— Que vous est-il arrivé ?

— Qui est cet homme ? Il vous a menacés ?

Ils n'avaient vu que ça : un corps allongé sur lequel Gersende et Mathieu étaient penchés, n'avaient perçu que des râles de souffrance entrecoupés de curieux borborygmes et ne savaient que penser.

— Ah ! Vous êtes là tous les trois !

Le soulagement de Mathieu et une certaine satisfaction se lisaient sur son visage. D'une part, il allait pouvoir leur expliquer le plan qu'il avait mûri et, d'autre part, il se réjouissait qu'aient été suivies à la lettre ses recommandations. Les yeux des trois garçons s'arrondirent en même temps que leur face devenait lunaire et qu'une sorte d'effarement s'emparait d'eux tant la méprise était totale.

Alors qu'ils avaient pensé Gersende et Mathieu en danger, ils les trouvaient en train de... de...

Constant exprima dans un cri leur pensée :

— Ne me dites pas que c'est Gabriel ! Ne me dites pas que vous l'avez tué !

Gersende se précipita sur son frère, prête à le gifler, mais elle lui ferma la bouche d'une main et le secoua de l'autre.

— Comment peux-tu penser cela de moi, de Mathieu Larivière ? Tu deviens fou, Constant ! Oui, c'est Gabriel, Gabriel que nous avons trouvé malade, à qui nous apportons notre aide malgré toute la répulsion qu'il nous inspire !

Puis, regardant tour à tour Jean-François et Antoine, elle les apostropha :

— Vous aussi ? Mais vous êtes tous fous ! Ce bois rend fou !

Le ton de Gersende était allé crescendo et il frôlait l'hystérie quand elle s'arrêta à bout de souffle. Constant, tout contrit, plaida coupable :

— Pardonne-moi, Gersende, tu as raison, ce bois nous dérange l'esprit. Que pouvons-nous faire pour... pour... lui ?

Toujours aussi pragmatique, Mathieu exposa son plan :

— Il ne serait pas chrétien de laisser mourir cet homme sans lui porter assistance. Je me propose donc d'aller chercher du secours au plus près, c'est-à-dire à Banne. Cela implique de vous laisser avec lui. Au château, le comte du Roure a un médecin personnel à demeure. Il ne refusera pas qu'il vienne jusqu'ici sous bonne escorte car, une fois soigné, si cela est possible, la maréchaussée des Vans recevra ses aveux et statuera sur son sort. Qu'en pensez-vous ?

— Je vous accompagne ! s'empressa Jean-François.

Ce bois, ce mourant, ce pays, il en avait assez ! Et puis pousser la porte du château qui l'avait tant impressionné, après celui non moins fascinant de Chambonas, être reçu par le comte, voilà qui ajouterait le panache qui manquait à leur aventure.

Mathieu ne se sentit pas le droit de refuser. Il interrogea cependant les autres du regard pour avoir leur approbation, ce fut Gersende qui le conforta dans cette décision :

— Partez vite ! Nous essayerons de le maintenir en vie.

Constant s'empressa à son tour :

— Oui, c'est le mieux que nous pouvons faire. Pardonnez ma stupide réaction, monsieur Larivière.

Le seul à rester prostré, Antoine, aurait bien voulu partir avec eux plutôt que de rester en présence de cet assassin. Il y avait un tel écart entre le besoin de le confondre de ses crimes et le voir livré à leur merci. Mais il n'avait dit mot, conscient qu'en aucun cas Mathieu Larivière n'aurait consenti à laisser seuls Gersende et son frère à la merci d'un revirement de situation.

Un nouveau et déchirant cri de souffrance suivi d'un jet d'écume verte les fit tous trois se pencher vers Gabriel. Dans un râle de fond de gorge, ils crurent percevoir « poi-son... poi-son » tandis qu'il désignait sa gorge.

— Vous avez ingéré du poison ? demanda Constant.

Gersende se pencha à son tour, pressant Gabriel de questions :

— Du poison ? Comment ? Liquide ou en poudre ?

Gabriel faisait non de la tête en portant une main à son nez.

— Vous l'avez respiré, c'est ça ?

Il baissa ses paupières dans un signe d'assentiment et deux grosses larmes roulèrent sur ses joues. Larmes de repentir, larmes de pardon, larmes de souffrance ?

Bien malin qui saurait les interpréter ! se dit Gersende, puis elle détourna la tête et appela Constant et Antoine :

— Allez me chercher des feuilles de frêne, de houx, d'ortie ! Je me souviens d'une formule émétique dont m'avait parlé monsieur Rousseau à Grasse.

— C'est censé atténuer ses souffrances ?

— Ça, je l'ignore, c'est juste un vomitif, si ça peut le soulager.

Moins d'un quart d'heure plus tard, les garçons revenaient avec feuilles et branches, l'eau commençait à frémir sur un petit feu que Gersende avait préparé. Les premiers et puissants effluves picotèrent les narines, l'odeur était prégnante et laissait à penser combien devait être infecte l'absorption de cette boisson.

Les trois jeunes gens néanmoins s'y colletèrent, ils n'étaient pas loin de penser, ce faisant, qu'ils devenaient à leur tour les bourreaux de Gabriel. L'un lui tenait les bras, l'autre lui ouvrait la bouche, la troisième versait en un filet ténu le liquide tiédi, lui laissait reprendre son souffle et recommençait.

Ce traitement, que l'on pourrait qualifier de torture étant donné les circonstances dans lesquelles il était administré, ne tarda pas à faire son effet. Sans effort, quoique son corps tout entier soit soumis à d'impressionnantes contractions, Gabriel Cazost fut pris des vomissements attendus qui n'en finissaient pas. Son front trempé et ses cheveux ruisselants appelaient la compassion. Dans un élan de pitié, Gersende épongea d'un chiffon la sueur coulant à ses tempes et eut un mouvement de recul car, à juste les effleurer, les cheveux de Gabriel tombaient par touffes !

— Ce bois est plein de maléfices ! Partons si nous ne voulons pas finir comme lui ! paniqua Antoine Belmonte.

Constant essaya de l'apaiser, et surtout de l'empêcher de s'enfuir au hasard dans le bois et de s'y perdre. Une joute verbale les opposa jusqu'à ce que Gersende les interpelle :

— Regardez ! Ses douleurs se sont calmées et il dort !

— Il est mort ! la reprirent-ils de concert.

— Il dort, je vous dis ! Venez, approchez-vous, incrédules ! J'entends son souffle, je vois son torse se soulever. Il dort !

Ce répit permit à chacun de retrouver un peu de sérénité. Mais à ne plus savoir que faire, l'attente paraît interminable. Le jour commençait lentement à décliner. Il paraissait évident que la nuit venait plus tôt dans la densité du bois.

— Si nous faisions un feu ? proposa Constant.

La caverne d'un certain Ali Baba n'était pas plus fournie que celle de Gabriel Cazost. Ils y trouvèrent des torches, ce qui leur permit d'éclairer la grotte, puis de quoi faire une bonne flambée. Enfin, poussés par la curiosité, ils décidèrent d'inventorier le contenu de l'antre.

— La partie droite seulement ! leur intima Gersende.

Ils ne s'offusquèrent pas de cet impératif. Il y avait de si nombreuses galeries, autant de cachettes, autant de souvenirs qui ponctuaient un quart de siècle d'exil, autant de preuves peut-être des crimes et méfaits qu'on pouvait lui imputer.

À chacune de leurs découvertes, Gersende se revoyait à l'hospice de l'hôtel-Dieu, dans la chambre de Janvier, elle croyait réentendre avec précision ses aveux. Constant venait de glisser sa main dans une anfractuosité de la roche où il avait distingué un éclat, une étincelle.

— Sa chaîne et sa médaille de naissance ! s'écria Gersende quand son frère lui montra sa découverte.

— Comment sais-tu que c'est à Gabriel ? s'étonna Constant.

— Je me souviens des mots exacts de Janvier : « Jason me les avait mis dans la main en me disant qu'elles serviraient de prétextes pour retrouver les tantes de Borrelly ! » Mets-les dans ta poche, Constant.

— Non ! Je n'en veux pas !

L'idée seule le révulsait : mêler la religion au crime !

— Prends-les, nous les glisserons dans le tronc d'une église, dit-elle pour le convaincre.

D'une galerie leur parvint la voix effarée d'Antoine :

— Venez voir, vite ! On dirait… on dirait un pendu !

Ils accoururent. L'illusion était parfaite et, le contexte aidant, il n'était pas surprenant que le jeune peaussier ait pris pour un pendu accroché à la voûte le harnachement d'un colporteur comme il leur avait été donné d'en rencontrer, encore que ce genre de carcan se fasse rare.

— Le déguisement de Janvier quand il vint tuer notre père ! hurla Gersende au bord de la suffocation.

— Mais oui, je me souviens d'avoir vu un homme dans cet accoutrement parlementer avec votre père dans l'arrière-boutique de L'Origanterie ! confirma Antoine, abasourdi.

La réaction de Constant ne se fit pas attendre :

— Antoine, aide-moi à le décrocher et à le jeter au feu !

Gersende se ressaisit :

— Non ! Non ! Ne faites pas ça ! C'est une preuve !

— Une preuve de quoi ? tenta de la raisonner son frère. Janvier est mort, Gersende ! Il n'y aura ni poursuite ni besoin de preuve à ses crimes. Et Gabriel, lui, n'a peut-être jamais revêtu ce costume. La question qui se pose, c'est : comment se l'est-il procuré ?

La justesse du raisonnement de Constant frappa Gersende et sa réaction ne se fit pas attendre :

— Allons lui demander !

Il n'était plus question de le ménager, il fallait qu'il se réveille, il devait dire tout ce qu'il avait fait au risque d'aller jusqu'au bout de l'horreur. Il ouvrit un œil, puis l'autre, voulut soulever sa main pour chasser peut-être une vision imaginaire, mais elle ne bougea pas, la paralysie avait gagné le haut de son corps. Il grogna, mais ce n'était pas de souffrance, plutôt de rage, d'impuissance.

— Vous pouvez parler, Gabriel ? s'enquit Gersende.

— Rien à dire !

D'où venait cette voix ? De derrière les buissons ? Plus sûrement d'une caverne, celle du corps corrompu de Cazost.

— Où avez-vous eu ceci ? demanda-t-elle en désignant le costume de colporteur que présentaient Antoine et Constant.

— Ahaahahhaha !

Qui avait ricané ? Les buissons encore ? Non, toujours lui, de cette voix d'outre-tombe et cependant encore haineuse.

— Serait-ce la dépouille d'une de vos victimes ? Qui ?

— Qui d'autre que le vieux Dorandieu, ce paltoquet qui est venu se jeter dans la gueule du loup ?

Pas de doute, c'était bien la voix de Gabriel qui, forcée à son paroxysme, prenait encore un ton bravache.

C'était trop, beaucoup plus qu'ils ne pouvaient en supporter !

— Grand-père Dorandieu ! Il a tué ce grand-père que nous n'avons jamais connu !

Une pensée, soudain, traversa l'esprit de Gersende.

— Lui avez-vous au moins donné une sépulture ? Ce fut toujours le grand regret de notre mère de ne pouvoir se recueillir sur sa tombe.

— Le feu purifie tout, grasseya la gorge de Gabriel.

Ils étaient allés au bout du supportable, plaquant les mains sur leurs oreilles pour ne plus entendre les monstruosités éructées par leur oncle. Antoine, qui tenait toujours par une des épaules la dépouille vestimentaire du malheureux colporteur, était bouleversé par leur chagrin, mais ne trouvait pas les mots pour apaiser leur peine. Il tendait vers un seul désir, fuir ce bois à tout jamais, et n'attendait pour cela qu'une chose : le retour de Mathieu Larivière et de Jean-François Borrelly.

Et s'ils s'étaient heurtés, auprès du châtelain de Banne, à la même indifférence qu'ils avaient rencontrée avec les autorités des Vans ? Et s'ils ne revenaient pas, les abandonnant à leur sort, eux et le mourant ? Et si... Et si...

Des voix. Des pas. Des lumières scintillantes trouant la futaie. Ils ne rêvaient donc pas. La manœuvre ambitieuse de Mathieu Larivière avait porté ses fruits. Non sans mal et, il voulait bien le reconnaître, grâce à l'habile diplomatie de Jean-François Borrelly.

Si Mathieu se réjouissait que le fils du notaire soit parvenu là où il aurait certainement échoué, la potion restait amère à avaler et le constat navrant : les castes de la société n'étaient pas à la veille de disparaître.

L'attitude du médecin personnel du comte du Roure confirmait son choix de réserver sa science et ses soins au châtelain et à sa famille, lui qui ne s'était jamais abaissé à visiter un malade dans son modeste logis. Quand, de plus, Mathieu et Jean-François avaient évoqué un empoisonnement, c'est tout juste s'il n'avait pas pris la poudre d'escampette. Il avait choisi de cacher son visage d'un masque à bec d'oiseau utilisé lors des épidémies de peste des siècles précédents. Obsolètes quoique utilisés pour carnaval, ils tournaient en ridicule ceux qui en faisaient usage. Tenant de sa main gantée de cuir un bâton, le docteur en toucha d'abord le crâne de Gabriel, faisant voleter une touffe de cheveux.

Le diagnostic tomba doctement de sa bouche :

— Arsenic !

Une question fusa de cette même bouche :

— Vomissements ?

— Nous les avons provoqués pour le soulager. Avant cela, une écume verdâtre sortait par jets de sa bouche, s'empressa de répondre Gersende.

— Provoqués ? Voyez-vous ça ! Et comment s'y prend-on ?

— Une décoction aux feuilles d'ortie, de frêne, de houx...

Un peu impressionné, l'émule du docteur Purgon, mais il prenait bien garde de ne pas le montrer !

— Ces stries sur son ventre, son abdomen ? Vous l'avez traîné à plat ventre ?

— Par Dieu non, c'est lui qui s'est fait ça de ses ongles ! s'insurgèrent ensemble Gersende et Mathieu.

— Des douleurs au ventre, alors ? C'est bien un empoisonnement. Messieurs, veuillez le charger sur cette civière, je vous prie !

Deux gens d'armes de la garnison du Fort de Banne prirent Gabriel aux épaules et aux pieds, le soulevèrent, et ce corps raidi par les effets du poison fut pris de convulsions tandis que s'évacuait un flux de ventre sanguinolent, putride, pestilentiel qui soulevait le cœur.

— Marchez devant ! leur intima le docteur qui voulait rester à bonne distance de cette infection humaine.

— Fiez-vous aux lambeaux de tissu blanc accrochés aux arbres pour retrouver l'orée du bois ! crut bon d'ajouter Mathieu.

Seul un groupe de six gens d'armes s'était enfoncé dans le bois, les six autres attendant avec les chevaux et un curieux attelage destiné à transporter les blessés. Ils avaient pour mission de ramener l'homme à la garnison des Vans. L'un d'eux était parti en estafette pour prévenir le commandant Chalmeton.

Gersende s'approcha du médecin et demanda :

— Voulez-vous visiter le lieu où s'est déroulé l'accident ? Je crois avoir compris ce qui a provoqué un empoisonnement et...

— Les expériences spagiriques n'ont aucun intérêt pour moi. Vous raconterez cela aux enquêteurs, s'ils veulent vous entendre. Ma mission est terminée, je rentre au château.

Le bois, d'un coup, fut rendu à son silence plein de mystères quand ne restèrent plus que cinq jeunes gens livrés à leurs réflexions intimes. Chacun d'eux pouvait, s'il avouait son sentiment, donner à cette journée une tournure différente, mais ils seraient unanimes à la définir comme particulière.

Il fallait cependant rentrer avant la nuit. Tous en convenaient et, malgré tout, Gersende hésitait. En fait, elle éprouvait un sentiment d'inachevé qui trouva enfin un exutoire quand elle proposa précipitamment :

— Il faut jeter un coup d'œil au laboratoire de Gabriel !

— Je n'en vois pas l'intérêt ! répliqua Jean-François, approuvé par Antoine.

— Eh bien, vous avez tort. Il vous importe peu de savoir si Gabriel Cazost a voulu mourir, si quelqu'un a programmé sa mort...

— Il peut s'agir aussi d'un accident, avança Mathieu.

— C'est bien mon opinion et j'aurais aimé avoir la vôtre.

— Allons-y donc si cela vous importe, consentit Jean-François.

La galerie que Gersende avait évité de montrer à Constant et à Antoine aurait mérité qu'ils passent la journée à inventorier les produits qu'elle contenait. Mais un seul avait attiré son attention, une fiole étiquetée *Arsenic blanc*, renversée sur une étagère et qui donnait un début d'indice. Sous ladite étagère, des cendres attestaient d'un feu au-dessus duquel avait été posé un chaudron. L'arsenic dégoulinant sur ce récipient chauffé à blanc l'avait fait exploser, pour preuve les débris de cuivre alentour.

— Les vapeurs qui s'exhalèrent atteignirent Gabriel qui chercha à les fuir, mais il fut pris de suffocation et de paralysie.

Le raisonnement et la conclusion de Gersende les laissèrent pantois.

— Je pense qu'il était nécessaire que nous visualisions la scène si nous devons rendre des comptes au consul des Vans.

— C'est bien pensé, lui concéda le futur notaire.

— Alors nous partons ? s'impatienta Antoine.

— Oui ! Oui, mais au fait où avez-vous mis le fourniment de colporteur, Antoine ? Vous ne l'avez pas jeté au feu ?

La mimique consternée et confuse d'Antoine portait à sourire, mais Gersende ne plaisantait pas. Prévenant sa réaction, Mathieu était sorti de la grotte et s'était précipité vers le feu où commençait à se consumer le harnachement de cuir et de toile.

— Je suis désolé, dit-il, montrant à Gersende un pan du vêtement, sorte de large poche fermée par un rabat qui lui resta dans les mains.

Il frotta énergiquement les bords calcinés de cette sacoche vraisemblablement bourrée de feuilles de papier, l'enveloppa dans un chiffon et la tendit à la jeune fille.

Pour le moment, il n'était pas question de se lamenter sur l'étourderie d'Antoine, mais de rentrer au domaine de la Frigoule où les Nîmois étaient invités à passer la nuit pour leur éviter un retour nocturne à Chambonas. Leur journée avait été pour le moins épuisante.

Avant de sortir du bois, Mathieu retint Gersende pour un doux aparté.

— Oubliez ce bois, Gersende ! murmura-t-il à son oreille. Oubliez de quelles atrocités il fut le théâtre, oubliez les révélations qui vous ont été faites, les souvenirs douloureux qu'il a réveillés. Mais n'oubliez pas qu'il fut le témoin de notre premier et merveilleux baiser.

Elle lui tendit ses lèvres et le taquina d'une voix douce :

— Jamais je ne l'oublierai… à moins que celui-ci le surpasse !

Le lendemain, maître Jean-Paul Norier en personne vint au domaine de la Frigoule annoncer que Gabriel-Benjamin Cazost était mort au cours de son transport aux Vans.

12

Difficile retour à l'ordinaire des jours

Gersende ne dormait pas et se complaisait dans cet état de rêverie où défilaient devant ses yeux, qu'ils soient ouverts ou fermés, la haute silhouette de Mathieu, la vigueur qui émanait de tout son être, la beauté virile de son visage et son regard, surtout son regard, le bleu des profondeurs marines au fond desquelles elle ne songeait qu'à plonger.

Quel bonheur que ces insomnies depuis qu'elle avait choisi de se réfugier au maset de la Costière ! La vie, en ce lieu, se dépouillait de toutes ses entraves et se révélait paisible. L'air y était léger, impalpable et parfumé alors qu'à son retour du Vivarais, l'atmosphère de la ville lui avait paru lourde, oppressante, celle de L'Origanterie particulièrement, mais par ricochet celle du Bouton de nacre et même de l'appartement de la rue des Barquettes lui devenait irrespirable.

Nuit et jour, dans son sommeil ou éveillée, elle était poursuivie par des images qui s'imposaient à elle avec insistance, malgré son désir d'évacuer à jamais de sa mémoire une journée passée en enfer. Elle avait ramené tant de belles choses pour nourrir ses souvenirs et combler une séparation qui avait arrêté le temps, dès l'instant où le domaine de la Frigoule s'était estompé dans une courbe du chemin.

Au lendemain de la « journée particulière » vécue dans le bois de Païolive, les quatre Nîmois avaient dû suivre maître Norier, venu leur annoncer le décès de Gabriel Cazost, mais, surtout, l'impératif qu'ils avaient de se présenter avant midi à l'hôtel de ville des Vans.

Après les avoir fait lanterner, sa façon à lui de mettre en infériorité ses interlocuteurs, le viguier leur servit un discours sentencieux et glacial où il était question d'ingérence dans des affaires qui ne les concernaient pas, un délit passible de poursuites judiciaires.

Jean-François Borrelly monta sur ses grands chevaux.

— Nous nous livrions seulement à une recherche d'indices, que vous ne pouvez nier nous avoir demandée, ce ne peut être considéré comme une quelconque ingérence, monsieur ! fit-il judicieusement remarquer.

C'était bien répondu, mais pas suffisant pour déstabiliser le viguier qui esquiva avec mépris.

— Ne jouez pas sur les mots, monsieur Borrelly. Gardez vos talents d'orateur pour vos futurs clients et laissez la maréchaussée exercer sa fonction à sa guise. J'ose espérer que vous ne vous attendiez pas à être félicités pour cette vaillance…

— Ils le mériteraient cependant !

Monsieur de Chadenade venait de faire irruption dans la salle, flanqué d'un maître Norier un peu pâlot, et prenait aussitôt la défense des jeunes gens vilipendés par Chalmeton. L'occasion était trop belle de lui faire ravaler ses mauvaises paroles.

— Non ! Non ! Je ne plaisante pas. L'homme ramené par une délégation de la garnison de Banne et décédé peu après son admission à l'infirmerie fait bien partie des hommes recherchés pour des faits de pillages et menaces armées. Maître Norier, ici présent, vient de le reconnaître formellement comme un de ceux qui ont fait irruption chez lui le 8 février dernier, ont volé son blé et menacé de mettre le feu à son étude. De plus, ces jeunes gens nous ont fourni sa véritable identité.

Après cet épisode qui leur laissait dans la bouche le goût amer des actes manqués et bien qu'une lassitude se soit emparée d'eux, les quatre Nîmois durent songer à préparer le voyage de retour. Encore que, pour deux d'entre eux, il n'y avait pas urgence à quitter ce coin de Vivarais où ils laissaient leur cœur.

Antoine s'accrochait à une seule pensée : cette aventure lui avait au moins permis de rencontrer l'amour de sa vie, il n'en voulait pas d'autre que cette délicieuse Lyson dont le prénom à lui seul était une caresse. L'amour qu'il devinait partagé méritait d'être concrétisé. Il saurait convaincre son père de venir demander sa main. À dix-huit ans, il ne doutait de rien !

Le raisonnement de Gersende, quoique embrumé par les journées qu'elle venait de vivre, se voulait plus réaliste.

Le chemin sera long, se disait-elle avec lucidité. Ma mère et mon frère ont besoin de ma présence. De plus, Mathieu a été sincère dans son aveu que notre union était liée au sort réservé à son père.

— Dès qu'il sera rendu à sa famille après un jugement dont nous espérons la clémence, il viendra rencontrer madame votre mère et parler de notre avenir, lui avait-il promis, des paillettes d'or dans les yeux.

Puis ce même regard s'était assombri quand il avait murmuré :

— Dans le cas contraire, je crains que le fils d'un condamné ne trouve grâce aux yeux de madame Cazost-Dorandieu. C'est normal qu'une mère se soucie de l'honneur de sa fille.

— Plaise à Dieu que la mienne se soucie avant tout de son bonheur ! lui avait-elle susurré.

Le baiser qu'ils avaient échangé scellait une promesse… sine die, mais en laquelle ils avaient foi.

Ils prirent le chemin du retour après une petite halte à Banne pour saluer et remercier Mathieu Larivière et sa famille de leur accueil et de leur aide. Les amoureux avaient échangé un dernier et long regard, à la fois désolé d'être à nouveau séparés et cependant confiant en l'avenir.

Pas de comité d'accueil en arrivant à Nîmes et c'était bien comme ça ! Chaque famille, informée par maître Borrelly, lequel avait reçu de son homologue de Chambonas un compte rendu circonstancié des événements, voulait avoir en privé le ressenti de ses enfants.

La plus grande difficulté revenait cependant à Gersende et Constant qui devaient dévoiler à leur mère les circonstances de la mort du colporteur Dorandieu. N'allaient-ils pas précipiter dans de nouveaux abîmes la pauvre femme qui retrouvait enfin la sérénité ?

— Gabriel Cazost n'était pas seulement l'instigateur, le manipulateur de Janvier, devenu un pantin dans ses mains, avança prudemment Gersende.

— Tu veux dire qu'il a pu tuer de ses mains... Oh, plus rien ne m'étonnera venant de lui !

— N'en soyez pas si sûre, maman !

Les lèvres d'Eugénie tremblotaient quand elle balbutia :

— De qui veux-tu parler, mon fils ?

Gersende alla chercher la pièce à conviction, le morceau de toile et de cuir sauvé du feu par Mathieu, et la posa sur les genoux de sa mère.

— Cette pièce d'un usage particulier vous évoque-t-elle quelque chose, maman ?

Eugénie sursauta :

— Quelqu'un surtout ! Où l'avez-vous trouvée ? C'est Gabriel qui vous l'a donnée ?

Des sanglots étouffés rendaient sa voix rauque et torturaient ses enfants de devoir la faire souffrir. Eugénie avait compris où ils voulaient en venir, mais ne pas prononcer le nom de son père, c'était nier l'impensable. Il fallait cependant aller au bout de leur révélation.

— Nous avons découvert la boutique ambulante du mercier-colporteur intacte dans la grotte qui servait de refuge à notre oncle. Nous lui avons montré l'objet et il a reconnu qu'il s'agissait de celui de votre père à qui il a fait boire une potion létale, murmura Gersende.

— Quelque peu transformé, il a permis à Janvier qui l'avait revêtu de berner et d'empoisonner le nôtre, ajouta Constant, la rage au ventre.

— A-t-on retrouvé le corps de mon père ?

Devant le mutisme de ses enfants, Eugénie déplora :

— Non, bien sûr ! Tant d'années se sont écoulées, depuis il n'est que cendres…

— Que cendres hélas, mais dès le premier jour ! Cazost a brûlé le corps, ne laissant nulle trace si ce n'est ce bout de tissu en forme de poche que nous vous rapportons. J'avoue ne pas avoir eu le courage d'y glisser la main.

— Ôtez cela de mes yeux ! Plus rien de ce qui a pu concerner Gabriel ne m'intéresse.

Alors qu'ils comptaient devoir la soutenir, la réconforter, Gersende et Constant se sentirent enveloppés d'amour par leur mère. Elle s'était jetée sur eux, les bras tendus pour les étreindre, les serrer sur son cœur. Tous trois ne faisaient qu'un dans ce nouveau deuil qu'il leur fallait affronter dans sa réalité. Et contre toute attente, Eugénie les surprit par sa résilience.

— Pour atroce que soit la vérité, elle est moins douloureuse que l'ignorance, leur expliqua-t-elle.

Libérée du déni dans lequel elle s'était cadenassée bien des années plus tôt, Eugénie Cazost-Dorandieu affrontait avec sérénité les peines et les joies de sa vie dont elle reprit courageusement le cours et se donnait ainsi en exemple à ses enfants. Le travail ne manquait pas pour rattraper le temps perdu, dans l'atelier de ganterie qui avait vu revenir, comme un seul homme, ceux qui avaient opté pour le travail à domicile durant le délétère intérim de Gabriel. Le laboratoire à parfums appelait aussi au travail et Gersende pensa trouver l'oubli. En vain !

Au bout d'un mois à ne voir défiler dans ses rêves que des images horribles la ramenant sans cesse dans le bois de Païolive, elle prit la décision de se retirer quelque temps au maset de la Costière. Persuadée que seul un retrait du monde en ce lieu de quiétude lui apporterait l'apaisement, elle avait tenu tête à sa mère et l'avait convaincue… à une condition :

— Tous les deux jours, tu nous feras donner de tes nouvelles par notre rachalan et il repartira avec des bons plats que te préparera Hélène. Tu dois te remplumer, comme disait ma mère dont le plaisir était de me voir dodue.

Ainsi donc Gersende ne dormait pas et s'était inventé une nouvelle façon de croire au bonheur, de faire confiance à la vie. Cette méthode avait un nom : Mathieu ! Quant à la confiance, elle la puisait dans leur improbable rencontre. Quel chemin tortueux avait-elle pris !

Elle ressassait sans cesse leur première rencontre qui lui apparaissait comme un moment d'absolue vérité, une révélation inattendue. Ils s'étaient reconnus sans s'être jamais vus, c'était prodigieux.

De même que la représentation physique de Mathieu ne pouvait être chassée d'une pichenette, ses qualités morales parlaient à Gersende. L'aura d'homme intègre, respectueux des valeurs familiales en faisait l'idéal masculin dont toute jeune fille pouvait rêver. Plus encore, son implication dans « l'affaire des Masques », qui était arrivée à son terme, en faisait un héros. Elle visualisait son visage tout grimé de noir faisant ressortir son regard farouche de détermination sans perdre une once de son humanité.

Pour avoir passé quelques heures au mas de la Frigoule, embarquée par Mathieu à la découverte des diverses ressources du vaste domaine, elle avait deviné que l'investissement des Larivière père et fils dans ce combat contre l'injustice et la misère tenait plus de la solidarité entre gens de la terre que de leur propre intérêt. Certes, ils avaient comme tous les paysans subi les aléas climatiques et vu des récoltes se réduire à la portion congrue, mais ils n'avaient jamais connu l'endettement et tous ses corollaires : saisies, poursuites, procès…

— Meneurs d'hommes à la révolte, pourquoi pas ? Mais en aucun cas bandits de grand chemin !

Elle avait lancé à haute voix sa conviction profonde et n'avait pas entendu Denis qui s'en revenait de son rapport à la mercerie.

— J'arrive tout juste et j'ai du courrier pour vous !

Du courrier ? Du courrier de Mathieu, bien sûr !

— Donne vite !

C'est tout juste si elle ne lui arracha pas des mains l'enveloppe qu'il lui tendait, heureux de la voir sourire. En possession de ce trésor, elle s'élança à l'intérieur du maset pour savourer en solitaire la prose de son amoureux. Et ça commençait bien !

Ma belle amoureuse,

Je ne sais si ce début de lettre vous plaira, mais il est pour moi l'expression exacte de ce que je ressens, vous êtes belle, je vous aime et vous m'aimez.

Sachez donc, ma belle amoureuse, qu'après votre départ le temps ici s'est arrêté. Vous me comprenez, j'en suis sûr, quand je parle du temps, c'est celui du bonheur d'être ensemble. Si court qu'il nous fût accordé, il a été pour moi la preuve indéniable que nous sommes faits l'un pour l'autre. Et pourtant ! Que de jours encore nous séparent ! Des mois peut-être ! Il vaut mieux ne pas y penser.

Donnez-moi plutôt de vos nouvelles, de celles de votre frère et de votre mère. J'imagine combien votre récit des faits, même édulcoré, a réveillé des douleurs assoupies. La mienne, à qui j'ai rapporté les ignominies de celui que nous connaissions sous le nom d'Oudard, vous porte dans ses prières, vous et votre famille, afin que vous trouviez la paix du cœur.

Et moi, ma belle amoureuse, je vous assure de mon amour et vous réitère ma promesse : nous nous reverrons.

Pour toujours à vous, Mathieu Larivière

Gersende pressait la lettre sur son cœur. Relayés par celui-ci au rythme de ses battements endiablés, les mots de Mathieu coulaient dans ses oreilles comme du miel. Il lui suffisait de fermer les yeux pour sentir ses lèvres s'emparer des siennes et l'emporter dans un éther vaporeux qui réveillait en elle de voluptueuses sensations.

*

Depuis le mois de juin, les travaux s'étaient enchaînés au domaine de la Frigoule sans que la famille Larivière, amputée d'un de ses membres, n'en voie la fin.

L'espoir, chaque jour, d'un dénouement proche, avec le procès de l'affaire des Masques assorti de la plus grande mansuétude de la part des jurés, les faisait avancer, aller au-delà de leur fatigue, le front couronné de sueur et de satisfaction.

Grâce aux feuilles des mûriers régénérés, les femmes de la maison avaient mené à bien plusieurs onces de vers à soie, et le *fialage* avait retenti des semaines durant du cliquetis des rouets à soie actionnés par Lyson et Angélie. Mathieu apporta lui-même à l'atelier Vésombre de Largentière les flottes de soie filées par ses sœurs. Réputé pour l'excellence de son moulinage, Vésombre vendait sa soie au prix fort et payait en conséquence la production des magnaniers. La somme obtenue serait bien utile pour payer les saisonniers que nécessiteraient les vendanges, la châtaigne et la cueillette des olives. Là aussi, la nature voulait se faire pardonner ses fâcheuses années ; le soleil d'été menait à maturité baies, fruits secs et drupes sans jamais les brûler.

Mais la plus grande fierté de Mathieu était les pièces ensemencées de sarrasin, et cela pour plusieurs raisons. La première, c'est qu'il avait fait des émules autour de lui, relançant l'idée de semer ce qu'on appelait à tort un blé noir bien qu'il ne fût pas une céréale. Une autre bonne raison de se réjouir avait été flagrante dès le mois d'août quand les champs ensemencés se parèrent de jolies petites fleurs en bouquets, d'un rose à peine prononcé. Beauté des yeux et régal en perspective !

— Regardez, mère, toutes ces abeilles qui trouvent dans ces fleurs leur bonheur et préparent le nôtre quand il s'agira de récolter le miel de nos ruches !

Pour autant, la plus réaliste de toutes ces raisons était la perspective de grands sacs de farine rapportés du moulin qui assureraient du pain à la maisonnée pour l'année. Parfois, alors qu'il arpentait un champ, il lui semblait sentir peser sur son épaule la large main de Mathurin Larivière, et même entendre sa voix teintée d'émotion lui tenir ce discours :

« C'est à ça qu'on reconnaît un Larivière ! La bonne initiative au bon moment. Bravo, fils ! »

Pour Mathieu, comme pour sa mère et ses sœurs, chaque geste au quotidien, chaque moment de la journée, chaque insomnie leur faisait ressentir douloureusement l'absence de Mathurin. Sa place à table et dans le lit de Rosalba, son fauteuil de paille devant la cheminée, la patère où il accrochait sa *talhôla*[1] et son chapeau de feutre noir, autant de marques de l'absence qui se prolongeait.

De toute la famille Larivière, le jeune homme était cependant le mieux loti en matière de réconfort, les lettres de Gersende y pourvoyaient. Et ce bien que le village de Banne ne soit pas aussi bien desservi que la cité romaine. Un service quotidien acheminait certes le courrier au centre postal des Vans et chaque village déléguait une fois par semaine une personne assermentée pour récupérer les lettres, les ramener à la mairie où elles restaient à disposition de leur destinataire... pour peu qu'il paye à son tour sa quote-part.

Généralement préposées à cette corvée hebdomadaire, les demoiselles Larivière n'étaient pas les moins attentives à l'arrivée des enveloppes blanches et parfumées. C'était à celle qui serait la première à la lui apporter. Lyson espérait qu'au hasard d'une phrase Antoine serait cité et Angélie se satisfaisait de voir les yeux de son frère s'illuminer de plaisir. Seule Rosalba pinçait les lèvres et déplorait en secret : Où cela les mènera-t-il sinon à souffrir tous les deux ? Mon fils ne quittera jamais la Frigoule, il sait où

1. Terme occitan : longue et large bande de flanelle enroulée plusieurs fois autour de la taille.

est son devoir et cette jeune personne, si amoureuse soit-elle, ne consentira jamais à troquer sa vie de citadine contre celle de paysanne. Que de chagrins inutiles en perspective !

Aux antipodes du point de vue maternel, Mathieu faisait son bonheur du jour de l'arrivée d'une lettre de Gersende et avait même institué un rituel qui s'apparentait à de la sacralisation. Il pliait soigneusement la lettre avant de la glisser dans sa poche. Mais il ne trompait personne. Une lettre de Gersende était une chose si précieuse qu'elle ne méritait pas d'être lue n'importe où ni n'importe comment. Elle ne s'adressait pas au bouseux en sabots qu'il était parfois après le nettoyage de l'écurie ou le curage d'un ruisseau. Aussi attendait-il la fin de la journée pour monter dans l'olivette, s'adosser à un arbre, fermer les yeux un instant et décacheter religieusement la lettre qu'il caressait des doigts avant de la porter à ses lèvres.

Mon soleil, mon rocher,

Une lettre de vous et j'ai repris goût à la vie ! Ne croyez surtout pas que je voulais mourir. Non ! Simplement les gestes quotidiens m'étaient devenus insipides et les nuits s'étiraient entre mauvais rêves et longues plages d'insomnie.

J'ai donc fait un pas en avant pour me rapprocher de vous. Comment ? me direz-vous. En fuyant la ville et m'installant au maset de la Costière. Chaque matin en regardant vers les monts des Cévennes, j'imaginais que votre regard embrassait le même horizon et cela suffisait à remplir de joie ma journée. Maintenant, j'ai repris mon travail à L'Origanterie de mon frère et je n'ai qu'à fermer les yeux pour me rapprocher de vous, le domaine de la Frigoule s'impose à moi dans toute son exubérance estivale que vous me décrivez si bien et m'aide à supporter l'absence.

Voulez-vous que je vous livre un secret ? Je suis en train de travailler sur un projet de parfum qui nous représentera le mieux. Devinez s'il s'agira d'un sonnet, d'un acrostiche ou d'une ballade. De plus, son nom sera doublé pour en faire une anaphore. Je vous donne un indice et vous dis que la note de tête sera obtenue d'une fleur dont le nom commence par A.

Votre amoureuse, Gersende Cazost-Dorandieu

Ce matin-là, ce ne fut pas une lettre parfumée que rapporta Lyson, pas plus que Mathieu Larivière n'en était le destinataire. Elle était adressée à madame Rosalba Hermitant, épouse Larivière, et émanait de la sénéchaussée de Villeneuve-de-Berg.

Rosalba n'alla pas s'isoler dans l'olivette, ses jambes ne l'y auraient pas portée tant elles tremblaient, comme ses mains d'ailleurs qui déchiquetèrent l'enveloppe. Mais ses yeux brouillés n'étaient pas plus vaillants, si bien qu'elle tendit la lettre à son fils. Le message était laconique, il informait les familles concernées que les prévenus ayant pris part à l'affaire des Masques comparaîtraient en justice à Villeneuve-de-Berg le 21 octobre 1783, avec exécution immédiate des sentences.

Ce fut dès lors l'effervescence, le trouble et le désarroi dans le mas comme dans de nombreuses communes du Bas-Vivarais, si bien que, sur les instances du diocèse de Viviers auquel certaines paroisses étaient rattachées, les curés de Banne, des Vans, de Beaulieu, de Joyeuse et de Lablachère se trouvèrent fort occupés. On les chargeait d'assister au mieux les familles touchées par ce procès.

Au terme d'une réunion au presbytère des Vans, il ressortit que leurs tâches seraient multiples. Pour la plupart des familles analphabètes, il s'agissait de leur lire puis d'expliquer les termes de la lettre, pour d'autres, enflammés et vindicatifs, de prêcher l'apaisement, pour tous enfin l'assurance que Dieu n'abandonne jamais celui qui garde la foi. Accompagner les paroissiens de belles paroles était chose aisée, permettre le déplacement des familles à Villeneuve-de-Berg présentait d'autres difficultés, d'autant que le procès se déroulerait sur trois jours et qu'il concernerait cent cinquante-sept prévenus.

Le dimanche qui suivit la réception de ces courriers officiels, le curé de Banne faisait en chaire l'annonce suivante :

— Dimanche prochain, après la messe, je serai à la disposition de ceux de mes paroissiens qui désireraient se rendre à Villeneuve-de-Berg pour assister au procès d'un parent. Il nous faut ce temps pour organiser le transport et le logement des personnes.

Afin de soutenir cette organisation, je demande à tous ceux qui en ont les moyens de se montrer particulièrement généreux à la quête, ce jour-là.

L'annonce du curé se propagea de hameaux en villages et de mas en bicoques. Nombreux furent ceux qui, après la messe, restèrent sagement sur leur banc pour écouter le prêtre.

Rosalba Larivière et ses enfants y retrouvèrent la famille d'Antonin Malroux, le cousin de Berrias, celle de Simon Martin descendue du hameau des Ayres, les parents du jeune Roussel de Mentaresse, en fait ceux qui avaient assisté aux réunions organisées à la Frigoule et qui faisaient partie des quinze à avoir signé leur reddition.

Instinctivement, ces familles-là s'étaient regroupées sur les trois premiers bancs latéraux de la chapelle droite et un regard objectif aurait pu interpréter cette union comme une volonté de se démarquer des autres. Mais « ces autres » ne s'étaient-ils pas engagés dans ce combat à la demande des meneurs ou des rassembleurs ?

La raison était autre et, si elle manquait certes de panache, elle était humaine, donc faillible et s'exprima de la bouche du père Roussel :

— Cent cinquante-sept hommes vont être jugés, c'est bien ce qui est écrit, monsieur le curé ? Mais tous méritent-ils le même jugement ?

— Unis dans la révolte, unis dans la sentence ! gronda-t-on depuis la nef.

Roussel se tourna vers le fond de l'église, piqué au vif.

— Et pourquoi ça ? grogna-t-il. Mon fils et quatorze de ses compagnons se sont rendus aux autorités quand d'autres ont été arrêtés au cours d'une échauffourée, il me semble que…

Du fond de l'église, une voix féminine remplie d'une hargne légitime coupa la parole à Roussel :

— D'autres ont été dénoncés ! On est venu les chercher dans leur maison, on les a arrêtés devant leurs enfants sans la moindre preuve qu'ils aient participé à la révolte des Masques ! Qui ? Peut-être l'un de vous, ici même !

L'abbé Pertus sentait la tension qui se propageait à grande vitesse parmi ces pauvres gens marqués par le chagrin, l'absence, la misère, la peur du lendemain. Il devait à tout prix reprendre ses ouailles en main. Ce qui le décida à monter en chaire ? Une réminiscence de sa formation au séminaire où un évêque leur avait donné quelques astuces.

— Vous voulez vous faire entendre ? Surtout, ne haussez pas la voix. Haussez-vous vous-même !

Devant les regards interrogateurs des jeunes séminaristes, il s'était expliqué :

— Montez en chaire et votre voix, quoique basse ou retenue, viendra du ciel, eh oui, et tous lèveront la tête pour recevoir l'oracle tombant de votre bouche.

— Mes amis, c'est l'unité qui nous rassemble aujourd'hui, non la dissension. Unis dans la peine de savoir un ou plusieurs membres de notre communauté, de notre famille incarcérés depuis de longs mois. Unis dans l'espoir qu'ils soient jugés en toute impartialité, en toute humanité. Unis plus que jamais afin de prier pour que leur sort soit tranché avec clémence.

C'est à peine s'il s'étonna de l'apaisement qu'avaient apporté ses paroles. Aussi poursuivit-il toujours du haut de sa chaire :

— Je vais vous dire ce que je sais, c'est-à-dire pas grand-chose, sur le déroulement du procès, puis sur ce que les paroisses du Bas-Vivarais ont mis en place pour les familles qui désireraient se rendre à Villeneuve-de-Berg. Alors, en ce qui concerne le procès, il aura lieu du 21 au 23 octobre. Un même temps de parole sera donné à l'accusation et à la défense. Justement, à ce sujet, je vous livre quelques bribes d'une lettre qui sera affichée à la porte de l'église. Celle du comte de Périgord au commandant Dampmartin qu'il félicite d'avoir mené à bien cette affaire dont il l'avait investi, *sans goutte de sang versée*, néanmoins il enjoint audit Dampmartin de ne réclamer ni éloge ni récompense : *Il faut même que vous secondiez le désir qu'a la cour de justice de présenter ces affrontements comme trop misérables pour avoir jamais produit quelque conséquence fâcheuse.*

Un grand silence accueillit ces mots. Incompréhension ? Verbiage ? Chimère ?

L'abbé Pertus descendit enfin de son perchoir pour prendre note des personnes qui avaient décidé de se rendre à Villeneuve-de-Berg. Pour les habitants de Banne, deux voituriers se mettaient à leur disposition avec leur attelage. Le logement serait assuré, sur place, par la population entièrement acquise à l'accueil des familles.

Rosalba et Mathieu Larivière furent les premiers à s'inscrire. Revoir Mathurin serait déjà une satisfaction, mais ils ne surent répondre à la demande pressante de Lyson et d'Angélie :

— Promis ? Vous nous ramènerez père ?

13

Au nom de la justice royale

Rosalba allait revoir son époux. Mathieu allait revoir son père. Ce besoin qui les habitait depuis des mois et qui allait se réaliser leur faisait tout oublier. Les aléas d'un voyage malaisé en cette période de pluie qui ravinait routes et chemins. Les réserves qu'ils nourrissaient quant à leur logement, imposé ou intentionnel, dans des familles. Jusqu'à la finalité de ce grand déplacement qu'était le procès dans lequel se focalisaient leurs pires craintes comme leurs espoirs les plus fous.

De la dignité en toute chose, s'était motivée Rosalba en préparant un panier de victuailles à offrir dans la maison qui les accueillerait et un autre pour se sustenter durant le trajet.

Arrivés à Villeneuve-de-Berg, à l'appel de leur nom, ils suivirent un vieillard, Vivarais, de son surnom de compagnon du Devoir. C'était en fait un serrurier et ferronnier d'art du nom de Jean-Baptiste Veyren qui les précéda jusqu'à son échoppe. Là, une jeune personne, qu'ils supposèrent être sa fille, les accueillit avec la sobriété qu'imposaient les circonstances.

— Magdalena, mon épouse ! leur présenta le vieil homme.

Avant que ladite Magdalena les invite à découvrir les pièces où ils dormiraient, Rosalba se délesta de son panier qui fut apprécié par le couple singulier. Les Veyren ne paraissaient pas d'humbles citoyens, sans être cossu leur mobilier était de bonne facture, leur table ne manquait de rien, leurs vêtements affichaient la qualité sinon le luxe et tout cela troublait Rosalba qui ne comprenait pas comment on pouvait vivre, à part d'être miséreux, dans ces maisons de ville obscures, suintant l'humidité et dans lesquelles on avait l'impression d'étouffer. Elles avaient beau avoir des façades armoriées, se parer de balcons, elles n'étaient à ses yeux que tombeaux.

Le lendemain, la maison du Roi, siège de la sénéchaussée, ne lui fit pas un meilleur effet. Bien au contraire. Était-ce le fait de savoir qu'en sous-sol se trouvaient les prisons – le nombre impressionnant de gardiens et de sentinelles ne trompait pas ! –, l'épouse de Mathurin détesta d'emblée cette bâtisse qui abritait le tribunal royal. Les journées qui suivirent n'allaient pas lui faire changer d'avis, d'autant qu'on avertit les familles qu'elles ne pourraient échanger avec les prisonniers qu'à l'issue du jugement.

Malgré la distance et les difficultés qu'engendrait ce déplacement, la salle d'audition était pleine à craquer sur laquelle planait un murmure bourdonnant. L'entrée des magistrats, robes rouges, cravates de dentelle blanche, épitoges fixées à l'épaule gauche, ramena un silence de plomb avant que l'on fasse entrer en une vague bruyante une partie de ceux qu'on allait juger aujourd'hui, le procès se déroulant sur trois jours.

Chacun s'évertuait à reconnaître un fils, un père, un mari dans ces hommes à la mine harassée – ils avaient fait un sacré bout de chemin en partant de Viviers – et qui, cependant, attendaient la fin de leurs tourments. Ni Mathieu ni sa mère ne débusquèrent derrière ces visages hâves celui de Mathurin.

— Je déclare le procès des Masques en Vivarais ouvert ! annonça un factotum en frappant le sol d'une hallebarde.

Il introduisit ensuite la séance :

— Le jugement concerne les attroupements illicites de cent cinquante-sept gueux masqués et armés qui ont semé le trouble à maintes occasions dans les paroisses d'Uzès et de Viviers durant la période du 30 janvier au 8 mars 1783 !

La parole, ensuite, fut donnée aux magistrats qui déroulèrent l'épopée des Masques et les griefs retenus contre eux.

Puis on procéda à l'appel de ceux qui viendraient, le lendemain, témoigner pour la défense des prévenus et l'espoir fut grand, dans le public tout acquis aux accusés, qu'il y aurait autant de dépositions favorables que de plaintes annoncées. Hélas, la déception fut à la mesure du misérable chiffre de huit, encore que, pour certains, leurs arguments de défense se révéleraient particulièrement ambigus.

Les hôtes de Mathieu et Rosalba Larivière se montrèrent d'une sobriété de paroles pleine de délicatesse. La mère et le fils, de morose compagnie, surent apprécier cette attitude tout en discrétion là où d'autres auraient pu être intrusifs.

Le même cérémonial se déroula le lendemain alors que d'autres prévenus prenaient place à la tribune des accusés, et toujours pas de Mathurin Larivière !

— J'appelle à la barre maître Pérochon, avocat ! Qu'avez-vous à dire, maître, qui nous éclairerait sur cette affaire ?

— Je soutiens avec véhémence que les gens d'affaires violent la loi, négligent les ordonnances et font autant de victimes qu'ils ont de clients !

Devant tant d'arrogance à l'encontre des gens d'affaires, le président de séance se leva tout à coup et pointa un doigt menaçant en s'écriant :

— On se trompe de procès ! Ferait-on celui des gens d'affaires et des hommes de loi ? Qu'est-ce que cette cabale ? La séance est levée pour ce matin !

Mathieu n'osait regarder sa mère. N'était-elle pas assaillie des mêmes pensées que lui ? Le procès était tronqué, les témoins de la défense soupçonnés de collusion. Ses espoirs s'effritaient d'heure en heure, pourtant il se devait de soutenir Rosalba, mais se trouvait désarmé, sans arguments et surtout sans conviction.

Le reste de la journée acheva de leur saper le moral si bien que mère et fils ne parurent pas au repas du soir, il leur était impossible d'avaler ne serait-ce qu'un verre d'eau ou de tenir des bribes de conversation. Les époux Veyren ne s'en offusquèrent pas. Comme eux, toute la ville était attentive au déroulement de ce procès retentissant, sans oser afficher sa sympathie pour les mis en cause. Sans présager de la sentence, il était évident, depuis le premier jour, que les juges n'empruntaient pas le chemin de la clémence, aussi le compagnon ferronnier et son épouse, toujours dans la discrétion, faisaient-ils preuve d'empathie à l'égard de leurs hôtes.

★

Un dimanche à la campagne, tel que les aimait Gersende ! Et pourtant celui-ci ne comblait pas la jeune fille.

Mathieu l'avait informée des dates du procès, de son impatience de revoir son père et de l'espoir qu'il nourrissait de l'indulgence de la justice royale. Ses attentes, on s'en doute, rejoignaient celles de Gersende, aussi vivait-elle dans la fièvre, incapable de fixer son esprit, inapte à la conversation que lui tenait sa mère.

— Ma fille est dans la lune ! s'exclama soudain celle-ci. Des nouvelles senteurs te titillent, peut-être ?

Peu encline à s'épancher, Gersende louvoya :

— L'air est humide, je vais chercher un châle au maset. En voulez-vous un, maman ?

— Oui, je veux bien.

Une bonne demi-heure plus tard, Eugénie attendait toujours le châle promis.

Gersende, à la recherche de la chaude crémone de sa mère, avait laissé errer son regard – ou bien avait-il été aimanté – sur une haute étagère. Sa main s'était aussitôt tendue, tandis qu'elle se hissait sur la pointe des pieds, vers ce morceau de cuir en forme de sacoche. Elle se souvint. Elle l'avait apporté lorsqu'elle était venue se réfugier au maset de la Costière à son retour du Vivarais… et l'avait oublié. Elle glissa sa main à l'intérieur et en retira une liasse de papiers reliés par des brins de laine et remplis d'une écriture serrée.

Un jour de septembre 1758, ou plutôt une nuit, j'ai tué un homme de mes propres mains. Le seul meurtre pour lequel je ne plaiderai pas coupable, il en voulait à mon argent, je n'ai fait que me défendre.

Ce premier feuillet qu'elle lut avec un pincement au cœur ne brisa pas son élan. Bien au contraire. Elle devait aller plus loin, au bout de l'horreur, si c'était possible.

Deux d'un coup au cours de cette folle nuit de l'hiver 1766 ! Ma foi, ce brave Héphaïstos est arrivé au mauvais moment et au mauvais endroit. Moi, je m'en serais tenu à la jouissance que m'a procurée l'agonie du colporteur Dorandieu. Un sale type qui ne s'est pas contenté d'avoir promis sa fille à mon frère, un autre sale type. Dorandieu avait failli m'assommer. Mon compagnon d'exil est arrivé alors qu'il grillait comme un porc… Je n'ai eu qu'à le pousser, lui aussi, dans le feu. Pas de témoins !

Ainsi, de feuille en feuille, Gabriel avait consigné avec jubilation les meurtres commis au cours des vingt-cinq années passées dans le bois de Païolive ! Gersende, malgré les frissons qui la prenaient à chaque page, à chaque mot, ne pouvait cesser sa lecture. L'effroi l'envahit à la préparation du meurtre de son père. Certes, Gabriel ne lui avait pas lui-même administré le poison, mais quelle exultation dans sa méticuleuse mise en scène !

La mise à mort des deux sœurs Borrelly : simplement un service rendu à un ami. Ni chaud. Ni froid. Mais quel vertige de félicité quand il s'agit de peaufiner une fin parfaite pour ce sale type qu'était mon frère ! Fallait pas le manquer, celui-là ! Ne rien laisser au mauvais hasard. Un seul regret, cependant, celui de n'avoir pu assister à son agonie ! Rapide, à ce qu'on m'a rapporté, trop rapide pour ce traître, ce profiteur. Mais ne dit-on pas que seul le résultat compte ? Moi, j'ai eu la sagesse de m'en satisfaire et de mettre cette année 1779 au zénith de mon entreprise d'éradication de malfaisants.

Fallait-il que la haine ait pris possession de Gabriel ! faillit soupirer Gersende à travers ses larmes.

Mais elle réprima ce qui s'apparentait à un élan de pitié, donc à lui trouver des excuses. Or Gabriel n'en avait aucune. Le pire, peut-être, dans tout ce fatras d'aveux revendiqués sans remords, allait suivre sous la forme de projets que ce monstre avait en tête. Était-ce parce qu'ils la touchaient dans sa chair et dans son cœur ? Elle devait en finir et jeter tout cela au feu.

Satanée pucelle ! La grâce de sa mère et le venin de son père ! Impossible de la mater ! Impossible, vraiment ? Ah, elle vit pour le parfum et pour les gants qu'elle parfume ! Elle va voir ce qu'il en coûte de me tenir tête. J'entends déjà ses cris de douleur quand elle verra grésiller ses belles mains et qu'un geste désespéré la fera griller tout entière ! Dommage pour mon neveu, un petit gars malléable, oui, dommage pour lui car L'Origanterie – quel nom ridicule ! –, oui, L'Origanterie n'aura plus un seul client ! Qui se risquerait, tudieu, dans un magasin où le poison fait loi ? Je crois bien que je terminerai ma carrière par ce dernier coup d'éclat...

Gersende était au bord de la nausée. Comme son estomac, tout son être se révulsait ! Gabriel avait voulu sa mort, la mort de L'Origanterie, c'était un destructeur, un destructeur de vie. Et elle l'avait soigné. Avec Mathieu, ils avaient tenté d'adoucir ses souffrances, non par affection, ni même par pitié, seulement par humanité, lui qui en était totalement dépourvu ! Elle en avait assez lu et allait tout jeter quand un mot sur le feuillet suivant attira son attention. Larivière, elle avait bien lu Larivière ? Qu'en était-il alors ?

Incroyable qu'à mon âge je prenne goût à ce qui pour moi s'apparente à de l'enfantillage ! Qu'ils sont ridicules, tous ces gueux déguisés, grimés, masqués et cependant pas méchants pour deux sous ! Et moi, aussi ridicule qu'eux, je prends plaisir à les manipuler comme des marionnettes. Certains sont rétifs, ce Larivière en particulier, mais il plongera comme les autres, j'y veillerai. Déjà, j'en ai convaincu un bon nombre de s'armer. Que diable, leur ai-je dit, vous portez jupe mais n'êtes pas donzelles ! Prenez armes et faites-en usage ! Ils s'attaquent aux notaires, et moi j'ai les notaires et les gens de loi en horreur. Alors je les asticote, je sais pertinemment qu'ils courent à leur perte, j'y veille chaque jour, et leur perte entraînera celle des notaires et ma jubilation sera totale !

— Et moi, comme une sotte, j'allais brûler ça ! s'écria Gersende alors que mille lumignons éclairaient son cerveau.

Il fallait faire parvenir ce feuillet à Mathieu. Mais Mathieu était déjà en partance pour Villeneuve-de-Berg. C'était là, alors, que devait arriver cette preuve qui innocenterait Mathurin Larivière. Il fallait faire vite. Mais comment ? Qui ? Denis ! Denis, bien sûr, on pouvait lui faire confiance. Pour la satisfaire, il partirait sur-le-champ.

L'heure n'était plus à l'oisiveté ni aux atermoiements. Un cheval de louage, un carnet de route pour ne pas se fourvoyer et savoir, au pire, demander son chemin, puis remettre cette précieuse enveloppe à Mathieu Larivière.

— N'oublie pas qu'avec la mission que je te confie, tu es au service de la vérité. Et tu te souviendras, Denis ? Mathieu Larivière.

— Larivière, c'est comme le ruisseau ? demanda le naïf.

— Oui, mais ne te trompe pas. Répète : Larivière !

*

C'était au tour de la bande de Mathurin Larivière de comparaître devant leurs juges et, d'après les bruits qui, dès le premier jour du procès, couraient dans leur geôle, leur avenir ne s'annonçait pas lumineux. Perdu pour perdu, ils n'allaient pas se renier. Oh, ils n'adopteraient pas l'attitude pleine de morgue qui avait été celle de La Billerie, celle de Favant et, à peine moins arrogante, celle de Combe. Le sort de La Billerie, disait-on, était plié, il avait refusé de donner l'explication concernant un papier rempli de chiffres qu'on avait trouvé dans sa poche lors de son arrestation. Il fut alors aisé de déduire qu'ils correspondaient aux sommes d'argent dérobées chez les procureurs, notaires et gens d'affaires. Il ne couperait pas à la peine capitale.

Alors ceux qui persistaient à se reconnaître dans la Troupe honnête du Vivarais arboraient ce qui était à l'origine du mouvement et qui, ils en étaient fiers, émanait d'eux : leur besoin de justice ! Bien décidés à mettre en avant leur lettre de reddition adressée à l'évêque d'Uzès, suivie d'une seconde lettre à monseigneur le comte de Périgord, ils en attendaient avant tout la compréhension et l'écoute.

À leurs côtés, au grand étonnement de l'assemblée car elle était la seule femme, se trouvait une commerçante des Vans du nom de Marianne Lauze, soupçonnée d'avoir prêté sa boutique aux fins de réunions des Masques.

L'attention de Mathieu allait de son père à sa mère et l'amour filial qu'il ressentait pour les deux acteurs de sa vie se mêlait à la piété qui le plongeait dans l'inquiétude. Sa mère était au bord du malaise, son père ne tenait debout que par une volonté farouche, celle de ne pas flancher.

Les débats avaient débuté depuis moins d'une heure quand il vit que la tête de Rosalba dodelinait, son corps s'amollissait. Il ne pensa plus qu'à la faire sortir de la salle d'audience, d'une part afin qu'elle prenne un peu l'air et d'autre part pour soustraire ce malaise sous-jacent à la vue de son père. Il l'aida à se lever, la soutint et sentit sa résistance.

— Venez dehors, maman. Venez, je vous en prie.

— Je ne veux pas quitter mon époux ! l'implora-t-elle.

— Il le faut. Pour lui. Pour vous. Venez !

Sur la place, la foule se pressait comme elle l'avait fait les jours précédents, elle se renforcerait encore quand seraient annoncées les sentences. Mathieu guida sa mère vers un banc de pierre, extirpa de sa poche un mouchoir avec lequel il essuya avec douceur les gouttes de sueur froide qui perlaient au front de la pauvre femme.

— Voulez-vous que je vous ramène chez nos hôtes ? Vous pourrez vous y reposer et je viendrai vous chercher dès que nous pourrons approcher père.

— Je n'ai pas le droit de fléchir alors que Mathurin m'implore du regard d'être forte, ce serait faire offense à son courage.

Son argument était irréfutable, Mathieu se garda d'insister.

Son attention fut attirée par une silhouette qui, visiblement, tentait de se frayer un passage jusqu'à la maison du Roi. Tout en avançant avec peine, il demandait :

— Quelqu'un peut-il m'indiquer la porte du tribunal ?

— Vous n'y trouverez pas une place, nous avons été refoulés.

— Il faut pourtant que je puisse approcher un monsieur du nom de Leruisseau. Vous le connaissez ?

— Quelqu'un connaît-il un dénommé Leruisseau ? cria-t-on à la ronde.

Mathieu s'approcha. L'homme dont il n'apercevait que le profil l'intriguait, lui procurait une vague impression de déjà-vu.

— Vous connaissez son prénom à ce monsieur Leruisseau ? lui demanda-t-il.

— Ah çà, oui ! répondit l'autre, intéressé. Je suis certain que c'est Mathieu. Mathieu Ruisseau ou Leruisseau...

— Ou bien Mathieu Larivière, peut-être ?

— Mais oui ! Larivière ! Mademoiselle Gersende me l'a pourtant fait répéter.

La place, soudain, parut se vider de son monde alors qu'un champ de fleurs égayait les lieux et que Mathieu exultait :

— Vous êtes Denis, c'est ça ? C'est moi qui vous ai porté secours au maset, qui vous ai conduit à l'hôpital, vous vous souvenez ?

— Plus vraiment, je préfère oublier… Mais vous connaissez ce Mathieu Larivière ?

— Bien sûr, c'est moi !

— Ah ben ça alors ! Ah ben ça !

Tout en jouant l'ébahi qu'il était vraiment, Denis extirpa d'une sacoche de cuir fixée à sa ceinture une enveloppe sur laquelle Mathieu reconnut l'écriture de Gersende.

Il lut fébrilement le petit mot griffonné à la hâte qui accompagnait un feuillet défraîchi par le temps :

Ma missive arrivera-t-elle à temps ? Suscitera-t-elle l'attention des juges ? Tous mes vœux l'accompagnent et mon amour aussi.

Votre Gersende

Il l'aurait lu dix fois, cent fois si le contenu du feuillet n'avait piqué sa curiosité. Et resta un moment sans voix après en avoir pris connaissance : en livrant par écrit ses intentions, Gabriel le maudit pouvait sauver les Masques !

— Denis, je vous confie ma mère, là, sur le banc ! Je vais tenter d'approcher un des magistrats.

— C'est quoi ce chiffon ?

Un de ces hommes en robe rouge qui tant impressionnaient daignait enfin répondre à l'insistance polie mais obstinée de Mathieu.

— Une preuve que les Masques ont été manipulés, monsieur. Est-ce que ce n'est pas trop tard pour en faire lecture ?

— C'est à voir…

Et à espérer, surtout ! Mathieu ne quitta plus des yeux ce papier qui allait de main en main, suscitait chez certains quelques hochements de tête, parfois uniquement un bref survol. La tension du jeune homme était à son paroxysme. Se déciderait-on à en faire la lecture publique ? Il se prenait à douter quand enfin une voix s'éleva :

— Un aveu post mortem, vient-on de m'informer après vérification. Je laisse à la sagacité des juges de l'apprécier à sa juste valeur et d'en tirer ou non les conséquences.

Les mots coulaient sur lui à la fois révoltants et bienvenus. Un silence assourdissant suivit cette lecture, permettant à chacun d'en faire l'introspection à l'aune de ses attentes.

Rosalba avait rejoint son fils et le soulagement se lisait dans le regard que posait sur elle Mathurin. Il lui expliqua en quelques mots ce qui avait motivé sa précipitation à regagner la salle d'audience.

— Denis, celui à qui je vous avais confiée, il n'est pas avec vous ?

— Quand je lui ai dit que je venais te rejoindre, il m'a dit qu'il repartait à Nîmes, répondit Rosalba en chuchotant.

Une tension extrême régnait dans la salle d'audience, tout comme à l'extérieur où la foule, se pressant toujours plus, attendait le verdict.

Il tomba en milieu d'après-midi et ce fut soudain la nuit ! La nuit dans les cœurs, la nuit dans la ville, la nuit dans les campagnes où se répercuta plus vite que l'éclair la décision implacable de la justice royale.

L'annonceur se gratta la gorge pour rendre sa voix plus nette et lut la sentence :

— Antoine Favant ! François La Billerie ! Raoul Combe ! Tous trois considérés comme chefs d'émeute seront mis à la charrette et exécutés demain en la ville des Vans. Les autres sont condamnés à sept années de bagne, exception faite de quinze d'entre eux qui se sont rendus spontanément et dont la liste suit, leur peine est ramenée à cinq ans. La femme Marianne Lauze est libre, aucune faute avérée et donc aucune peine n'étant retenue contre elle.

Contrairement à ce qu'en attendait le démoniaque Gabriel Cazost, les gens de loi ne furent pas inquiétés bien que leurs prévarications fussent prouvées et qu'une lettre du comte de Périgord circulât entre les mains des juges sans être divulguée au public :

Il y a longtemps que je suis instruit des concussions sous lesquelles les gens d'affaires du Velay, du Vivarais, du Gévaudan font gémir les habitants de ces contrées.

Par un effet de zèle qui m'anime pour cette portion essentielle de mon ministère, j'ai cherché, mais en vain, les moyens propres à remédier à ces abus.

Or les prévaricateurs sont habiles et laissent peu de traces de leurs mauvais comportements.

Le goût amer de la défaite allait bien plus loin qu'une sentence brisant les corps par la mort et les souffrances carcérales. La douleur de l'humain humilié, abîmé, dépossédé de cette humanité qu'il voulait incarner dans le meilleur sens du terme blessait l'âme au-delà du possible.

14

Dans la nuit de l'attente

La sidération, qui avait laissé sans voix et sans réaction la famille Larivière et toutes celles concernées par ce verdict, avait des répercussions bien au-delà du Vivarais.

Gersende n'avait pas attendu le courrier de Mathieu pour en être informée : les placards l'avaient renseignée dans leur lapidaire et déshumanisé libelle :

La justice royale est passée. Le bagne pour les prévenus, la mort pour leurs chefs. Justice est faite !

La désespérance, alors, l'avait gagnée. Le père de Mathieu n'avait-il pas été à la tête d'une de ces bandes de justiciers avant qu'il ne se rende, dépassé par l'ampleur et surtout les déviances du mouvement initial ? Dans cette éventualité s'échafaudait le spectre de leur couple maudit, son père ayant péri par le poison, celui de Mathieu promis à la pendaison !

C'est donc que je porte malheur si ceux que j'aime et qui m'aiment le payent au prix fort ! en déduisait-elle, accablée, incapable de coucher des mots sur le papier.

Mais comment apporter un peu de réconfort quand on en est soi-même dépourvu ?

Quelques regains d'espérance se manifestaient parfois. On ne pouvait pas vouloir la mort d'un homme qui ne l'avait donnée ni souhaitée, qui s'était rendu, confiant en la justice des hommes. Mais là encore, la notion de bagne ne prêtait pas à réjouissance et la feuille restait blanche, les mots qui lui venaient à l'esprit lui paraissaient si fades, si dérisoires, si inexpressifs alors que tout son être en révolte bouillonnait, que tous ses élans allaient vers son amoureux.

Si seulement elle avait pu s'épancher, tromper l'attente d'un courrier en se confiant ! Mais à qui ?

La lettre tant attendue, emprisonnée dans les mains de Gersende qui s'y agrippait comme à une bouée de sauvetage, était loin de remplir cette fonction. Deux mots tournaient dans sa tête qui en dévoilaient la teneur : désespérée et désespérante !

Gersende, amour de ma vie que je n'ai plus le droit de dire mienne !

La terre autour de nous s'est effondrée, les ténèbres nous ont engloutis, notre cœur est glacé. Bat-il encore ? On ne le sait... Oh si, le mien bat pour vous mais n'en a plus le droit ! Vous avez mieux à faire qu'à partager la vie d'un fils de réprouvé, un fils de bagnard. Car telle est la réalité désormais et, si grand que soit mon amour pour vous, je ne peux pas m'autoriser à vous donner un nom entaché d'infamie, je n'en ai plus aucune légitimité.

Le jugement est tombé et tout s'est écroulé ! Cinq années au bagne de Toulon retenues pour ce groupe qui se voulait la Troupe honnête du Vivarais. Cinq années ! Pas un seul n'y survivra.

Est-il nécessaire que je vous brosse le portrait de notre famille anéantie par cette sentence ? Ma mère est prostrée, foudroyée, ses cheveux que j'aperçois dépassant de la ruche tuyautée de son bonnet ont blanchi en une seule nuit. Mes sœurs n'ont plus le droit de rêver à l'avenir qu'elles pouvaient espérer. La plus belle des dots n'enlève pas les taches du nom. Et moi, eh bien moi j'ai tout perdu en vous perdant. Je sais que ces mots vous font mal mais ils sont nécessaires. Ne vous croyez pas en défaut de reprendre votre parole, c'est moi qui vous la rends. Ne fermez pas votre cœur, permettez-lui de battre pour un autre que moi, autorisez-vous à être heureuse, vous le méritez.

Celui qui signe désormais de son seul prénom, Mathieu

La lettre échappa aux mains tremblantes de Gersende. Un voile noir brouilla sa vue. Elle s'écroula sur son lit, le corps secoué de sanglots. Son cœur, parti en mille morceaux, lui procurait une douleur atroce qui se répercutait bien au-delà de sa poitrine. Elle torturait son ventre, cognait à ses tempes, lui brisait bras et jambes. On l'aurait dite broyée par une machine infernale qui la laissait inerte, mais qui, hélas, n'annihilait pas ses pensées. Bien au contraire. D'une netteté implacable, elles défilaient en boucle.

Ainsi tout était terminé ! Un beau rêve enfoui ! Toute une vie à imaginer ce qui aurait pu être et ne serait jamais ! Envolés les baisers prometteurs, les regards qui se troublent, les caresses furtives et les tendres murmures. Jusqu'à ces petits frissons et ces gémissements, précurseurs d'un plaisir qu'il lui était facile d'anticiper. Et ce vide sidéral qui s'ouvrait devant elle : celui de l'absence, tout ce qu'elle aurait à jamais de lui !

On peut mourir d'amour, je le sais, je le sens !

Mourir ? C'est donc qu'elle avait touché le fond du désespoir ! Tout comme la personne qui, tombant à l'eau et persuadée de se noyer, touche le fond et donne un grand coup de pied de survie, Gersende happa une goulée d'air qui la régénéra. Se résoudre à la résignation à son âge ? S'abandonner au fatalisme ? Cela lui ressemblait si peu. Pas plus que cela ne ressemblait à Mathieu. Gersende la raisonneuse réalisait soudain dans quelles circonstances son amoureux en était venu au renoncement :

l'ambiance délétère d'un procès suivi de l'effondrement moral de la famille Larivière, on pouvait être défaitiste à moins. C'était donc à elle de se battre pour le ramener à une pensée plus rationnelle, se battre pour sauver leur amour. Elle ne ferait, en fait, que lui rendre tout ce qu'il avait osé pour elle.

Elle s'empara d'une feuille de papier à lettres sur laquelle elle jeta les mots qui font mal, si mal... et pria pour qu'ils fussent efficaces :

Ah, le preux chevalier ! Ah, l'audacieux mousquetaire ! J'enrage, moi pauvre dulcinée, que mon héros, mon don Quichotte à moi, recule au premier écueil comme face à des moulins à vent ! Qu'attendiez-vous de moi en retour de votre lettre ? Une capitulation aussi aisée que la vôtre ? C'est donc mal me connaître ! Savez-vous ce qui m'a fait le plus souffrir en vous lisant ? Non ? Eh bien, je vous le dis tout net : j'ai eu honte, honte d'être amoureuse d'un couard, honte de la lâcheté d'un homme que j'avais mis au pinacle.

Bien sûr, tout cela n'a de sens que si vous m'aimez encore... ce dont je me prends à douter.

Mais votre famille, y avez-vous pensé ? Quel modèle de fils, de frère donnez-vous ?

Moi, je vous aurais attendu cinq années si vous me l'aviez demandé, et même plus. D'ailleurs, à ma plus grande confusion, je vous attends encore, je vous attendrai toujours.

Une amoureuse toujours
Votre Gersende

Sa main n'avait pas tremblé, la plume avait crissé sur le papier. Chaque mot, pourtant, lui avait fait mal, tant ils feraient mal, elle le savait, à Mathieu. Pour autant, elle alla jusqu'au bout de sa démarche, la seule qui lui avait paru susceptible de sauver leur amour certes, mais de sauver aussi Mathieu du rabaissement qu'il s'infligeait et dans lequel il entraînait sa famille.

Elle sortit épuisée de cette épreuve, mais fière de sa réaction et confiante dans celle procurée par ces mots violents, douloureux et cependant dictés par l'amour.

Des jours durant, elle se réfugia dans son laboratoire de parfumière. Là seulement une certaine sérénité l'enveloppait, son esprit et ses sens se mobilisaient sur son travail de création, elle dosait avec méthode, humait, modifiait, transformait, consignait avec soin ses composés inédits.

*

De l'oliveraie où Mathieu Larivière, sa mère et ses sœurs, plus deux journaliers employés ponctuellement, procédaient à une généreuse cueillette d'olives, on pouvait se rassasier d'une vue sur les champs de maïs qui pointaient orgueilleusement leurs épis vers le ciel, promesse d'une belle récolte. Comme une pasquinade de mauvais goût, pied de nez dont la vie n'est jamais exempte, la nature avait comblé le domaine de la Frigoule de ses bienfaits. Ce qui en d'autres occasions les aurait rendus confiants en l'avenir semblait indifférer les Larivière. Ni la bergerie où le troupeau revigoré par l'estive comptabilisait de nombreuses naissances, ni les foudres de bois dans lesquels le vin nouveau se chargeait de tanin, ni les sacs de farine de blé noir assurant une année de pain, rien ne leur tirait des sourires de satisfaction.

Au contraire, des visages chiffonnés, des regards délavés, une sobriété de paroles comme si les mots échangés étaient autant de minutes volées à communier par la pensée avec Mathurin Larivière, condamné à cinq longues années de bagne.

Des journées à s'abrutir de fatigue en espérant que la nuit apporterait l'oubli avec un lourd sommeil, ils en étaient tous là et pourtant le sommeil ne venait pas. Dans sa chambre, Rosalba étouffait ses sanglots que Mathieu percevait de la sienne pourtant éloignée. Des deux alcôves mansardées aménagées pour que les filles aient leur intimité, l'une avait été désertée. Angélie l'avait fuie pour aller se réfugier dans le lit de sa sœur et Mathieu les entendait vider leurs angoisses et sangloter jusqu'à ce que le sommeil les emporte.

— Que nous arrive-t-il, Lyson ? Qu'avons-nous fait de mal ? se lamentait Angélie.

— Chut, petite sœur, lui intimait Lyson. Il ne faut pas rajouter au chagrin de notre mère. Ni aux soucis qu'a notre frère. Je ne lui ai jamais vu un regard aussi sombre.

— Tu crois que mademoiselle Gersende s'est détournée de lui à cause de... de... du procès ? Je l'aimais bien, moi, cette jolie demoiselle !

— Il ne faut pas penser à ces choses-là, Angie !

Et ces chuchotements vrillaient le cœur de Mathieu. Ainsi, ses sœurs souffraient pour leur père, pour leur mère, mais aussi pour lui, pour la tristesse qu'il trimbalait sans pouvoir la dissimuler à ses êtres chers.

Et puis le brûlot de Gersende arriva !

Le premier réflexe de Mathieu en reconnaissant l'enveloppe fut de la jeter au feu. Lire la souffrance de sa bien-aimée, ses mots d'amour, ses supplications, il ne se sentait pas la force de pouvoir le supporter. Souffrir est un tourment lancinant, faire souffrir ceux qu'on aime est insupportable. Et Gersende était la dernière personne qu'il voulait faire souffrir.

Pourtant, deux jours plus tard, la lettre était toujours dans sa poche. Cette enveloppe, ce papier, cette encre, ces mots qu'elle avait couchés d'une écriture appliquée ou peut-être tremblante, c'était un peu de Gersende qu'il caressait plusieurs fois par jour.

Une semaine peut-être s'écoula avant qu'il cède à une pulsion désespérée faite d'amour et de regret. Et ce fut lui qui prit un coup de massue ! Par chance, il n'était pas sur une échelle, ni perché sur un de ces murets de pierres sèches qu'il fallait remonter chaque année. Pour sûr qu'il serait tombé, assommé par les mots, par la colère, la révolte, tout ce qui se résumait en cri d'amour ! Elle l'aimait ! Malgré tout ! Et l'attendrait ! Mais alors, il fallait se montrer digne de cette colère, de cette révolte et surtout de cet amour qui transcendait tout, un amour brandi tel un ostensoir.

Fou qu'il avait été de camper sur la certitude d'être indigne d'elle ! Fou qu'il avait été de lui demander d'ouvrir son cœur à d'autres ! Comme s'il ne savait pas que cela était impossible.

Il devait répondre à ce qu'elle attendait de lui, ne plus la décevoir par des jérémiades de femmelette. Cela commençait par un regain de dignité qu'il devait afficher à la face du monde. Sa décision, prise dans la journée, fit sursauter sa mère et ses sœurs quand il annonça, alors qu'ils étaient à table, se sustentant sans entrain avant d'aller au lit :

— Mère, et vous aussi les filles, sortez vos habits du dimanche, demain nous allons à la messe.

— Mais tu n'y penses pas, Mathieu ! Le jugement qui a découlé du procès...

— Quel procès ? Le procès des Masques ? C'était juste une mascarade, épithète qui lui sied bien. Un procès à charge alors que les dépositions de défense étaient en plus grand nombre.

— Tout ce que tu dis, mon fils, je le ressasse nuit et jour, mais c'est un fait, ton père est condamné au bagne et...

— Mais vous son épouse, nous ses enfants, nous ne sommes condamnés à rien ! Je sais, mes paroles vous choquent. Écoutez-moi. Se comporter en coupables, c'est reconnaître que notre père l'est. Or nous sommes victimes comme lui d'un jugement inique. Alors nous devons lever la tête, croiser le regard des autres sans arrogance mais avec fierté, avancer avec le courage qui ne nous a jamais manqué et surtout avec la ferme conviction que notre père souhaite que nous nous comportions ainsi.

Mathieu ferma les yeux pour mieux capter l'image de Gersende qui l'avait soutenu tout au long de sa diatribe et, malgré lui, ses lèvres balbutièrent :

— Merci pour le soleil que vous avez ranimé, il illumine à nouveau mon existence. Vous, toujours à mon côté, il brillera pour l'éternité. Je vous aime, Gersende !

Quand il les rouvrit, l'atmosphère de la pièce s'était allégée. Si des larmes silencieuses coulaient sur les joues hâves de sa mère, ses pommettes se coloraient un peu et les traits de son visage semblaient moins crispés. Quant à ses sœurs, on aurait dit qu'elles avaient été libérées d'un fardeau bien trop lourd pour elles. Elles lorgnaient les rayons de miel disposés sur une assiette, un régal des papilles que personne n'avait eu le cœur de savourer. D'un bel ensemble, elles tendirent la main en disant :

— On peut prendre une brèche de miel, maman ?

— Deux, si vous voulez !

Mathieu avait été plus prompt à réagir, mais sur le visage de Rosalba se dessinait l'esquisse d'un sourire d'acquiescement.

Ne dit-on pas qu'un bonheur n'arrive jamais seul ? Pourvu qu'on lui donne un petit coup de pouce, pourrait-on ajouter. Et le petit coup de pouce, en l'occurrence, fut cette décision de se rendre à la messe, la tête haute malgré le cœur lourd.

Voilà donc que l'abbé Pertus, monté en chaire, déroulait son sermon judicieusement axé sur l'opprobre et la bonne réponse à opposer à tous ceux qui le jettent. Il termina en citant avec toute la gravité qu'il convenait d'exprimer :

— Que toute amertume, toute animosité, toute colère, toute clameur, toute calomnie, toute espèce de méchanceté disparaissent au milieu de nous !

Puis son inflexion se fit moins solennelle pour annoncer :

— Une bonne nouvelle pour les familles concernées, les visites aux prisonniers sont autorisées à Viviers avant leur départ pour Toulon qui se fera par groupes d'une trentaine de prévenus et débutera dans les premiers jours de janvier. Je suis habilité à prendre vos demandes de visites et les relayer.

Un échange de regards chez les Larivière suffit à persuader Mathieu de souscrire à une visite, ce qu'il fit dans l'instant.

Dans l'attente d'une convocation, il lui parut urgent de répondre à Gersende. Urgent, alors qu'il procrastinait ? Urgent, alors que depuis des jours il froissait le papier où les premières lignes n'exprimaient pas le tréfonds de son âme ? Urgent, oui, mais urgent de parler vrai, de mettre à nu ses propres faiblesses et de louer avec franchise et sans interdits ni fausse pudeur la formidable perspicacité de son amour. Cela lui vint enfin un jour… ou plutôt une nuit. Il s'installa à la table familiale où, à la lueur d'une chandelle, dans le silence de la maison, les mots affluèrent naturellement :

Quand d'autres se seraient laissé abuser par ma farouche détermination, vous seule, Gersende mon amour, avez trouvé la faille, trouvé les mots et le courage de les écrire. Venus de vous, ils m'ont rendu la vie, ont rendu la vie à la Frigoule. Et quels mots ! De qui d'autre les aurais-je tolérés sinon de celle qui communie à mon âme ?

Quand le voile qui occultait le miroir tombe et que vous vous découvrez enfin dans ce que vous avez de plus lâche, de plus apathique, de plus faible, vous bénissez la main qui a eu le courage d'arracher ce voile. Il n'y a pas plus grande et magique preuve d'amour que celle que vous m'avez donnée, ma belle raisonneuse !

J'étais en guerre contre le monde entier et vos mots forts, puissants et sages m'ont donné la paix du cœur et la force de me battre, non plus contre ces moulins à vent dont vous parlez et qui si fortement m'intriguent, mais pour la Frigoule, pour ma famille et pour vous qui dites m'aimer et m'attendre envers et contre tout.

Vous m'attendrez, dites-vous ? Oh oui, attendez-moi ! Je m'accroche à ce rêve, je vous baise les mains, je vous baise les lèvres et vous promets de ne plus être ce paltoquet qui tant vous a fait honte et ne vous méritait pas.

Votre Mathieu pour la vie

On venait d'entrer dans l'hiver, la fête de la Nativité approchait et la vie, pour Gersende, avait la saveur du printemps, celle du renouveau et de l'espoir. Sa lettre avait fait mouche, elle portait ses fruits. Elle serait toujours là pour soutenir Mathieu si par malheur il flanchait.

Dans des élans de cœur qui étaient le moteur de sa vie, elle se mit en quête de cadeaux de Noël.

— Maman, cela ne vous ennuie pas que je dévalise le Bouton de nacre ?

— Un manchon en petit-gris ? Du velours pour faire une collerette ? Tout ce qui te plaira, ma fille, j'aime quand tu te pares de mes plus belles pièces et qu'ainsi tu deviens la plus belle vitrine de ma mercerie.

— Je voudrais faire des cadeaux, tout simplement. La famille Larivière nous a si chaleureusement reçus au printemps. Sans eux, nous n'aurions pu retrouver Gabriel.

— Tu as le cœur généreux, Gersende...

— Reconnaissant, maman ! Je pense que Constant ne me refusera pas une paire de gants pour Math... monsieur Larivière.

Tout ce que contenait le colis qui partit pour le domaine de la Frigoule n'avait rien d'ostentatoire. Gersende avait choisi, en connaissance de cause, ce qui conviendrait à la simplicité de madame Larivière, à la délicate Lyson, à la primesautière Angélie. Parfums discrets, légers, floraux. Dentelles fines et collerettes brodées. La plus belle pièce était destinée à Mathieu : une paire de gants en peau de daim, à large revers, doublée de cachemire, un ouvrage à la fois élégant et sobre.

*

Saturne soufflait, ahanait, renâclait dans la longue montée de la dent de Rez et les encouragements de Mathieu ne le ramenaient pas à sa bonne humeur habituelle. Aussi cavalier et cheval furent-ils bien aises d'atteindre enfin le plateau du Laoul s'étendant devant eux à perte de vue. L'air y était vif en raison des vagues montantes du souffle puissant du mistral qui le balayaient sans cesse ; à l'horizon, le Vercors, émergeant du massif montagneux des Préalpes, était couronné de neige.

Dès lors qu'il quitta la Frigoule, Mathieu eut en tête que chaque brin d'herbe, chaque caillou, chaque motte de terre qu'écrasait le sabot de son cheval avait été foulé par le pied de son père, et c'est tout juste s'il n'estimait pas ce parcours sacré.

Sinuant entre une végétation basse, l'animal entreprit à pas prudents la descente sur la cité épiscopale de Viviers, au pied de laquelle le fleuve Rhône s'alanguissait trompeusement. Mathieu n'avait jamais vu un cours d'eau aussi large, aussi paisible, plus souvent habitué aux turbulences du Chassezac.

Était-ce le fait de cette eau dormante, du versant inondé de soleil, de son impatience à serrer son père dans ses bras, ou bien les trois qui poussaient le jeune homme à invectiver sa monture ?

— Du nerf, Saturne ! Du nerf, que diable !

Le frémissement qui faisait onduler sa crinière ressemblait à une réponse du cheval : « Cause toujours ! Je ménage mes jambes et mon cavalier ! »

Ils arrivèrent néanmoins dans la capitale historique du Vivarais et plus exactement devant la Maison des chevaliers, une imposante demeure bourgeoise du XVIe siècle reconvertie en prison. La précision du plan que lui avait fourni le curé de Banne l'y avait conduit sans qu'il ait à demander son chemin. Il sourit d'aise.

Muni de sa convocation, il se présenta à la porte. Il la tendit au planton qui s'en saisit et entra la porter à un scribouillard.

— Les blancs ? Sont pas encore rentrés !

Le planton allait rapporter cette troublante réponse à Mathieu quand ce même préposé aux écritures, attiré par un bruit coutumier, s'écriait :

— Ah si, ils arrivent !

Le son, que n'avait pas perçu Mathieu, se précisa, s'amplifia et cessa lorsqu'une troupe de fantômes blancs débouchant d'une rue sombre s'arrêta devant la grille de la prison. Perdu face à une situation qui échappait à son entendement, Mathieu observait, essayait de comprendre. Petit à petit, son esprit s'éclairait. Le bruit, c'étaient les chaînes des prisonniers, on les leur ôtait à présent avant de les faire regagner leur cellule. Les « blancs », selon l'expression du scribouillard, c'étaient donc ces spectres surgis d'on ne sait où et son père était parmi eux. Mais comment le reconnaître ? Le son d'une voix familière et pourtant altérée lui parvient :

— Attends-moi dans la salle aux visites, fils ! Je t'y rejoins dès que je me serai déguenillé.

Mathurin Larivière vint enfin, après avoir fait peau neuve, et l'étreinte des deux hommes sembla ne jamais finir. Plus que des mots, ces corps qui se rapprochent, se touchent enfin, se pressent l'un contre l'autre, s'empoignent comme pour une lutte, c'est plus qu'une fusion, les sentiments sont transcendés, imprimés dans la chair, à jamais.

Et puis, brisant cela, aussi soudains que déstabilisants, les simples besoins du corps prennent le dessus.

— Tu m'as porté des victuailles, Mathieu ? Vite, déballe ta musette ! Des caillettes, du saucisson. Du pain ? Tu as pensé au pain, j'espère ? Oh, je n'en connais pas de meilleur que celui de ta mère. Tiens, mange, toi aussi. Dieu que c'est bon !

Mathieu n'en croyait pas ses yeux, son père mangeait comme un glouton, il s'empiffrait comme les gens d'affaires, selon l'expression dont usait Mathurin à leur égard.

Au bout d'un certain temps, inquiet de cette goinfrerie, il avança prudemment une question :

— Ne craignez-vous pas, père, un flux de ventre à trop...

La main que Mathurin portait à sa bouche s'immobilisa. Mathieu redouta une semonce paternelle, il n'en fut rien.

— Quel égoïste je fais ! se reprocha au contraire Mathurin. J'oublie mes compagnons, il est juste que je partage avec eux. Tu sais, Mathieu, sur le chantier nous avons deux repas par jour. Au printemps, si je suis encore ici, on passera à trois car si les jours s'allongent, les heures de travail aussi et passeront à douze.

En deux phrases éclairantes, mille pensées assaillaient Mathieu. Son père travaillait, il avait faim tout comme ses compagnons. Mille questions aussi se pressaient sur ses lèvres.

— Comment se fait-il que vous travailliez, père ? Et où ?

— Aux carrières de Lafarge ! Là-bas, ils ont besoin de bras et nous on a besoin de grand air.

— Mais... euh... enfin... on vous paye pour ce travail, père ?

— Mieux que ça, fils ! Chaque jour de travail raccourcit notre peine au bagne. Une chance, pas vrai ? Dis-moi, m'as-tu apporté des chiffons comme je le demandais dans ma lettre ?

— Ils sont là, père ! s'empressa Mathieu en tendant une autre musette plus légère mais rebondie.

Puis il ajouta :

— J'avoue que ni maman, ni mes sœurs, ni moi n'avons compris cette demande.

Mathurin Larivière tendit ses mains sous les yeux horrifiés de Mathieu. Crevassées, croûteuses, suintantes, elles inspiraient la pitié. Lui aurait voulu les porter à ses lèvres et les baiser respectueusement. Son père les avait déjà retirées de sa vue.

— Que vous est-il arrivé, père ? On les dirait brûlées.

Sa voix chevrotait comme celle d'un enfant réprimandé ; celle de Mathurin, au contraire, prit un ton léger pour donner des bribes d'explication :

— La chaux vive, Mathieu ! Les brûlures de nos mains se produisent au moment de l'ensachage de ce produit pulvérulent. Le mieux pour protéger nos mains, ce sont des bandages, c'est pourquoi nous avons besoin de beaucoup de chiffons !

— Parloir terminé ! Extinction des feux !

Père et fils avaient sursauté. Le plus jeune était prêt à s'insurger, l'aîné donna l'exemple de la soumission.

— On se revoit demain, Mathieu ? On a droit à deux parloirs, je crois. Va donc souper. Je te souhaite la bonne nuit.

Comment aurait-elle pu être bonne ? Comment avaler la moindre nourriture ? Tant de révolte l'habitait. Il n'imagina pas un seul instant que les quelques sous qu'il avait en poche servent à autre chose qu'à acheter de la nourriture pour son père.

Un repas et une chambre à l'auberge en auraient fait un fils déloyal. Il s'éloigna de la ville et, loin de toute habitation, s'enroula dans une couverture, se blottit contre Saturne déjà sur le flanc, les jambes avant repliées sous son poitrail.

Le lendemain, il fit de nouvelles provisions, fromages, charcuterie, fruits secs et surtout deux boîtes d'onguent à base d'huile d'amande douce et d'amidon qu'il se procura chez un apothicaire de la ville, lequel lui assura l'efficacité sur toutes sortes de brûlures, puis il se fit indiquer la direction à prendre pour aller à ces fameuses carrières évoquées par son père.

— Le quartier où logent ceux qui travaillent aux carrières des frères Pavin ? Par là, c'est au nord de Viviers.

Des cheminées dressées autour de fours verticaux, les maisons alentour poudrées de blanc, les toitures tapissées de même et tout un peuple aux vêtements et à la peau enfarinés : Mathieu avait atteint, à n'en pas douter, le lieu où son père disait respirer au grand air… Un comble alors qu'il ne pouvait, lui-même, retirer le mouchoir qu'il pressait devant sa bouche et son nez au risque de voir envahies de poussière blanche ses voies respiratoires !

D'une colline où il trouva refuge, Mathieu scruta le front de taille des parois de la montagne Saint-Victor qui s'élargissait grâce aux coups de mine sporadiques. Il s'abîma tout le jour à observer ces fourmis blanches débitant à la masse les blocs de calcaire qui s'étaient détachés, remplissant ensuite des brouettes qu'ils acheminaient aux fours où les chaufourniers les mettaient à cuire. Près de ces mêmes fours, l'ensachage avait lieu, suivi du stockage, un peu à l'écart du chantier pour éviter tout incendie. Et le manège des fourmis blanches recommençait, dix heures durant, par tous les temps. Comment oublier ce qui lui semblait comme un prélude au bagne ? Comment, ce soir, affronter son regard dans lequel Mathurin devinerait ce qu'il avait vu ?

Le prisonnier aiguilla différemment la conversation :

— Parle-moi du domaine, Mathieu.

— Que voulez-vous savoir, père ?

— Tout !

Mathieu passa tout en revue, le blé noir, les vers à soie, le troupeau de moutons revigoré, la châtaigne passée au séchoir et le vin dans les fûts, l'huile d'olive dans les jarres, le cochon au saloir, la famille à l'abri de la disette. Les yeux de Mathurin brillaient à chaque mot et Mathieu sut que c'était cela qu'il voulait entendre, cela qui lui donnerait la force d'avancer jour après jour. Ce qu'il exprima sans acrimonie :

— Tu vois, mon fils, la justice des hommes est restée sourde à nos demandes, mais celle de Dieu ne nous a pas été refusée.

Sur le chemin du retour, Mathieu ressassait les derniers mots de son père. Il se réjouissait d'avoir fait l'inventaire des tonneaux pleins et des réserves saturées, bien qu'il ait hésité. N'était-ce pas lui dire qu'il n'était pas indispensable ? Mathurin avait-il fait semblant de s'en réjouir ? L'idée germa alors, dans la tête et le cœur du bon fils, de faire semblant à son tour.

— Maman et mes sœurs ne doivent pas savoir ce que père endure !

15

Amnistiés !

Les placards, à nouveau, s'en donnaient à cœur joie ! De même qu'au printemps 1783 ils avaient salué la fin de l'affaire des Masques en Vivarais, qu'à l'automne de cette même année ils avaient rendu hommage à la justice royale qui les avait condamnés au bagne, en ce printemps 1784, ils applaudissaient à la mansuétude du roi qui accordait l'amnistie aux malheureux révoltés.

Par quel heureux hasard Gersende alla-t-elle flâner, narines au vent, dans les jardins de la Fontaine ? Pour le plaisir de l'odorat, bien sûr, l'explosion florale y était à son apogée ! Dans un bosquet où le lilas humble et subtil, le pittosporum au parfum de fleur d'oranger, les daphnés agressifs disputaient l'espace aux non moins puissants pois de senteur, Gersende avait plaisir à se laisser envelopper, surprendre, troubler parfois avant de faire fonctionner sa mémoire olfactive… mais aussi pour oublier l'espace d'un moment de pur bonheur égoïste combien les tourments de son amoureux qu'elle partageait obscurcissaient leur avenir.

… Bagnard et, avant cela, subir la flétrissure ! Père n'y survivra pas ! Il m'a paru si las la dernière fois que j'ai pu le visiter à Viviers. Si pathétique avec les fers aux pieds ! Peu disert, lui qui avait toujours un conseil à donner, un encouragement au bord des lèvres. J'ai même cru lire dans son regard comme une prière de ne plus venir le voir. Comment peut-il vouloir rompre les relations avec sa famille, ce qu'il avait de plus cher… avait écrit Mathieu dans sa dernière lettre.

Gersende avait compris dans ces quelques phrases à quel point l'accablement physique et moral du père rejoignait la désespérance du fils. Comme elle s'était promis de le soutenir au moindre essoufflement, elle avait aussitôt pris la plume.

Je ne peux pas, je ne veux pas croire, mon cher amour, que ces mots désespérés soient de vous, que de si sombres pensées vous hantent, que le découragement bien légitime de votre père ait déteint sur vous ! N'oubliez pas que vous êtes mon rocher, celui de votre famille. Et comme moi, elle n'a que faire d'un rocher branlant !

Comme moi, elle vous veut fort dans l'épreuve, déterminé pour assurer l'avenir de la Frigoule et, surtout, moi je vous veux confiant en mon amour. Envers et contre tout, nous réaliserons un jour notre projet le plus cher, la vie alors nous sourira…

Le placard, à l'entrée du parc, la priva ce jour-là de la symphonie odoriférante et visuelle qui, chaque fois, la transportait, l'espace d'un moment, dans un univers édénique. Mais le bonheur ne se niche-t-il pas quelquefois dans des endroits incongrus ? La preuve, il était là, en lettres de feu, sur cette affiche jaune sans fioritures imprimée à la banale encre noire qu'elle prit plaisir à lire et relire :

Amnistie royale ! Par décret, Sa Majesté Louis le seizième accorde l'amnistie générale aux paysans révoltés du Vivarais !

Par un jeu d'écriture que les annonceurs du XVIIIe siècle, dignes successeurs des hérauts de l'Antiquité et précurseurs des actuels publicitaires, maniaient avec adresse, les Masques armés, représentation allégorique de la violence, étaient devenus des paysans révoltés, symbole du cri désespéré d'une population en souffrance.

Gersende n'était pas dans cette analyse et accueillait cette annonce non pour ce qu'elle était, mais par ce qu'elle apportait : la réalisation, enfin, de leur projet d'avenir, à elle et à Mathieu !

Sans avoir gravi la montagne de la Transfiguration, elle était transfigurée, son visage resplendissait tel un soleil. Oubliant le but de sa promenade, elle rentra à L'Origanterie et, toujours dans cet état d'euphorie, s'enferma dans sa chambre pour communier pleinement à la joie de son amoureux.

Il lui fallut du temps pour revenir à l'ordinaire des jours. Bien qu'elle ne négligeât pas son travail, elle semblait vivre hors du temps, hors de ceux qu'elle côtoyait au quotidien, employés et clients. Eugénie avait une idée sur le rayonnement exceptionnel de sa fille et la confiait à Nine, sa jeune vendeuse :

— L'amour est une bien curieuse maladie dont Gersende est atteinte.

— Une maladie ? se troubla la jeune vendeuse, atteinte de la même affection.

— Mais oui ! Quoi d'autre sinon un mal qui tantôt vous accable de sombres pensées, tantôt vous ranime de joyeuses perspectives ? Le cœur de ma fille est soumis à ces variations…

— Je ne lui connais pas d'amoureux qui viendrait jouer la sérénade sous sa fenêtre ! avoua piteusement Nine.

— La pire des passions est celle qui s'entretient par l'imagination, le rêve éveillé, la projection chimérique. Elle s'enrobe d'idéal, de merveilleux. Elle sublime à tort l'avenir.

— Mais co… comment ? bredouilla Nine qui, soudain, se sentait visée.

Madame Eugénie n'aurait-elle pas pris le prétexte des amours secrètes de sa fille pour lui faire comprendre, à elle la petite vendeuse dont elle aurait découvert le penchant amoureux pour Constant, combien ses rêves étaient vains ? L'explication laconique de la mercière la rassura sur ce point.

— Comment ? Mais par un échange de lettres, bien sûr ! On se confie plus facilement au papier qu'à une oreille, si attentive soit-elle. On y épanche ses espoirs les plus intimes, on y confie les désirs les plus secrets de son âme et de son cœur, on s'y livre plus totalement qu'au confessionnal !

— Oh ! s'offusqua Nine, élevée dans le sacré des meubles et objets cultuels.

Exclamation qui fit réaliser à Eugénie qu'elle s'adressait à une innocente oiselle de dix-sept printemps. Elle s'excusa :

— Oublie ça, Nine, je ne suis qu'une vieille radoteuse.

Radoteuse, Eugénie Cazost-Dorandieu ? Pas autant qu'elle le prétendait !

Une dizaine de jours, à peine, s'écoula après la découverte du placard affiché aux jardins de la Fontaine, et le courrier tant attendu arriva enfin dans les mains de Gersende.

Des mains qui tremblaient, un regard dans le vide… la jeune fille redoutait-elle une défection de Mathieu ? Le bonheur auquel ils aspiraient tous deux rencontrerait-il un nouvel obstacle sur son chemin ?

Rien de cela. Jamais elle ne mettrait en doute la promesse de Mathieu Larivière, l'homme de sa vie. Les obstacles ? Ils les franchiraient ensemble, si tant est qu'il s'en dresse des nouveaux. Simplement cet état proche de l'empyrée que confère la complétude d'une attente.

Elle se décida enfin et lut :

Pardonnez, mon aimée, la fougue qui m'anime et qui transparaîtra dans mon écriture brouillonne. Tous les bonheurs à la fois, j'exulte ! Je vous les livre en vrac : une amnistie générale a été prononcée, mon père est de retour parmi nous et nous allons nous marier ! Un tourbillon de bonnes nouvelles que je vous imagine recevoir à votre tour comme une récompense à notre patience. J'avais trop de hâte à vous les annoncer, de même que notre prochaine venue à Nîmes afin d'obtenir l'assentiment de madame votre mère à notre future union. Je n'ai pas une date à vous préciser, mon père a besoin de repos et les terres de la Frigoule m'accaparent particulièrement à cette époque de l'année. Ne pensez surtout pas, ma belle amoureuse, que notre avenir soit relégué au troisième rang de mes priorités, il importe cependant de se montrer encore raisonnable, d'agir en homme responsable. Je n'y faillirai pas. Je vous aime. Je baise vos mains, vos lèvres et votre cou, vous qui avez été, mieux que moi, à la hauteur de cette épreuve.

Votre Mathieu pour la vie

Les yeux de Gersende s'étaient brouillés de larmes de bonheur, elle dut s'y prendre à deux fois pour déchiffrer les dernières lignes, la dernière surtout qui réveilla en elle les frissons qu'elle éprouvait chaque soir en évoquant Mathieu, ses baisers chauds et tendres, son regard chaviré d'extase quand elle lui rendait, ardente, son baiser.

Elle, qui était restée si longtemps sur la réserve pour parler de l'avenir qu'elle et le jeune Larivière voulaient bâtir, éprouvait soudainement le besoin de partager avec le monde entier son bonheur. Le plus aisé étant de commencer par sa mère, elle patienta jusqu'au repas de midi auquel Constant prenait rarement part, l'atelier le dévorant comme une louve.

Gersende s'éventait ostensiblement avec la lettre de son amoureux. Ses joues roses de plaisir en avaient bien besoin, surtout qu'Eugénie ajoutait à sa gêne en prêchant le faux pour connaître le vrai :

— Encore une lettre du jeune monsieur Larivière, je parie ? Ce petit paysan, au demeurant bien fait de sa personne, ne se ferait-il pas des illusions, par hasard ?

La mercière aurait voulu cabrer sa fille, elle ne s'y serait pas prise autrement.

— De quelles illusions parlez-vous ? se rebiffa Gersende.

— Tu n'es pas à ce point naïve de n'avoir pas compris combien tu lui plaisais, tout de même ? Cela n'a rien d'étonnant, les jeunes personnes aussi élégantes, aussi gracieuses, aussi séduisantes que toi ne sont pas légion en Vivarais !

— Ainsi donc, selon vous, seul le sexe masculin aurait quelque attrait en Vivarais ? Encore que le mépris pour les gens de la terre sourde dans vos propos.

— Des propos que tu prends plaisir à déformer, ma fille ! J'ai beaucoup d'estime pour ce jeune homme qui a pris des risques insensés pour vous aider à débusquer Gabriel et je lui en serai éternellement reconnaissante. De même que je trouve injustes les peines de prison infligées à d'honnêtes gens qui n'avaient d'autre requête que de vivre de leur travail.

— Eh bien, j'espère que vous serez fort aise de savoir que ces honnêtes gens dont vous parlez viennent d'être amnistiés par le roi. C'est ce que m'annonce Mathieu dans cette lettre qui tant vous chagrine.

Dieu, que le persiflage de sa fille agaçait Eugénie ! Elle était donc éprise à ce point ? Il fallait à tout prix calmer le jeu. Eugénie se radoucit et afficha un sourire complaisant en répondant :

— Je m'en réjouis, en effet ! Voilà qui met fin à cette malheureuse affaire dont personne n'est sorti grandi. Par ce geste de notre roi, les familles bafouées pourront relever la tête.

— Et se réjouir du bonheur de leurs enfants qui n'attendaient que cette amnistie qui vaut réhabilitation pour enfin convoler, cela vous sera-t-il possible ?

Le ton qu'avait pris Gersende était plus arrogant qu'elle ne l'aurait souhaité, mais c'était dit et la pâleur soudaine d'Eugénie ne laissait pas de doute quant à la transparence du message.

— Tu... tu nous quitterais, Gersende ?

L'intonation piteuse de sa voix, le voile humide qui ombrait son regard, le léger tressautement de son menton : Eugénie ne forçait pas le trait, elle était au bord des larmes, le cœur emballé par la détresse, le spectre de la séparation chamboulant ses entrailles. Gersende, oubliant toute agressivité, vint entourer d'un bras les épaules de sa mère en lui murmurant :

— Vous vous doutiez bien, maman, que cela arriverait un jour !

Eugénie hocha la tête d'assentiment et avoua sans certitude :

— Oui... mais pas si loin, pas au prix d'un choix qui t'obligera à renoncer...

— Alors, pour vous, choisir c'est renoncer ? Mais je ne renonce à rien en choisissant d'aller vivre à la Frigoule, un lieu qui m'a séduite au premier regard ! Je ne renonce pas au métier qui me passionne en choisissant de l'exercer dans un environnement végétal propice à l'inspiration et, par-dessus tout, je fais le choix du bonheur en allant vivre aux côtés de l'homme que j'aime et qui m'aime. Renoncerai-je pour cela à l'affection qui nous unit ? Dites-moi que vous me comprenez, maman !

— J'ai parlé en égoïste, ma Gersende ! Les mères caressent souvent ce rêve fou de garder leurs enfants auprès d'elles.

— Ce n'est pas un rêve fou, maman. Un rêve, juste un rêve !

— Oh, ma fille, combien tu vas me manquer !

— Vous aurez votre fils... qui vous pourvoira à son tour d'une belle-fille.

— Avec qui j'aurai maille à partir, inévitablement ! Oh, ne prends pas cette réflexion pour toi, ma fille ; je souhaite que tes relations avec madame Larivière soient des plus cordiales... si tu y mets du tien ! conclut Eugénie avec un clin d'œil complice.

Ce qui amena une réponse à brûle-pourpoint de Gersende :

— Tout comme vous avec votre bru, maman !

Et toutes deux s'esclaffèrent !

*

Eugénie Cazost-Dorandieu n'avait qu'un souvenir flou de Mathieu Larivière – une silhouette bien charpentée, de bonnes manières – mais gardait en mémoire l'acuité de son regard bleu saphir. Elle éprouva une étrange sensation en le découvrant chenu, marqué de rides, voûté ; seuls les yeux étaient restés fidèles à ceux de sa mémoire.

Le double rajeuni de Mathurin Larivière s'immisça entre eux et fit les présentations :

— Madame Cazost-Dorandieu, la mère de mademoiselle Gersende. Mathurin Larivière, mon père.

— La ressemblance, ma foi, ôterait tous les doutes ! sourit Eugénie.

— Soyez les bienvenus, ajouta-t-elle en s'effaçant pour laisser entrer les deux hommes.

Ils arrivaient au jour dit et à l'heure précisée dans la dernière lettre de Mathieu. Apparemment, et cela penchait en sa faveur, le jeune Larivière, tout comme Gersende, connaissait les usages. Après avoir poliment salué son hôtesse, il laissa son père en sa compagnie et, pour tuer le temps qui ne manquerait pas d'être interminable, il alla vaquer du côté de L'Origanterie où il eut plaisir à bavarder avec Constant, tout fier de lui faire découvrir les différentes productions de gants.

Ainsi l'attente lui paraissait moins longue et les cogitations moins angoissantes, ce qui n'était pas le cas pour Gersende, restée sagement dans sa chambre malgré son impatience de se réfugier dans les bras de son aimé. Toutes les nuits elle faisait ce rêve, mais était-ce un rêve ? Elle s'avançait vers lui et lui vers elle, leurs corps se rejoignaient en même temps que leurs lèvres et plus rien au monde n'existait que l'embrasement de ses sens, l'état de volupté qui l'emportait vers l'oubli, la sensation étrange et délicieuse de flotter hors du temps, hors des lieux. Point de tout cela alors que se jouait son avenir, sa vie, son bonheur ! Seule une grande espérance la portait, mâtinée toutefois de craintes infondées qu'elle démontait une à une.

Mon départ ? Maman s'est faite à cette idée, l'éloignement physique n'est rien quand on reste en communion de pensées. L'avenir de L'Origanterie ? Il passe par Constant et mon frère a prouvé qu'il était capable. Pour ce qui est des parfums ? Je ne veux, en aucun cas, renoncer à ce qui fait partie de moi, le besoin de créer jamais ne s'efface. Nous en avons parlé, je fournirai toujours le Bouton de nacre et L'Origanterie. Et si les obstacles venaient de monsieur Larivière ? Je n'ai pas, il est vrai, le moindre lopin de terre à glisser dans la corbeille de la mariée ! Un trousseau dont je n'aurai pas à rougir, maman a toujours été prévoyante, quelques bijoux dont je saurai me contenter et plus de toilettes et affiquets que je n'aurai besoin à la Frigoule feront-ils l'affaire ? Ah, mon Dieu que ces contingences bassement matérielles semblent futiles au regard de la richesse qu'est notre amour !

En quoi elle se fourvoyait ! La conversation des deux parents était des plus conviviales même si la connotation bassement matérielle, inévitablement, finirait par s'inviter.

Mathurin n'avait jamais émis l'idée de passer sous silence les événements qui l'avaient conduit en prison, pas plus que de s'en glorifier d'ailleurs.

Il avait brièvement narré les faits à son interlocutrice avant de conclure :

— Voyez-vous, madame, on a beau être amnistié, pour ainsi dire lavé de toute faute, on n'en est pas moins coupable moralement d'avoir plongé sa famille dans le désarroi. Moi, j'avais un fils, tous mes compagnons de route n'avaient pas cette chance, un fils qui a relevé tous les défis, que j'admire et à qui je n'ai rien à refuser, surtout pas la concrétisation d'une union selon son cœur. Je ne connais pas mademoiselle votre fille, mais je fais confiance à Mathieu. En mon nom et au nom de mon épouse, je puis vous assurer que la Frigoule accueillera mademoiselle Gersende en fille bien-aimée… si ce projet toutefois reçoit votre assentiment.

— Il ne saurait en être autrement, monsieur Larivière, malgré l'immense peine que j'aurai à voir partir ma fille chérie, répondit Eugénie en tamponnant ses yeux d'un fin mouchoir brodé et parfumé. Et je ne m'avance pas trop en supputant que mon défunt époux, mort dans des conditions que vous n'ignorez certainement pas, aurait agi de même. On s'oublie quand le bonheur de son enfant est en jeu.

En fait, les barrières qu'avait érigées Eugénie – et qui avaient pu trouver un écho chez les époux Larivière – fondaient comme neige au soleil. Deux familles que tout opposait se retrouvaient à travers les drames qui, pour différents qu'ils soient, avaient rebattu les cartes d'une vie sagement organisée.

Qui des deux allait en venir au sujet… qui fâche, qui ravit ou surprend ? Ce fut Eugénie qui ouvrit les hostilités :

— Mais parlons franc, monsieur Larivière. Gersende m'a fait une description enthousiaste de la Frigoule et je suppose qu'une union vous permettant d'agrandir la propriété vous aurait agréé en tout point ?

Mathurin prit son temps pour servir une réponse tout en sincérité et pleine d'intelligence :

— Vous pointez du doigt, chère madame, une pratique que n'auraient pas reniée nos ancêtres. La sagesse leur intimait d'une part de ne jamais fractionner un bien qui revenait de droit au fils aîné, et même de veiller à ce que des unions opportunes, au fil du temps, assurent son extension. Notre siècle éclairé, dit-on, laisse plus de place aux affinités des couples et je m'en réjouis.

Voilà qui était bien résumé et surtout qui mettait fin au doute qui habitait encore Eugénie. Elle ne pouvait pas moins faire que d'afficher à son tour ses dispositions :

— Dans le commerce et l'artisanat, il n'en est pas de même. Je vous avoue que j'imaginais transmettre la mercerie qui me vient de mes parents à ma fille, il n'en est pas question et son futur mariage avec votre fils n'en est pas la cause. Gersende n'est pas faite pour cette activité, elle a développé l'art et la manière d'élaborer des parfums, s'est perfectionnée à Grasse et excelle dans cette profession, mais ses compétences, hélas, ne seront jamais reconnues. Mon époux l'avait informée de ce travail de l'ombre qui serait le sien et pour autant n'avait pas découragé sa détermination. Il avait également prévu de la doter à hauteur de cinq mille livres. J'en ajouterai trois de mes propres deniers. Ainsi entrera-t-elle à la Frigoule la tête haute.

— Il n'avait jamais été question qu'il en soit autrement, madame ! se récria Mathurin Larivière. De même que sa vocation y sera respectée. Mon fils a déjà prévu l'installation d'un atelier qu'elle pourra organiser à sa façon.

— Ainsi sommes-nous d'accord, cher monsieur Larivière !

— Entièrement d'accord, chère madame Cazost-Dorandieu !

Puis, se reprenant soudain et dissimulant un sourire, il ajouta :

— Souffrez cependant que je fasse connaissance avec votre fille... enfin ma future belle-fille. Euh... la promise de mon fils !

Il fut convenu de fiançailles très proches qui comblaient l'attente des deux tourtereaux... et qui n'impactaient nullement les récoltes. Entre fenaison et vendanges, un créneau s'offrait à eux et le mas de la Frigoule revêtit à cette occasion son habit de fête. Entendons par là qu'une exubérance florale le cernait naturellement, mais qu'aux yeux de Mathieu cela ne suffisait pas pour accueillir dignement sa princesse.

Il avait voulu prolonger le décor champêtre jusque sur la terrasse couverte où les deux familles prendraient le repas.

— Allez chercher des fleurs ! Des brassées de fleurs ! Des bleuets, des pavots, tout ce qui flatte l'œil et l'odorat ! demanda-t-il à ses sœurs.

— Maman, puis-je vous suggérer de servir votre terrine de campagne en entrée ? Elle avait enchanté les papilles de Gersende l'année dernière. Pour le dessert, je crois savoir que...

— Tu n'as rien d'autre à faire, Mathieu, que d'envahir ma cuisine ?

— Si ! Mais...

— Pas de mais ! Fais-moi confiance.

Et tout avait été parfait ! Au moins pour les héros de la fête qui n'avaient cessé de se regarder dans les yeux, d'étreindre leurs mains sous la table, faute de pouvoir s'isoler et laisser parler leurs élans. Ah, s'ils avaient pu arrêter les aiguilles de cette maudite horloge qui égrenait les heures à plaisir !

Eugénie apprécia les couverts en argent monogrammés qui brillaient de mille feux sur le blanc immaculé du linge de table. Les Larivière étaient loin de l'image qu'elle se faisait d'une famille de paysans. Elle se promit, en son for intérieur, de mettre un bémol à ses a priori dévalorisants... et d'en jeter plein les yeux à la belle-famille de sa fille à l'occasion du mariage qui se déroulerait au maset de la Costière.

*

Les trois demoiselles d'honneur papillonnaient autour de la mariée. C'était à celle qui, par une virevolte ou une esquive, parviendrait à capter son reflet dans la glace. Pas une n'aurait imaginé porter un jour une aussi délicieuse toilette.

— Pourrons-nous les garder ? hasarda Angélie, des deux sœurs de Mathieu la plus délurée.

— Bien sûr, puisqu'elles vous appartiennent ! répondit en souriant Gersende. Elles vous plaisent, au moins ?

Avant qu'elles répondent avec enthousiasme, Antonine émit un timide murmure teinté d'une folle espérance :

— Moi aussi, mademoiselle Gersende ?

— Toi aussi, Nine, bien entendu !

Puis, les englobant toutes trois, elle leur assura :

— Je suis heureuse de ce choix car elles vous vont à ravir. Je vois déjà les yeux de vos cavaliers se piqueter d'étincelles.

— Nous allons avoir des cavaliers ? Je veux dire des cavaliers que nous connaissons ?

Deux visages s'empourprèrent quand Gersende répondit, appuyant son regard sur Lyson, puis sur Antonine :

— Deux d'entre eux ne vous sont pas inconnus.

Puis se tournant vers Angélie :

— Tu auras pour cavalier Denis, mon ami d'enfance. Un taiseux, ce Denis, mais je compte sur toi pour le mettre en confiance.

Puis elle feignit de se fâcher tout en souriant :

— En avez-vous fini enfin avec ce miroir pour que je termine à mon tour ma toilette ?

Le ton n'y était pas ! Aussi les trois donzelles firent-elles cercle autour d'elle et, dans le miroir, apparut un bouquet de satin broché nacarat, rehaussé pour les unes de guipure et pour la mariée de dentelle. La couturière venue exprès pour apprêter ces demoiselles laissa échapper une exclamation qui percuta une pensée fugitive de Gersende.

— Quel beau tableau ! Vous inspireriez un peintre !

Au même instant, en effet, la future mariée avait évoqué la magie du pinceau de monsieur Fragonard, mais la chassa bien vite. Cet épisode de sa vie s'enrobait de trop d'ambiguïté, de malsaines situations. Alors que cette journée ne devait s'entourer que de pureté, d'amour et de bonheur retrouvé.

D'un geste impatient de la couturière, les jeunes filles s'égaillèrent. Gersende se laissa alors poser sur ses cheveux sagement relevés un mouchoir de dentelle rappelant le volant d'encolure de son caraco et ceux qui terminaient les manches sous le coude. Elle sourit au miroir et dit :

— Je suis prête !

— Encore une seconde, mademoiselle Gersende. Je dois coudre ceci à votre caraco.

La couturière s'approchait, un écrin de velours à la main. Elle en sortit un petit cœur en or et, avec une aiguillée de fil doré, s'appliqua à le coudre sur la dentelle à petits points. Gersende n'avait pas demandé de qui cela venait, des larmes de tendresse coulaient sur ses joues.

— Je vous ai piquée, demoiselle ? Pardon…

La porte de la chambre s'ouvrit en grand pour laisser place à madame Cazost-Dorandieu, superbe d'élégance dans une chatoyante toilette de faille noire, elle avait juré ne plus jamais quitter la couleur du deuil.

— Je ne te savais pas si minutieuse à t'apprêter, ma fille. Ton promis s'impatiente ! Oh, mais tu pleures ?

— De bonheur, maman ! De bonheur !

Un cortège à pied s'imposait, l'église Saint-Castor n'était pas si loin, que diable ! Et puis n'était-ce pas une belle occasion d'épater la galerie ? Gersende ne s'étonna pas de ce besoin qu'avait sa mère de parader, elle aurait préféré à tout ce tralala un mariage tout empreint de ferveur et de modestie dans l'église de Banne. Mais pouvait-elle refuser ce plaisir à la mercière ?

Le visage radieux des nouveaux époux faisait des émules dans le cortège. Lyson, sans surprise au bras d'Antoine Belmonte, et Antonine, qui se pinçait pour être sûre de ne pas rêver, à celui de Constant, n'étaient pas loin de croire que cette journée était aussi la leur.

Le maset de la Costière, témoin de moments d'intense bonheur comme de mystérieuses autant que dangereuses incursions et dont l'histoire se raconterait encore longtemps dans les veillées, ramena l'ambiance à moins de solennité.

On y festoya avec des spécialités culinaires nîmoises diversement appréciées. Il faut dire que c'était un peu osé de servir aux Larivière des vol-au-vent à la brandade de morue, un ingrédient qui n'avait pas encore fait école en Vivarais. Par chance, l'agriade, une variante de la daube de bœuf, mit tout le monde d'accord. Les estomacs repus demandaient grâce mais se laissèrent séduire par les pommes à la cannelle et au vin, le vin de la Costière, bien sûr, qui valut à Denis le rachalan, rouge de confusion, sa minute de gloire.

La nuit était tombée quand le jeune couple se retrouva enfin seul au maset. La moindre gêne, le plus infime soupçon d'embarras n'avait jamais existé entre eux et voilà que, tout à coup, une retenue qu'ils ne s'expliquaient pas annihilait leur fougue, paralysait gestes et mots, inhibait le désir qu'ils avaient l'un de l'autre. Le temps n'existait plus, il s'était suspendu afin que les tourtereaux absorbent avec plénitude leur bonheur tout neuf.

Le hululement d'une chouette familière des lieux mit fin à leur réserve. La nuit appartint à l'amour, au désir, à la jouissance qu'ils se donnèrent l'un à l'autre.

Épilogue

À la veille de la Révolution française, Nîmes affichait le dynamisme conquérant des villes industrielles.

Le tissu dans tous ses états y était prépondérant, les fabriques de coton et celles de burat, qui employaient force cardeurs de laine et de filoselle, côtoyaient les ateliers de passementerie pourvoyeurs de travail aux rubaniers et rubanières.

Les manufactures de soie et les fabriques de bas relevaient la tête après une grave crise en 1787. En cause, une mauvaise saison des magnaniers, ce qui avait créé une pénurie de soie. Trois mille taffetassiers se retrouvèrent à la rue et cela réveilla mémoires et consciences. Des ateliers de charité furent mis en place, de même que des secours distribués. Un an plus tard, Nîmes avait retrouvé son niveau de production avoisinant les vingt-cinq mille kilogrammes de soie.

L'Origanterie Cazost fils et la mercerie Au Bouton de nacre, à l'instar de la ville des Antonins, offraient aux passants deux entités florissantes à travers leurs vitrines toujours plus alléchantes et le couple harmonieux que formaient Antonine et Constant, tout récemment unis par le mariage, y ajoutait une belle image. Eugénie Cazost-Dorandieu avait cautionné cette union à plusieurs titres. D'une part, les épaules de Constant étaient solides et son talent indéniable pour perpétuer l'œuvre de son père à L'Origanterie, une autre raison concernait le Bouton de nacre qui, elle n'en doutait pas, serait dans d'excellentes mains quand elle déciderait de céder sa place. Nine, en plus de la faveur des clients, avait la bosse du commerce et cela réconfortait Eugénie de savoir que la mercerie familiale avait de belles heures à vivre après elle. La dernière enfin relevait d'un machiavélique et attendrissant calcul : celui de se retirer au maset de la Costière où elle élèverait les petits-enfants que le fougueux jeune couple ne tarderait pas à lui donner.

Ainsi, se disait-elle, son instinct maternel se serait juste trompé d'une génération !

Dans ce même temps, le Vivarais pansait ses plaies, aidé en cela par une nature qui, naguère capricieuse, faisait aux paysans les yeux doux. En effet, jamais le climat n'avait été aussi clément, le sol aussi généreux, les récoltes aussi abondantes.

Quatre années florissantes s'étaient écoulées depuis le décret d'amnistie, elles avaient été nécessaires sinon à faire oublier les humiliations et les souffrances, du moins à les apaiser. Et si certains entretenaient encore des rancœurs, d'autres faisaient profil bas.

Mathurin Larivière fut de ceux qui porteraient à jamais la marque indélébile d'un procès qui l'avait conduit un temps à la prison ; le nom de ses ancêtres entaché par sa faute, il ne se sentit plus le droit de diriger le domaine de la Frigoule, le jugement rendu au nom du roi qui le condamnait à la prison lui ôtait, moralement, toute légitimité en la matière. Il en avait remis les rênes à son fils en même temps que le livre de raison, véritable aide-mémoire financier qu'en bon gestionnaire le père avait entretenu scrupuleusement jusqu'à son incarcération.

— Place aux jeunes ! avait-il crâné en sortant de l'étude notariale qui avait entériné l'acte de donation.

Petit à petit, le mas de la Frigoule s'était vidé, Mathurin et Rosalba avaient été les premiers à emménager dans une maison de village à Banne et laissé le champ libre au jeune couple qui leur succédait tout en leur assurant :

— Je serai toujours là pour toi, fils. Tant qu'un souffle de vie me sera accordé, je serai dans les champs, les bois, la vigne. Partout où le travail appelle.

— Les magnans m'ont toujours mise en joie, je vous aiderai, Gersende, à mener à bien une éducation, avait promis à son tour Rosalba en ajoutant : Faites-moi mander quand il faudra charcuter le cochon... ou cueillir les olives... les châtaignes...

Le sourire reconnaissant de Gersende avait valeur d'assentiment. Puis ce fut au tour de Lyson de devenir citadine, pas une seconde elle n'hésita à suivre son Antoine bien-aimé ! Pas une seconde ses parents ne songèrent à mettre obstacle au bonheur de ce couple, Eugénie Cazost-Dorandieu leur avait ouvert la voie en accueillant favorablement une union que d'aucuns jugeaient contre nature, une union qui l'éloignait fatalement de sa fille !

Le départ d'Angélie, la cadette, était imminent, son promis, qui correspondait aux vœux de Mathurin Larivière, ne l'emmènerait pas très loin, dans la plaine de Berrias où il était propriétaire du moulin de l'Abeille, un moulin à blé bercé par le clapotis des eaux de la Beaume. Un beau mariage se préparait.

Mais les chambres, au mas, ne resteraient pas vacantes pour autant. Charles, le premier-né de Mathieu et de Gersende, avait intégré à trois ans celle qu'occupait sa tante Lyson, et celle d'Angélie ferait bientôt peau neuve quand un petit frère ou une petite sœur pointerait son nez. Plus qu'un mois à attendre !

Le couple que formaient le jeune paysan et sa belle parfumière, plus amoureux que jamais, espérait ne pas en rester là. En attendant, ils tenaient tête aux nombreuses occupations du domaine et fournissaient les parfums de L'Origanterie. Soit dit en passant, la création d'une eau de senteur baptisée *Amour-Amour* avait été primée aux Jeux d'expression florale de Montpellier. La reconnaissance d'un talent, même si le nom de sa créatrice était passé sous silence. Cette dernière s'en satisfaisait.

Se doutait-il, tout ce peuple de France, de la fragilité des belles choses ? Pouvait-il un instant supposer que, tout en vivant pleinement cette embellie dans la fabrication, le commerce et les cultures, il s'approchait de la fin d'un monde ?

Le terrible hiver 1788-1789, le plus long, le plus tristement marquant, serait, dans le prolongement des prodromes qui avaient secoué le pays ici et là, l'un des vecteurs, et pas le moindre, d'un chaos mémorable.

Les poncifs ne manqueraient pas pour le justifier.

— Un mal pour un bien ! clameraient les optimistes.

— La fin d'un monde ! ne cesseraient de pleurnicher les nostalgiques.

Alors que d'autres laisseraient transparaître un réalisme de bon aloi :

— Par-dessus tout, les prémices d'une société plus humaine, plus équitable, même s'il faut, hélas, en passer par là.

Saint-Christol, le 20 mars 2023
Premier jour du printemps

Note de l'auteur

Mes fidèles lecteurs le savent, mes ouvrages nécessitent de nombreuses recherches, lectures et déplacements ; ils savent aussi que c'est mon premier plaisir, indispensable à mon sens et intimement lié à l'écriture, l'autre de mes plaisirs, et non le moindre.

Eh bien, avec *L'Ambre et le Masque*, on peut dire que j'ai voyagé, pris des notes et lu sans jamais me lasser !

Aussi je tiens à remercier :

– l'atelier de ganterie Fabre à Millau, en Aveyron ;

– la maison Maubert à Grasse, qui abrite le musée du Parfum ;

– les archives départementales du Gard à Nîmes ;

– les archives départementales de l'Ardèche à Privas, et en particulier madame Sauvadon, qui n'a pas ménagé sa peine pour mes recherches sur l'affaire des Masques en Vivarais ;

– la mairie de Banne, qui a mis à ma disposition tous les documents en sa possession ;

– la médiathèque de la ville des Vans et son personnel tout dévoué à me satisfaire.

Mes ouvrages de référence pour *L'Ambre et le Masque*

Fragonard : Regards croisés, Jean-Pierre Cuzin et Dimitri Salmon, Éditions Mengès, 2007
« La révolte des Masques en Bas-Vivarais », Charles Vellay, *Revue historique de la Révolution française*, 2015
« Les prodromes de la Révolution dans l'Ardèche et le Gard », Jean Régné, *Revue historique de la Révolution française*, 1915
« L'affaire des Masques armés de 1783 en Haute-Uzège et Bas-Vivarais », Jacques Schnitzler, *Revue du Vivarais*, 1991
Nîmes éternelle et contemporaine, Alain Delage et Chanel Koehl, Éditions Sutton, 2022

Vous souhaitez en savoir plus sur les livres
et les auteurs de la collection Terres de France ?

Retrouvez toutes les informations sur le site
www.collection-terresdefrance.fr
et abonnez-vous à notre lettre d'information.

Suivez-nous également sur notre page Facebook,
notre compte 𝕏 et Instagram.

Pour plus d'information :

#lisez! engagé

www.lisez.com

Imprimé sur du papier issu de forêts gérées durablement.

CET OUVRAGE
A ÉTÉ ACHEVÉ D'IMPRIMER
SUR ROTO-PAGE
PAR L'IMPRIMERIE FLOCH
À MAYENNE EN AOÛT 2025

N° d'impression : 107362
Imprimé en France